I0527726

LA P.E.U.R DES D.I.E.U

TOME 1 :

LA MÈRE LACTÉE

Une autre création de :	**NICOLAS BERETTA**
Avec la participation de :	**SOPHIE BUISSONNET**
Couverture :	**NICOLAS BERETTA**
Design de la couverture :	**FABRIKART**

À nous;

Quand il n'y a plus de solution viable à la survie de l'humanité,
il reste la folie.
Soyons donc fous, mais soyons nombreux.

Nicolas Beretta

ISBN-13: 978-2-9813682-6-3
Dépôt légal – Bibliothèque et Archives nationales du Québec, 2017.
Dépôt légal – Bibliothèque et Archives Canada, 2017.

À ma patate qui rognonne…

Nicolas Beretta

Il était une fois

La vérité est parfois un gage de paix et d'équilibre si l'on est en mesure de la contrôler totalement parce que tant et aussi longtemps qu'il n'en existe d'autres, elle ne peut mentir.

C'était là le but ultime, faire émerger dans l'imaginaire collectif une vérité absolue que rien ni personne ne pouvait remettre en question.

La question ? Toutes les générations se l'étaient posée : « Est-ce possible de recoloniser la surface ? »

Le moment était parfaitement choisi pour Iris à qui l'on prêtait le surnom de Grand-Œil. Le guide de la puissante colonie sous-marine de l'Organum, c'était lui.

Pour une fois se présentait à lui l'occasion rêvée de détenir la vérité absolue qui au finale allait lui permettre d'offrir à sa civilisation un rayonnement comme jamais dans les profondeurs.

À cette occasion, le plan qu'il avait échafaudé comportait des risques et des cibles potentielles à abattre. La dernière option était de sacrifier quelques-uns pour le bien de tous. Le jeu devait résulter en la création d'une nouvelle Alliance.

D'ici peu un petit sous-marin exploratoire du nom de LaPerle allait revenir de la surface. À son bord se trouvait Fedelyne, Saphy et Dérod qui ne connaissaient rien des véritables intentions du Grand-Œil.

La mission top secrète consistait à résoudre sans l'ombre d'un doute le problème de la recolonisation de la surface.

Même si pour Iris il ne pouvait être question d'y découvrir des traces de vie, la preuve scientifique et incontestable d'un échec à la mission devait être apportée. Il ne devait exister d'autres vérités que la sienne : « La seule maison de la colonie se trouvait dans les profondeurs et non en surface ».

Il avait fourni à l'équipage un scénario très crédible dans le cas peu probable que la mission apporte des preuves d'une colonisation possible.

Il n'était pas question d'éveiller les soupçons de la colonie.

Dans le plan qu'Iris avait proposé, LaPerle avec son équipage et son matériel à son bord devait se retrouver dans un endroit tenu secret à l'intérieur du dôme. En dernier recours il fallait avoir sous la main preuves et témoins de façon à faire disparaitre tout ce qui était contraire à la vérité absolue.

Si une telle circonstance se produisait, Iris avait prévu de confier le destin de l'équipage ainsi que celui de LaPerle à Titus aussi surnommé le Second qui alors devait activer le plan B.

Outre l'équipage et le sous-marin il fallait aussi détruire le centre de contrôle qui avait discrètement guidé la mission à partir du dôme. En aucun cas la colonie ne devait croire que la surface soit une possibilité.

Ensuite l'annonce que la surface ne pouvait être colonisée d'aucune manière devait être présentée à tous. Il ne pouvait pas y avoir de meilleur moment pour dévoiler en second lieu l'existence d'une nouvelle Alliance aussi improbable que prometteuse.

En cet instant où allait bientôt débuter la finale des J.E.U et où tous les regards allaient être dirigées ailleurs que sur les pions de son échiquier, Iris se remémora les moindres détails de ce projet ambitieux qu'il avait composé avec Titus, le Second. Mettre ce dernier dans le secret était un moyen de canaliser sa soif de pouvoir et de mieux le contrôler.

Le principal objectif était d'empêcher les fuites.

Si par malheur LaPerle durant son retour déclarait la présence d'échantillons positifs, il était nécessaire de rompre toutes les communications de façon à isoler le sous-marin avant son arrivée à la base, le tout sans éveiller les soupçons de l'équipage.

Par la suite Titus se chargerait d'activer la fameuse reine blanche du nom d'Opale. Cette créature au service des Ténèbres représentait le tueur parfait dont Iris avait besoin pour éliminer l'équipage même si cela revenait à faire entrer le loup dans la bergerie.

Opale était nécessaire, car aucun des membres de la colonie n'était capable de se blesser mutuellement.

Bien sûr il avait fallu au préalable appâter la créature avec l'onde magnétique qui menait tout l'Organum.

Peu importait, Iris estimait que la reine blanche ainsi que ses clones étaient gérables même si celle-ci déployait pour l'onde une curiosité sans borne.

Simultanément, lui-même, le Grand-Œil devait retrouver Argonot, le puissant D.I.E.U et l'ennemi juré de la colonie afin d'achever de conclure avec lui la nouvelle Alliance qui était destinée à apporter la paix avec les Îles-du-Nid.

Iris comptait profiter de l'engouement collectif autour de la finale des J.E.U pour se rendre en toute discrétion à cette rencontre dans la caverne isolée de Luciol. Cette dernière qui se passionnait pour l'histoire ne s'attendait pas à ce rendez-vous, mais elle allait être contrainte de graver dans les mémoires alpha les détails de cette première réconciliation.

Sans doute que Luciol allait être secouée, mais il fallait comprendre que la survie de la colonie passait avant toute autre considération.

En guise de premier signe de paix, le Grand-Œil avait déjà retrouvé Argonot sur son propre territoire pour lui offrir quatre de ses sous-marins de combat propulsés à l'eau alpha-physique, les célèbres Protons.

En échange Argonot avait promis de lui remettre quelques cristaux des D.I.E.U. Il s'agissait d'un matériau prodigieux qui allait permettre à la cité sous-marine de renforcer tout son potentiel de défense.

Faire entrer le D.I.E.U était certes risqué, d'autant plus qu'une sangsue (ou Sangdor) n'était jamais bien loin. Pourtant l'accord entre les deux ne pouvait en être autrement puisqu'il devait avoir lieu alternativement sur chaque territoire.

Finalement personne n'allait plus contester son autorité.

Iris estimait toutefois qu'il y avait une seule ombre au tableau : Fedelyne et son amour pour elle… La sacrifier serait difficile.

Prologue
Discours entre une mère et sa fille.

- Dis-moi ma fille. Si je te donne la chance de reconstruire ce qui a été ravagé, comment ferais-tu ?
- Pourquoi reconstruire mère ? Pourquoi ne pas tout recommencer ? Je veux dire TOUT recommencer !
- Même les D.I.E.U ne le peuvent pas. Alors comment en serais-tu capable ?
- Mais tu es plus forte que tous les D.I.E.U réunis, mère ! Et je suis ton enfant !

La mère sourit affectueusement.

- Rien n'est plus fort que les D.I.E.U, car ils sont les porteurs de l'aura de vie. Sans cette aura, rien ne peut naître ni exister. Tu es mon enfant ; sans cette aura, je ne t'aurais jamais eu. Est-ce que tu comprends ?
- Non. J'existe et tu existes, cela devrait suffire.
- Pour exister, il faut de la matière qui est créée par les D.I.E.U. Grâce à eux, la vie se voit. Alors, dis-moi. Comment t'y prendrais-tu si je te donnais la chance de tout reconstruire ?

La fille médita.

- Ce que je vois est sans limites. Je suis une enfant, mon imagination n'a pas de limites.
- Alors ?
- Je… Je pactiserai avec les Ténèbres !

La mère eut un rire léger.

- Quelle drôle d'idée ! Sais-tu seulement ce que sont les Ténèbres ?

La fille eut beau chercher, mais ne trouva rien à répondre.

- Les Ténèbres sont à l'opposé de l'aura de vie, mon enfant. Elles n'existent pas ; on ne les voit pas, mais on les ressent.
- Moi je peux ressentir les fantômes.

- C'est cela les Ténèbres. Vois-tu qu'en pactisant avec elles, tu ne reconstruirais rien ?

- Mais…

- Mais ?

- La reine blanche ! Elle existe ! On la voit, n'est-ce pas ?

- En chair et en os, comme d'autres choses ténébreuses. Pourtant c'est une exception enfantée par les Métisses. Elle n'est donc pas entièrement faite de Ténèbres.

- D'accord… Si une Métisse peut créer la reine blanche alors je veux en être une parce qu'une Métisse peut créer beaucoup plus encore ! Ça me paraît logique, c'est un bon moyen pour tout reconstruire.

- Tu veux donc être une Métisse…

- Et bien… je crois… oui.

- Écoute… Une Métisse est le fruit cauchemardesque de la fusion entre l'aura de vie et les Ténèbres. Ce sont des créatures honteuses. Surtout, elles sont ineptes. Elles n'ont pas d'esprit. Afin de compenser ce défaut, elles parasitent l'esprit des êtres bien en chair et matérialisent leurs propres fantômes. C'est ainsi qu'est née la reine blanche ! Penses-tu donc reconstruire quelque chose de concret en étant une Métisse ?

La fillette ne fut plus très sûre. Une autre idée lui vint.

- Le royaume des Cieux, est-ce concret ?

- Oui. Pourquoi ?

- À quoi ressemble-t-il ?

- Nul ne le sait.

- Mais il existe ; en es-tu certaine ?

- C'est l'ultime refuge que ni les D.I.E.U avec leur aura de vie ni les Ténèbres ne peuvent atteindre.

- Un refuge… Moi je veux savoir à quoi ce royaume ressemble.

- D'accord, ferme les yeux et laisse courir ton imagination.

La fille ferma les yeux puis sourit. Quand elle les rouvrit, sa mère parla.

- Tu sais ce que sont l'aura, les Ténèbres et les Métisses sans nom. Tu sais aussi ce qu'il y a de plus beau et de plus difficilement accessible dans cet univers. Cela devrait t'aider à faire un choix. Que ferais-tu si je te donne la chance de reconstruire ce qui a été ravagé ?

La fille réfléchit puis se prononça.

- Je n'ai pas le pouvoir des D.I.E.U qui ont l'aura et les Ténèbres me saisissent maintenant de frayeur. Quant aux Métisses, je ne souhaite pas être haïssable moi aussi. Tout compte fait, je me demande à quoi servirait de reconstruire ce qui a été détruit. Bâtir sur des cendres n'amène rien de solide. Il faut de l'espoir ! Donc j'oublierai et je ferai oublier aux autres absolument tout et tous les malheurs disparaîtront. Ensuite, je m'en irai aux Cieux, voilà... Et je voudrais t'emmener.

- C'est bien. Je le voudrai aussi... Oui, je le voudrai aussi...

La fille médita de nouveau d'un air insatisfait.

- Quelque chose te tracasse ? Questionna la mère.

- Pourquoi suis-je si différente des autres ?

- La différence n'est pas ce que l'on voit. Que te dit ton instinct ?

- Que ce sujet-ci n'est pas un jeu.

- Qu'est-ce que ton instinct te dit d'autre ?

- Qu'est-ce qui cloche en moi ?

- Voilà qui est mieux... La différence n'est pas ce que l'on voit. Ce qu'il y a en toi diffère d'un tout petit détail... Tu le sais, n'est-ce pas ?

- Mon...

- Ton sang ! On confère au sang toute sorte de pouvoir et de vertus à tort ou à raison. Certains en veulent toujours plus. Pour d'autres, une seule goutte représente un univers. Le sang est la nature profonde de soi. Il est la mémoire de tes origines. Nous voilà à la question ultime. Toi qui veux tout oublier jusqu'à l'existence même de notre sort... Sais-tu ce qu'est la mémoire ?

La fille hocha la tête. Sa mère esquissa un sourire puis reprit.

- La mémoire est la vie. Oublier ce qui a été, amène à jeter ton monde dans le vide. Peut-on choisir entre la vie ou l'inconnu ? Auras-tu seulement la force de faire un choix ?
- J'en suis certaine ! clama-t-elle.
- Rappelle-toi bien de ceci, personne ne peut prétendre d'avoir la force de tout oublier, ton sang encore moins… Quand le temps viendra, le pourras-tu, ma fille ? Le pourras-tu ?

Extrait des mémoires de Luciol

Carte du Grand-Œil et Archives de Luciol

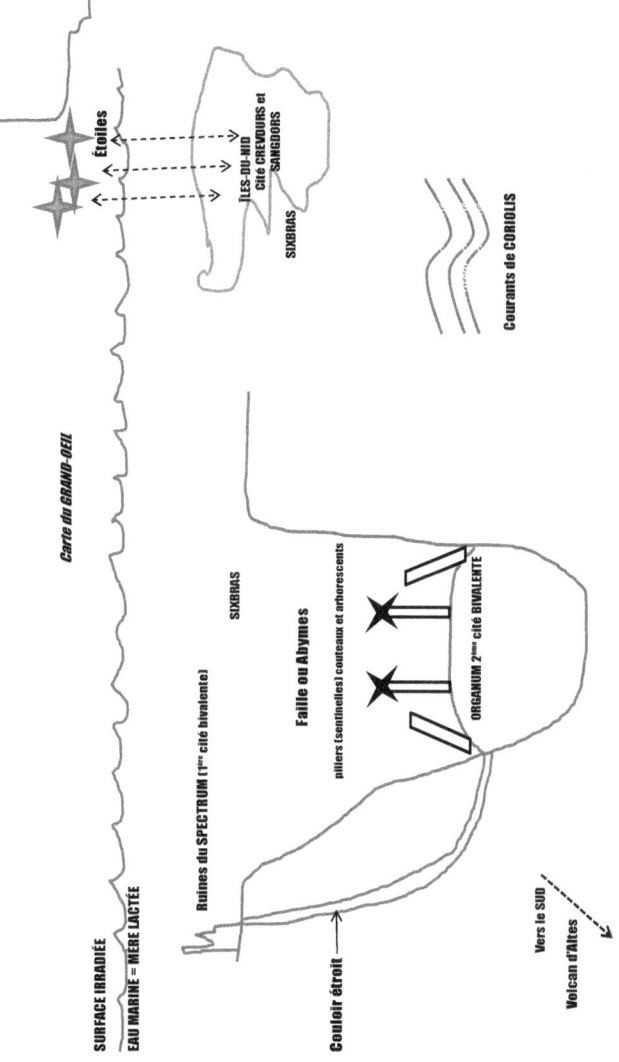

Carte du GRAND-ŒIL

SURFACE IRRADIÉE

EAU MARINE = MÈRE LACTÉE

Ruines du SPECTRUM (1ère cité bivalente)

SIXBRAS

Faille ou Abymes

piliers (sentinelles) couteaux et arborescents

ORGANUM 2ème cité BIVALENTE

Couloir étroit

Vers le SUD

Volcan d'Altes

étoiles

ÎLES-DU-NID
Cité CREVOURS et
SANGDORS

SIXBRAS

Courants de CORIOLIS

13

Sixbras, créatures aquatiques de l'Ancien Monde. Cracker, le plus gros.

Les Derniers

1er DIEU

CREVDURS (Adaptés) Ennemis des Ténèbres

Aura de Vie

Ténèbres : virus de la P.E.U.R

Métisses

Opale, Reine blanche création d'une Métisse. Medpars, clones d'Opale

ÉVÉNEMENTS	Crevdurs noirs ou Sassines	Crevdurs à Aura de vie : D.I.E.U	Crevdurs simples
État terrestre – Guerre nucléaire			
Migration aquatique			
Apparition des CREVDURS (adaptés à la respiration aquatique) – 1er D.I.E.U			
Installation des Crevdurs dans les *Îles-du-Nid*			
Évolution, 3 types de Crevdurs apparaissent		*Altes ♀* 3 enfants : 2 ♂, 1♀	
Quête des Cieux par Altes			
JUGEMENT 1, châtiment : naissance des **BIVALENTS**, respiration mixte (air, eau)			
Évolution, 3 espèces de Bivalents apparaissent			
JUGEMENT 2, châtiment : naissance des **SANGDORS** (Adaptés)	30 Sassines, gardiens des D.I.E.U	Evolius ♂, Evame ♀	
Alliance des 3 rois BIVALENTS	4 descendants survivants : les frères noirs	*Argos ♂ + Argolia ♀*, † 1 enfant : *Argonot ♂*, chef intérimaire des D.I.E.U durant le sommeil d'Argos dit Très-Haut	
Création du *Spectrum*, 1ère cité Bivalente	Serviteurs des D.I.E.U ...Descendants...		
Guerre entre *Spectrum* et *Île-du-Nid* : Guerre des Trois, ruine du Spectrum			
Création de l'*Organum*, 2ème cité Bivalente			
Mission *LaPerle*	- *Entenebris*, l'aîné, maîtres des Crevdurs noirs - *Lalèpre*, serviteur d'Argos - *Bubonick*, protégé de...		

BIVALENTS (respiration mixte, non adaptés)

...Descendance et évolution des 3 types Bivalents... *3 castes de Sapies : Long-Bras ; Teteplates et Hormoneurs ; 2 castes de Raidones : Unis et Tachetés*

RAIDONES (pilotes)	SAPIES (maintenance)			SHAKLYRS (guerriers)
Magnetron, roi 1	*Dronor, roi 2*			*Sicordus, roi 3*
	Long-Bras	Teteplate	Hormoneur	
	- *Iris*, dit Grand-Œil - *Luciol* - *Titus, fils de Dronor* - *Tresha* † + *Attalas* † - *Fedelyne*, (mutante)			
- *Saphy* - *Aiguo* -*Badrog*		- *Atenor*	- *Isaguld*	- *Derod* - *Ayder* - *Azado*
	Les Bivalents sont Organiens, dépendant totalement de l'Organum ; ou auto-suggestifs, conservant leur libre arbitre.			
	7 Gardiens de l'Alliance (Sapies sans esprit), protecteurs d'Iris			

14

Chapitre 1
Le départ d'Argonot.

Après que les eaux eurent recouvert toutes les terres, les survivants déclinèrent au point de perdre non seulement la raison, mais aussi la notion du temps.
Ce Nouveau Monde portait le nom de Mère Lactée.

Depuis lors régnaient les D.I.E.U qui tenaient dans le creux de leur poing ce qui restait de la vie grâce à une aura directement connectée aux étoiles.
Mais ce monde aquatique et froid était avant tout, une œuvre inachevée de la griffe des Ténèbres. Parce qu'au commencement, alors que les terres poussaient encore hors des eaux, les Ténèbres plantèrent quatre graines pour quatre virus : la **Possession**, l'**Envie**, l'**Usurpation** ainsi que la **Rage**. Alors la **P.E.U.R** s'insinua dans les esprits des mortels pour y prendre racine, s'y développer puis se propager.
Méthodiquement, les guerres se mirent en place puis engendrèrent à la surface de brûlants ouragans qui arrachèrent au sol toute forme de vie. Les terres disparurent toutes, l'atmosphère plongea sous un hiver nucléaire sans fin.
Il n'y eut qu'une poignée de survivants. Mais voici que le premier D.I.E.U se dévoila et guida ces derniers sous les eaux afin d'y trouver refuge.
Les D.I.E.U détenaient l'aura de vie, une force sainte touchée par la pointe des étoiles. Cette force précieuse se composait de quatre facettes : la **Dévotion**, l'**Impartialité**, l'**Équilibre** et l'**Unification**.

Autour de ce qui restait de la vie se bâtit aux fonds des eaux une forteresse ancrée sur des rocs solides et de rouges cristaux. De hauts remparts se dressèrent et furent fournis d'arêtes épointées. L'ensemble ceinturé d'un chapelet de montagnes porta le nom d'Îles-du-Nid.

Trois espèces se partageaient ces îles sous-marines. La première était une sorte de pieuvre géante à six tentacules et aux origines inconnues que l'on surnommait le Sixbras. Ces monstres gravitaient autour des Îles-du-Nid.

Les deux autres espèces faisaient partie de l'ordre des Adaptés du fait de leur adaptation complète au mode aquatique puisqu'ils ne respiraient que sous l'eau.

Les plus petits étaient les Sangdors, une espèce de sangsue qui se nourrissait exclusivement de sang.

Les Crevdurs qui avaient l'apparence à la fois d'hominidés et d'écrevisses étaient deux fois plus grands et plus massifs. Ils possédaient une épaisse armure bleu-vert de sulfure de fer qui leur recouvrait tout le corps. Parmi les Crevdurs, une élite, les D.I.E.U, portaient l'aura de vie. Ce pouvoir se transmettait de génération en génération à un frère et à une sœur, qui à leur tour, ensemble, enfantaient afin de le préserver et de le perpétuer. Au fur et à mesure que l'aura de vie se transmettait, la force des D.I.E.U croissait.

Cette force atteignit son apogée sous le règne d'Argos aussi appelé le Très-Haut. Mais alors Argos tomba sur le champ de bataille. Depuis lors, il reposait dans un coma insondable, laissant à son fils unique, Argonot, le fardeau du maintien de la vie.

Le temps avait passé et Argonot retrouva son père qui flottait au milieu de son nid. La tête penchée en arrière, les bras en croix, les jambes jointes et tendues, le plus imposant des D.I.E.U semblait en paix sous le poudroiement des étoiles dont les murs étaient éternellement imprégnés.

En plus de leur carapace et de leur taille plus impressionnante que la normale pour leur espèce, les D.I.E.U se distinguaient par des excroissances ferreuses irrégulières en forme de couronne sur le front et de pointes recourbées sur les joues et le menton. Plus le D.I.E.U prenait en âge, plus son armure bleutée aux reflets métalliques, se parait d'excroissances tout le long du corps. Mais celle du Très-Haut avait pris la pâleur de la mort.

Contrairement à son père, la cuirasse d'Argonot était encore lisse et les pointes étaient peu visibles sur son visage. Pourtant, il avait le même regard d'acier rouge feu qui inspirait autant de crainte bien qu'il n'eût jamais mené de bataille.
Si son ombre planait sur ce bas monde, il n'en était pas moins tiraillé de l'intérieur et rongé par l'héritage des campagnes sanglantes menées par la poigne de fer de son père.

Une odeur de putréfaction qu'Argonot connaissait bien enfla dans son dos et le fit décrocher de la contemplation de son Très-Haut.
Dans ce monde aquatique, les odeurs étaient essentielles. À travers elles circulaient les traits d'une personnalité dans son entièreté.
Ne pouvant plus endurer la lourdeur de cette puanteur qui gagna la salle, Argonot bloqua sa respiration. Il perçut de l'impatience et de l'insistance dans son dos. L'idée d'une décision qui devait être prise collait à cette odeur immonde. Il se détourna à contrecœur de la vision de son père.

Le principal moyen de communication était des phéromones produites par une paire de glandes de part et d'autre de l'œsophage. Leur structure délicate offrait une vague d'émotions en peu de mots tandis que la voix servait à transmettre de simples messages sur de plus longues distances.
- Lalèpre ! Quel bon courant t'amène ? dit Argonot avec une pointe d'agacement.

Cet invité sans surprise était un Sangdor, un de ces êtres souffreteux repoussants et puants sur lequel on ne voulait jamais tomber.

Une paire de trois petits trous occupaient la place des trois branchies que l'on retrouvait de part et d'autre du cou des autres espèces. Ces parasites tels des sangsues perpétuellement assoiffés de sang étaient de constitution maladive. Pourtant leurs petits yeux noirs sournois pétillaient d'une haine à peine contrôlée.

Ils n'avaient pas de mâchoire inférieure, mais à la place une large ventouse sillonnée de veines bleues palpitantes et qui était ceinturée par une lèvre plus ou moins turgescente. Une infinité de petites dents plantées en spirale et recourbées vers la gorge tapissait l'intérieur de l'énorme ventouse. La langue était fine et extensible et le bout se terminait par deux dents pointues orientées vers l'avant qui servaient à faire saigner les plaies.

Ces parasites avaient une peau diaphane, une tête disproportionnée, un cou presque inexistant ainsi qu'un front étroit et fuyant. Leur nez était une large boursouflure surmontant deux narines fendues et musculeuses qui avaient la capacité de se refermer complètement de façon à maximiser la puissance de succion de la bouche.

Leurs bras longs et osseux pendaient au bout de leurs épaules tombantes et leurs doigts graciles et noueux se terminaient par une bouffissure utile pour masser les proies de sorte à aider à faire remonter le sang vers la tête, principal point d'attaque des parasites.

Si tant est qu'un Sangdor pût être plus repoussant qu'un autre, Lalèpre était couvert de kystes protubérants et purulents qui tendaient à former de petits amas au niveau des articulations ce qui avait pour effet d'alourdir sa façon de nager.

Lalèpre était le serviteur du Très-Haut, une particularité visible par la marque de brûlure en forme de virgule au milieu du front.

- Les préparatifs sont achevés ! Poussa-t-il avec une humilité marquée par une quantité impressionnante de phéromones de soumission.

Ce faisant, il se rapprocha et se cassa l'échine en deux. Il leva légèrement de travers son regard insidieux, tout en se gardant de ne pas croiser les yeux de feu de son seigneur.

L'œil d'Argonot glissa sur la peau exsangue, flasque et fripée du ventre de son interlocuteur puis le D.I.E.U tourna la tête. L'odeur fut déjà de trop, il eut le besoin de penser à autre chose.

- Faut-il donc se décider ? demanda-t-il à regret.
- La réponse ne m'appartient pas… Je suis votre serviteur tout autant qu'à votre père que je souffre de voir ainsi…
- Je doute Lalèpre… Est-ce la bonne chose à accomplir finalement ? Qui sait ce que cela peut entraîner ?

Tandis qu'Argonot tourna lentement le dos, le petit serviteur se fit plus proche et pressant. Ce dernier se distendit le cou à la recherche du regard de son Maître de sorte que l'attention sur sa méprisable personne ne passât pas à côté. Un drap de pestilence enveloppa le fils du Très-Haut qui peina à réfléchir. Celui-ci crispa les muscles de ses mâchoires carrées et serrant les poings, il fit crisser entre elles les plaques ferreuses de ses avant-bras. Sous l'étincellement de la poudre d'étoiles qui imprégnait la voute de la grande salle du Très-Haut, l'armure du fils se para de lueurs inquiétantes proche de la couleur du fond d'un œil torve.

- Maître ?
- Que s'est-il passé ? Nous avons été créés pour combattre les Ténèbres… Mes aïeux s'y sont employés. Vois à présent ; mon père a fait des Bivalents nos pires ennemis alors que nous aurions dû les protéger envers et contre tout comme le font des maîtres dominants envers leurs sujets soumis. Les

légendes ne disent-elles pas qu'ils ont du sang de D.I.E.U en eux ?

Lalèpre étouffa un grognement, mais ses phéromones le trahirent. La patience lui fut dure.

- Mais tout n'est pas joué mon Maître ! Votre saint père nous a tous sauvés ; ne le pensez-vous pas ? Sans lui, ces... rognures de sous espèces... ces... Bivalents comme vous les appelez nous auraient asservis ! L'idée m'indispose, pardonnez-moi. Mais au bout du compte, un équilibre s'est instauré entre nos deux mondes. La guerre est bien après. Votre père ne s'est pas donné pour rien !

- Belles paroles pour un parasite de ton genre prêchant en secret pour le déséquilibre toujours porteur d'opportunités pour ton type d'estomac. Cette merveilleuse stabilité dont tu répands les louanges est sur la corde raide. Un imprévu et s'en est fini. Pendant ce temps, les Ténèbres continuent de mobiliser leurs forces. Elles se préparent à agir ; je le ressens du fond du cœur.

- L'imprévu surviendra tôt ou tard si vous voyez l'Alliance comme la source de vos doutes. Et les Ténèbres se jetteront sur nous une fois que nous nous serons usés sur les Bivalents dans une autre guerre. Il est temps de tisser des liens avec nos meilleurs ennemis. L'occasion qui nous est offerte ne se reproduira pas. La victoire, mon Maître, ne s'obtient pas seulement par le poing, mais par la politique.

Argonot posa un regard las sur la silhouette mal portante du Sangdor. Il savait qu'il ne devait jamais se fier à la pitié qu'inspiraient ces créatures. Quand il le fallait, celles-ci s'animaient d'une vitalité à la hauteur de leur voracité. Et le degré de leur fourberie était aussi pointu que le bout de leurs dents.

Le D.I.E.U se méfiait des Sangdors comme de la peste, plus de Lalèpre encore. Pourtant ce fut toute une épreuve de raisonner avec les relents d'haleine du serviteur qui s'enfilèrent en continu dans ses narines et lui prirent la tête.

- Pactiser avec les Bivalents… Je ne sais pas ; quelque chose dans ce plan ne fonctionne pas.

Le parasite eut une légère crispation de la face.

- Vous représentez la mémoire de votre père, mon Maître. Je vous supplie de ne pas céder aux doutes… Laissa-t-il tomber.

Argonot orienta brièvement son attention vers le corps détendu du Très-Haut. Alors une petite empreinte circulaire au niveau du poignet droit de ce dernier éveilla son intérêt et il s'avança. Mais Lalèpre lui fit détourner les yeux en se frottant pratiquement sur lui. La puanteur revint à son esprit.

- Les quatre submersibles Bivalents… Commença le fils.

- Le Grand-Œil de l'Organum et chef des Bivalents a tenu la promesse qu'il vous a faite en personne. Iris a fait amener ses sous-marins. Ils sont ici et surprise, chacun possède une quantité non négligeable d'eau alpha de dernière génération ; le *gâteau bleu* comme ils le nomment est très instable. À utiliser avec précaution si l'on veut éviter une grosse explosion… Comme convenu, mon protégé Bubonick vous suivra fidèlement. Tout est prévu. Votre submersible est muni d'un cylindre alpha-physique de cryptage, ainsi vous passerez inaperçu au travers des défenses ennemies. Le secret est bien tenu de chaque côté. Le destin de notre Mère Lactée dépend du rapprochement des chefs, mon Maître.

Argonot posa sur Lalèpre un regard dur et rougeoyant comme d'une lame chauffée à blanc. L'espace de cet instant, le D.I.E.U fils recouvra toute sa trempe.

- Bubonick, dis-tu ?

Le Sangdor s'empressa de courber docilement l'échine.

- Je ne suis qu'un messager ; les messagers ne vont pas sur le front, même si c'est partir pour la paix. Enfin vous me comprenez, mais si mon Maître le souhaite…

Il soupira, une odeur de mort se souleva. Argonot se mordit la lèvre inférieure tout en considérant l'infâme serviteur avec une répugnance qu'il ne fut plus capable de dissimuler.

Voici qu'il se prononça.

- Nous irons selon le plan, le Grand-Œil de l'Organum aura ce qu'il désire. Je lui apporterai les cristaux des D.I.E.U et la paix sera scellée. J'ai parlé…

Chapitre 2

Le Grand-Œil de l'Organum et son guide spirituel.

L'eau alpha-physique ou *eau bleue* représentait la source d'énergie ayant permis aux Bivalents de s'échapper du carcan imposé par les D.I.E.U qui voulaient les soumettre à leur volonté.

Des êtres qui autrefois, furent punis pour leur trahison lors du premier jugement virent leur capacité de respiration aquatique s'altérer et se transformer en un mode mixte. L'air qui dans ce bas monde était aussi rare que la lumière de jour devint la souffrance des Bivalents, ces vagabonds sans terre.

Ainsi ils errèrent sans cohésion ni but, jusqu'à ce que leur destin fût renversé par cette eau bleue miraculeuse qui se trouvait sous ses trois états à la fois : solide, liquide et vapeur. L'idée de la création de cette énergie naquit un peu dans les mêmes conditions que le rendez-vous qui était sur le point d'avoir lieu à l'écart des regards et des bruits de l'agitation.

Luciol avait une impression de déjà-vu. La mère de l'eau alpha-physique, c'était elle. La première personne avec qui elle partagea son secret fut son roi Dronor. À cette époque, il fut question d'une simple idée : un avenir meilleur. Dronor n'était plus, Iris au surnom de Grand-Œil, l'avait remplacé.

Ce dernier avait convoqué la vieille femelle au même endroit pour aborder la même idée selon toutes vraisemblances. Car si elle vivait comme une réprouvée depuis le dernier conflit global avec les Adaptés que l'on appelait *guerre des Trois*, elle n'en demeurait pas moins une source inépuisable de spiritualité.

Le trou dans lequel la liberté des Bivalents se fut jouée autrefois était une caverne étriquée, mais isolée de l'influence de la colonie Bivalente.

Le libre arbitre représentait un bien aussi rare que précieux au sein de l'Organum. D'un côté il y avait les Organiens qui fonctionnaient telles les cellules d'un organisme sous le contrôle absolu d'une onde magnétique du nom d'Organe. De l'autre il y avait les auto-suggestifs qui possédaient une certaine liberté de penser, mais avec des limites. Très rares étaient les endroits où il était possible de libérer totalement ses pensées et de lâcher son esprit à pleine capacité sans aucun parasite externe pour le troubler.

Luciol y avait trouvé son endroit dans cette cavité austère et basse de plafonds, taillée dans le flanc de la falaise et où il y avait de l'eau jusqu'à mi-cuisse.

Outre ses capacités énergétiques exceptionnelles, l'eau bleue avait des caractéristiques dites *mémoriques*. Elle retenait l'information. Au fil des âges, Luciol avait accumulé la plupart de ses recherches, expériences et analyses personnelles dans de l'eau alpha contenue dans une multitude de cylindres et de récipients rectangulaires de verre de toutes les tailles. Les murs en étaient recouverts jusqu'au plafond et la place manquait pour circuler. Mais Luciol connaissait par cœur l'emplacement de chacun de ses contenants. Dans ce labyrinthe microscopique de verre bleuté, elle s'orientait les yeux fermés. Elle se faisait une historienne acharnée.

C'était une Bivalente de sept âges, de l'espèce Sapies et de la caste des Long-Bras. Comme les Adaptés et les autres espèces Bivalentes, les Sapies bien que s'apparentant vaguement à la famille des hommes, avaient les mains et les pieds palmés et ils n'avaient pas d'oreilles. Selon ce que suggérait sa caste, Luciol avait de longs bras osseux dont le poids lui voûtait le dos. Son corps était mince et fragile comme d'une vague toute levée, sur le bord de s'affaisser.

Le visage de cette femelle usée était parcheminé de vieux soucis. Pourtant il émanait d'elle une fraction de sa grande beauté d'antan. Bien que courbée sous la lourdeur des âges, elle marchait encore fièrement sur ses lettres de noblesse.

Ses yeux bleus étaient d'une clarté anormale à force de déteindre sur les reflets de l'eau alpha. Enfin, elle avait un air solennel incisif, ciselé par des joues creusées ainsi que des pommettes et des mâchoires saillantes qu'elle mettait de l'avant pour exiger de l'attention. Ses lèvres étaient grandes et fines, estompées par l'usure du temps et la lassitude des âges. Mais elle avait encore parfois de ces sourires élégants et bienveillants dont elle avait le don de gratifier sa fille adoptive Fedelyne.

Voilà que Fedelyne était de retour. C'était logique parce qu'Iris lui avait donné ce rendez-vous dans le plus grand secret.

Pourtant Luciol n'avait pas envie de sourire en avance parce qu'une bien mauvaise pensée n'avait eu de cesse de trotter dans sa tête depuis le départ de sa protégée. Malgré sa sagesse et sa grande expérience, il se pouvait qu'elle eût mal évalué les conséquences de la mission LaPerle…

À l'approche d'un clapotis dans son dos, elle releva la tête sans relâcher l'attention qu'elle accordait à un pan de ses mémoires alpha.

- Iris… Je suis heureuse de te sentir.

Ce qu'elle s'efforça de lui faire comprendre au travers des phéromones qu'elle libéra.

Iris était un petit Sapies, également de la caste des Longs-Bras. Considéré comme le plus puissant de son espèce, il était le Grand-Œil de l'Organum, c'est-à-dire le chef de la colonie Bivalente. Tout comme Luciol, son esprit était partiellement déconnecté de l'Organe, cette onde magnétique qui gérait l'Organum. Tout comme elle, il était auto-suggestif. Mais il était aussi le digne successeur du roi de l'Alliance Dronor et donc le maître incontesté de l'eau bleue.

D'une beauté grandement appréciée, il laissait transparaître une tranquillité d'esprit qui voilait une force crainte de tous, même des D.I.EU. Il avait des yeux pénétrants verts clairs, un nez fin et étroit ainsi que de solides mâchoires sèches et droites qu'il serrait par habitude.

Il était connu qu'une excursion vers les eaux de surface dont il fut l'unique maître d'œuvre, lui avait laissé jadis de graves brûlures sur la majeure partie du corps. Ces blessures qui n'avaient jamais complètement cicatrisé rendaient sa peau très sensible, ce qui se traduisait parfois en d'atroces démangeaisons. Iris atténuait tant bien que mal ce calvaire en portant en permanence une combinaison moulante en peau de Sixbras qui ne lui laissait de libre que la tête, les pieds et les mains.

- Allons… Qu'attends-tu ? Ça transpire de tout ton être, pourtant tu appréhendes de me le raconter… Ils sont de retour n'est-ce pas ? Questionna Luciol qui avait fermé les yeux devant un tas de fioles alpha.

Iris se redressa hors de l'eau, prenant son temps comme pour retarder le moment.

- Leur sous-marin se rapproche. Nous avons reçu un message alpha crypté, dit celui-ci avec neutralité.

- Ah ? Et que nous apprend-il ? Ce message ?

Le Grand-Œil s'emmura dans un mutisme tendu, son interlocutrice se pinça les lèvres. Finalement, cette dernière se retourna avec douleur et avec peine parce que ses jambes étaient aussi raides que des poteaux. Au contact de l'eau, les Bivalents excrétaient du gel, une sorte de mucus qui, en faisant office de seconde peau, permettait au corps de maintenir sa température constante. Les individus âgés produisaient du mucus plus que nécessaire et celui-ci avait tendance à s'accumuler sous la forme de croutes épaisses sur les parties le plus souvent immergées.

Iris la dévisagea brièvement avec une expression anormale, à l'opposé de la compassion qu'il lui offrait d'ordinaire. Sa vieille complice pencha la tête de côté avec curiosité.

- S'est-il passé quelque chose là-haut ?

Il se détourna de l'œil scrutateur de son guide spirituel pour se concentrer faussement sur le mur à sa droite et plus particulièrement sur un cylindre alpha qu'il gratta du bout de l'index. Puis il parla à voix basse.

- Ils ont des échantillons…

Luciol relâcha les muscles de son cou et soupira en baissant le regard. Ensuite, le même doute l'assaillit de nouveau.

- De quel type ?

La question passa par-dessus la tête du Grand-Œil qui parut hypnotisé par l'eau bleue sous l'ongle de son doigt. Face au comportement insaisissable de son chef, elle plissa le front.

- Fedelyne ? Comment va-t-elle ?

Enfin, il se tourna vers sa vieille amie comme si son moment d'inattention n'avait jamais eu lieu.

- Pardonne-moi. J'aurai dû te parler d'elle plus tôt. Je sais combien ta fille adoptive t'est chère, laissa-t-il tomber.

- À toi aussi, ce qui est un secret qui crève les yeux de tout le monde. Alors ?

- Alors quoi ?

La vieille Sapies fit un pas en avant bien que cela lui coûtât.

- Qu'y a-t-il à la fin ? Tu évites toutes mes questions ! Pourtant je sens chez toi de la tristesse, de l'angoisse et je ne sais quoi d'autre ! Où sont donc les mauvaises nouvelles ?

- Une… décision devra être prise… une décision vitale pour nous tous, fatale pour d'autres.

Luciol fit claquer sa langue. L'idée sous-jacente de son chef se calqua en plein avec la petite angoisse depuis longtemps cramponnée à son estomac.

Elle avait eu l'idée absurde et impossible qu'il envisageât de se débarrasser de Fedelyne, mais aussi du reste de l'équipage. Elle secoua la tête sous le poids de cette pensée saugrenue.

- Je vois… le fameux équilibre entre les Adaptés et les Bivalents… Celui qui ne tient qu'à un fil…

- Je ne m'attendais pas à ce qu'ils reviennent avec des échantillons… Est-ce que tu comprends ?

- Pas vraiment. Tout le temps que tu passes seul là-haut dans ta Sentinelle te ronge la cervelle. Tu en es venu à te croire capable de changer nos pires adversaires en nos meilleurs alliés.

- La nouvelle Alliance est tout ce qui importe et tôt ou tard tu seras aux premières loges pour le voir de tes propres yeux.

La vieille Bivalente fut soudain très lasse.

- Bien sûr… qui d'autre aurait pu s'en convaincre mieux que toi ? Mais tu ne raisonnes plus depuis que Fedelyne est partie. Pourquoi avoir planifié toi-même cette mission si tu ne souhaitais pas que cela se produise ?

Iris s'agita. Ses mots se firent passionnés et il parla avec le poing.

- La colonie avait besoin de savoir ! La question Luciol ; la grande question ; est-ce possible de recoloniser la surface, de marcher sur la terre de nos ancêtres ? N'apporter aucune réponse est un facteur de déséquilibre et il en faut très peu pour que nous retombions dans le chaos.

- Il te fallait donc une réponse négative ! Mais ça importe peu au bout du compte. Comme tu le dis, c'est une grande question ; il en faudra beaucoup pour y répondre.

- Un seul échantillon suffirait à implanter l'idée que ce serait imaginable. C'est cela qui importe !

Soudain, Luciol leva le ton sans dissimulation.

- IRIS ! Tu devrais faire la différence entre ce que tu es et les D.I.E.U !

Personne ne se serait objecté de la sorte en la compagnie du Grand-Œil de l'Organum, mais face à son guide spirituel, celui-ci desserra les mâchoires.

- La colonie ne peut se permettre de perdre de nouveau son sang. Nous devons changer nos plans. Tu dois penser à la nouvelle Alliance.

- Ma vie est presque achevée, je n'ai rien à perdre. Quant à l'Organum, il est tout entier dans cette situation. Tu as ma réponse maintenant.

Iris opina du chef avec résignation. Puis calmement, il tourna le dos pour disparaître dans l'eau du trou de la falaise.

Luciol demeura un moment figé, incrédule que cette discussion se fût si abruptement achevée.
Ainsi ne sachant à trop quoi s'en tenir, elle retourna à ses contemplations sans but.

Chapitre 3
La renaissance d'Opale.

Il existait deux types de monde, celui basé sur les règles physiques élémentaires et l'autre immatériel où dominaient les esprits qui ici ne souffraient d'aucune autre barrière que celles forgées par les faiblesses du mental.

Dans ce deuxième monde Opale la descendante de Métisse, était la reine.

Avec sa beauté aussi attirante que l'enfer, ses victimes mouraient à peine furent-elles tombées sous son charme d'albâtre.

Hormis sa légendaire vénusté, on ne connaissait que très peu de chose d'elle si ce n'était qu'il fut un temps où ses capacités psychiques s'étendaient au-delà des frontières de l'imaginable.

À l'instar des Métisses qui se servaient de l'esprit de leur hôte pour prendre vie, Opale trouvait la source de sa force en accaparant les pensées des autres.

Au fil du temps et bien avant que les D.I.E.U atteignissent pour la première fois toute leur grandeur divine, la puissance d'Opale déclina mystérieusement et pour pouvoir continuer à se défendre elle fut contrainte de se cloner.

Ainsi elle engendra à elle seule une redoutable armée de Medpars qui fonctionnaient comme une seule et même machine à tuer.

Pourtant le clonage devait conduire inexorablement à un appauvrissement des gênes au sein des clones. Tôt ou tard les forces d'Opale étaient destinées à décliner de nouveau.

La reine avait donc besoin d'une énergie capable de lui apporter sa vigueur psychique d'antan et qui avait fait d'elle, un génie du mal. Son attention s'était tournée vers l'Organe, l'onde magnétique qui donnait un sens à la vie de toute la colonie Bivalente.

Pour se l'approprier, la reine avait besoin *d'endormir* ceux qui étaient capables de l'arrêter, de les éliminer puis de créer les conditions favorables à une déconnexion complète entre l'onde et les Bivalents.

Ses deux cibles principales étaient Iris et Argonot. Une fois ces célèbres personnages neutralisés, il ne fallait plus qu'un rien pour amener toutes les conditions nécessaires à l'apparition d'une nouvelle guerre entre Bivalents et Adaptés.

La reine était encore douée de télépathie et ses capacités divinatoires demeuraient hors norme. Or elle avait eu une vision ; avec Lalèpre à ses côtés et dans un gigantesque bain de sang, elle renaissait.

Malgré leur différence abyssale, elle et Lalèpre avaient un point en commun : une passion incongrue pour la vie.

Ainsi il n'avait pas été difficile de convaincre le Sangdor d'allier leurs efforts en sous-main tout en parasitant les ambitions des deux derniers grands personnages de ce bas monde.

Une loi de la nature disait que l'avenir était un fil qui se raidissait au fur et à mesure qu'avançait la vie. Tôt ou tard le fil devait se rompre. Alors dans le sang et la mort la reine blanche allait s'emparer du monde et des Ténèbres grâce au pouvoir de l'Organe.

Chapitre 4
Le retour de Fedelyne.

L'opacité et le silence inquiétant persistaient dans la quasi-totalité des profondeurs. Aucun être vivant n'osait trop s'y attarder. Les Ténèbres sommeillaient quelque part et partout à la fois.

Mais voilà qu'un ronronnement qui gonfla rapidement transperça ce silence de mort. Un point lumineux d'un bleu éclatant sortit au loin de l'obscurité et vibra dans l'oppressante noirceur. Il se rapprocha comme si l'enfer était à ses trousses. Le halo de lumière bleuâtre enveloppait LaPerle, un sous-marin fait de verre nacré de forme ovale, aplatie et dont les extrémités concaves se terminaient en pointes.

Aux commandes se trouvait Saphy, un Bivalent de l'espèce Raidone qui se distinguait par une membrane de peau s'étirant sur les côtés, de l'auriculaire jusqu'à la cheville, à la manière des raies mantas. Il appartenait à la caste des Unis ce qui indiquait que l'arrière de son corps noir s'opposait parfaitement en termes de couleur à l'avant qui était d'un blanc laiteux.

Dérod, un molosse patibulaire de l'espèce Shaklyr, contrôlait les réservoirs des turbines alpha-physique entre lesquels il se tenait, à l'arrière du submersible. Les Shaklyrs qui avaient des allures de requins étaient massifs et de taille saisissante. Ils avaient une peau grisâtre recouverte d'écailles comme de petites dents, une longue épine recourbée comme d'un sabre leur sortait des coudes et une masse de dents triangulaires et tranchantes leur sortaient de la gueule.

Entre Dérod et Saphy, Fedelyne méditait, calée dans son coin tout en tapotant de l'index la petite capsule de verre rêche pendue à son cou. Cette Bivalente de deux âges, à peine sortie de l'enfance était de constitution unique. Elle avait de longs cheveux couleur paille, une peau pâle et délicate, des oreilles complètes et ne possédait aucune branchie entre la base du cou et les clavicules. C'était une mutante exceptionnelle.

Celle-ci fut dérangée par la montée d'un nuage d'hormones corsées qui lui arriva au travers de ses songes. Ayant de la peine à décrocher son regard du vide, elle entrevit Saphy qui se tordit sur son siège dans sa direction. Saphy le brillant élève du roi de l'Alliance Raidone Magnetron avait un visage qui ne laissait pas indifférent. Deux estafilades faites en apparence par des griffes lui traversaient l'arcade sourcilière ainsi que la pommette gauche et lui rayaient l'œil qui était mort.

- Qu'y a-t-il ? demanda-t-elle avec ses phéromones aussi douces que ses cheveux.

- Nous n'avons aucune réponse de la part de l'Organum depuis que j'ai formulé que nous détenions des échantillons.

La mutante acheva de se réveiller.

- État de la connexion avec le centre de contrôle ?

- En détérioration depuis notre retour de la surface. Je m'interroge encore sur la source du problème. Pour le moment, j'ai l'impression que les communications sont mortes.

- À quoi penses-tu ?

- Nous n'avons pas l'assurance que notre position est protégée. Si nous sommes repérés, la situation risque d'échapper à notre contrôle.

L'air de la cabine du sous-marin était confiné. Il renfermait un mélange complexe de relents de vieilles phéromones qui parasitait les échanges. Fedelyne se répéta les mots de son pilote afin de ne rien manquer du sens de son odeur. Il y avait de l'urgence dans l'atmosphère.

- D'accord... Sans une couverture pour assurer notre retour, il n'existe qu'un seul passage qui nous permettra d'atteindre l'Organum sans se faire voir.

Elle se leva et alla, le dos arqué, s'installer dans le siège à la gauche de Saphy.

- Nous passons au plan B ! s'exclama-t-elle tout en se sanglant solidement.

Saphy qui l'imita la fixa avec une pointe d'inquiétude.

- Es-tu certaine de te souvenir ?

- Je ne prétends pas être une pilote aussi talentueuse qu'un Raidone. Ce n'est pas dans mes gênes contrairement à ton espèce, mais en toute modestie, je suis la seule qui ait déjà traversé le couloir étroit. Cette chose-là ne se perd pas. Et entre nous, après tout ce temps passé dans cette caisse de verre, j'ai hâte de m'exercer un brin. DEROD, ACTIONNE LES TURBINES !

L'instant d'après, les turbines grondèrent et le submersible trembla tandis qu'une couche d'eau bleue éblouissante recouvrit entièrement ses parois internes et externes.

Le couloir étroit était une longue faille naturelle qui serpentait à l'intérieur d'une falaise majestueuse dressée à l'ouest de l'Organum. Il s'ouvrait en haut du plateau, au milieu des ruines du Spectrum qui fut la première cité Bivalente et débouchait tout en bas, dans les Abymes, à la base des installations défensives de l'Organum. Cette faille d'un millier de brasses de longueur était tapissée d'éperons rocheux et avait un tracé en lacets entrecoupé de larges fissures. De violents courants imprévisibles s'y engouffraient et les éboulements y étaient récurrents.

Le couloir étroit était réputé infranchissable en sous-marin. Mais pour Fedelyne ce mot signifiait qu'un engin de bonne taille ne pouvait le passer. Par contre, selon son point de vue, ce n'était pas le cas d'un pilote habile aux commandes d'un appareil vif et léger. Elle l'avait déjà fait et se bornait à croire que la chance n'y fut pour rien.

- J'ai créé cet appareil, je le sortirai de là sans une seule rayure.

Non sans appréhension, elle posa sa main droite sur la sphère neuronique qui ressortait du tableau de bord.

Ce globe de verre flottait sur une couche d'eau bleue reliée à un réseau nerveux alpha qui couvrait l'intérieur ainsi que l'extérieur de toute l'enveloppe de LaPerle comme d'une seconde peau capable de transmettre au pilote des informations comparables à des sensations.

- Nous n'aurons pas le droit à l'erreur.

D'une légère crispation de la main sur la sphère, Fedelyne fit apparaître le cube alpha devant le cockpit. Le cube indiquait la position du submersible dans son environnement par un point lumineux dont l'emplacement dépendait du sonar alpha. Ce dernier était une tige constituée de lamelles de verre souples situées sous le nez du sous-marin.

- Une fois de l'autre côté du couloir, nous serons à découvert. Notre marge de manœuvre sera serrée.

La mutante examina le triangle alpha qui flottait à proximité du cube, entre elle et Saphy. Dans ce triangle, naissaient des courbes tridimensionnelles, fruits des communications avec l'extérieur et celui-ci était détestablement vide.

- Mais avant tout, il est vital que les messages entre nous trois soient exempts de parasites.

Elle pensa à rafraîchir l'air, pensée qui se traduisit en une micro variation électrique au bout de ses doigts. Aussitôt le cockpit se vida de la majeure partie de son oxygène, mais également de ses vieilles phéromones.

- Nous sommes prêts, lança-t-elle en resserrant de sa main gauche les sangles sur ses épaules.

Saphy se surprit à admirer du coin de l'œil le profil de sa capitaine ; traits doux, peau soyeuse, mâchoires arrondies, joues légèrement bombées, lèvres pulpeuses et nez en pointe. Une Bivalente toute jeune et délicate qui ne ressemblait en rien à la tête brûlée qu'elle lui inspirait.

- Qui sait ce que nous avons ramené avec nous, murmura celui-ci l'air songeur.

Fedelyne n'avait pas saisi. Son attention tout entière s'était portée sur LaPerle qui fila telle une étoile en rasant un secteur peu fréquenté du plateau. Les ruines du Spectrum pointèrent et grossirent en accéléré. Saphy n'eut pas le temps de contempler les glorieuses constructions du passé de la première cité Bivalente maintenant abandonnée.

- Les courants seront contre nous, cramponnez-vous ! lâcha la mutante avec nervosité en redressant un peu le nez du submersible.

Le Shaklyr dont la masse imposante était encadrée par les deux grands cylindres remplis d'eau bleue bouillonnante qui constituaient les réservoirs poussa au maximum en avant les deux manettes qui contrôlaient l'alimentation des turbines. Il y eut une résistance puis un double clac et les réacteurs propulsèrent LaPerle comme une balle.

Les trois Bivalents furent brutalement plaqués contre le dossier de leur siège. Le bras libre de Fedelyne fut envoyé contre sa poitrine où il resta collé. N'ayant pas imaginé une pareille poussée elle batailla pour continuer d'agripper la sphère neuronique. Elle serra les dents.

Elle entraperçut trois immenses statues de pierre puis des remous dans lesquels elle engouffra le sous-marin par une plongée à angle droit en enfonçant la sphère d'un coup sec. Ce fut un choc à couper le souffle lorsque le submersible frappa de plein fouet un serpent d'eau jaillissant de la bouche du couloir dans le sens inverse.

Les trois furent violemment projetés contre leurs sangles. Fedelyne se précipita à deux mains sur la sphère neuronique afin de stabiliser tant bien que mal LaPerle qui fut furieusement malmenée.

- Aouf ! Cet appareil est incroyable ! Saphy ! J'ai besoin d'une vision élargie de la zone ! articula-t-elle en essayant de recouvrer sa respiration.

Saphy leva l'index sans parvenir à viser le cube alpha. Le sous-marin rebondissait sur les courants en émettant des craquements à glacer les sangs. Après trois reprises, le Raidone toucha enfin la bulle blanche qui symbolisait le submersible dans le cube et les détails de l'environnement autour de celui-ci se précisèrent malgré de nombreuses interférences dues aux mouvements d'eau.

Fedelyne savait qu'à proximité des parois, l'intensité des flots déclinait. Ainsi elle s'appliqua à guider le sous-marin qui bondissait, vers une minuscule gaine d'eau plus au calme entre les pics rocailleux et le cœur houleux du couloir. Pari risqué ; il suffisait que LaPerle se fît pousser par un flot jaillissant d'une quelconque fissure transversal pour se retrouver transpercée par un rocher ou plongée dans la pleine puissance des courants au centre. Dans un cas comme dans l'autre, le résultat revenait à la désintégration.

Pourtant le plan fonctionna jusqu'à ce que Fedelyne relevât du coin de l'œil que la reproduction alpha du passage qu'offrit le cube se rétrécit dangereusement autour de la bulle blanche. La capitaine allait devoir choisir entre se frotter à la férocité des courants ou slalomer entre les éperons qui garnissaient l'intérieur de la gorge sombre et tortueuse.

- Si LaPerle résiste à ça, on passe ! se récria-t-elle. Dérod ! À mon signal, puissance maximale sur la turbine de gauche et coupée de moitié sur celle de droite !

- Fedelyne ? demanda Saphy avec inquiétude.

Celle-ci n'eut d'yeux que pour sa trajectoire quand elle vira progressivement à bâbord. LaPerle se dégagea de la zone de confort pour se rapprocher peu à peu vers le centre.

- Je vois ce que tu cherches à faire, mais je ne vois pas comment tu conserveras le contrôle avec la moitié de notre sous-marin en moins, s'alarma le Raidone.

La mutante n'eut pas le temps de négocier. Le côté gauche du submersible effleura le flanc du dragon d'eau tandis que le droit frappa la pointe des dents rocailleuses qui se rapprochèrent à toute allure avec l'étranglement du passage.

- MAINTENANT !

Fedelyne vira franchement vers la gauche puis vers le bas quand Dérod changea la puissance des turbines. LaPerle fut salement secouée en surfant sur les bords des courants déchaînés. Sa vitesse chuta drastiquement, sa carapace grinça de misère. Fedelyne serra les mâchoires à avoir une crampe comme si la pression sur ses dents fit en sorte que son engin arriva à tenir bon.

Alors Saphy entrevit dans le cube alpha un point sombre filant droit sur la bulle blanche.

- UNE ROCHE !

La capitaine ne l'avait pas vu venir. Le choc fut mauvais, le sous-marin partit en vrille. Mais l'instant d'après sous l'effet de sa lancée, il rejaillit hors du couloir étroit. Fedelyne eut à peine le temps de rétablir la stabilité avant qu'ils n'allassent s'écraser au sol.

- DÉROD ! INVERSE LA POUSSÉE !

Les réacteurs vrombirent ; les trois Bivalents furent catapultés en avant, leurs sangles leur coupèrent le souffle. La mutante eut encore le réflexe de virer pour se placer entre deux pics rocheux. Elle s'arrêta là.

- LaPerle est-elle intacte ? s'empressa-t-elle de demander en se passant une main tremblante dans les cheveux.

- Elle l'est, dit Saphy qui n'en revint pas. Tu es douée pour dessiner des submersibles !

Mais Fedelyne releva d'entre les lèvres pincées de son coéquipier une senteur s'apparentant à un reproche. Elle interrogea celui-ci du regard, le front en avant. En fait, elle ne demanda pas, elle exigea. Saphy perçut le regard inquisiteur de la mutante comme une matraque levée au-dessus de sa tête.

- Écoute Fedelyne, il faut que tu comprennes.

- Ah ! On y vient ! grognonna-t-elle en se carrant dans son siège, les bras croisés d'un air renfrogné.

- Je ne suis pas ton père, j'ai conscience que tu ne suis pas mes traces. Lui était un explorateur, moi je ne fais que veiller sur toi de mon mieux.

- Attention à ce mieux dont tu me parles.

- Nous voilà dans la même posture qu'avant notre rentrée dans le couloir étroit. Tu as dit que nous n'avions pas le droit à l'erreur. Mais avec cette énorme roche qui nous a percutés, nous disposons d'une seconde chance. Ici, tenter le diable sera fatal à coup sûr. Est-ce que tu comprends ?

- Je sais exactement ce que je fais.

- Ce n'est pas de tes actions que je me méfie, mais de ce qui est inactif en toi, la clairvoyance. Réagir tête baissée comme tu l'as fait ne t'amusera pas autant quand tu recevras les roches qu'ils t'enverront pour la cargaison que nous transportons. L'annonce du message doit respecter la règle élémentaire de la précaution et ce n'est pas à nous de faire cette annonce, mais au Grand-Œil.

Saphy se pencha sur la mutante, la fixant de son œil crevé et il lui effleura le menton de l'index dont le bout se para de micro arcs électriques. Fedelyne fronça les sourcils puis se mordit la lèvre supérieure.

- Ne t'avise pas de manipuler mes humeurs avec tes courants magnétiques. Ça ne passera pas. Ça, c'était la spécialité de ton roi Magnetron ; il est mort et dans ce cas je n'en suis pas que malheureuse.

Une odeur de métal chauffé à blanc se leva soudain à l'arrière.

- Nous perdons du temps ! lança Dérod.

Ce survivant de l'unité des Anges-Gardiens n'obéissait qu'à la règle que son roi et maître Sicardus lui avait enseignée. Or cette règle était fort simple : protéger la mutante à la vie, à la mort.

Avec sa carrure écrasante, il se tenait plié en deux dans cette cabine trop étroite pour lui. Il donnait l'impression de faire voler en éclat le cockpit si par malheur, il lui venait l'envie de s'étirer.

Avec Dérod, Fedelyne ne se rebellait jamais. Elle se tourna vers lui et baissa la tête en parlant avec gêne.

- D'accord, allons-y. N'ayons pas peur du moment de vérité après tout. Je ne crois pas me tromper en affirmant que personne ne nous a vus arriver. Quelle est la condition des échantillons ?

Le Shaklyr était un maître d'armes, les trop longs discours tendaient à le fatiguer. Il fit un hochement de tête en direction des deux contenants rectangulaires en verre nacré dans le milieu, ce qui pour lui, constitua une phrase entière et recherchée.

- Ainsi ils sont stables. Nos moyens de conservation fonctionnent, s'exalta la capitaine. Si rien à proximité ne dérègle l'énergie alpha du milieu de vie artificiel, les organismes se développeront certainement. Parfait ! Voici ce que nous allons faire, nous allons dévier du plan d'Iris.

Saphy soupira bruyamment.

- J'imagine que tu veux qu'on se sépare et que l'un d'entre nous se rende chez Luciol pour lui ramener la bonne nouvelle… Il n'en est pas question. Nous restons dans le sous-marin et tous ensemble, nous nous dirigeons vers le point de rencontre dans le dôme comme convenu. Iris doit déjà nous y attendre. Clairvoyance ; clair-voy-ance… Te souviens-tu de ce que je t'ai dit ? Dévier du plan c'est sauter dans l'imprévu. Nous ne savons pas sur quoi cela peut déboucher. Ce n'est pas avec ce que nous transportons que nous pouvons nous le permettre.

- Je commande cette mission, donc on se sépare. Nous sommes déjà dans l'imprévu de toutes les façons. Regardons ce que cela peut nous rapporter ! Nous gagnerons du temps et sous l'effet de surprise, ma mère Luciol tombera raide morte. Quant à Iris, il ne nous en tiendra pas rigueur, je vous le promets. J'irai le voir en personne… Quoi qu'il en soit j'ai besoin de lui annoncer la nouvelle en privé.

Saphy s'avoua vaincu.

- Je vois… Quel est le nouveau plan dans ce cas ?

- Dérod, je veux que tu ailles vers le trou de Luciol avec LaPerle pour lui confier les échantillons. Elle seule peut savoir de quelle espèce il s'agit. J'ai trop hâte de connaître son opinion. Elle se dépêchera de les analyser si toutefois ses genoux n'auront pas plié après les avoir vus. Elle devra aussi examiner les combinaisons que nous avons utilisées en surface. Il faut que l'on sache si l'on peut s'en passer là-haut. Pour te rendre chez Luciol, tu survoleras les veines qui alimentent en air l'Organum de façon à te dissimuler dans les bulles qui s'en échappent. Que LaPerle soit hors de vue est primordial. Saphy et moi rejoindrons le dôme de l'Organum à la nage et nous entrerons par un accès abandonné. Une fois à l'intérieur, Saphy se dirigera discrètement vers le centre de contrôle. Les échanges que nous avons eus avec eux durant notre expédition ont dû leur permettre de cartographier la majeure partie de notre parcours. Leur expérience jumelée à leurs analyses nous permettra de savoir si à l'avenir un convoi important sera en mesure de suivre notre route. Le plus vite nous le saurons, le mieux ce sera. En fin de compte, Dérod tu conduiras LaPerle vers l'ancien port pour la fin de son périple où il est attendu. J'ai conçu ce sous-marin pour qu'il endure des environnements extrêmes, mais il a peut-être subi des détériorations que nous ne remarquons pas. Il est vital que les analyses soient commencées sans tarder. C'est une autre petite entorse au plan, mais quelle importance ? Plus vite nous serons renseignés, plus fort sera notre contrôle sur l'information. Pour cela je vais me plier aux conseils de Saphy, ne laissons pas de place aux fausses inductions. Quant à moi, j'irai au-devant de la rencontre avec Iris et je lui expliquerai notre changement de plan. Pour finir et selon NOTRE plan, nous prendrons la chambre panoramique comme point de rassemblement avec de premiers résultats d'analyse comme je l'espère. Jusqu'à nos retrouvailles nous demeurerons en liaison grâce à nos décrypteurs alpha.

Les deux autres étaient insatisfaits, mais fatigués ; ils se plièrent au caprice de leur capitaine.

Fedelyne tendit à chacun un petit dispositif en L.

Un décrypteur se composait de deux segments.

L'extrémité qui se tenait au niveau du nez était un récepteur sous la forme d'un sucre rempli d'eau bleue et percé d'une multitude de trous minuscules qui permettaient à l'air de circuler tout en retenant des molécules alpha-physiques mélangées à une salive hautement concentrée en phéromones.

Quant à la tige dont le bout s'accrochait au niveau de l'oreille, il s'agissait de l'émetteur constitué d'un assemblage d'une dizaine de lamelles souples en verre qui baignaient dans de l'eau bleue.

Lors du décryptage d'ultra-sons, les signaux étaient captés par le sucre. L'eau alpha que contenait celui-ci interagissait avec la salive qui libérait des phéromones au niveau des narines.

Lors de l'émission d'un message, les phéromones transmises à l'intérieur du sucre provoquaient une onde alpha énergétique qui faisait vibrer les lamelles de verre et des ultra-sons étaient produits.

La portée de ces ultra-sons se trouvait relayée par des antennes réparties dans les environs de l'Organum et qui fonctionnaient selon le même principe que l'émetteur des décrypteurs.

Avant de mettre leur dispositif au niveau de leur oreille, Saphy, Dérod et Fedelyne en vérifièrent le bon fonctionnement. Les orifices du sucre étaient parfois obstrués par des cristaux de glace issus de la dématérialisation de l'eau alpha-physique. Mais dès le premier essai, les décrypteurs eurent l'air en parfait état.

Saphy considéra son appareil qu'il tint dans le creux de sa main avec une pointe d'appréhension.

- Comment penses-tu que l'Organe va réagir en apprenant la nouvelle ? demanda-t-il en dévisageant sa capitaine.

- Que l'Organe aille au diable, répliqua-t-elle en esquissant un sourire.

- Ne plaisante pas avec le diable, il est souvent plus proche qu'on ne le croit, lâcha Dérod de son odeur chaude et lourde.

Dérod détestait laisser Fedelyne sans protection.

Cette dernière effaça son sourire et baissa les yeux. Le Shaklyr avait formulé une phrase complète, ce qui fit réfléchir.

Ainsi un Dérod irrité s'en alla aux commandes de LaPerle vers le sud en suivant scrupuleusement la courbe des bulles d'air qui s'échappaient du sous-sol.

Quant à Saphy et Fedelyne, ils nagèrent en direction de l'Organum, Saphy ayant pour but le centre de contrôle.

Après tout ce temps passé dans LaPerle, le contact de l'eau sur le corps nu de la mutante lui fit un bien fou même si elle n'y fut plus accoutumée. De fait, les pores de sa peau produisirent du mucus beaucoup plus que nécessaire pour stabiliser sa température.

La mutante ne possédait pas les caractéristiques physiques d'une nageuse et ses mains et ses pieds n'étaient pas palmés.

Les Bivalents avaient deux poumons à la fonction distincte, l'un permettant de respirer dans l'air, l'autre dans l'eau bien que cette dernière capacité se trouvât fort réduite chez cette race depuis le premier jugement. Mais chez la mutante, la faculté de respirer dans l'eau se limitait au minimum. Elle se fatiguait rapidement. Afin de compenser son inadaptation et pour économiser son énergie, elle ondulait lentement dans l'eau avec amplitude en joignant les jambes et les bras qu'elle tendait vers l'avant.

Saphy quant à lui, planait majestueusement. En écartant les bras, il étirait ses ailes zébrées de vieilles cicatrices. Toutefois il se déplaçait différemment des autres membres de son espèce. Il était plus raide et ses mouvements tendaient à être saccadés en raison d'une ancienne fracture au niveau des hanches.

Dans les eaux profondes, l'espace et les fonds marins ne faisaient qu'un.

En réagissant avec la radioactivité ambiante, le scintillement des étoiles poinçonnait la noirceur qui occupait les Abymes. Ces dernières étaient une faille démesurée dont les origines remontaient au cataclysme qui avait marqué la fin des temps. Les Abymes représentaient une cicatrice qui jamais ne s'était refermée et là se trouvait l'empire des hauts fonds. C'était l'Organum qui tirait son nom de l'Organe ; une onde magnétique mystérieuse qui conditionnait la vie des Bivalents.

D'ordinaire les puissants sous-marins Cargos destinés aux transports de ressources et de matériels ainsi que les chasseurs surnommés les Protons, fourmillaient aux alentours. Mais le silence et la tranquillité occupèrent le territoire de l'Organum à l'approche des deux voyageurs. Le plan se déroulait comme convenu.

Dans le but de limiter les fuites, le retour de LaPerle devait coïncider avec le commencement de la très attendue finale du J.E.U dont le nom portait les fondements de la philosophie Bivalente : le Jugement, l'Énergie et l'Union.

Ce moment de douce quiétude laissa à la capitaine le temps d'admirer la grandeur, mais aussi la splendeur de son monde.

La principale structure de l'Organum était un dôme pharaonique de verre pur transparent comme de l'eau et dont la surface était entièrement sillonnée d'un réseau de veines alpha-physique qui convergeaient toutes vers le sommet formé d'un grand disque alpha comme d'un œil battant au rythme d'un cœur en santé.

Ce refuge imprenable se dressait contre les D.I.E.U et répandait une lumière bleue éthérée qui repoussait la pression implacable que les Ténèbres exerçaient sur toute chose.

Le verre pur était fragile, mais possédait la qualité de conduire l'eau alpha-physique. À l'inverse le verre noir issu des cendres volcaniques, était particulièrement résistant, mais peu conducteur.

Le périmètre du dôme était entouré d'impressionnantes structures de verre noir qu'une multitude de points alpha lumineux parsemaient. Il s'agissait des Sentinelles qui constituaient la principale ligne de défense.

Ces piliers se divisaient en deux catégories.

Les Sentinelles Couteaux avaient l'aspect d'une lame en biseau qui déviait les courants loin de la cité. Les Arborescentes qui constituaient la seconde catégorie étaient formées d'un tronc massif au pied large et étalé et étaient pourvues d'une imposante couronne de branches en verre noir. Elles étaient positionnées dans les alentours proches de l'Organum et prévenaient d'éventuelles agressions d'Adaptés et de Sixbras égarés.

L'Organum était alimenté en oxygène par des poches souterraines dans lesquelles les Bivalents puisaient à la source par l'intermédiaire d'un entrelacs de tunnels.

Le dôme ceinturé de ses Sentinelles se situait au centre des Abymes. De prime abord, sa surface paraissait aussi lisse que la face d'un diamant, mais un examen attentif dévoilait de nombreuses petites bosses, issues de l'activité des Sapies à tête plate ou Teteplates qui composaient la caste des ouvriers. Ceux-ci avaient pour tâche principale de souder à l'eau bleue des hémisphères de verre pur sur le dôme. Une fois les nouvelles sections en place, les Teteplates s'appliquaient à détruire de l'intérieur les morceaux trop usés par le ruissèlement de l'eau bleue. Parallèlement d'autres ouvriers ponçaient en permanence le verre à l'intérieur comme à l'extérieur puisque la dégradation des molécules alpha-physique tendait à détériorer sa conductivité en creusant des aspérités microscopiques.

Le dôme représentait le squelette de la colonie Bivalente. Fait de délicatesse, il rayonnait pourtant d'une puissance qui n'avait de place ni pour la pitié ni pour la faiblesse.

Fedelyne et Saphy s'orientèrent vers une entrée souterraine désaffectée à la base du dôme. Il y avait quelques ouvriers, mais trop attelés à la tâche ils ne les virent pas se faufiler sous leur nez.

Les deux débouchèrent dans une caverne ombreuse où les clapotis de l'eau contre le bout de stalactites firent l'écho de leur arrivée.

Les pieds de Fedelyne touchèrent le fond de la caverne. Elle se redressa lentement comme pour profiter encore un peu de l'eau sur sa peau. Ensuite elle sortit le torse en cambrant les reins et pressa de ses mains sa crinière dorée. Comme cela elle se déhancha vers le bord, l'air satisfait. Saphy émergea peu après, s'attardant un moment lui aussi.

- Hummm ! J'avais presque oublié cette sensation. C'est maintenant qu'on se rend compte à quel point notre voyage a été long, susurra-t-elle en posant un regard en biais sur les recoins de la caverne.

Saphy à l'attitude plus contrariée alla la rejoindre sur le bord puis comme elle, se frotta les membres de façon à enlever le gel sur sa peau.

Il y avait une impressionnante double porte de verre noir au fond de la grotte. Sur le côté gauche se trouvait un petit cylindre de verre pur rempli d'eau bleue que Fedelyne prit soudain pour cible.

Elle expira dessus. L'eau bleue se combina aux phéromones ce qui amorça une réaction. Les bords des deux battants se couvrirent passablement d'une fine raie d'eau bleue puis glissèrent lourdement sur les côtés.

- Au-delà de cette porte, dit le Raidone qui arriva derrière elle ; il ne sera plus possible de faire demi-tour. En es-tu consciente ?

La capitaine opina de la tête sans comprendre le sens de la question, mais Saphy lui fit signe de passer devant d'un regard bienveillant qui dégagea pourtant autre chose d'insaisissable. Sous le poids de ce regard, elle ressentit un arrière-goût qu'elle n'aima pas du tout.

- N'oublie pas, si d'ici à nos retrouvailles dans la chambre panoramique, il se passe quelque chose, utilise le décrypteur, dit-elle en tapotant de l'index l'extrémité de son appareil sur sa joue.

- Tout ira bien… Mais ne précipitons pas les choses, notre réunion pourra toujours attendre. Tu as besoin de te reposer, ne te prive pas. Nous avons trop longtemps été à l'étroit, les uns sur les autres et j'ai le sentiment qu'à l'avenir tu n'auras guère l'occasion de te retrouver seule.

- Tu as sans doute raison, comme d'habitude.

Tous deux franchirent la porte et se séparèrent. La finale des J.E.U allait débuter sous peu et Iris était dans l'obligation d'y faire acte de présence, au moins pour le commencement.

Abstraction faite de la perte de communication avec le centre de contrôle lors du voyage de retour, le plan se déroulait à merveille.

Au bout d'un tunnel sombre et exigu taillé dans le roc, Fedelyne arriva à un disque de verre pur de même diamètre qu'une largeur d'épaules. Le disque-ascenseur lévitait au-dessus du sol contre une paroi semi-circulaire et incurvée d'où s'étirait un trait bleu au centre et deux aux extrémités.

Considérant vaguement le disque elle éprouva une certaine hésitation qu'elle fut incapable d'expliquer. Au bout du compte, elle ignora ses sentiments et monta sur le cercle. Son poids eut pour effet d'épaissir les raies alpha qui la firent lentement monter. Tandis qu'elle s'éleva, des brouhahas en premier lieu assourdis enflèrent peu à peu pour se changer en acclamations étourdissantes.

Elle estima que le moment avait été mal choisi pour parler tranquillement avec Iris. D'un autre côté, arriver à point nommé dans le feu de la compétition la regonfla à bloc. La lassitude de son long voyage s'effaça au rythme des tambourinements et d'exclamations explosives qui firent trembler les murs.

La finale était des plus intéressantes.

L'un des derniers messages en provenance du centre de contrôle fut que pour la première fois de l'histoire des J.E.U, des Raidones allaient devoir affronter des Shaklyrs. Initialement, le J.E.U avait été conçu pour offrir aux vainqueurs les derniers prototypes de sous-marins. Donc il était avant tout destiné aux Raidones de la caste des pilotes qui d'ordinaire surpassaient leurs compatriotes guerriers.

Un voile bleuissant couvrit petit à petit le visage aux doux traits d'enfant de la mutante en commençant par la racine de ses cheveux. Elle avait presque oublié la chaleur et le réconfort que lui procurait la lumière de l'œil alpha au sommet du dôme assimilable au regard d'une mère pleine d'attention sur sa couvée. Le retour aux sources la remplit de joie. L'Organum lui avait manqué.

Son disque s'arrêta au niveau d'une large plate-forme transparente et circulaire qui occupait le diamètre intérieur du dôme.

Bien que préparée par la montée du son, Fedelyne tomba sur une extraordinaire agitation qui la cloua sur place tandis que des phéromones à foison s'entremêlèrent dans un magma à faire tourner la tête. Le brouhaha de la colonie aux antipodes de son long isolement la laissa muette d'étonnement.

Encore pleine d'enthousiasme un instant auparavant, elle réalisa qu'entrer à brûle-pourpoint dans cette atmosphère saturée de senteurs et de tension l'entraînait dans la perplexité et l'incertitude. Même si elle avait longuement attendu le moment de cette scène, il s'avéra que son imagination fut bien en deçà de la réalité. L'ampleur de cette finale d'exception fut trop pour elle et s'il n'y avait pas eu

Iris, elle eût sans doute éprouvé le besoin de dénicher un recoin à l'écart et à l'ombre.

Le plancher était rempli à tout rompre de Bivalents enfiévrés. Ils étaient presque tous là ; des Raidones, des Saklyrs, des Sapies Long-Bras ainsi que des Teteplates qui sortaient du lot avec leur crâne aplati.

Ils ne s'étaient pas seulement agglutinés sur la plate-forme principale du dôme. On les retrouvait également aux niveaux supérieurs et inférieurs.

Le J.E.U se déroulait une fois par âge. Cette finale-ci attisait les passions à la fois par la présence de la première équipe de Shaklyrs de l'histoire, mais aussi parce qu'il y avait exceptionnellement deux récompenses à la clef, deux sous-marins prototypes qui, disait-on, éclipsaient les qualités de la dernière génération de Protons. Encore une idée d'Iris pour s'assurer du retour discret de LaPerle.

Enfin, il s'agissait de la dixième finale. Dix âges, dix longs processus d'hibernation qui séparaient cette génération de Bivalents du désastre de la guerre des Trois. Les vieilles blessures commençaient à se faire oublier.

La mutante se mit sur la pointe des pieds, mais ne vit rien d'autre que le sommet d'une rangée de têtes aplaties qui s'entrechoquaient comme si elles flottaient sur le creux d'une vague en attendant qu'une nouvelle lame se levât pour les entraîner vers le feu de l'action. Espoir vain, bien que tous semblassent vouloir y croire, Fedelyne la première.

Parmi les Teteplates qu'il lui fut donné d'observer se trouvait un jeune au crâne encore rond, sautillant sur ses pieds et sur les nerfs de ses parents qui ne savaient plus comment le tenir. Morpi par-ci, Morpi par-là, la mutante eut l'occasion de sentir ce nom comme si à lui seul il signifiait un lot bien placé de gronderies. Tout cela devait être sérieux, mais quand le petit chercha à poser son séant sur le plat du crâne de sa mère, cette dernière parut implorer miséricorde au père qui garda les bras croisés d'un air bouché.

Si Fedelyne se concentra sur ce Bivalon – surnom donné aux jeunes Bivalents –, ce fut davantage pour ses yeux que pour ses manquements aux usages. Parce qu'il les avait vairons, l'un virait au rouge sang, l'autre au noir d'encre. L'un comme l'autre, ces deux couleurs lui collaient parfaitement à la peau.

Ensuite la mutante glissa son attention sur les acclamations de la foule. Les quatre finalistes allaient bientôt faire leur entrée. Elle ne connaissait pas encore leur nom.

Elle crut distinguer Ayder, le Shaklyr frère de Dérod que l'on surnommait *le bras de pierre*. Dans l'autre camp, elle devina qu'il s'agissait d'Aïquo, le Raidone vainqueur de la dernière compétition.

Tandis que Fedelyne s'étira sur la pointe des pieds, son œil tomba sur un personnage un peu plus loin, qu'elle eût aimé ne pas voir. Titus regarda ostensiblement dans sa direction, mais il ne parut pas l'avoir repérée.

Ce vulgaire petit Long-Bras était le fils unique de Dronor, roi de l'Alliance Sapies. Bien que malingre, il n'inspirait aucun apitoiement. Dos bombé, bras mous et ballants, ventre flasque comme d'un profiteur, aucune force d'esprit n'émanait de lui. Sa grosse tête était mal fichée entre ses deux courtes épaules aux bouts anguleux qui n'allaient pas avec ses longues joues épaisses. Les cloisons de son nez aquilin étaient toutes tordues comme beaucoup de chose chez lui du reste. Son nez se bouchait continuellement et le plus clair du temps il respirait par la bouche, ce qui avait le don de gâter son haleine dont il semblait tout entier imprégné.

L'odeur de sa bouche ne représentait pas le seul inconfort qu'il produisait.

Sa peau était luisante et invariablement grasse du fait d'une production en continu d'un mucus anormal d'une couleur jaunâtre qui empêchait ses pores de respirer. Ensuite elle était d'une blancheur propre à un malade et était couverte de taches rougeâtres pareilles à des marques d'infection, fruit d'une desquamation qui restait prise dans le gel.

La palme de ses caractéristiques déplaisantes revenait à ses grands ongles crochus qui étaient assurément pourris et libéraient des relents pires que tout.

Au bout du compte, un seul coup d'œil sur cet être refoulant suffisait à calmer n'importe quel type d'appétit.

Une main derrière son épaule fit sursauter Fedelyne. Elle se retourna pour s'embrocher sur le regard perçant d'Iris.

Son cœur fit un bond et elle tourna involontairement la tête dans la direction de Titus. Ce dernier avait disparu.

Ainsi rien ne s'opposa à un discours en tête à tête avec celui dont elle avait rêvé mûrement d'inhaler l'odeur à nouveau. Au cours de sa longue excursion, elle s'était souvent vue sauter à son cou, s'assoir à ses côtés puis tout lui raconter les yeux dans les yeux. Mais son corps ne réagit pas comme elle l'eût souhaité. Elle s'immobilisa bouche bée et un seul mot vint à ses lèvres.

- Iris !

Iris était en train de la fixer d'un œil étrangement glacial. Il ne lui montra aucune marque d'affection si ce ne fut sa main qui lui effleura les doigts malgré soi. Fedelyne s'étonna de reculer d'elle-même son bras.

- Je n'étais pas censé te revoir ici, dit-il raidement.

La mutante eut l'impression d'avoir reçu une gifle. Elle battit des cils tout en se passant une mèche de cheveux derrière l'oreille. Le désir la prit de lui répondre qu'elle était contente de le revoir, pourtant ses lèvres demeurèrent closes. Quelque chose ne fonctionnait pas et elle craignit le pire. Ce qu'elle prononça ensuite, fut bien la dernière chose qu'elle eut souhaité échanger avec lui, mais elle eut un besoin urgent de se faire rassurer.

- La situation est-elle grave à ce point ?

Les lèvres du Long-Bras se pincèrent en un rictus qui se voulut être l'esquisse d'un sourire. Son interlocutrice dut s'en contenter.

- Que s'est-il passé ? lâcha-t-il en crispant les mâchoires. Où sont les autres ? Je ne devais pas te voir ici, mais avec les deux autres à côté de LaPerle. Pourquoi vous êtes-vous séparés ?

Fedelyne toussota, ne sachant trop sur quel pied danser.

- J'ai eu l'idée d'un autre plan, mais j'ai l'impression que tu ne veux pas l'entendre, murmura-t-elle, la gorge nouée.

Le visage sec du Grand-Œil parut s'attendrir. Il leva la main pour lui caresser la joue du revers de l'index. Quant à elle, elle hésita entre le désir de céder sous le poids de la beauté du maître de l'eau bleue et celui d'ignorer effrontément cette grotesque tentative de lui offrir ce qu'elle voulait. Voyant que le regard aux cils accrocheurs de la mutante se para d'étincelles, Iris enchaîna sur un terrain moins glissant. Il la dévisagea en s'attardant sur ses paupières rougies qu'une mèche de ses cheveux jaune ourlait.

- Tu sembles fatiguée. Comment était-ce ?

Même si le but tordu derrière l'appât qu'il lui tendit fut aussi visible qu'une main en travers la figure, elle ne put se retenir de saisir sa chance. Son cœur s'emballa.

- Écoute, il faut que l'on parle, mais à l'écart, susurra-t-elle. Toute cette agitation me donne le tournis. Allons dans un endroit tranquille.

Le Grand-Œil braqua ses yeux froids comme l'émeraude sur la foule endiablée. Il fit la moue tout en semblant considérer que la remarque ne fut pas dénuée de bon sens. L'atmosphère se trouvait surchargée de senteurs entêtantes. Difficile dans ces conditions d'apprécier les subtilités d'une conversation entre quatre yeux. Il en était là sur ses réflexions quand Fedelyne perdit patience.

- Iris ?

Le regard de celui-ci demeura rivé ailleurs que sur elle.

- Iris !

Il tourna la tête vers elle avec une pointe de contrariété.

- Tu ne sembles pas heureux de me voir…

- Tu as raison.

Elle s'ébouriffa fiévreusement la crinière d'une main.

- Raison ? Raison sur quoi ?

- Allons discuter à l'écart… Soit rassurée ; la finale n'aura pas lieu tout de suite.

- Ah… La finale n'a pas encore débuté… Donc, je suis rassurée… C'est bien, riposta-t-elle en s'empourprant.

Le Grand-Œil tourna les talons et s'engouffra dans un corridor exigu à l'abri de l'agitation. Fedelyne le suivit de près.

Après une dizaine de pas, Iris stoppa sous un halo bleu vacillant. Ensuite il fit volte-face, empoigna le bras de la mutante et la plaqua dos contre le mur. Cette dernière fut démontée et jeta un œil alarmé à sa gauche et à sa droite. Il lui sembla avoir perdu toute trace du rassemblement de la colonie. Elle commença à paniquer.

- Qu'y a-t-il ? lui demanda-t-il vertement.

- Euh… J'avais pensé à plus d'intimité ; comprends-tu ?

- NON… Qu'y a-t-il ? Tu voulais me parler, n'est-ce pas ? Le temps joue contre nous. Qu'y a-t-il ? Où sont les autres, pourquoi vous êtes-vous séparés ? gronda-t-il en lui effleurant les lèvres du bout du nez.

Elle fit une inspiration tout en s'efforçant de ne pas se laisser mener par ses sentiments sens dessus dessous. Ensuite elle dressa le menton en dévisageant son Maître puis pensa autant que possible à l'essentiel.

- Iris… La vie existe ! La vie existe en surface !

- En es-tu absolument certaine ?

- Sous les eaux, à proximité des berges, nous avons découvert une sorte… une sorte d'écosystème ! Même si la terre est encore vierge, nous pouvons la recoloniser ! Si seulement tu avais été là ! Avec moi ! C'était… Comment te le décrire…

Les mots se sont évanouis, le corps s'est arrêté et nos rêves se sont libérés… C'était inimaginable !

- Les échantillons ? Où sont-ils ?

Surprise de cette interruption cassante, Fedelyne lui fouilla la face d'un regard halluciné. Encore entraînée dans l'élan de sa passion, le souffle à l'envers et le cœur animé, elle mit un moment pour se défaire des images de ses découvertes.

- Quoi ? lança-t-elle sous la montée d'une soudaine nervosité.

- Les échantillons !

- Oui, les échantillons ! Quoi, les échantillons ! Par les ancêtres, refuses-tu de m'entendre à ce point ? Qui m'a suggéré cette mission ? Qui a tout organisé ? Qui a fourni les moyens de construire LaPerle ? Qui a aidé à concevoir les combinaisons ? C'est toi qui as tout manigancé à la fin ! Me voici de retour pour t'annoncer que la mission est un succès complet et toi, toi ! TOI tu me parles d'échantillons sans même me regarder !

Elle le repoussa avec fougue.

- Nous sommes là tous les deux pour les échantillons, voilà ce que tu dis, où est le problème ?

La mutante le planta sur un pic du regard. Sa crinière de feu sembla prendre du volume comme si elle s'apprêta à s'emporter toutes flammes dehors. Iris se reprit à temps.

- Je te regarde Fedelyne.

- JE TE PARLE DE ME REGARDER ! QU'EST-CE QUI NE VA PAS ?

Iris tira sur le col de sa combinaison beige en peau de Sixbras, signe qu'il était sur la défensive.

- Il y a que vous vous êtes séparés ! Tu as changé le plan sans me prévenir alors que tu as ramené des échantillons positifs ! As-tu la moindre idée de la situation délicate dans laquelle tu nous as placés ?

- Je vois, poursuivit-elle, ce n'est pas la bonne manière de faire avec le Grand-Œil de l'Organum, le chef suprême des Bivalents ! – Elle croisa les bras d'un air mauvais – Laisse-moi te poser une question ; pourquoi m'avoir choisi pour cette mission ?

- Avons-nous besoin de parler de ça ?

- Pourquoi pas après tout ? À moins que le temps ne joue contre nous ?

- Tu le sais pourquoi je t'ai choisi. Personne d'autre que toi n'aurait eu l'absence d'esprit de se jeter dans pareille aventure.

Cette fois, la mutante baissa les bras puis plia l'échine de lassitude.

- Merci pour le compliment ! Écoute… Je suis fatiguée, je manque de patience. J'ai besoin de m'isoler un moment. Toute cette frénésie, ces odeurs de tous côtés, cette lumière, cet espace, c'est trop soudain. J'ai besoin de recul. Saphy me l'avait suggéré, je saisis la raison maintenant. Faisons comme cela, donne-moi un peu de temps et nous en reparlerons ; à tête reposée… Nous avons prévu avec les autres de nous retrouver dans la chambre panoramique. Attends-nous là-haut après la finale, je les avertirai.

N'offrant pas à Iris la chance de s'expliquer elle l'écarta vivement puis s'enfonça dans le premier croisement qu'elle trouva.

Lui l'observa aller contemplativement.

Juste avant qu'il ne la perdît de vue, il la héla ;

- L'AVENIR SE PORTE DANS LA CŒUR ET LE PASSÉ DANS LA TÊTE !

***

Tandis qu'elle avançait aveuglément, Fedelyne se vit incapable de réfléchir sainement. Pourtant elle se découvrit temporairement un soutien moral en se convaincant que l'attitude franchement décalée d'Iris devait être le fait de son imagination engluée dans la fatigue qu'elle avait accumulée tout le long de l'expédition.

Dans le fond ses tourments étaient d'un autre ordre.

Qu'avait-elle rapporté en vérité ? Derrière son ramassis de pensées, flottaient continuellement les images de ses trouvailles. Le doute était en train de prendre racine.

Qu'avait-elle rapporté ? Elle qui fut née avec une confiance en soi indéfectible se vit fondre sous l'effet d'une chaleur maladive qui lui envahit la tête. Tout compte fait, elle ne réussit pas à mettre ses remâchements de côté et son moral tomba au plus bas. Elle avait envoyé les échantillons à Luciol sans en informer Iris. Il avait paru contrarié à ce sujet, mais pourquoi ?

Elle parvint fiévreuse et désorientée jusqu'au disque-ascenseur à l'extrémité d'un corridor aussi noir que son humeur et dans lequel elle s'était oubliée.

Elle descendit. Au niveau des soubassements de l'Organum, la noirceur pesait lourd sur les esprits. Les Bivalents haïssaient l'obscurité au cœur de laquelle les Ténèbres tendaient à se développer.

Avec le temps, la mutante avait appris à apprivoiser ce dédale de tunnels opaques creusés dans les fins fonds du socle rocheux sur lequel le dôme reposait.

Le réseau était mal entretenu et en partie abandonné, les Teteplates ne l'empruntant qu'en cas de nécessité sans jamais s'y attarder.

Les parois n'étaient recouvertes qu'à demi de verre noir que de timides lignes d'eau alpha illuminaient à peine. Le verre étant une rareté, les ouvriers s'abstenaient de le gaspiller dans des lieux qui ne servaient guère.

L'achalandage quasi inexistant dans le secteur fit en sorte que Fedelyne tomba sur sa propre odeur qui marquait encore certains pans de murs malgré le temps passé en mission. Elle suivit ses propres traces ce qui la soulagea de ses pensées avec lesquelles elle était en train de s'autoflageller.

Enfin elle arriva à une petite grotte exiguë avec en son milieu une mare d'eau qui respirait la sérénité. Elle retrouva son refuge d'enfance avec soulagement comme si elle avait fui un mauvais pressentiment.

- Tout ira bien, se dit-elle. Un peu de repos et je me sentirai mieux. Lorsque nous nous verrons dans la chambre panoramique, mes idées seront plus claires et ordonnées. Il n'y aura plus de place au doute.

Elle entra dans la mare tout en chassant l'air de son premier poumon. Quant au second, nettement plus petit que la moyenne, il prit le relai sous l'eau.
Ne possédant pas de branchies, sa respiration fut malaisée, mais elle n'eut aucune difficulté à se laisser tirer par le fond. Là, elle se recroquevilla tandis qu'un sommeil plus lourd qu'attendu l'emporta.

***

Le J.E.U (Jugement Énergie Union) prenait place sur deux grands cercles de verre pur suspendus au centre du dôme.
Une équipe se composait de deux joueurs. L'attaquant ou *lanceur* portait en bandoulière dix projectiles appelés *disques* et il était équipé d'un lance-disque qui s'apparentait à une crosse de fougère.
Le défenseur ou *frappeur* possédait une paire de bâtons plats en forme de S et en verre noir très résistant que l'on appelait *Zads*.
Le Zad était une arme mythique d'attaque et de défense. Une lame rétractable pouvait jaillir des extrémités recourbées. En fixant son centre à un bracelet alpha, il se changeait en un parfait bouclier lorsqu'on le faisait tourner sur lui-même.
Le but de la partie consistait à paralyser la défense adverse et à déjouer les tactiques de l'attaquant.

La foule s'était massée en un tas compact sur la plate-forme qui ceinturait les deux cercles du J.E.U dans l'attente de l'apparition du frère de Dérod, le redoutable Ayder ; le guerrier si imposant que sous l'ombre de sa carrure le monde se sentait tout petit.

C'était un Shaklyr, mais cas rarissime, ses qualités de pilote étaient aussi exceptionnelles.

La surprise que constituait sa présence en finale, éclipsait l'admiration qu'il était coutume de vouer au Raidone champion en titre, le légendaire Aïquo.

Il s'éleva donc la passion que bientôt, les Shaklyrs pussent par l'intermédiaire d'Ayder, prétendre dominer les Raidones dans leur propre caste.

Chaque cercle était relié à un pont qui s'enfonçait dans une chambre opaque isolée de la foule.

Les acclamations ne purent s'élever davantage quand Ayder sortit enfin de la chambre de droite. Aïquo émergea ensuite de l'autre salle à côté sous les clameurs qui firent trembler les fondations du dôme.

Le Shaklyr qui avança en toisant ses partisans d'un regard de fer se montra plus colossal que jamais. Les épines dans le prolongement de ses coudes parurent énormes.

Malgré son âge avancé, ses muscles épais taillés au couteau sortirent à la tonne de sa peau squalide.

Au bout de quelques pas qui résonnèrent comme des blocs de plomb sur le verre de la passerelle, il s'arrêta pour saluer la foule surchauffée en affichant dans un large sourire ses interminables dents jaunâtres triangulaires.

Aïquo quant à lui, était deux fois plus jeune et tout aussi plus petit bien que pour son espèce il se trouvât dans la moyenne supérieure. Il était léger, d'une musculature sèche et étirée, tout à l'opposé du prétendant.

Il appartenait à la sous-espèce des Unis, un groupe très apprécié de la gent féminine. Pourtant ses deux couleurs manquaient de tranchant. Le noir de sa partie dorsale semblait délavé, en opposition au blanc côté ventral qui avait l'air empoussiéré. Cependant la renommée d'Aïquo compensait amplement ce défaut physique qui faisait une tache à son espèce. Et les femelles ne se tinrent plus en l'apercevant.

Les Raidones avaient la capacité de contrôler les impulsions électriques de n'importe lequel de leur muscle. Dans ce domaine Aïquo était très démonstratif même s'il affichait un calme solide.

En arrivant, il fit remonter des arcs électriques crépitant de ses pieds vers la tête tout en les tordant à volonté en des arabesques stylisées. Les femelles tournèrent de l'œil.

- Ayder, « bras de terre », glissa le Raidone en stoppant à hauteur de son adversaire alors qu'il ne quitta pas des yeux la foule électrisée. Ce à quoi le Shaklyr riposta d'un puissant claquement de dents.

Ainsi plastronnèrent Aïquo et Ayder avec leur large bande en cuir de Sixbras croisée sur la poitrine et garnie de dix disques remplis d'eau alpha-physique.

Après les lanceurs suivit le frappeur d'Aïquo, du nom de Badrog. Les deux se ressemblaient étrangement.

Ce dernier avait pour spécialité de développer une force étonnante par rapport à son gabarit en dynamisant par impulsions électriques certains de ses muscles qu'il faisait ainsi doubler de volume.

Vint ensuite Azado, le frappeur d'Ayder. Naturellement celui-ci était plus petit. Ni ses capacités physiques ni son expérience ne l'avaient aidé à atteindre la finale. Toutefois il détenait un atout de taille, une légère déviation des globes oculaires vers l'extérieur ce qui élargissait son champ de vision.

On connaissait Azado comme un collectionneur averti de Zads. Pour l'événement celui-ci brandit d'une main le bâton de Charga, le célèbre Shaklyr qui avait repoussé la colère du D.I.E.U Argos lorsque celui-ci se fut employé à détruire les statues des rois de l'Alliance. Fine et légère cette arme avait des lames trois fois plus grandes que la normale. L'autre bâton qu'il souleva dans les airs avait appartenu à Hardy, l'intrépide Shaklyr qui par son sacrifice avait sauvé des apprentis d'Iris piégés dans un éboulement. Plus épais et plus sombre ce Zad-ci avait ses lames sévèrement ébréchées.

Ces armes étaient conçues sur mesure, ce qu'Azado avait appris à ses dépens durant sa folle jeunesse. Quelques erreurs de manipulation lui avaient marqué le torse à vie et lui avaient valu de perdre l'index ainsi que l'annulaire de la main droite.

Aïquo vint se positionner sur son cercle. Badrog trouva sa place à l'arrière tout en fixant ses Zads par leur centre à ses bracelets alpha. Un coup sec des bras vers l'avant et les deux bâtons tournèrent en ronronnant.

Les hostilités furent activées, le vacarme tomba.

Aucun des joueurs ne perdit son temps dans des exercices de style destinés à surchauffer les partisans. Ceux-ci n'en pouvaient déjà plus d'attendre et les deux équipes avaient pris le mors aux dents.

Sur le cercle opposé, Ayder pointa le champion en titre de son lance-disque. Il ne souriait plus. Azado en arrière-plan, ancra ses pieds sur la surface du verre puis lança à son tour la rotation de ses bâtons. Bientôt le bourdonnement des quatre Zads écrasa le silence de plomb qui était tombé sur une foule médusée. La tension gagna le dôme.

L'ouverture de la finale revenait à Ayder qui laissa les bâtons des frappeurs prendre leur pleine vitesse avant d'apposer l'extrémité arrondie de sa crosse sur un de ses dix disques qu'il portait sur le devant. Dans le noir d'encre de ses yeux brilla une soif féroce d'imposer son propre rythme et d'instinct, les spectateurs surent que les célèbres Raidones allaient y gouter.

Perdues dans la foule compacte, deux jeunes femelles Raidones avaient toutes les raisons de calculer les moindres faits et gestes des joueurs. Starlette et Burinos qui étaient réputées pour leur insolence s'étaient retrouvées l'âge dernier à la place d'Azado et d'Ayder. Elles avaient perdu et remâchaient une revanche qu'elles rêvaient cinglante.

Non loin de ces deux Bivalentes, Titus se fit exceptionnellement aussi discret que possible.

Lui assistait au spectacle pour une raison qui ne regardait en rien le J.E.U. Le fils de Dronor avait un rendez-vous avec une invitée de valeur. Iris avait enclenché le plan B. Il fallait éliminer l'équipage et détruire le centre de contrôle. Et avant d'intervenir, la reine blanche attendait dans la foule qu'on lui en donnât l'autorisation. Une rencontre à l'abri des regards n'était jamais aussi sûre qu'au beau milieu d'un attroupement où tous les yeux étaient tournés ailleurs.

Tandis qu'il patientait, Titus dirigea son attention vers la chambre panoramique centrale tout en haut du dôme comme s'il cherchà à voir si quelqu'un s'y trouvait.

Cette chambre de forme sphérique revêtait une importance stratégique vitale.

À l'intérieur se trouvaient les commandes d'un réseau alpha neuronique tentaculaire qui atteignait les moindres recoins de l'Organum en produisant des phéromones synthétiques capables de répandre un message comme un virus.

Les yeux plissés du fils de Dronor passèrent sur les statues de verre à l'effigie de femelles Sapies invitantes qui supportaient sur leur épaule la passerelle reliant la chambre panoramique au dernier palier du dôme.

De telles statues faisaient le plus souvent office de pilier un peu partout au sein de l'Organum.

Au passage Titus nota une petite fuite d'eau non loin d'un disque-ascenseur au niveau d'en dessous. Le nombre de fuites avait augmenté avec la raréfaction des réserves d'air. Les efforts des ouvriers Teteplates étaient économisés depuis quelque temps.

L'invitée, accoutrée d'une peau de Sapies trop grande pour elle, passa totalement inaperçue parmi les Organiens. Titus ne la sentit pas approcher.

« Penses-tu à elle ? »

Les mots tombèrent dans sa tête comme une toile d'araignée glacée s'attaquant directement à son libre arbitre. Ses épaules taillées lui remontèrent au niveau des oreilles. Le fils de Dronor essuya son front du revers de sa main osseuse. Sa peau prit la couleur d'un cadavre en voie de décomposition.

Ensuite il se retourna, tiraillé entre la crainte et le soulagement. Ainsi il se retrouva nez à nez avec cette... fausse Sapies sans yeux et aux bourrelets de peau flasque qui s'entassaient tout le long du corps.

Voilà qu'il se remémora qu'il ne devait en aucun cas attirer l'attention sur son invitée et il se dépêcha de lui tourner le dos. Il ravala à grand-peine son dégoût puis se concentra sur le développement du J.E.U.

« Tu aimerais la chasser de ton esprit, mais elle est toujours là, même lorsqu'elle n'occupe pas tes pensées, comme un fantôme qui te hante... continuellement... Je... peux le sentir ! »

Sans vouloir insulter son invitée, Titus essaya de clore son esprit, mais cette présence importune lui traversa le cerveau de part en part. Inutile de résister, il baissa sa garde, d'autant plus qu'il ne souhaitait pas paraître impoli ou démontrer un quelconque manque d'intelligence.

S'efforçant de décrisper les muscles de son échine, il se plongea dans ses pensées. Lui aussi avait un certain don pour la télépathie bien que dans une mesure nettement moindre.

- « Que savez-vous des sentiments entre individus de sexe opposé ? Votre espèce n'a jamais eu de mâles. Vous ne vous reproduisez que par parthénogenèse. »

- « J'en sais beaucoup plus que vous ne le croyez... Vous... n'avez guère de secret pour moi. »

Titus chercha à changer de sujet.

- « À ce que j'ai pu en voir, vous êtes en beauté... Opale. »

Il ne s'agit pas d'une affirmation, mais d'une question. Confirmer l'identité de son invitée n'eut rien de superflu. La parthénogenèse n'engendrait que des clones. Il s'agissait de parler à la véritable reine blanche.

- « Vous ne paraissez pas effrayé de vous retrouver en si bonne compagnie, même si vous m'attendiez. Ce n'est pas commun. »

L'invitée venait d'attester son identité.

- « Vous devriez pourtant savoir que les Bivalents se laissent impressionner par personne, pas même par les D.I.E.U. »

Réplique de principe destinée à travailler la reine blanche. Après tout elle l'avait taquiné en premier. Le but fut de montrer qu'elle se devait de respecter les règles de l'endroit malgré ce qu'elle représentait.

- « Vous ne manquez pas de courage à me parler des D.I.E.U… Mais je n'ai pas le temps pour une petite joute télépathique. Venons-en aux faits ; je dois vous dire que je suis un brin déçue. »

- « Est-ce à propos des peaux de Sapies dont mon équipe vous a fait grâce ainsi qu'à vos clones ? Soyez certaine que nous avons fait le nécessaire. Éliminer des membres de notre colonie est impossible pour nous, vous le savez. Sauf lorsque nous avons sous la main des individus en fin de vie et en sommeil provoqué. Bien sûr votre tenue vous siérait à merveille si seulement nous avions pu nous fournir auprès de jeunes Bivalents, mais il faut regarder le bon côté des choses. Ces peaux de Sapies même si elles sont vieilles n'ont pas votre âge, loin de là. Vous n'avez pas de quoi être déçue, je crois. »

Un Sapies empâté qui se tenait à proximité eut l'air de se sentir inconfortable tout à coup. Il huma l'air avec écœurement et son regard bouffi trouva la reine impassible dans son déguisement de peau molle et lourde.

- Ely ! C'est toi ! s'exclama-t-il en dévisageant des pieds à la tête ce qu'il crut être un vieux compagnon. Je te croyais mort !

Opale demeura figée, mais derrière la peau affaissée qui se décollait de son visage, il en ressortit la satisfaction d'être complimentée sur son apparence. Ce qui plaça le Sapies dans l'embarras et il se trouva plus à l'aise de changer de place.

Ayder catapulta le premier disque avec une force inouïe. Aïquo bondit de côté, le bras tendu, mais sa crosse ne trouva pas le missile qui eut une trajectoire courbée. Badrog assura les arrières. Il tripla le volume des muscles de son bras droit et d'un revers brossé renvoya le disque avec son Zad. La force de l'impact manqua de le faire tomber à la renverse.

Le projectile monta en flèche et retomba d'un coup, droit sur Azado qui fut pris de court et plaça son Zad gauche de travers. Le disque éclata dessus. Une solide enveloppe de glace se constitua en craquetant sur le bâton dont la rotation fut neutralisée.

1-0 pour les Raidones. Azado était furieux et les acclamations explosèrent pour Badrog.

Au même moment, Opale reprit :
- « Je suis un brin déçue parce que je n'avais pas sollicité votre présence ! Personnellement je n'ai pas eu l'indécence de faire venir un de mes clones. Est-ce dire que de votre côté, celui que j'avais réclamé est intimidé ? »
- « Si l'on se renvoie la balle de la même manière que ceux-là, nous risquons de nous ennuyer à la longue parce que contrairement à eux, rien ne va exploser. »
Titus signifia ainsi que c'était lui qui menait la discussion. Et il ajouta :
- « Pour répondre à votre question, votre contact, le Grand-Œil est occupé ailleurs. Je suis son porte-parole, vous le comprenez n'est-ce pas ? »
- « Cela va de soi. »
Ce qui n'était pas le cas, évidemment. Titus n'eut pas besoin de creuser ce point pour s'en assurer. Il poursuivit.
- « Je me demande... »

- « Je le sais… Je suis dans votre tête… » rétorqua Opale.

- « Venir ici en personne est une piètre récompense pour l'échange de vos services. Pourquoi cette requête ? »

- « Me demandez-vous ce qui m'intéresse tant dans l'Organe ? »

- « On ne peut rien vous cacher, » osa dire Titus.

La reine fit une inspiration.

- « L'Organe n'est rien de plus qu'une onde magnétique. À un détail près. Elle émane du cœur de notre Mère Lactée. Ce qui a des conséquences des plus intéressantes sur votre mode de vie. Chacune de vos misérables existences est liée à cette onde. À travers elle l'instinct de survie d'un individu est celui de tous. Quelle merveilleuse chose au bout du compte ! Vous êtes incapable de vous faire du mal. Sous l'influence de l'Organe, vous fonctionnez comme si l'individu était la cellule et la communauté, l'organisme. »

- « Ce n'est pas le cas de nous tous. Les auto-suggestifs, eux, ont le libre arbitre. Nous pouvons agir seuls, mais vous évitez ma question. »

Opale eut une crispation. Titus le nota.

Ce dernier avait les yeux rivés sur la partie sans la voir. Toute son attention était orientée dans son dos, sur ce masque ridicule et aux orbites aussi vides que les émotions.

- « Vous, les auto-suggestifs, n'êtes rien de plus que de l'inutile. Vous m'ennuyez. »

- « Alors, parlons de l'essentiel. Qu'est-ce que ça peut vous rapporter d'être ici en personne ? »

- « Intéressant… Vous usez de votre télépathie pour chercher à percer mes barrières mentales ! Vous êtes courageux ou insouciant, ou peut-être un peu des deux. »

Le Sapies plissa le front. Ces mots s'apparentèrent à une conclusion. Tiré par une curiosité irréfléchie, il se retourna et retomba nez à nez avec la tête de la reine affublée de sa vulgaire peau de Sapies suintante.

Le fils de Dronor eut un mouvement de recul. Le masque d'Opale était en train de fondre, tout son déguisement s'affaissait.

L'espace d'un moment, il crut que son invitée allait se découvrir entièrement ce qui lui glaça le sang. Tomber le masque, c'était ne plus jouer. Pris de panique, il n'osa plus bouger ni respirer.

- « L'Organum implosera, Argos le Très-Haut vous abandonnera tous. Quant aux pouvoirs de votre Maître, ils déclineront. Alors je reviendrai et ce ne sera plus le sang-froid que vous risquerez d'avoir, mais tout le reste... »

Titus qui fut bouche bée maintint les yeux grands ouverts puis il parla comme si l'ivresse de la folie s'était emparée de lui.

- « Encore une de vos prédictions, je suppose. Si l'avenir ne s'annonce pas rose pour nous tous, je m'attends à ce qu'il le soit très noir pour certains, et ce très bientôt. »

Moment d'égarement ou simplement la perte de la raison, le fils de Dronor n'osa croire ce qu'il venait de faire. Mais par sa réponse, Opale acheva de le choquer puisqu'elle obéit.

- « Votre équipage ainsi que votre centre de contrôle avec tous ses témoins seront rayés de votre petite histoire comme nous avons convenu avec le Grand-Œil. Personne n'entendra plus parler de votre problème. »

C'est à cet instant que Titus ferma les yeux et se détourna. Les battements de son cœur firent trembler sa poitrine.

Quand il se risqua à desserrer les paupières, il entendit la foule comme s'il sortit la tête de l'eau. Il prit une grande bouffée d'air libre. Il n'avait pas compris clairement le bénéfice de la reine blanche, mais il lui sembla que ce n'était rien de bon pour la colonie.

Aïquo catapulta un disque qui partit en vrille, de quoi semer le doute que le Raidone l'eût modifié. Ayder peu connu pour sa légèreté, s'élança tel un courant d'air, rattrapa le projectile du bout de la crosse, s'écrasa lourdement au sol et roula pour le renvoyer en rugissant. Le tir planta le lanceur adverse sur place. Badrog qui tenait une grande forme le retourna d'un coup sec de Zad en faisant claquer des éclairs dans l'air.

Azado à moitié ébloui vit double, mais la déviation de ses globes oculaires lui procura l'avantage une fois de plus. Au dernier moment il distingua le disque là où aucun spectateur ne le vit. Sa vision lui permit de compenser pour le Zad qu'il avait perdu et il réexpédia la chose avec une aisance insultante. Cette fois, même Badrog fut dépassé. Pris à contre-pied, le disque de sa propre équipe passa droit devant son regard ébahi et alla exploser contre une des statues de verre du dôme.

Ex aequo.

L'explosion libéra un panache de cristaux de glace qui brouilla la vue de Titus. Il vit le dôme monumental avec sa dizaine de plateaux circulaires qu'une multitude de passerelles reliait, se transformer en une cathédrale aux milles étincelles. Sur le sommet, ruissela de lumière l'œil alpha-physique palpitant duquel partait un entrelacement d'artères bleues d'une finesse renversante et qui alimentait la colonie en énergie.

Au centre de ce décor se mesuraient quatre magnifiques adversaires pour le plaisir d'une légion de Bivalents plus soudés que jamais.

Tableau grandiose, mais la discussion amère qu'il avait eue avec Opale lui laissa l'impression que l'Organum fut à l'apogée de sa puissance…

Chapitre 5

La légende des D.I.E.U ; _Dévotion, Impartialité, Équilibre, Unification. Première partie : la Dévotion._

Au commencement fut la fin des temps.

La poussière ainsi qu'une noirceur silencieuse nappèrent le monde d'effroi. Les guerres intestines propagèrent les quatre virus de la P.E.U.R aux quatre coins de la planète. La Possession, l'Envie, l'Usurpation et la Rage répandirent le feu et le sang.

Une poignée de pauvres êtres errants survécurent avec la vie sur les os et ils se réfugièrent dans les eaux à l'abri des fumées de l'enfer. Les _Derniers_ fut le nom qu'on leur conféra.

Ceux-ci avaient perdu les mémoires du passé ainsi que la vision de l'avenir, mais ils surent s'adapter aux effets dévastateurs des quatre virus des Ténèbres. Ainsi ils protégèrent les dernières lueurs d'espoir.

Sous l'eau, poussa peu à peu un monde bien à eux, tout un univers qui à force de maturation, se changea en un amour frêle aux racines timides, mais sur lequel la P.E.U.R eut peu de prise.

Enfin une fleur s'ouvrit ; un enfant porteur d'un héritage.

Parmi les quatre vices des Ténèbres, il en était un dont le potentiel n'avait pas de limites. La Rage, principal moteur de la mort gronda à plein régime à la venue de l'enfant unique.

Alors les Ténèbres frappèrent les eaux de leur main tentaculaire et levèrent des vagues lourdes de rage.

Ce fut dans les eaux et les vents hurlants et mordants que la plupart des _Derniers_ se relayèrent pour protéger l'éclat de leur enfant, leur petite étoile perdue dans une nuit éternelle de furie jusqu'à ce qu'il n'en restât plus qu'un pour la garder.

Au bord du gouffre, celui-ci hurla au ciel en brandissant l'enfant porteur d'héritage.

- Vous voulez mon sang et mon âme ! Vous aurez tout cela. Je déposerai tout à vos pieds, car je suis prêt à me rendre, mais vous devrez d'abord apaiser votre colère.

Enfin les Ténèbres qui avaient conquis maints mondes saisirent qu'elles furent sur le point d'anéantir la résistance la plus impétueuse à laquelle elles n'eurent jamais fait face. Oh ! Bien sûr cette proposition s'avéra des plus futiles, car il ne suffit plus que d'un souffle ardent de leur part pour en terminer une fois pour toutes avec ces rebelles.

Pourtant elles furent trahies par leur propre impatience. Croyant que la rébellion avait épuisé l'essentiel de ses forces et qu'elle n'avait plus les moyens de se relever, les Ténèbres firent cesser leur rage et calmèrent les éléments.

Le *Dernier* eut envie de sourire quand il s'ouvrit le thorax.

Il s'arracha le cœur, mais ne le déposa pas aux pieds de son sombre assaillant, il l'offrit à son enfant qui le mangea au complet.

Alors l'enfant explosa de lumière qui se répandit comme une aura aveuglante, pleine de vie, dont la vigueur chassa les tentacules ténébreux.

Le premier D.I.E.U porteur de l'aura de vie fut né.

Chapitre 6
Le rêve de Fedelyne.

Dans les fondations de l'Organum, il existait une grotte exiguë, isolée avec un petit lac frais et tranquille au milieu.

Fedelyne s'était laissée attirer par le fond du lac. Le désir d'un repos mérité dans son refuge à l'abri de l'agitation de la cité l'avait emporté sur les obligations que son retour impliquait.

Elle s'était recroquevillée sur le fond et le sommeil l'avait prise. Elle s'était faite à l'idée d'un somme léger et court, mais son corps pesa si lourd qu'il n'eut aucune réaction physique tandis que bouillonna son esprit…

Trois fabuleuses statues de pierre se dressaient sur le bord du plateau à l'ouest des Abymes qui éternisaient la puissance des trois rois de l'Alliance. Au centre se trouvait Sicardus le Shaklyr invincible qui défiait le bas monde de ses bras croisés. Les épines arquées dans le prolongement de ses coudes dépassaient du dos des deux autres rois. À gauche, Magnetron l'immortel et le bienveillant Raidone étirait ses ailes en tendant les bras et en ouvrant ses paumes dans la direction de sa cité. Enfin sur la droite, Dronor le premier à maîtriser l'eau alpha-physique liait ses doigts comme si au centre de ses mains se concentrait l'énergie de toute chose.

Voici l'Alliance qui avait changé à jamais le sort des Bivalents en les libérant de l'emprise humiliante des D.I.E.U.

Aux pieds de ces géants, il y avait le temple circulaire de l'Alliance. De là, s'étendait à perte de vue la première civilisation Bivalente, le Spectrum.

Le sanctuaire était constitué d'une vingtaine de piliers démesurés faits d'une roche lisse d'un blanc laiteux.

Le toit était percé au centre et retenait entre les piliers une énorme bulle d'air qui miroitait de mille feux sous les éclats stellaires.

À cette époque la cité était au point culminant de sa grandeur.

Apparurent Attalas le vieux Sapies Long-Bras ainsi que sa fille mutante.

Attalas l'explorateur fut sommé de présenter son enfant au roi Shaklyr Sicardus. Il nagea misérablement vers le temple monumental en serrant fort la petite main de Fedelyne dont les yeux ronds furent aussi figés que le reste de son corps. Devant le temple marmoréen, celle-ci se compara à une particule parfaitement dédaignable et elle en fut horrifiée.

Fedelyne se laissa traîner, apeurée par l'importance que le terrible roi avait bien voulu lui accorder, elle dont sa propre inadaptation lui faisait craindre absolument tout. Nerveuse elle ne cessa de tripoter la *capsulette* autour de son cou.

Tout en tirant nerveusement sur le bras de sa fille, le vieux Sapies arriva devant l'entrée du temple et ralentit.

Une portion de la gigantesque bulle que le temple emprisonnait faisait office à l'avant de porte d'accès.

Fedelyne leva ses yeux sur le toit percé dont les bords étaient gravés d'innombrables scènes glorieuses de combat. Elle s'arrêta net de nager pourtant son père la força à aller de l'avant.

Le reflet à tous les deux grossit sous l'effet de l'incurvation de la bulle qui se tordit lorsqu'Attalas y passa la main.

Il enfonça le bras jusqu'au coude. D'un coup le temple l'avala, lui ainsi que sa fille dont il se refusa de lâcher la main.

Celle-ci qui fut au bord de l'évanouissement, retint sa respiration et ferma les yeux en se cramponnant de toutes ses forces au bras de son père.

En surface, le temple était drapé du rayon des étoiles, mais une fois à l'intérieur une mystérieuse obscurité palpable comme une nappe d'huile les accueillit. On racontait que la clarté dans le sanctuaire était fonction de l'humeur des rois, ce qui acheva de refroidir le vieil Attalas.

Ce dernier avait la peau marquée de sillons par de longs voyages éprouvants à la recherche de Nouveaux Mondes susceptibles d'accueillir d'autres colonies Bivalentes.

Ses vains efforts l'avaient usé et son visage déjà émacié s'était creusé au niveau des joues à force d'être rongé par la solitude et les échecs. Face à cet environnement qui ne lui disait rien de bon, ses orbites se creusèrent jusqu'à ne laisser paraître que de petits points blancs à la place des yeux.

Il s'arrêta net quand il frappa un mur de phéromones obsédantes qui lui séchèrent la gorge et les poumons. Il ne respira plus.

Le corps tout menu et blême de Fedelyne se raidit. Elle se cacha le visage derrière ses longs cheveux d'or lorsque la barrière d'odeurs se torsada tout autour d'elle pour constituer des mots lourds et intenses.

- LE ROI, LE FLAGELLANT ET LA FILLE DE CŒUR.

Ces mots qui devaient être destinés à les accueillir furent aussi intimidants que le feu, mais d'une chaleur qui atténua leur affolement. Le vieux respira mieux. Il accepta cette obscurité environnante contre nature proche de l'apparition des Ténèbres. Fedelyne trouva elle aussi le moyen de se détendre.

Voilà que les filaments d'odeurs s'écartèrent. Une tête deux fois plus grosse que celle d'Attalas et tout en cicatrices s'arracha de la noirceur. La bouche de Fedelyne s'entrouvrit, son père déglutit avec peine face à ce masque durement marqué par les combats à répétition.

Sicardus, l'invincible qui n'avait peur de rien se montra tout entier.

Ses muscles démesurés se fondirent dans le jeu des ombres. Sa grandeur écrasa tout.

Ce fut tout ce qu'Attalas et sa fille eurent le loisir de percevoir parce qu'ils s'empressèrent de baisser le menton face à celui qui avait la réputation d'être le plus puissant roi de l'Alliance. Aucun autre que lui n'était venu à bout d'un D.I.E.U.

- Votre grandeur n'a d'égale que votre férocité…

Le vieux Sapies cligna des yeux, rouge de honte, n'osant croire ce qu'il vint de dire.

Le roi se fendit d'un sourire mi-amusé mi-irrité ; impossible de deviner de quel côté pencha son humeur. Ses énormes dents triangulaires lui occupèrent la moitié de la figure.

Attalas essaya de se rattraper. Il broya la main de sa fille qui grimaça de douleur.

- Vous… nous avez demandés ?

Le sourire du roi s'effaça et ses yeux noirs qu'il avait rétrécis, tombèrent brièvement sur la *capsulette* au cou de la petite mutante avant de remonter sur sa chevelure. Celle-ci garda la tête baissée.

Son père qui releva craintivement les yeux lui libéra la main pour passer machinalement le bras autour de ses épaules.

- La cité, lança Sicardus… À la voir comme cela, on la croirait indestructible. Elle a franchi tant d'épreuves… Mais il suffit de peu pour qu'elle devienne poussière… Comment va sa mère ?

- Tresha ? Ne le savez-vous pas ?

- Je le sais évidemment… En vérité il serait raisonnable que ton enfant soit protégée. Très bientôt elle n'aura plus qu'un père trop usé…

Ce dernier plaça sa fille dans son dos, tremblant des pieds à la tête de rage ou de peur, il ne sut trop.

- Depuis quand Tresha à avoir avec cette histoire ? osa-t-il demander.

- Depuis le début… Sans la mutation, nos ancêtres auraient tous péri… Ne te fie pas aux apparences mon ami, car une fois de plus nous sommes au bord de la disparition. C'est cela l'enjeu.

Le Sapies eut une montée de sueur froide.

- Notre cher roi Dronor a-t-il interprété l'avenir ?

- Dronor interprète l'avenir en sondant les esprits. Le résultat a sa part de hasard tout comme la mutation… Toutefois je ne crois pas que le hasard s'applique à ta mutante de fille. Et il est probable qu'à l'avenir je ne sois pas le seul à me pencher sur la question. Mutation et survie sont intimement liées.

Un autre Shaklyr jeune et bien découpé sortit de l'ombre. La petite Fedelyne posa de grands yeux ébahis sur ce nouvel arrivant.

La scène, Sicardus plus immense que jamais, l'autre Shaklyr qu'elle ne connaissait pas, mais aussi cette noirceur anormale ; tout cela fit naître dans son esprit un arrière-goût d'irréalité. Elle n'eut pas la sensation de se tenir debout sur un sol dur, mais de flotter dans les airs. Quelque part dans son subconscient, elle se demanda si cette séquence d'images ne fut pas distordue par le rêve dans lequel elle s'était perdue.

- Voici Dérod. Il n'est pas très bavard, mais il excelle dans le maniement des armes et sa loyauté est infaillible. Il protégera ta fille.

Après la stupeur, l'inquiétude pesa sur les plis du front du père. Il lui parut clair que quelque chose de grave se tramait.

- Je ne suis pas sûr de comprendre pourquoi ma fille a besoin d'être protégée. Et de qui ou de quoi ?

- Patience mon ami… L'horizon sème l'avenir. Ce que cela donnera dépendra de la façon dont on le regarde.

Tout au fond de son petit lac Fedelyne ouvrit soudainement les yeux. Les battements de son cœur et sa respiration furent animés. Elle ne se sentit nullement reposée.

À sa confusion s'ajouta la frustration de ne pas être en mesure de se remémorer le visage de son père.

Chaque fois qu'elle faisait ce rêve, elle conservait un gout amer au réveil. Elle se doutait qu'il y avait autre chose de sous-jacent. Au fond d'elle-même elle demeurait partagée entre son besoin viscéral d'enterrer ces images dans son subconscient et son souhait de savoir comment fut mort son père…

Fedelyne se déplia douloureusement.
- Je parlerai de mon rêve à Dérod, se dit-elle.
Réflexion destinée à se convaincre elle-même de réduire la problématique comme une peau de chagrin. Les échanges monosyllabiques avec son protecteur avaient le don de régler nombre de soucis.
Elle réapparut hors de l'eau, toute voûtée, la tête lourde et lancinante. Elle se massa passablement les membres pour se défaire du mucus sur sa peau puis elle prit le chemin en sens inverse. Elle suivit sa propre odeur sur les murs et retrouva le disque qui l'avait descendue au pays des mauvais rêves.
Parvenue au niveau du palier principal, elle tomba sur un calme plat au lieu d'une finale de J.E.U passionnante. Elle s'immobilisa l'air incrédule et eut besoin d'un moment pour se rappeler son objectif.

Elle, Saphy, Dérod et Iris devaient se réunir dans la chambre panoramique après que chacun eût complété son propre programme. Elle s'était donc permis de se laisser aller à un repos bien mérité comme lui avait suggéré Saphy. Il était maintenant temps de planifier ensemble la suite des événements avec en main les premières données sur l'expédition ainsi que sur les échantillons comme elle l'espérait.
Elle leva le menton. La petite chambre au sommet du dôme était entièrement vitrée et offrait une vue dominante sur l'ensemble du territoire de l'Organum.
À première vue, il n'y avait aucun mouvement au travers du vitrage.
- Combien de temps ai-je dormi ?

Elle rapprocha les sourcils, baissa la tête puis balaya les environs d'un regard en proie à l'inquiétude tout en humant l'air longuement. Un vaste nuage de phéromones occupait encore l'espace, signe que la foule s'était dispersée depuis peu.

- Je n'ai peut-être pas pris trop de retard finalement.

La mutante prit le premier disque-ascenseur venu puis monta jusqu'à la chambre panoramique qui se trouva déplaisamment vide. Son œil s'attarda brièvement sur la fameuse sphère neuronique juchée sur un socle de verre au centre de la pièce et qui permettait le transfert d'informations à l'ensemble de la colonie. Ses intérêts étant d'un autre genre elle fit le tour de la petite salle tout en inspectant les environs dans l'espoir un peu vain de tomber sur l'un des siens.

Les tours Sentinelles en périphérie flamboyaient. Les Arborescentes dont les ramifications étaient constellées de points bleus luminescents embrasaient les eaux sinistres.

La saison des terribles vagues sous-marines étant sur le point de débuter, les préparatifs pour renforcer les tours Couteaux concentrées vers le nord s'accéléraient. La circulation de quelques sous-marins cargos laissaient entrevoir que l'acheminement de réserves d'eau bleue et de matériel de réparation allait s'accentuer sous peu.

L'Organum était encadré de deux falaises, l'une à l'est, l'autre à l'ouest. Celles-ci étaient protégées par un mécanisme de défense alpha réputé infranchissable. Outre tous ces systèmes de protection, le sud était barré par l'immense volcan d'Altes, centre névralgique de la production d'énergie bleue, qu'une armada de sous-marins Protons gardait en permanence. Derrière le volcan un vaste plateau tout fissuré que des courants traversaient infatigablement s'étendait à perte de vue.

L'œil de Fedelyne accrocha brièvement un petit trou dans le milieu de la falaise ouest non loin du volcan. Voilà l'entrée de la retraite de Luciol, sa mère adoptive avec laquelle elle n'avait jamais cultivé de solides relations. La colère issue de la perte de ses véritables parents avait toujours brûlé en elle et avec le temps Luciol avait pris la place de son souffre-douleur. Prendre ses distances s'était avéré le remède pour toutes les deux malgré une grande affection réciproque.

La mutante changea de vue non sans avoir le cœur pincé de honte. Pourtant elle se réconforta en se disant que Dérod allait bientôt lui rapporter des nouvelles de sa mère adoptive. Puis elle porta son attention sur l'intérieur du dôme.

Une dizaine de plateformes de verre en forme d'anneau l'étageaient. Hormis le niveau central où se jouait le J.E.U, les autres étaient connectés entre eux par un réseau anarchique de passerelles. Quelques groupes de Sapies épars étaient à leur affaire, mais globalement l'activité de la colonie semblait à son plus bas.

Fedelyne soupira, le temps passait, elle n'avait vu aucun des siens dans les environs et toujours aucune odeur familière ne se présenta dans son dos. Elle perdit patience puis se rappela l'existence de son décrypteur alpha à son oreille. Elle activa le dispositif d'une pression de l'index sur la tige et une fine pellicule d'eau bleue le recouvrit.

- Dérod ? Où es-tu ?

Dérod répondait toujours dans l'instant par un borborygme lent et étalé, signe de son bonheur constant à converser avec sa protégée.

Pourtant les paupières de la mutante se crispèrent. Quelque chose n'allait pas. Son décrypteur refusa de lui délivrer la moindre phéromone synthétique en retour.

- Saphy ? Est-ce que tu me reçois ?

Même sans décrypteur alpha, Saphy avait le tour pour lui faire ressentir sa présence à distance en chargeant l'air ou l'eau de son électricité. Néanmoins elle n'obtint pas de meilleur résultat.

- Je perds mon temps, songea-t-elle en rongeant sa frustration. C'est bon, je vais me rendre au centre de contrôle, je récupère Saphy et peut-être Iris. Ensuite nous irons retrouver Dérod chez Luciol. Pas de raison de s'angoisser.

La mutante redescendit dans les fondations du dôme avec moins de langueur qu'à la montée. Elle poussa le pas dans un réseau tortueux de tunnels passablement éclairés et chargés d'humidité. Son chemin l'amena devant la chambre des nymphes, destinée à la croissance des Bivalents.
Il s'agissait du petit royaume de la caste des ouvriers Teteplates. Fedelyne ne capta pas les subtils changements de comportements de ceux-ci, indication qu'un événement récent avait forcé le groupe à changer ses habitudes. Elle ne vit rien.
Au centre de la chambre des nymphes se situait une grande roche conique entièrement recouverte d'une centaine d'alvéoles conçues à partir d'un mélange de boue et de gelée nutritive. Ces alvéoles étaient bouchées par un opercule de cire au travers duquel on entr'apercevait les spasmes des Bivalents, recroquevillés dans leur liquide nourricier en position fœtale.
Les ouvriers étaient en train de réveiller une majorité de guerriers Shaklyrs.
La colonie fonctionnait comme un tout. Ainsi la fin du sommeil d'une majorité de guerriers signifiait une réponse à une agression généralisée. À son tour Fedelyne se réveilla enfin.
- Ai-je manqué quelque chose ?
Avoir dérogé au plan du Grand-Œil commençait maintenant à l'angoisser.
Mais de nouveau l'urgence de la situation la saisit au ventre. Elle tourna les talons et accéléra le pas en direction du centre de contrôle.

Pour les besoins de la mission exploratoire, une équipe de Sapies sous le secret d'Iris avait aménagé un petit centre dans un ancien entrepôt d'armes. Trois Long-Bras s'étaient assurés du maintien de la communication avec LaPerle tout en entretenant un nuage de signaux parasites autour du submersible de façon à le rendre invisible ou à le faire passer pour un autre.

Ces trois Sapies tout comme Iris étaient des auto-suggestifs. Les Organiens, eux, constituaient la majorité de la colonie et fonctionnaient selon le principe de la pensée unique. Un danger que le Grand-Œil et son équipe s'étaient appliqués à déjouer en maintenant le flou complet sur le but premier de la mission.

Après avoir emprunté un dédale de tunnels mal entretenus, Fedelyne se figea quelques pas avant l'entrée du centre parce qu'une étrange odeur s'en échappa. Elle se plaqua contre le mur en jouant de la plus grande prudence.

La lourde porte cylindrique de verre noir était ouverte, la lumière qui émanait de la pièce tremblotait. La mutante cessa de respirer par instinct. Elle ne perçut rien d'autre que ses propres battements du cœur. Aucune ombre sur le pas de la porte n'interféra avec les vacillements de la pâle lumière.

« Réfléchis… Ne sois pas stupide. Saphy, Iris et peut-être Dérod sont là, de l'autre côté de la porte. »

Les yeux fermés, elle emprunta beaucoup de temps pour recouvrer un peu de sérénité tout en humant longuement l'atmosphère.

Peu à peu des images se formèrent derrière ses paupières closes. Les émanations qui s'échappaient du centre lui firent entrevoir la mort, la souffrance ainsi que des hurlements.

Son cœur cessa de battre et elle rouvrit les yeux sans rien voir. Elle n'avait pas détecté la présence de Saphy, de Dérod ou d'Iris ce qui lui apporta un brin de réconfort. Par contre le schéma d'odeurs représentait le corps inerte des membres de l'équipe du Grand-Œil.

- D'accord… Réfléchis…

L'idée lui vint d'essayer une nouvelle fois son décrypteur, mais le ou les meurtriers se trouvaient peut-être encore dans les parages.

Tout en s'efforçant de reprendre ses esprits, elle récapitula le fil des événements. Le retour de LaPerle, la séparation, Dérod prenant les commandes du sous-marin dans la direction de l'antre de Luciol et Saphy s'en allant seul vers le centre de contrôle bien qu'ils eussent dû rester groupés comme Iris le leur avait ordonné.

Ensuite il y eut la colère irraisonnable de ce dernier au sujet des échantillons suivi de ce maudit rêve qui lui fit perdre tout contact avec la réalité. Or le contrôle ne devait pas lui échapper, ce qui était la condition sine qua non au succès de la mission.

Ainsi il fallait comprendre au plus vite ce qui se tramait et surtout ne pas céder à la panique.

Une idée lui apparut. Dérod devait stopper le sous-marin dans l'ancien port après avoir porté les échantillons à Luciol. En se dépêchant, elle avait une chance de tomber sur son protecteur.

Voilà qu'elle s'élança, le cœur battant et les poumons chargés d'émotions. Elle trouva la direction par instinct puis arriva à l'ancien port à grandes foulées en n'ayant croisé personne sur son chemin.

LaPerle se trouvait bel et bien là.

La mutante ralentit l'allure. Personne aux alentours, il n'y avait aucune trace de Dérod, mais la vision de son sous-marin la rasséréna.

Elle ne nota pas les plaques de verre brisé sur le flanc de l'appareil. En fait rien ne la frappa si ce ne fut quelque chose d'incroyablement puissant qui la projeta en arrière. Et tout devint noir. Ses yeux se fermèrent doucement, elle perdit connaissance…

Chapitre 7
Dérod, Saphy et la mort.

- Le temps est là, à portée de mains, nous pouvons presque le toucher. Mais il nous glisse entre les doigts chaque fois qu'on cherche à se l'approprier. Le temps est une source intarissable, pourtant il vient toujours à manquer… Ça n'empêche rien.

- Que voulez-vous signifier, Maître ? demanda Bubonick.

- Moi aussi je ne peux retenir le temps, pourtant ça n'empêche pas que je sois le D.I.E.U le plus puissant qui n'ait jamais existé.

Pause

- N'ajoutes-tu rien ?

- Non mon Maître ! Je pensais, voilà tout. Non, non, ce n'est pas ce que je voulais dire !

- Tu n'es pas libre de penser, mais peu importe. Je ne suis nullement contrarié. En fait je suis d'humeur à t'écouter bien que ça puisse te paraître incompréhensible. Laisse-toi aller, raconte-moi.

- Vous avez toujours raison. Vous êtes le plus puissant des D.I.E.U mon Maître, tous les Sangdors mourraient pour vous servir.

- Je sais, je surpasse mon père. Les D.I.E.U gagnent en force et en talents de génération en génération. Je suis plus grand, mon armure de fer est plus solide et je suis doué d'un sixième sens qui me procure même quand j'ai les yeux fermés une perception tridimensionnelle de mon environnement. Rien ni personne n'est capable de me surprendre. Je suis l'apothéose du règne de mon espèce. Pourtant le temps vient à me manquer. Je sens qu'il est même sur le point de me jouer un tour, tapi près de moi, comme une bête sans nom aux aguets et je crains de ne pas prévoir le cours des choses.

- Mon Maître, rien ni personne ne peut vous surprendre !

- Maintenant je doute Bubonick. Le doute fait faire des erreurs.

C'était la première fois qu'Argonot se trouvait au poste de pilotage d'un submersible de combat Bivalent. Il parla avec plus d'assurance maintenant.

- Parfois je me demande comment des créatures si peu parfaites sont parvenues à concevoir des machines aussi dépourvues de défauts. Sans elles nous aurions anéanti la colonie du Spectrum et nous ne serions pas en train de pactiser avec le fruit de notre création dans le but de préserver l'équilibre.

- Beaucoup de choses dans cette histoire me laissent perplexe Maître.

- Je t'écoute, tu peux parler.

- Tout d'abord le Grand-Œil nous a signifié que nous étions libres de nous défouler sur tous les Bivalents que nous pourrions croiser de sorte de ne laisser aucune trace sur la façon dont les pourparlers de paix auront eu lieu. S'il veut garder son projet secret, pourquoi ne pas s'assurer lui-même que le ménage soit bien fait ? Je ne refuse jamais un dessert, notez-le bien Maître, mais Iris est un auto-suggestif tout comme la plupart de ceux qui l'entourent. Ils ne sont pas liés par la pensée unique, alors…

- Les auto-suggestifs sont capables de se dissocier de l'Organe, en partie seulement parce que contrairement à ce que l'on imagine, ils ne peuvent se blesser mutuellement tout comme les Organiens. Comprends-tu ce que je te raconte ?

- Oui Maître, mais pourquoi vous abaisser à conclure la paix avec ces… Bivalents ?

- Je te l'ai dit Bubonick, je suis d'humeur à te laisser parler. Je devine le fond de ta pensée et je veux l'entendre de ta bouche puante.

- Je… Je ne suis pas sûr que vous devriez vous acquitter de cette tâche, vous êtes un D.I.E.U mon Maître !

- La situation est plus précaire que jamais. Au bout de notre guerre sans fin avec les Bivalents nous serons trop affaiblis pour continuer à défendre l'aura de vie contre les Ténèbres. La situation est sur le point d'échapper à notre contrôle.

- Je… Je ne suis pas certain mon Maître.

- Non bien sûr que non ; tu n'es pas capable de voir l'acte glorieux derrière ce que je m'apprête à accomplir.

- Mon Maître ?

Pause.

- Dis le Bubonick.

- Votre vision… n'est pas…

- Je t'écoute.

- Elle est… à l'opposé de celle de votre père !

Argonot fit une inspiration en serrant les dents. Tout à coup ses yeux d'acier incandescent fumèrent et il parla avec fermeté.

- Je sais ce que je fais.

- Je crois que vous doutez mon Maître… Le doute fait faire des erreurs.

Les plaques de fer de l'armure du D.I.E.U crissèrent sous une vive tension. D'instinct Bubonick cessa de respirer et de faire tout autre commentaire. Inquiet, son œil noir et vicieux pointa sur la nuque tendue de son Maître et il espéra ne pas avoir provoqué une colère divine.

Les épaules d'Argonot qui occupait le poste de pilote éclipsaient totalement le tableau de bord de la vue du parasite placé à l'arrière entre les deux réservoirs des turbines du Proton.

Spectacle absurde, le puissant D.I.E.U tenait à peine dans son petit fauteuil. Le submersible de combat Bivalent avait des allures de jouet entre ses grosses mains.

Tandis que le Sangdor fixa anxieusement les lueurs bleu vert de la lourde armure de fer, le temps s'écoula silencieusement et la tension diminua.

Le Proton avait la même signature alpha-physique que tous les autres submersibles de la flotte de l'Organum si bien qu'Argonot avait franchi les frontières ennemies sans accroc.

De plus l'appareil avait été modifié pour fonctionner avec son habitacle rempli d'eau de façon à permettre aux pilotes Adaptés de survivre.

Argonot et Bubonick attendaient à l'ombre de la falaise ouest, dissimulés derrière une arête à cinq cents brasses environ d'un trou sombre dans la roche. Iris devait les y rejoindre.

Au bout d'un moment le D.I.E.U vit au loin une perle bleutée surgir hors du couloir étroit.

- Il ne me semble pas que ce soit notre hôte là-bas, grogna-t-il.

- Une chance que l'emplacement du couloir étroit nous ait été révélé, dit le serviteur.

- La chance… La chance est un peu comme jouer. Les D.I.E.U ne jouent pas, ils font et défont les règles.

LaPerle ralentit brutalement, évitant de justesse un impact avec le sol. Argonot la vit stopper au loin derrière un rocher en pointe.

- Ouvre grand la gueule Bubonick, mon instinct me dit qu'un festin inattendu approche pour toi. En plus cela fera le plus grand bien au Grand-Œil qui ne veut voir personne s'interposer entre lui et nous.

Le Sangdor se cala dans son siège en ronronnant de plaisir même s'il s'agissait d'un contretemps. À la seule pensée du sang la salive lui monta à la ventouse et son estomac se dilata.

Les parasites étaient naturellement pâles et chétifs, pourtant l'appât du sang les transformait. Les muscles de Bubonick firent saillie. Sa lèvre unique qui ourlait sa ventouse, s'épaissit rouge et frémissante à l'idée d'effleurer la peau d'une de ces palpitantes et juteuses créatures.

Le petit parasite aux allures maladives et inoffensives se changea en un monstre aussi apeurant que repoussant.

Là-bas proche de la sortie du couloir étroit, Argonot entrevit deux minuscules silhouettes prendre la direction du dôme à la nage. Ensuite LaPerle fit lentement demi-tour pour se faufiler au milieu d'un rideau de bulles d'air sortant des profondeurs et s'orienter vers le même trou ou le D.I.E.U attendait.

- J'ai l'impression que ce sous-marin se dirige vers notre lieu de rencontre avec Iris. Tu vas avoir l'occasion de t'en mettre plein la panse Bubonick, mais ce n'est pas utile de t'exhiber dans un bain de sang. Faisons-nous plaisir en toute discrétion. Va dans ce trou où nous devons nous retrouver, tandis que je continuerai d'attendre notre hôte à l'extérieur.

- Le trou est-il déjà occupé ?

- Iris ne nous a rien dit à ce sujet. Donc si tu trouves un être vivant, ce sera un intrus. Faire la paix, c'est un peu comme devenir des frères. Rien ne nous empêche d'être des frères dans le sang.

Le serviteur balança la tête en arrière et la secoua en poussant des gargouillis rauques et traînants. Après quoi il ajouta avec délectation,

- Vous savez à quel point ceux de mon espèce sont friands du sang des Bivalents ; vous le savez n'est-ce pas Maître ?

- Je l'ai vu.

- Non mon Maître vous n'avez encore rien vu.

Argonot esquissa un sourire bestial. Il aimait le zèle des Sangdors. Les pupilles de Bubonick se dilatèrent.

***

Luciol la vieille Long-Bras fut autrefois hautement respectée, elle qui était la mère de l'eau alpha-physique. Durant l'Alliance, elle fut une voix forte et écoutée des rois. Mais après la guerre, elle se renferma sur elle-même, ne sortant de son ermitage que pour offrir ses lumières à Iris lorsque celui-ci empruntait des chemins trop sombres.

Quand ce dernier parla de l'expédition pour trouver des échantillons, elle hésita longuement, car les enjeux étaient colossaux. Au lieu du retour à l'équilibre et à l'harmonie, le chaos et l'enfer risquaient de prendre le pas.

Au final elle accepta tout en croyant que la vie en surface demeurait impossible. Iris le croyait aussi.

Puis ce dernier revint, peu avant le retour de LaPerle. De mystérieux échantillons se trouvaient à son bord. Depuis lors quelque chose prit racine dans la tête de la Sapies, telle une menace incertaine et lointaine. Le silence et la solitude représentaient encore ce qu'elle avait de mieux pour tenter de trouver des réponses à ses questions.

La principale source de protéines d'un Bivalent adulte consistait en de minces coupes de viande de Sixbras séchées dans un bain alpha-physique que l'on appelait *feuilles*.

Habituellement la vieille Long-Bras en conservait une bonne pile qui depuis quelque temps avait disparu. Torturée par ses préoccupations, elle avait perdu le goût de la nourriture et sa peau avait considérablement séché. Son dos vouté et osseux semblait vouloir se briser en deux au moindre accrochage.

Ses yeux bleu pâle s'illuminèrent quand elle perçut dans l'eau un léger frôlement au niveau de ses mollets. Elle redressa la tête et détacha son attention qu'elle accordait continuellement à ses sempiternels récipients d'eau bleue qui tapissaient les murs de sa grotte exiguë et basse de plafond. Mais le remous ne se reproduisit pas. Elle s'attendait à voir entrer Iris qui lui donnerait des nouvelles de Fedelyne.

L'idée qu'il eût été provoqué par les turbines de LaPerle germa en elle. Peut-être que Fedelyne était directement allé chez elle avant de ramener son sous-marin à bon port. Elle fantasmait sur le retour de sa fille.

Elle marcha donc vers la sortie. Bien que son corps fût usé et tout en os, il présentait encore une remarquable flexibilité.

Dans sa grotte, l'eau à mi-cuisse miroitait de reflets bleutés qui se fondirent avec l'obscurité au fur et à mesure qu'elle s'approcha de l'extérieur.

Luciol se figea, le regard rivé sur l'eau, attendant que quelque chose se produisît. Pourtant rien ne changea et l'inertie de l'eau l'ennuya.

Elle rehaussa le menton puis se dirigea, le dos un peu plus courbé, dans la direction opposée. Elle s'était trompée. Fedelyne avait certainement suivi le plan. Elle était un peu déçue.

Le temps n'en finit plus de s'allonger.

L'idée lui prit alors de se plonger dans son journal de recherche qui consistait en un petit bloc alpha sur le coin d'une étagère.

***

Les Protons avaient trois ailes courbées comme des ailerons de requin qui formaient un triangle et qui leur conféraient une manœuvrabilité incomparable. Leur fuselage oblong était conçu pour la vitesse.

Ils étaient le fer de lance de la flotte bivalente, mais depuis peu ils étaient également devenus un gage de paix avec l'adversaire. Tendre le manche de son glaive à son ennemi héréditaire représentait à la fois la preuve d'une grande sagesse, mais également d'une forte irrationalité. Ce qui était au sens d'Argonot les ingrédients d'un équilibre inespéré et il tenait à mener la mission jusqu'au bout. Pour sa part il transportait les cristaux tant convoités par Iris.

Le ventre du Proton s'ouvrit en silence. Une ombre frêle aussi plate qu'un ruban en sortit sans faire le moindre bruit puis ondula en épousant les courants.

L'ombre s'infiltra sans hésitation à l'intérieur du trou dans la falaise. Et le noir de l'eau se fondit avec le bleu qui émanait de la grotte.

La profondeur diminua. La créature en forme de ruban s'aplatit sur le fond en se mariant intimement avec le relief. Ensuite elle s'arrêta en entrevoyant deux mollets maigres et fripés. L'odeur de la chair, bien que dépassée, la fit tressaillir. Une réaction d'impatience qu'elle regretta instantanément. Les mollets se retournèrent, les pieds tâtonnèrent un moment sur le fond, ensuite ils se déplacèrent vers la sortie. L'ombre se tassa délicatement sur le côté.

***

Luciol perdit patience. L'absence de nouvelles de l'équipage de LaPerle nourrit ses mauvaises pensées. Iris lui avait pourtant affirmé que l'équipe était de retour. Mais avait-il pu se produire quelque chose entre temps ? Est-ce que sa fille était blessée ou pire encore ?

C'était elle, Luciol, qui avait amorcé l'expédition en aidant sa fille à concevoir le submersible et en évaluant le tracé du voyage selon les informations qu'Iris lui avait fournies de sa propre et unique tentative. Maintenant les remords commencèrent à lui brûler l'estomac.

Mais voilà, tandis qu'elle flirtait avec l'angoisse, elle distingua un second remous, plus prononcé et beaucoup plus proche. Elle leva la tête et entr'ouvrit la bouche quand elle réalisa qu'il était trop tard. La chose dans son dos se trouvait trop près pour lui laisser la moindre chance de fuir.

Luciol s'étonna presque d'être encore en vie. En vérité elle commença à avoir une petite idée de ce qui l'attendait. On lui laissait une dernière liberté, celle de voir la mort en face.

La vieille Long-Bras inspira profondément et fébrilement, ouvrant les bras à son sort parce que mieux valut se convaincre d'une fin digne d'elle. Difficile de l'accepter vu les circonstances, mais ce fut une façon d'y voir de la douceur dans ce genre de mort.

Une odeur de putréfaction en arrière d'elle emplit ses poumons. Tout de même... se faire piéger aussi innocemment avait de quoi enrager.

***

Bubonick se redressa en douceur et retint sa respiration hors de l'eau, savourant chaque moment tandis que son regard étincelant d'envie caressa la vieille Sapies au niveau de la nuque qui fut si tendue qu'il sembla que les muscles noués furent une corde au cou.

Difficile de dire combien le Sangdor avait rêvé de ce moment. Son Maître lui avait donné sa chance. Quant au Grand-Œil, n'avait-il pas autorisé l'élimination de tous les témoins ? Ainsi il tint à savourer, à enregistrer les moindres détails ; la nervosité qui suintait à flot des pores de la peau ainsi que la surprise qu'il avait causée. Quand sa proie releva la tête, quand son cou se noua, quand elle respira irrégulièrement ; tout cela fut délicieux.

Bubonick ne put retenir un afflux de salive qui tomba à grosses gouttes dans l'eau. Ploc ploc ploc ; chaque goutte qui tomba crispa un peu plus les épaules de la vieille Bivalente. Évidemment il avait espéré mieux qu'une chair sèche et vidée de sa belle vie, mais l'occasion ne s'y prêtait que trop rarement.

Quoi qu'il en soit l'effet fut là. Ses gouttes de salive qui frappèrent l'eau concentrèrent un peu plus le sang de la Sapies en adrénaline. Les parasites aimaient leur repas pimenté.

La pauvre Bivalente prit l'initiative de se retourner vivement en lançant son poing droit de toutes ses forces. Bubonick connaissait ce genre de réaction. C'était stupide, mais d'une certaine façon les proies espéraient toujours l'impossible quand il n'y avait plus de pitié à monnayer. La frappe de cet être tout en longueur fut si dépourvue d'énergie que le parasite n'eut aucune difficulté à la parer.

Qu'une proie se débatte mollement était plaisant à voir, mais une face torsadée par le dégoût fut carrément jouissif. Il fallait reconnaître que la laideur des Sangdors n'avait pas d'équivalent.

L'excitation de Bubonick atteignit son comble quand la vieille poussa une timide plainte, d'horreur ou de douleur, une considération qui importa peu.

Le parasite en eut soudainement assez de ne se nourrir que de belles pensées. Il attrapa fermement le crâne de la Sapies de ses longs doigts secs et griffus puis en un éclair projeta son énorme ventouse débordante de plaisir sur ce visage superbement écœuré qu'il engloba tout entier, du menton jusqu'au sommet du crâne.

Luciol cria. Ce fut ridicule et complètement inutile, personne ne pouvait entendre les plaintes étouffées qui se perdirent dans la gorge du Sangdor. Ce dernier enfonça progressivement chacune de ses 252 dents fines et crochues dans la chair blanche et flasque de sa proie. Le sang chaud et visqueux, un peu vide de substance certes, mais tellement savoureux déborda rapidement de sa bouche. Il aspira férocement tout en secouant frénétiquement la tête de façon à lacérer les chairs en profondeur tandis que le sang frais lui bomba le ventre.

Tout en couinant, Luciol s'agrippa paresseusement aux longs doigts osseux dont les griffes étaient incrustées dans son crâne.

Bubonick aspira de toutes ses forces, la tête de la Sapies s'engouffra tranquillement dans son gosier. Celle-ci tapa des pieds et des poings au hasard. La plupart de ses coups atteignirent ses récipients qui se brisèrent et tombèrent. Son sang gicla de ses yeux, de ses lèvres et de ses joues. Ensuite son cœur battit très vite, ses jambes flanchèrent, ses bras tombèrent. Le froid envahit son corps, ses cris disparurent, mais elle demeura consciente.

Le truc était que la proie devait rester vivante le plus longtemps possible ce qui évitait au Sangdor de trop se dépenser pour la vider complètement. Il fit deux pas en avant, plaqua la tête de la Sapies contre la roche, fit glisser ses longues mains l'une vers les reins, l'autre vers le bas-ventre puis entrepris de la masser avec vigueur du bas vers le haut.

Luciol sentit une vague de chaleur lui remonter vers les épaules, mais pour un bref instant, car trois succions après, son cœur cessa de battre.

**

Dérod qui pilotait le sous-marin ovale de verre nacré se rapprocha en douceur de la fissure dans la falaise. Il n'eut plus besoin d'un écran de bulles pour passer inaperçu. Le secteur n'était pas fréquenté et la finale du J.E.U avait concentré la quasi-totalité des Bivalents dans le dôme. Il fulminait toujours à cause du nouveau plan de Fedelyne. La laisser seule l'enrageait. Sa seule consolation était qu'il allait pouvoir donner des nouvelles de sa protégée à sa mère adoptive.

Parvenu à une centaine de brasses du refuge de Luciol, il se leva de son siège puis se mut plié en deux, vers la queue de l'appareil où il poussa vers l'arrière les deux manettes qui contrôlaient l'arrivée de l'eau alpha-physique dans les turbines. Celles-ci s'arrêtèrent.

Il revint ensuite à la sphère neuronique sur le tableau de bord pour activer l'éjection d'un harpon qui se planta dans un rocher.

Le filin qui était constitué d'un tendon de Sixbras s'enroula ce qui amena LaPerle à se coller à la falaise. Après quoi Dérod alla dégager deux grandes caisses rectangulaires de verre nacré empilées l'une sur l'autre et fixées à des points d'ancrage au centre de l'appareil.

Une des caisses devait initialement contenir de petites roches prélevées sur différents sites en surface dans le but d'analyser le niveau de radiation et voir son impact sur le développement de la vie. Cependant à la place des roches, l'équipe s'était concentrée sur des choses d'un nouveau genre.

La découverte eut lieu dans les eaux peu profondes à quelques brasses seulement de la surface où le niveau de radiation était réputé pour brûler la peau jusqu'à la faire tomber en lambeaux. Iris le premier y avait goûté.

Ce fut un halo verdâtre qui changea tout le sens de la mission. L'équipe put à partir de vagues légendes faire le rapprochement avec la vie.

Des organismes vivants comme de longs cheveux verts luminescents enracinés dans les failles de la roche ondulèrent au rythme d'un courant doux et tranquille.

Persuadés que le genre Bivalent fut enfin arrivé au bout de sa peine, Fedelyne, Saphy et Dérod firent la récolte en étant vêtus de leur combinaison puis ils s'en allèrent marcher sur la terre ferme, ce qu'aucun des leurs n'eut fait avant eux.

Le regard du Shaklyr se figea sur l'angle des caisses. De brèves images de la désolation qui régnait en surface lui revinrent en mémoire. Il se souvint qu'avait jailli en lui une petite idée aux conséquences monumentales. Ainsi avec la vie dans les eaux peu profondes, la terre lui avait paru à la portée de tous.

Dérod se secoua et entrouvrit la caisse du dessus qui contenait les cheveux verts fixés à leur substrat. Ceux-ci étaient en parfait état.

L'autre malle renfermait les trois combinaisons. Ces dernières étaient recouvertes d'une multitude d'écailles de verre irisé et les effets des radiations sur elles devaient être analysés.

Il traina les deux caisses jusque dans le sas du submersible qui se remplit d'eau une fois la porte fermée derrière lui.

Ayant été trop longtemps confiné dans ce sous-marin étroit, sec et malodorant, le contact de l'eau sur sa peau nue ainsi que les senteurs qui remontèrent des profondeurs éliminèrent le sentiment de claustration. L'atmosphère de renfermé qui lui avait collé à la peau durant la mission parut n'avoir jamais existé.

Il ouvrit la porte extérieure.

Dérod n'avait pas mis les pieds dans la grotte de Luciol depuis qu'il avait accompagné Fedelyne durant son jeune âge pour une visite où il fut témoin de la tension malsaine entre les deux femelles. La visite avait mal tourné.

Après quelques brasses, il entra en silence et tomba sur une luminosité ambiante douce et reposante. Au premier regard rien ne parut avoir changé de place depuis la dernière fois. Cependant il trouva dans l'atmosphère quelque chose de plus qu'il ne réussit pas à identifier et qu'il décida d'imputer à sa déception de ne pas être accueilli par la vieille Long-Bras.

Dérod était un guerrier parfait et de constitution plus solide qu'aucun autre. Les deux grandes caisses sur chacune de ses épaules parurent aussi légères qu'une plume. Il les posa l'une à côté de l'autre sur un large établi en verre noir contre le mur puis les ouvrit toutes les deux.

Là il se perdit dans l'observation des combinaisons et nota que quelques écailles de verre étaient ternes et ébréchées. Sans y accorder de l'importance, son regard glissa ensuite sur les organismes filiformes dans le récipient d'à côté. Ceux-ci étaient tout aussi pleins de vie que lors de leur trouvaille.

Soudain, quelque chose dans son dos l'alerta et s'apparenta étrangement à la désagréable sensation rencontrée à l'entrée de la grotte.

Dérod qui possédait un odorat surdéveloppé avait senti la chose venir bien avant qu'elle se rapprochât assez pour tenter une attaque-surprise. Il ferma ses yeux ambrés, serra ses gros poings puis releva sa tête massive tout en laissant patiemment arriver la chose.

Il détecta un léger remous au niveau de ses mollets puis des gouttes d'eau tomber. Une sale odeur de salive lui emplit les narines.

Tous les mêmes, trop empressés et trop énervés. D'un coup il projeta violemment l'épine de son coude gauche vers l'arrière, un jet de sang lui aspergea le dos.

Il tourna la tête.

Un Sangdor parfaitement bâti pour son espèce, à la fois sec et mou, plat et musclé, crispa ses longs doigts griffus sur l'éperon qui lui traversait le ventre de part en part.

Dérod retira d'un coup son épine, un autre jet de sang lui arrosa la face puis il saisit le parasite par la gorge.

Le Shaklyr était le plus souvent avare de paroles, pourtant une belle prise comme celle-ci lui délia la langue.

- Bubonick ! Comme toutes les vermines de ton espèce, tu obéis aveuglément à ton estomac. C'est plus fort que toi ! Prévisible et pathétique. Regarde-toi ! Tes pieds ne touchent pas le sol, tu es mourant pourtant tu cherches encore à me mordre. Tu pourrais au contraire finir ta vie avec un peu d'honneur, mais tu te plais dans ton besoin viscéral de sang. Pas de dignité, juste le sang… En plus tu pues.

La vue répugnante de ce monstre tremblotant lui retourna l'estomac.

Progressivement il serra les doigts autour du cou de sa prise jusqu'aux craquements des vertèbres.

Le parasite remua convulsivement des pieds, ses yeux se révulsèrent. Enfin il cessa de respirer tandis que Dérod considéra avec curiosité ce ventre un peu bombé en train de se vider de sang noirâtre.

- C'est malin ça, il y a du sang partout maintenant. Je me demande… Que faisais-tu dans le coin en vérité ?

Aucun Adapté n'osait s'aventurer dans les environs de l'Organum, pas même les D.I.E.U. Un seul Organien qui remarquait l'intrus provoquait par le biais de la pensée unique une série de réactions agressives de la part de l'ensemble de la colonie.

Ainsi comment Bubonick avait-il réussi à se faufiler jusqu'ici ? Certes la grotte de Luciol se trouvait à l'écart, mais tout le périmètre de la colonie était contrôlé par des gardes postés sur les bords des falaises ainsi que par des systèmes de détection alpha-physique. Il était impossible de passer inaperçu… à moins… à moins que le parasite ne fût passé par le couloir étroit.

- Ça ne colle pas… Sans une connaissance parfaite du couloir, personne ne peut le traverser. Avec cela l'entrée est secrète... Advenant qu'il l'ait tout de même franchie, comment expliquer qu'il ait réussi à arriver jusque dans ce trou ? Peu de chance de ne pas être vu… sauf s'il s'est caché dans un… de nos sous-marins… Mais il y a autre chose… Un Sangdor n'est jamais seul !

Une constatation qui amena Dérod à cesser de respirer et à balayer vivement les recoins de la grotte du regard. Il se trouvait dans un cul-de-sac. L'idée lui vint de sortir au plus vite, de sauter dans LaPerle puis de prévenir Fedelyne.

Il s'activa vers la sortie, mais au passage son œil accrocha une main blafarde qui remonta vers la surface. Il se retourna puis examina la chose avec un intérêt grandissant.

Au bout du compte il plongea les doigts dans l'eau et saisit un avant-bras sur lequel il n'y avait pas beaucoup de chair ; que la peau sur les os pour ainsi dire.

Il sortit le cadavre hors de l'eau tout en le découvrant peu à peu, blanc, sec, vraiment sec et sans aucun visage. Seuls quelques lambeaux de chair étaient encore collés au crâne.

Au poids et à la stature, il reconnut le corps de Luciol.

- Je dois avouer qu'à l'idée de t'affronter, j'ai douté, fit une voix dans son dos.

Dérod ferma les yeux en inspirant. Une odeur étouffante comme le soufre occupa l'atmosphère et l'incita à rentrer le menton.

- Argonot... Comment oses-tu me défier ici ? C'est à peine si tu es capable de respirer de l'air, dit-il sur un ton qui dissimula une forte surprise.

Puis il ouvrit sombrement les yeux et se tourna vers celui qui lui bouchait la sortie.

- Je vais retenir ma respiration un peu, le temps de rattraper la bêtise de mon serviteur.

- À être trop sûr de soi, on marche la tête haute sans voir le vide sous ses pieds.

- Les D.I.E.U t'ont créé, je ferai de toi ce que bon me semble.

- Rappelle-moi ; un mâle et une femelle, frère et sœur pour perpétuer le sang de ton espèce. Un principe qui n'existe plus. Ta mère, Argolia, est morte avant d'avoir enfanté pour toi une sœur. À ce propos on pensait que Sicardus fut le seul à être en mesure de vaincre un D.I.E.U. Ça c'était avant que tu ne me voies énervé.

L'armure bleutée aux reflets de métal vert d'Argonot vibra sous une tension montante. Il n'était pas aussi impressionnant que son père, pourtant sa beauté et sa cuirasse parfaite exempte de toutes traces de combats lui donnèrent l'apparence d'un être de haut rang chargé d'une impulsivité maîtrisée, mais sauvage qui ne s'était encore jamais exprimée. C'était une force intérieure parmi les plus dangereuses et explosives. Ses yeux de feu fumèrent de colère.

Dérod le maître d'armes et l'un des derniers survivants de la redoutable lignée des Anges-Gardiens fit pâle figure face à cet adversaire de taille. Contrairement à ce dernier, il avait combattu en défiant tous les guerriers plus forts que lui, jusqu'à ce que plus un n'osât l'affronter. Seul Ayder, son frère qui ne s'était jamais mesuré à lui était réputé à sa hauteur. Cependant devant un D.I.E.U prêt à appliquer son jugement, aucune expérience ni technique de combat n'avait d'importance.

- Il y a peu, les tiens se jetaient encore sur les restes que les D.I.E.U voulaient bien leur laisser. Je vais te faire avaler le respect comme autrefois, mais cette fois tu vas y goûter de force.

- Va au diable ! gronda Dérod.

Ce dernier savait que ses chances de sortir de ce trou en vie étaient minimes. Il savait que son roi fut le seul à avoir remporté un duel avec un D.I.E.U. Or ceux qui s'y étaient employés avant lui se comptaient par centaines.

Au jeu du maniement des armes, il était avantagé, mais à main nue, même avec un environnement hostile à son adversaire, le rapport se renversait aisément. Sans Zads, il ne faisait pas le poids.

Néanmoins il entraperçut un angle d'attaque. Les yeux d'Argonot vibrèrent d'un feu hésitant.

Dérod connaissait ses propres sens à la perfection. Au travers des gestes et expressions de son ennemi, il releva que le doute s'était logé en lui. Voici précisément sa chance de sortir vivant de cette grotte parce que le doute était une faille dans la volonté.

- Le Diable ! ricana Argonot. Ne plaisante pas avec lui. Il est souvent plus près qu'on ne le pense. N'est-ce pas ce que tu aimes dire ? Tu n'imagines pas à quel point tu as raison.

La face d'Argonot laissa paraître une cruauté sauvage.

En réponse Dérod lâcha le bras du cadavre de Luciol dont la chute dans l'eau déclencha l'assaut. Les deux sautèrent l'un sur l'autre.

Le Shaklyr fut surpassé. En l'air il fut renversé et projeté en arrière contre la paroi où les récipients de verre volèrent en éclat sous l'impact.

Retombant sur les genoux il reçut de plein fouet le second assaut et son dos se fracassa contre la roche qui se fissura.

Argonot lui empoigna la gorge, le souleva, le recula puis le lança à répétitions contre le mur qui s'effrita.

Dérod serra les dents et les yeux tout en comptant les coups de sorte de se raccrocher à la réalité et de ne pas s'évanouir de douleur.

Soudain il vola dans l'autre sens et ses réflexes lui évitèrent qu'une lame de verre acérée sortant de l'eau se plantât dans son orbite gauche. Argonot lui saisit la nuque des deux mains et y mit tout son poids ainsi que sa rage pour forcer la tête à se planter sur la pointe de verre.

Le Shaklyr poussa avec la force du désespoir sur des rebords de pierre tandis que la lame étincelante lui effleurait la rétine.

À ce moment son décrypteur alpha à son oreille produisit une hormone synthétique à peine perceptible. Le court message fut entrecoupé de parasites, mais il en comprit le sens ainsi que son destinateur. Saphy l'appelait à secourir Fedelyne…

Alors que la pointe de verre fut sur le point de pénétrer son œil, une étincelle jaillit en lui. L'étincelle grossit en une flamme qui se changea en un feu ravageur.

L'Ange-Gardien analysa la situation avec une acuité exacerbée. Il décela un fléchissement dans la vigueur d'Argonot, très léger en vérité, une poigne un peu moins ferme, un bras moins précis. La fatigue physique seule n'expliqua pas cette baisse d'intensité. Même si un D.I.E.U ne fléchissait pas, il n'était pas à l'abri du doute qui affaiblissait le corps en même temps que l'esprit.

Dérod tint enfin son angle d'attaque.

Il libéra tout d'un coup une colère infernale se traduisant par une peau blanche protectrice qui lui recouvrit les yeux. Il perdit momentanément la vue, pourtant ses autres sens s'affinèrent à l'extrême.

Une violente poussée du Shalkyr sur ses mains culbuta son assaillant.

Quand il se redressa, ses veines gonflées se tortillèrent sur son front et son cou comme s'il se fut agi d'affreux serpents rampant sous sa peau.

Pris de court, Argonot manqua de souffle, la pression de l'atmosphère sur ses poumons se faisant sentir.

Dérod poussa un cri rocailleux qui enfla à en faire exploser la grotte puis dans un mouvement circulaire il abattit le tranchant de son épine droite sur la face de son ennemi. Un filet de sang bleu clair fouetta les murs.

Argonot recula d'un pas, saisi d'étonnement.

Dérod qui était grièvement blessé ne manqua pas sa chance. Il empoigna la tête du D.I.E.U et la projeta contre une plaque de verre noir qui éclata. Le sang bleu gicla en tous sens.

Avec l'odeur du sang, le Shaklyr perdit tout contact avec la réalité.

D'une main il attrapa la nuque de celui qui devint sa proie, lui enfonça son autre main dans les reins puis il le souleva dans les airs, à bout de bras. Le D.I.E.U une fois et demi plus grand que le guerrier Bivalent eut le dos brisé sur le genou de ce dernier dans un hurlement tonnant.

Ensuite le fils du Très-Haut disparut sous l'eau.

L'aura des D.I.E.U permettait à la vie de se maintenir dans un juste équilibre avec la mort. Cette source d'énergie représentait le souffle de la Mère Lactée qui ironiquement étouffait les Bivalents.

Pour sa propre survie, Dérod avait mis un terme à cette lignée de Crevdur qui maintenait la vie. Par voie de conséquence un froid de mort l'envahit corps et âme.

La membrane blanche qui lui protégeait les yeux se rétracta. Il cligna des yeux, posant un œil vague aux alentours d'un air confondu. Il ne comprit pas tout de suite la gravité de la situation.

Il savait qu'il s'était battu avec Bubonick et Argonot, mais il n'avait pas capté ce qui venait de se produire. L'origine du mal naissant dans son cœur lui échappa.

Dans ce tourbillon d'émotions, le souvenir de Fedelyne vint le toucher. Elle était en danger.
À plusieurs reprises, il l'appela dans son décrypteur alpha, sans résultat. Fedelyne avait besoin de lui, il n'était pas là pour la protéger. De fait il était en train de faillir à sa mission.
Il se pressa vers la sortie, plongea et nagea en toute hâte vers LaPerle.
Il ouvrit la porte du sas sur le flanc du sous-marin, se rua à l'intérieur et sauta sur les commandes des turbines qu'il poussa à fond vers l'avant. Les deux réacteurs chauffèrent. Tout le submersible se couvrit d'une épaisse couche d'eau bleue.
Ensuite il prit en vitesse la place de pilote.
LaPerle décolla telle une comète bleutée.

***

Argonot écarquilla les yeux quand un tremblement provenant de l'extérieur de la grotte le ramena brutalement à la vie. Son cœur repartit et il inspira l'eau à pleins poumons.
Sa vision fut voilée, ses oreilles bourdonnèrent. Il gonfla ses poumons d'eau de sorte de concentrer en lui un maximum d'énergie.
Un instant après il jaillit hors du trou de la vieille Long-Bras.

Les cristaux de glace issus de la dégradation de l'eau bleue consommée dans les turbines de LaPerle formaient encore deux lignes en direction du dôme ce qui provoqua le courroux du fils du Très-Haut. Celui-ci se hâta d'entrer dans son Proton modifié. Son rendez-vous avec le Grand-Œil était passé au second plan tant la colère l'étouffait.

La cible avait pris de l'avance, mais son submersible d'attaque était plus rapide.

Il poussa les turbines au maximum puis il bondit sur la sphère neuronique.

Le sous-marin triangulaire fut propulsé sur les traces glacées qui par ailleurs furent chaotiques du fait des blessures de Dérod.

Peu après Argonot eut l'arrière de sa cible dans sa mire.

***

Le cube alpha émergea du tableau de bord sous les yeux rougis de Dérod qui peina à voir clair derrière de grosses gouttes de sueur.

Dans le cube bleu, une bulle se pointa en rapprochement rapide. Le radar détecta un chasseur.

Le Shaklyr qui n'eut aucun doute sur l'identité de son poursuivant lorgna les réservoirs alpha du coin de l'œil.

La séparation de l'eau alpha-physique en ses phases liquide, solide et vapeur risquait de mener à une déstabilisation énergétique en chaîne donc à une explosion si la puissance dans les turbines poussées à plein régime n'était pas gérée en continu. Sans copilote il n'avait aucune chance de maîtriser la formation de pics énergétiques. Un désavantage qui s'annulait parce qu'Argonot se trouvait dans la même situation. Son copilote Bubonick gisait dans le fond de la grotte avec un gros trou dans le ventre.

Toute sa vie durant, Dérod fut une machine de guerre sans imperfection avec une absence totale de sentiment et une confiance absolue dans ses moyens.

Pour la première fois, il se tenait loin de sa mission. Fedelyne courait un grave danger ce qui exposa le Shaklyr à la crainte de la perdre. Il en résulta une précision amoindrie dans ses gestes ainsi qu'une prise de décisions plus hasardeuses.

Son regard se fixa sur le cube. Le chasseur se rapprocha dangereusement d'une bonne distance de tir.

LaPerle fonça vers le dôme, mais sans aucune arme pour se défendre et avec un chasseur redoutable à ses trousses il ne fut plus question de retrouver Fedelyne.

Argonot ne possédait pas les talents de pilote d'un Raidone, pourtant Dérod dans son état, se vit incapable de le distancer. Le submersible nacré devait impérativement échapper à l'attention des Organiens. Se débarrasser du Proton le plus discrètement possible devint une priorité. Il n'était pas question d'avertir la colonie de la présence du D.I.E.U dans l'enceinte de l'Organum et il chercherait plus tard la raison de cette intrusion. La mission restait primordiale d'autant plus qu'il ne pouvait pas se permettre d'attirer l'attention sur la chambre de Luciol puisque les échantillons s'y trouvaient.

Le Shaklyr effectua un virage à 180 degrés et vit avec soulagement dans le cube que le chasseur mordit à l'hameçon.

Les deux sous-marins s'élancèrent dans le méandre des Abymes vers le sud. LaPerle maintint tant bien que mal une trajectoire en zigzag de sorte de demeurer à l'écart d'un angle de tir.

Ils filèrent devant le vaste volcan d'Altes rougeoyant d'activité. Il y avait une flotte de submersibles de combat chargée de la protection des systèmes de production d'eau bleue qui étaient intégrés au volcan. Le corps brûlant de fièvre et brisé par les blessures, Dérod oublia totalement de s'en inquiéter.

Poursuivit de très près par le Proton modifié, il emprunta une trajectoire sinusoïdale jusqu'aux limites de la frontière sud de l'Organum. Personne ne s'aventurait dans les parages pas mêmes les Sixbras les plus insouciants. Les éléments s'y déchainaient en permanence sous le battement d'ailes des Ténèbres et la mort n'y lâchait jamais le morceau.

Le Proton profita d'une baisse d'inattention de sa cible pour se placer dans un angle idéal de tir.

Une rafale de bulles manqua de peu LaPerle. Les bulles d'air aplaties par la force du canon libérèrent une pression qui poussa le flanc droit du submersible contre la roche.

De violents frottements se répercutèrent dans le cockpit et ramenèrent Dérod à plus de vigilance. Il se força à penser à autre chose qu'à Fedelyne.

Il serra les dents, plissa les paupières et orienta toute son attention sur les réactions de son sous-marin. Son corps traduisit ses pensées en créant au bout de ses doigts des micros-impulsions électriques qui furent captées par la sphère neuronique. Le centre nerveux de LaPerle réagit instantanément. Le sous-marin recouvrit une certaine stabilité puis se lança dans une série de vrilles.

La manœuvre de Dérod bien que hasardeuse lui permit de prendre un peu de distance.

Le submersible nacré auréolé de bleu électrique s'engouffra dans un labyrinthe obscur de failles qui lézardaient un plateau rocheux au cœur du méandre. Gravement blessé, des capacités de pilotage limitées, une obscurité totale dans un labyrinthe infernal et traître ; toutes les conditions furent réunies pour un suicide irréfléchi.

Dans cet entrelacs de fractures, les courants s'entrecroisaient en tourbillonnant. À tout instant une lame de fond pouvait se constituer avec dans son sillage une traînée d'innombrables rochers. Ces lames pouvaient ramper, se tordre, s'étirer ou encore se contracter donnant ainsi l'impression de se retirer, juste avant de frapper.

Aucun système de défense Bivalent ne couvrait la zone. L'environnement était un moyen de défense à lui seul.

Après que LaPerle eût pris une série de virages au hasard dans l'espoir un peu vain de semer le Proton d'Argonot,

Dérod crut se retrouver dans une large faille plus rectiligne et profonde.

L'auréole bleutée autour de son submersible lui offrait une visibilité ne dépassant pas une brasse ou deux. De plus il ne pouvait guère se fier à son radar. Les courants imprévisibles provoquaient de nombreuses perturbations du signal.

Il se frotta les yeux du revers de la main. Les ombres, les courants ainsi que la fièvre risquaient de lui jouer des tours et un virage pouvait se présenter sans qu'il le vît.

Néanmoins il nota que de puissants tourbillons étaient en train de se manifester sous le ventre de LaPerle, signe qu'une lame de fond fut probablement sur le point de se lever. N'étant plus certain de ce qu'il devait faire, il se résolut à s'aligner sur la trajectoire de cette turbulence.

La lourde mitrailleuse sous le nez du Proton se chargea d'eau alpha-physique puis cracha une nouvelle salve de bulles dont la majorité trouva le vide. Après avoir perdu de leur force et de leur vitesse, celles-ci s'arrondirent avant de remonter.

Néanmoins deux bulles parmi les plus grosses frappèrent le sous-marin nacré de plein fouet et se détendirent d'un coup sous l'impact. LaPerle fut violemment déviée de sa trajectoire, une partie de sa coque se fissura dangereusement et la circulation de l'eau bleue sur sa surface fut freinée, entraînant une perte de contrôle momentanée. Le régime des turbines chuta brutalement tandis que l'auréole bleutée du sous-marin clignota de façon anarchique.

Pour la première fois de sa vie, Dérod perdit son sang-froid, non pour sa propre sécurité, mais pour celle de Fedelyne parce qu'il savait que le temps lui filait entre les doigts. Le mouvement de panique satura passagèrement ses pensées. L'énergie des micros-impulsions électriques au bout de ses doigts devint aussi chaotique que la trajectoire du sous-marin qui au bout du compte ne réagit plus du tout et s'éteignit.

Ainsi Dérod fila sans contrôle vers le fond, dans une soupe obscure en train de gronder et qui menaçait à tout instant de se déchaîner. Seul point positif, si lui ne disposait plus de lumière pour se repérer, le chasseur ne le voyait plus.

La largeur de la faille ne dépassait finalement pas les cent brasses. Une collision avec la roche risquait de survenir à tout moment. Quant au Proton, il fureta dans les environs où LaPerle avait cessé d'émettre de la lumière.

Aveugle, Dérod se constitua une cartographie mentale de la dynamique des courants qui étaient en train d'enfler en faisant vibrer les parois rocheuses ainsi que son sous-marin tout entier.

LaPerle percuta le sommet d'un rocher en forme de cheminée et passa au travers. Il y eut un éboulement accompagné d'un nuage de poussière. Le Proton se braqua dessus puis s'en approcha en accélérant.

Dans l'obscurité presque totale, Dérod distingua qu'un courant énorme rampa sur le fond et dans sa direction. Dans le même temps, la mitrailleuse du Proton s'illumina.

Le Shaklyr retrouva le contrôle de soi, il réunit ses pensées et sa main se crispa sur la sphère neuronique.

Il réalisa que la marge de manœuvre dont il disposait était serrée. Réactiver LaPerle trop tôt ou trop tard signifiait la mort soit sous les tirs du Proton soit par la levée brutale de la monstrueuse vague qui arrivait en trombe en dessous. Il espéra seulement un rallumage du sous-marin sans complication parce qu'il avait besoin de toute la puissance instantanément.

Tandis que ses doigts se raidirent sur la sphère, il perçut que le grondement sous lui grandit.

Ce fut le moment.

LaPerle s'entoura d'un coup d'une large sphère bleue électrique et d'éclairs qui crépitèrent.

La cible sauta aux yeux d'Argonot qui activa sa mitrailleuse.

LaPerle partit comme une balle.

Une rafale de bulles fit voler la cheminée en éclat. De l'autre côté, Dérod sut qu'il n'eut plus guère de chance d'éviter un autre tir.

L'eau alpha-physique était artificiellement intelligente. Chaque molécule alpha avait un niveau énergétique aussi unique qu'une empreinte digitale et réagissait à un stimulus électrique spécifique. C'est ce que l'on appelait les neurones alpha. Ceux-ci étaient si évolués que l'on croyait certains submersibles capables de développer une *âme* au point de se passer d'être vivant aux commandes.

Des pilotes rapportaient parfois que leur sous-marin avait réagi avant leur propre volonté. En réalité cette sorte de réaction s'apparentait généralement à un réflexe primaire du submersible plutôt qu'à une véritable faculté de pensée.

Dérod fut le témoin d'un de ces réflexes ; LaPerle prit totalement les commandes à l'instant où le Proton tira à nouveau.

Le submersible nacré vira de lui-même à 180 degrés puis exécuta une série de loopings entre les bulles tout en se rapprochant du chasseur.

Bien que désorienté, Dérod reprit les commandes à temps. Il passa dessous le Proton et se dirigea droit vers la lame de fond naissance au plus creux de la faille…

***

- … . Saphy et moi rejoindrons le dôme de l'Organum à la nage et nous entrerons par un accès abandonné. Une fois à l'intérieur, Saphy se dirigera discrètement vers le centre de contrôle. Les échanges que nous avons eus avec eux durant notre expédition ont dû leur permettre de cartographier la majeure partie de notre parcours. Leur expérience jumelée à leurs analyses nous permettra de savoir si à l'avenir un convoi important sera en mesure de suivre notre route. Le plus vite nous le saurons, le mieux ce sera. En fin de compte, Dérod tu conduiras LaPerle vers l'ancien port pour la fin de son périple où il est attendu. J'ai conçu ce sous-marin pour qu'il endure des environnements extrêmes, mais il a peut-être subi des détériorations que nous ne remarquons pas. Il est vital que les analyses soient commencées sans tarder. C'est une autre petite entorse au plan, mais quelle importance ? Plus vite nous serons renseignés, plus fort sera notre contrôle sur l'information. Pour cela je vais me plier aux conseils de Saphy, ne laissons pas de place aux fausses inductions...

Fedelyne continua de parler. Saphy quant à lui se perdit dans le voile de ses pensées, se demandant si le changement de plan était si grave.

Ensuite il prit spontanément le décrypteur alpha qu'elle lui tendit et en vérifia le bon fonctionnement.

La découverte que lui et ses deux coéquipiers rapportaient à bord du submersible avait de quoi faire réfléchir.

La vie existait si proche des terres qu'une colonisation était envisageable, voire inévitable. Cette nouvelle allait changer le monde.

Cependant les Adaptés n'allaient jamais donner la chance aux Bivalents de quitter les Abymes. De fait la découverte de la vie ouvrait la voie à une guerre totale. Selon le point de vue du Raidone, personne n'allait vivre assez longtemps pour voir le ciel.

Fedelyne ne voyait pas les choses de cette manière. Elle idéalisait, elle croyait revenir de la surface avec LA réponse.

Saphy considérait le problème plus logiquement. Un raisonnement simple lui avait apporté une seule conclusion. Qu'est-ce qui avait permis aux Bivalents de survivre à la guerre des Trois ? Qu'est-ce qui leur permettait de s'organiser et de tenir les frontières de leur territoire face aux Adaptés ? En d'autres termes, qu'est-ce qui faisait vivre les Bivalents ? À toutes ces questions, seule l'Organe venait à l'esprit.

En conséquence le carnage allait de pair avec une séparation de l'Organe. La terre pour l'espoir, la terre pour un tombeau.

Il restait une question en suspens : comment éviter l'inéluctable ?

- Comment penses-tu que l'Organe va réagir en apprenant la nouvelle ? demanda-t-il en dévisageant sa capitaine.

- Que l'Organe aille au diable, répliqua-t-elle en esquissant un sourire.

- Ne plaisante pas avec le diable, il est souvent plus proche qu'on ne le croit, lâcha Dérod de son odeur chaude et lourde.

Peu après les trois se séparèrent. Le Shaklyr en colère prit la direction de la caverne de Luciol aux commandes de LaPerle tandis que Saphy et Fedelyne se dirigèrent à la nage vers le dôme de l'Organum.

Le premier contact avec l'eau depuis le départ de la mission fut pour le Raidone un grand soulagement.

Ses deux balafres qui s'étendaient de la pommette gauche jusqu'au sommet du crâne ne le démangèrent plus. Son œil gauche blanc et aveugle ne le fit plus souffrir. Pour la première fois depuis longtemps il se sentit à l'aise.

Afin de tirer pleinement plaisir de l'eau, il déploya ses ailes au maximum.

Les reflets du halo bleuâtre de l'Organum strièrent l'avant de son corps blanc tandis que sa partie dorsale noire se fondit dans l'obscurité. Ce précieux moment refléta la situation dans laquelle il se trouvait, à la croisée des chemins.

Fedelyne le dépassa. Les ondulations des mèches de ses cheveux de feu entraînèrent le Raidone dans la contemplation d'un balai aux saveurs de secret et ses mauvaises pensées furent écartées de sa trajectoire. Le cœur en joie il alla retrouver la mère patrie.

Portés par des flots calmes, baignés du bel orient du dôme, ils rejoignirent une entrée dissimulée sous l'Organum puis débouchèrent dans une grotte. La mutante sortit de l'eau la première puis elle s'étira comme si elle s'extirpa d'un rêve bon, mais trop long.

Sur la rive Saphy retrouva sa capitaine en train de se masser les jambes de façon à se débarrasser de son mucus. Le Raidone se frotta lui aussi les membres en songeant avec une inquiétude croissante à la suite des événements.

Peu après ils se tinrent tous deux devant une grande double porte de verre noir au fond de la grotte. Fedelyne l'ouvrit.

- Au-delà de cette porte, dit le Raidone qui arriva derrière elle ; il ne sera plus possible de faire demi-tour. En es-tu consciente ?

La capitaine opina de la tête. Il lui fit signe de passer alors que son œil droit bien en vie fut troublé par de tristes idées.

- N'oublie pas, si d'ici à nos retrouvailles dans la chambre panoramique, il se passe quelque chose, utilise le décrypteur, dit-elle.

- Tout ira bien…

Saphy acheva la discussion en prenant la direction du centre de contrôle et garda à l'esprit le décrypteur à son oreille. L'équipage n'avait pas employé ces petits appareils le plus clair du temps et ils avaient été mis en réserve avec les combinaisons de plongée.

Finalement le plan de Fedelyne était simple. Il consistait à commencer l'interprétation des données puis à se réunir pour discuter d'une première évaluation des résultats en vue de préparer chacune des étapes qui allaient conduire à une déclaration officielle. Malgré cette simplicité, Saphy ne put s'empêcher de croire que quelque chose lui échappait. Elle avait procédé à des changements sur un coup de tête alors que le plan original d'Iris était le fruit d'une longue période de réflexion.

Pourtant tout se déroulait bien. Le retour de LaPerle coïncidait avec le début de la finale du J.E.U où la concentration de Bivalents était maximale. Il espérait seulement que la chance de la mutante ne l'avait pas lâchée.

Tandis que Saphy emprunta un entrelacement de tunnels à moitié en ruines et mal éclairés, il songea à la succession d'épreuves qui avait entraîné le genre Bivalent vers cette étape ultime de laquelle il s'approchait à grands pas. L'accomplissement du destin s'apparentait parfois à un rêve éveillé. Il lui sembla que son esprit flottait sur l'irréalité.

À quelques pas du centre de contrôle, ses instincts le secouèrent d'un coup. Il s'arrêta net.

Une odeur qui n'avait pas sa place dans les parages occupait l'air.

Il baissa le menton. Sur le côté du tunnel, il y avait une porte cylindrique qui ouvrait sur le centre. Celle-ci était entrouverte, la lumière qui s'échappait de la fente oscillait. Il semblait que le premier problème au nouveau plan de Fedelyne arrivait.

En Raidone aguerri et grandement expérimenté, il fut stupéfait de constater qu'il était passé outre une règle de prudence élémentaire. Lors de l'approche des ruines du Spectrum, il avait appris à sa capitaine que la communication de LaPerle avec le centre de contrôle avait été rompue.

Pour quelle raison ? L'équipage ne s'était pas assez préoccupé de ce problème.

On lui avait tendu un piège grossier et il avait mis les deux pieds dedans sans se poser de question.

Bien que faiblement perceptible, il connaissait cette odeur pour y avoir été confronté lors de la guerre des Trois. De mauvais souvenirs refirent surface, son cœur tambourina dans sa poitrine.

Des étrangers avaient réussi à s'infiltrer à l'intérieur de l'Organum. Comment et quand ? Il n'en eut pas la moindre idée. Pas plus qu'il ne connaissait l'espèce de ces deux êtres anormaux qui apparurent en face de lui après un virage au bout du couloir.

Jamais il n'avait croisé pareilles créatures. Leur corps ployait sous le poids d'une peau diaphane de Sapies trop grande pour leur hauteur comme s'il s'agissait d'une sorte d'habit. Des flaques d'eau et de gélatine accompagnèrent chacun de leurs pas.

Leurs orbites étaient vides. Leurs exhalaisons étaient repoussantes. À l'évidence ces deux étrangers fantomatiques *habillés* en Sapies voulaient passer pour des Bivalents, mais leurs intentions n'eurent rien de bienveillant.

Un autre se dévoila dans son dos. Ils furent trois maintenant, le piège avait fonctionné avec une facilité déconcertante. Le triangle rapetissait.

Saphy ne bougea pas, ferma les yeux, bloqua sa respiration et contracta l'ensemble des muscles de son corps. De petits arcs électriques claquèrent le long de ses membres.

Dans l'air son pouvoir était limité, mais quelques pas après la porte du centre et derrière les deux premiers étrangers, il existait un trou d'eau qui menait à un réseau naturel de tunnels au fond des Abymes.

La problématique s'accentua lorsque de longs filaments presque transparents sortirent en ondulant de l'extrémité des doigts des deux créatures qui lui faisaient face.

Des Medpars ; des clones de la reine blanche déguisés en Sapies… Saphy haïssait les Medpars.

Il pensa à donner l'alerte, mais en raison de son auto-suggestivité, sa vision ou ses sentiments n'étaient pas liés à la pensée unique.

Quant à son décrypteur, il n'osa pas porter son index à l'oreille pour l'activer. Le moindre geste de sa part risquait de déclencher l'attaque adverse.

Tout en s'approchant peu à peu, ses adversaires le jaugèrent. Les éclairs le long de ses membres qui claquèrent comme des coups de fouet donnèrent un avertissement très clair.

Saphy s'attendit à voir ses agresseurs diminués hors de l'eau, mais il lui sembla que leur peau de Sapies les protégeait et leur procurait une certaine hydratation.

Le venin des filaments des Medpars était de loin supérieur à celui contenu dans la salive des Sangdors. Une seule goutte suffisait à anéantir instantanément un jeune Sixbras.

Pour contrer ce type de venin, il n'existait qu'une solution. Saphy concentra toute son énergie électrique sur ses avant-bras.

Les trois clones firent un pas de plus et levèrent leurs doigts pleins de longs fils qui ondulèrent.

Juste avant que les trois ne passassent à l'attaque, le Raidone bondit en avant, les poings devant.

À l'instant où les fils venimeux touchèrent ses avant-bras, il libéra une décharge électrique fulgurante qui se propagea le long des filaments jusqu'au corps des deux premières Medpars.

Celles-ci tombèrent, Saphy passa.

Son écran électrique l'avait protégé des piqûres aux avant-bras, mais quelques filaments l'atteignirent au ventre et aux cuisses. La Medpar derrière lui eut le temps de lui toucher le dos à plusieurs reprises.

Le Raidone entrevit le trou irrégulier dans le sol, sauta au-dessus puis en plein vol il se retourna vers le troisième clone en fouettant dans sa direction la surface de l'eau de la main.

Un jet d'eau chargé de son électricité atteignit la poursuivante au visage et elle tomba.

Le corps de Saphy frappa la surface de l'eau.

Sous l'effet du poison, il ne disposait plus d'assez de force pour stabiliser ses fonctions vitales.

Il sombra inerte dans le fond tandis qu'il sentit les muscles de ses jambes, de son dos et de son ventre se liquéfier. Sa vue se brouilla, le rythme de ses pulsations cardiaques s'effondra.

Malgré tout il était encore assez conscient pour savoir qu'avec autant de venin dans les veines, la mort n'avait plus qu'à tendre les bras pour qu'il tombe dedans.

Quant aux trois Medpars, il les avait sonnées. Complètement immergées, elles eurent été tuées sur le coup, mais à présent Saphy était trop faible pour les empêcher de le suivre.

Impuissant il tenta d'avertir Fedelyne en lui envoyant un message avec son décrypteur, mais ça ne fonctionna pas. Il essaya de contacter Dérod afin qu'il vînt en aide à la mutante qui était probablement elle aussi en danger ; cela ne fonctionna qu'un court instant.

Ce ne fut plus qu'une question de secondes avant que les Medpars ne se réveillassent. Sans mettre une bonne distance entre elles et lui, il n'avait aucune chance d'en réchapper.

Ainsi il se tortilla misérablement tel un pauvre ver. En fait il coula plus qu'autre chose. Il allait mourir en emportant son secret…

Du coin de son œil, il entraperçut trois silhouettes plonger l'une après l'autre dans sa direction. Celles-ci retirèrent leur costume grotesque en peau de Sapies et se ruèrent sur lui avec une extraordinaire souplesse et vélocité.

Une vision qui eut pour effet de le doper. Il ne fut plus question de fuir comme un vaincu.

Il stoppa sa chute, bloqua sa respiration, tendit les bras et écarta les doigts.

Juste avant que les filaments mortels ne s'enroulassent autour de ses bras, Saphy se vida de toute son énergie électrique.

Il ne vit pas ce qu'il advint de ses ennemis parce que ses forces l'abandonnèrent.

Lui, le héros de la guerre des Trois devint un poids mort qui coula à pic.

Sa chute s'acheva sur une aiguille pierreuse effilée qui traversa de part en part le côté gauche de son thorax.

La blessure était mortelle. La dernière question à se poser était ce qu'il allait faire du temps qu'il lui restait à vivre.

Il devait commencer par se connecter au plus vite à l'Organe et tenter de diriger l'onde comme il l'avait fait depuis le début et ce malgré les forces qui l'abandonnaient rapidement ainsi que le besoin de vengeance qui s'était emparé de lui.

Lui seul pouvait fusionner son esprit avec l'onde magnétique ; la laisser tomber revenait à abandonner toute la colonie à son propre sort. Saphy ne se l'était jamais permis même lorsqu'il avait porté un autre nom.

Le pouvoir des Raidones n'avait potentiellement pas de limites. Cependant très rares étaient ceux capables de l'exploiter au maximum. Magnetron fut le premier à avoir atteint le plus haut niveau de maîtrise de l'énergie électrique. Ses talents ne se dénombraient plus, mais il en avait plusieurs inconnus de tous.

Il avait le pouvoir de ne jamais vieillir et de changer à volonté l'aspect de son corps, de son visage ainsi que la couleur de sa peau en modifiant ou en stimulant ses propres cellules individuellement à l'aide d'innombrables micro impulsions électriques.

Magnetron n'avait donc pas d'âge, mais surtout il savait donner un sens et un ordre logique aux éléments électromagnétiques qui constituaient l'Organe de façon à guider l'ensemble des Bivalents. Ceux-ci sous cette pensée unique s'organisaient efficacement et ainsi assuraient leur propre survie.

Les talents jusqu'ici inconnus du roi revenaient à porter une cible dans son dos s'il advenait que l'on découvrît que le véritable maître de l'Organum n'était pas l'Organe encore moins le Grand-Œil, mais bien Magnetron que tous croyaient mort.

Prendre l'identité de Saphy, son propre élève qui avait en vérité disparu lors de la guerre des Trois, était donc apparu comme une nécessité.

Ainsi le roi Raidone se connecta comme il l'avait toujours fait depuis les premiers jours de l'Organum. Mais cette fois, ça ne se déroula pas comme il l'eût souhaité parce que dès le moment où il créa le lien, l'Organe s'imprégna instantanément et irréversiblement de sa soif de vengeance, ce qui mettait entre autres en péril la discrétion de la mission.

Il comprit aussitôt que s'il voulait continuer à protéger Fedelyne, mais aussi la colonie tout entière, il n'avait d'autre choix que de se battre contre lui-même tout en essayant de rester en vie le plus longtemps possible…

Chapitre 8

La légende des D.I.E.U ; *Dévotion, Impartialité, Équilibre, Unification Deuxième partie : l'Impartialité et l'Équilibre.*

L'existence d'un monde dépendait de la faculté de ses habitants à mesurer le temps et à le mémoriser.

Les Ténèbres haïssaient les mondes. Lorsque le temps et la mémoire s'y développaient, de mauvaises herbes y poussaient. Les arracher en faisait revenir d'autres à foison et à l'identique, mais plus résistantes et plus aptes à répliquer aux attaques.

Ainsi les Ténèbres éloignèrent les planètes de leurs étoiles et les étoiles les unes des autres. Elles dispersèrent les forces en mouvement afin d'ancrer leur noirceur froide et immobile.

Elles étaient le néant où la vie et la mort n'existaient pas et où le temps n'avait pas de prise. Elles n'avaient pas la notion du bien ni du mal, leur seule raison d'être était l'inexistence.

Nées dans la pouponnière d'étoiles, elles grossirent petit à petit pour prendre la place de la lumière. Au commencement, elles furent aussi insignifiantes qu'un grain de sable.

Tout commença de la même manière, avec un grain de sable : un D.I.E.U enfant unique à aura de vie et isolé dans un monde au bord du gouffre. Ce grain avait infligé le premier échec aux Ténèbres, mais il était si insignifiant, qu'il n'avait aucune importance.

Voilà que le petit éclat de lumière prit de l'expansion et occupa la place de l'obscurité froide et immobile. L'aura de vie grandit.

Puis avec le temps qui s'installa et les légendes qui naquirent, les D.I.E.U gagnèrent en force.

L'avènement du règne d'Evolius et d'Evame tous deux frère et sœur, marqua le début du second conflit entre Adaptés depuis la période de la fin des temps.

Les survivants sous la coupe des D.I.E.U avaient bâti des îles sous-marines ainsi que des temples baignés du rayon des étoiles à la gloire de leurs sauveurs. Les forteresses abritaient une vie florissante. La résistance avait dispersé les ombres.

Mais une nouvelle menace se précisa.

Soumises aux pressions de l'évolution, deux espèces avaient émergé. L'une avec les traits fins vivait en sédentaire dans les îles. L'autre plus petite et à l'aspect plus grossier suivait le sillage des titans survivants de l'Ancien Monde que l'on surnommait Sixbras. Parmi cette petite espèce, certains ne toléraient pas les morsures de la faim. Car la nourriture était aussi rare que la chaleur.

Les *Bâtards* comme ils étaient surnommés, burent à la coupe des Ténèbres et la rage les possédèrent. Ils entraînèrent avec eux le chaos et l'inanition. La vie et la lumière déclinèrent. L'aura de vie menaça de s'éteindre.

Les D.I.E.U étaient nés du don de soi. Leur amour pour la vie avait autrefois vaincu les Ténèbres. Ce même amour se retournait contre eux. Le deuxième jugement eut lieu.

Ainsi Evolius dit aux *Bâtards* : « votre traitrise est laide, votre faim ravageuse est immonde, l'équilibre est rompu. Pour que le sacrifice de notre ancêtre trouve son dû, l'amour immodéré de la vie ne suffit plus. Vous aurez votre place dans le cœur de notre Mère Lactée, mais vous lui montrerez votre vrai visage et votre humilité. Je serai droit et vous baisserez l'échine, votre faim vous rongera et l'équilibre se rétablira. »

Alors Evolius dressa une prison de cristaux et y enferma les *Bâtards*. Privés de nourriture leur faim les dévora de l'intérieur. Ils devinrent aussi laids que leur rage. Et ce qu'Evolius avait prédit prit forme.

Ainsi naquirent les premiers Sangdors.

Chapitre 9

La fin d'un mythe.

LaPerle qui se précipita vers les fonds de la faille où elle menait bataille, se fit soudain aussi petite qu'un grain de sable quand en dessous, une masse d'eau colossale s'éleva en s'enroulant sur elle-même.

Le front de deux courants contraires s'était écrasé l'un contre l'autre. La fusion fit naître une force de la nature aux flancs interminables et résonnants de colère. Un crescendo de grondements secoua les deux côtés des escarpements.

Des éboulements fracassèrent des masses pierreuses en forme de cheminée. Une lame d'eau s'affina, nimbée d'argent puis elle s'affaissa en son centre. Soudain la vague rejaillit et catapulta la minuscule perle bleutée vers le haut.

Le Proton qui l'avait prise en chasse visa puis tira, mais les bulles ne firent pas dix brasses qu'elles furent emportées et le chasseur disparut dans un maelstrom démesuré.

Dérod se raccrocha à la sphère neuronique, mais ses commandes ne trouvèrent d'autres réponses que les craquements abasourdissants de la coque. La vapeur d'eau se concentra dans la cabine, signe que la stabilité énergétique de l'eau alpha-physique s'effondrait. La surface des réservoirs se recouvrit dangereusement de glace.

Dérod examina vivement les détails dans le cube alpha. Les courbes bleues qui reproduisaient l'environnement externe furent distordues par la levée de la lame de fond.

Il perdit de vue le signal du Proton.

Relevant les yeux, il réalisa qu'un pic rocheux se rapprocha à fond de train. Impossible d'éviter le choc, LaPerle tournoyait en tous sens.

Afin de semer le Proton, le Shaklyr avait emprunté une voie sans issue ni espoir. Il s'était jeté dans le vide. D'un point de vue stratégique, il n'avait pas mieux fait qu'une pierre. Pire que tout, Fedelyne devait être en train de l'appeler à l'aide et il s'était beaucoup trop éloigné d'elle.

Le régime des turbines s'écroula. L'eau alpha-physique qui couvrait l'intérieur de la cabine prit la teinte d'une boule de feu. Des flammèches jaillirent.

LaPerle fut sur le bord de s'embrocher sur le pic rocheux quand Dérod entrevit une sorte de relief vers le nord ou ce qui lui sembla l'être, parce qu'il était totalement désorienté.

Il visa tant bien que mal l'excroissance et tira un harpon. Le filin se tendit d'un coup sec, LaPerle évita le sommet pointu de justesse et sous la poussée de la vague elle effectua un violent demi-cercle. La tension du filin eut pour effet de projeter le submersible contre le plat du relief.

La lame de fond passa, les côtés de la faille se tordirent de douleur.

Le Shaklyr se secoua. Ses paupières ruisselaient de sang. Un sifflement strident grandit dans sa tête et il prit quelques instants pour comprendre que ce ne fut pas à cause de sa blessure au front.

Dans l'état de son sous-marin, la circulation de l'eau alpha-physique était en train de s'arrêter, un phénomène accéléré par la formation d'épaisses couches de glace éparses. Les réservoirs d'eau bleue se fissurèrent sous la pression montante.

Il se débattit férocement pour se libérer de ses sangles. Quand celles-ci cédèrent enfin, il se rua sur les commandes des turbines qui étaient coincées et il usa de sa force avec frénésie pour les débloquer. Finalement il fit cesser la fusion des molécules d'eau alpha-physique en stoppant toutes les fonctions de son appareil.

Le visage faiblement éclairé par l'énergie alpha résiduelle, il essaya de rassembler ses esprits au plus vite.

Il découvrit que son corps en entier souffrait et il était incroyablement fatigué. Pour se ressaisir, il se concentra en fixant des yeux ses mains qui tremblaient.

Fedelyne lui revint en mémoire. Il fallait la retrouver au plus vite. Sa course l'avait trop éloigné de l'Organum. Ajouté à cela il n'avait pas la moindre idée si la vague avait eu raison d'Argonot. Pourtant il n'avait pas le temps de le vérifier encore moins de s'autoriser un second affrontement.

Considérant le réservoir de gauche, il en conclut que la turbine que celui-ci alimentait était encore en mesure de fonctionner…

***

Le Proton d'Argonot s'était écrasé quelque part entre deux rochers où l'extrémité d'un faible trait de lumière bleuissant provenant de l'Organum le touchait.

Le fils du Très-Haut décolla lourdement sa tête du sol et ausculta les abords d'un œil mi-clos. Le submersible s'était déchiré en deux, ses moitiés étaient aplaties avec des débris éparpillés.

Quelque chose lui écrasait les reins et le maintenait plaqué au sol. Son épaule droite était immobilisée par un éclat de verre qui la transperçait. Une douleur harcelante se diffusa dans tout son être.

Le D.I.E.U qui n'avait jamais guerroyé et dont la beauté intimidante n'avait rien en commun avec son père se trouva atteint dans sa dignité. Ce fut une douleur incommensurable.

Il souleva son bras gauche à grand-peine, déplia ses doigts roides, empoigna le morceau pointu du verre qui dépassait de son épaule droite puis il crispa les mâchoires ainsi que les paupières tout en retenant son souffle. D'un coup sec il cassa le bout.

Ensuite il posa les mains au sol et poussa précautionneusement sur ses bras en étouffant son supplice.

Un nuage de sang bleu s'échappa de sa plaie béante.

Une fois son épaule libérée, il écarta malaisément la lourde pierre qui lui écrasait les reins.

Enfin il put se tenir debout, le dos tout plié.

On racontait que le bas monde appartenait aux D.I.E.U qui possédaient l'aura de vie. Ils en étaient les maîtres et les gardiens face aux Ténèbres. Bravant les territoires obscurs, glacés et statiques, leurs ancêtres avaient fouillé dans chaque parcelle de leur univers pour créer une cartographie mentale infiniment précise qui se transforma en un héritage transmis de génération en génération.

Pourtant, Argonot ne fut jamais autant perdu qu'à présent et les éléments semblèrent échapper à son contrôle.

La lame de fond avait emporté un pan entier de la faille. Sous ses pieds s'étendait à perte de vue une vaste étendue de rocs et les versants n'étaient plus visibles.

Du sous-marin, il ne restait qu'une petite fraction qui n'avait pas été balayée par les flots.

Ainsi Argonot se retrouva seul au bout de la saillie sur laquelle il avait échoué et au bout de ses forces sans moyens de rejoindre les Îles-du-Nid.

L'armure des D.I.E.U était réputée indestructible, mais le doute qui le rongeait de l'intérieur avait eu raison de son pouvoir. Sans compter et c'était le plus douloureux qu'il avait réagi de manière irréfléchie en s'attaquant à Dérod. S'il s'était contenté d'attendre Iris, rien de tout ceci ne se serait produit.

Pour la première fois, au milieu de cet endroit inhospitalier et oublié de tout il prit aussi conscience du petit jeu auquel Lalèpre s'était prêté avec lui. Ce dernier l'avait manipulé.

Argonot le saisit lorsqu'une présence envahissante et douloureuse s'infiltra dans son crâne du fait de ses défenses psychiques nettement amoindries.

Un courant glacial entre ses tympans comme du mélange d'une respiration sourde et d'un écho stridulant lui fit battre le cœur. Puis des mots étrangers se constituèrent dans sa tête.

« Une braise toute seule dans la froide obscurité ! Que se pose sur elle le souffle de la solitude et elle s'éteindra pour toujours. »

Ces mots fichés dans sa cervelle, Argonot se recroquevilla en se prenant la tête dans les mains et il lâcha une plainte sifflante entre ses dents serrées.

« Les braises engendrent d'autres braises. Parfois il n'en reste plus qu'une, alors le désespoir ronge autant que les morsures du feu… Dis-moi, tu t'y attendais n'est-ce pas ? Ou est-ce qu'un petit détail t'aurait échappé ? »

La sensation d'irradiation dans son crâne décrut, mais la présence étrangère n'en fut pas moins accablante. Le D.I.E.U peina à écarter ses doigts crispés de ses tempes.

L'air vaincu et pitoyable il parla.

- La mirifique reine blanche en secret se lie d'amitié avec Lalèpre, un plan hautement improbable, mais qui aurait dû me crever les yeux… Une reine ne peut tolérer indéfiniment de ne pas avoir de trône. Ainsi quoi de mieux que de s'allier avec le bouffon pour profiter de la faiblesse de la lignée des D.I.E.U au moment le plus opportun…

- « Alors une nouvelle guerre sera déclenchée et dans le sang et la mort je m'emparerai du monde et des Ténèbres… La guerre des Trois est une œuvre inachevée, l'histoire doit se répéter. On raconte qu'Argolia est tombée sous les coups du roi Shaklyr Sicardus, on racontera que tu es tombé sous les coups de Dérod… L'histoire se répétera. »

- Une reine qui veut renaître, hein ?

- « Avec l'aide de l'Organe et de Lalèpre. Une renaissance se fait toujours dans le sang… »

- MONTRE-TOI ! On dit que tu es la reine blanche, c'est pour mieux se voiler la face en vérité parce que tu te fonds mieux dans l'obscurité.

- « L'important est qu'en fin de compte j'apparais toujours au meilleur moment. En d'autres mots, c'est moi qui conclus les histoires. Là, on me voit tel que je suis. »

La reine blanche ouvrit son jeu et se détacha des ombres. Elle ne portait plus la grotesque tenue en peau de Sapies dont elle s'était servie pour passer inaperçue dans l'enceinte du dôme lors de la finale des J.E.U.

Sa propre peau à peine laiteuse, presque transparente brilla sous la lueur bleu pâle du lointain Organum comme si une myriade d'aigues-marines l'habilla. Ses courbes fines, mais arrondies étaient d'une grande féminité bien que les traits de son visage sibyllin présentassent une certaine androgynie.

Ses yeux en amande et surdimensionnés étaient de la même teinte opaline que ses paupières.

Dans l'ensemble on percevait en elle une beauté exaltante comme si la mort créait l'envie ce qui était à l'opposé de ce qu'elle avait dégagé dans son vulgaire déguisement de Sapies aux côtés de Titus.

Du bout de ses doigts filiformes s'étirèrent des filaments interminables qui scintillèrent. Les fils s'allongèrent, la mort déplia son ombre ainsi que sa toile.

Le fils du Très-Haut fit face à la reine avec autant de droiture que le put encore son corps brisé.

- C'est toi qui conclus les histoires, dis-tu. Mais à y penser, tu n'as sans doute rien d'une reine que tu sois blanche ou tout le contraire parce qu'en fin de compte tu n'es que le fruit d'un cauchemar tout droit sorti d'une Métisse.

- « Peu importe. Tu mourras dans la honte comme je l'avais prédit. Je suis la toute fin. »

- Qu'est-ce qui te fait croire que je vais te laisser faire ?

- « Ton esprit n'est plus ce qu'il était pour une raison qui t'est inconnue. J'ai les moyens de disséquer ton âme. Tu désapprouves les actes de ton père ce qui ne fait pas de toi véritablement un… D.I.E.U. Renier tes origines implique que ton pouvoir, plutôt que de croître va vers la dégénérescence. Tu prétends que tu ne me laisseras pas faire… Pourtant au fond de toi, tu sais que je peux apaiser ta douleur. N'es-tu pas résigné ? »

- L'aura de vie est immortelle. Le dernier D.I.E.U ne peut mourir.

Opale ricana gentiment.

- « Le dernier ? Tu n'es pas tout à fait… le dernier ! Argos, ton père, se réveillera et une nouvelle guerre sera déclenchée. »

Le fils du Très-Haut baissa la garde et desserra les poings.

- La nouvelle Alliance proposée par le chef des Bivalents est pour toi l'occasion de faire deux coups en un. Tu as deviné l'avenir. Quant à moi je me suis laissé entraîner dans un drôle de jeu, mais cela aussi tu l'avais calculé, n'est-ce pas ?

Opale esquissa un sourire adorable tandis que ses filaments continuèrent de s'allonger.

Résigné, Argonot poursuivit.

- Un détail m'a échappé en effet. Je ne suis qu'un pion dans ton jeu.

- « Tu n'étais qu'un obstacle à un but qui te dépasse. Ça aurait dû te sauter aux yeux ! Les quelques mots que Lalèpre t'a mis dans la tête ont suffi à faire le travail. »

- Les mots les plus inoffensifs sont parfois plus dangereux que les armes, souffla Argonot en tournant le dos à la reine.

Et tandis qu'il orienta son regard vers le coin d'horizon où devaient se trouver les Îles-du-Nid, les filaments mortels lui recouvrirent les épaules tel un manteau mouvant…

La dernière chose que vit Argos fut une image que lui imposa la reine blanche. Ce fut celle de Dérod sur le point de l'achever.

Chapitre 10
Le réveil de Fedelyne.

Tout ne fut qu'agitation.

Une multitude de phéromones différentes s'entremêlèrent dans une atmosphère stressante et étouffante.

Fedelyne ne comprit pas le sens des échanges. Cependant elle réalisa que ses yeux et sa bouche étaient entrouverts et sa gorge était desséchée. Ses jambes, ses bras ainsi que sa tête pendaient en arrière et étaient secoués sans ménagement.

Quelqu'un qui allait au pas de course la portait dans ses bras.

Peu à peu elle reprit du mieux puis un sentiment de panique grandissant lui compressa la poitrine.

Elle leva au hasard une main molle tout en soulevant la tête tant bien que mal. Le décor qui filait ne lui rappela rien ; il était flou et elle ne parvint pas à maintenir les paupières ouvertes.

Le combat lui paraissant insurmontable, elle referma les yeux et se laissa aller. Elle relâcha la tension dans les muscles de son cou.

Lovée dans les bras de l'inconnu, elle partit dans un rêve semi-éveillé qui l'entraina dans le passé. Dans son subconscient, elle savait que Dérod n'était pas là, mais elle ressentit sa présence chaude et réconfortante comme si les battements sourds de son cœur lui entraient dans l'oreille et quelques agréables sentiments s'éveillèrent en elle.

Les phéromones du porteur dont elle rêvait commencèrent à lui chatouiller les narines et à lui réchauffer le cœur.

Elle apprécia l'épaisseur des bras qui la tenaient ainsi que sa peau rude au toucher.

Il l'assit à terre avec délicatesse.

- Tout va bien, je suis là.

Fedelyne battit des paupières. Ses yeux couleur grenat saupoudrés d'éclats brillants parcoururent la tête imposante de Dérod penchée au-dessus d'elle puis ils s'arrêtèrent sur ses solides mâchoires carrées et musculeuses.

La petite mutante n'était pas un critère de beauté. Ses mains et ses pieds étaient courts et gras. Pire que tout, ils n'étaient pas palmés. Ses formes rondes et sa peau douce comme une pierre polie lui laissaient une silhouette grossière. Quant à sa crinière jaune bien fournie, elle resplendissait d'inutilité. La petite lourdaude s'empêtrait dans les longs poils qui sortaient de sa tête quand elle s'évertuait à vouloir nager.

Fedelyne était un cas désespéré.

Pourtant aux yeux de son Ange-Gardien il n'existait pas d'être plus parfait ni plus beau.

Ainsi la petite gratifia le regard plein d'admiration et d'attention de son éternel sauveur d'une caresse sur sa grande joue rugueuse et osseuse.

Ensuite elle essaya de se remémorer ce qui l'avait conduite dans ses gros bras. Elle n'obtint que quelques flashs désordonnés, dénués de sens et où il y avait beaucoup de violence.

Instinctivement ses pensées se tournèrent vers Attalas, son père. Contrairement à ses attentes, le souvenir de ce dernier lui apporta plus de douleur que de réconfort. Les plis sur son petit front tendu se creusèrent.

Elle ouvrit la bouche comme pour parler, mais elle fut interrompue par une phéromone d'une autre nature à proximité.

C'était l'odeur des rois qui imposait rectitude et obéissance. Mais les mots ne furent en rien autoritaires.

- Vous êtes vivants ! Tous les deux !

Il s'agissait de Dronor, le roi Sapies de l'Alliance.

Dronor était d'une taille moyenne pour son espèce. Il appartenait à la sous-espèce des Long-Bras, beaucoup plus délicate et gracieuse que les Teteplates.

Chez les Long-Bras, distinguer les mâles des femelles revenait à un exercice de réflexion. Leur beauté était ambiguë, bien que fascinante.

Dronor était particulier avec sa peau d'une pâleur spectrale, ses orbites creuses et sombres ainsi que son nez en pointe. Son regard vert foncé était figé et froid. Il inspirait la crainte tout en attirant sur lui un fort besoin d'admiration.

Il maîtrisait le don de télépathie autant que celui de combiner les trois phases physiques de l'eau.

Enfin il était un magicien sans faille que personne n'osait défier parmi les Bivalents.

Pourtant, il apparut dans sa plus simple expression. Il ne fut ni sensationnel ni inquiétant. Quelque chose paraissait échapper à son contrôle et il transpirait de nervosité.

- Où sont Sicardus et Magnetron ? Où est Attalas ? s'empressa-t-il de demander à Dérod.

Où est Attalas ? La question brûlante qui pendait au bout des lèvres de Fedelyne. Elle ouvrit la bouche, mais son Ange-Gardien passa à son propre sujet de préoccupation.

- Elle n'est pas en sécurité ici, nous devons la protéger ! lança-t-il anxieusement en fixant le Sapies droit dans les yeux.

La petite Fedelyne surveilla sans entendre les deux interlocuteurs qui la dominaient de leur stature. La question la plus importante la hanta et lui tordit le ventre.

- Où est Attalas ? riposta le roi.

Dérod qui fut absorbé par son idée s'enflamma cœur et âme.

- Elle m'a sauvé !

Fedelyne qui se tenait assise le dos contre une roche étudia de ses yeux ronds ces deux légendes vivantes qui se défièrent du regard. De qui son protecteur parlait-il ?

- Où est mon père ? souffla-t-elle le cœur battant.

Comparativement à la grandeur saisissante du Shaklyr et à la prestance grandiose du roi, la petite mutante n'en menait pas large. Elle se mit donc debout et haussa le menton de sorte à dissimuler son agitation.

L'air obstiné, Dérod continua sans accorder la moindre attention à sa protégée.

- Les ennemis guidés par Argos et ses gardes du corps se sont déversés sur le flanc ouest de nos défenses. Nous avons été pris au dépourvu d'autant plus que nos forces furent toutes occupées à l'autre bout. Attalas et son équipe qui se tenaient en retrait ont contrecarré à temps la percée adverse. Par la suite je les ai rejoints en étant couvert par Sicardus et Magnetron.

- Où est mon père ?

Dérod poursuivit.

- Tout s'est passé très vite. Le roi Shaklyr Sicardus lui-même a été dépassé sur tous les côtés. Argos ne lui avait pas pardonné d'avoir éliminé sa sœur et…

- OÙ EST MON PÈRE ?

Une pause incommodante s'installa. La petite Fedelyne vibrante de rage planta son regard sur les mâchoires crispées de son protecteur. Elle avait serré les poings croyant ainsi mettre plus d'effet dans ses paroles. Pourtant les deux légendes vivantes ne lui accordèrent aucun regard.

- Que s'est-il passé ? intima Dronor en peinant à ne pas se laisser entraîner par la tension qui régnait dans l'atmosphère.

Dérod qui était passablement troublé, bafouilla une réponse vide d'intérêt.

- Tout s'est passé très vite.

- DÉROD, qu'est-il arrivé là-bas ?

Le Shaklyr se tourna vers le vide d'un air indécis.

La petite mutante dont la gorge était nouée assista à la scène avec une angoisse grandissante. Quant à Dronor son visage se ferma complètement puis il baissa la tête et lorgna celle-ci du coin de l'œil.

- Je n'arrive pas à lire dans ton esprit Dérod. Tu étais en compagnie d'Attalas, de Magnetron et de Sicardus ; pourquoi es-tu revenu seul avec elle ? Tes entailles au visage et au torse indiquent que tu as essuyé une violente bataille tandis que la petite n'a pas une égratignure, pas même une marque de fatigue. Quelque chose ne fonctionne pas. Je sais que son père l'a protégée jusqu'au bout et a tenté de l'éloigner des griffes d'Argos qui ne voulait qu'elle. Elle s'est retrouvée piégée au milieu des guerriers les plus redoutables de notre temps. N'importe qui en serait traumatisé ! Pourtant dans les grands yeux de cette enfant, je ne vois rien d'autre que son innocence. Quant à son esprit, il m'est aussi fermé.

Une flambée de violence se propagea sans avertissement dans les alentours faisant trembler les murs.

Le temps de répit dans lequel le Shaklyr et le roi Sapies s'étaient rejoints s'envola en fumée. Fedelyne retint son souffle. Le regard de son Ange-Gardien se détacha du vide et se baissa, ardent comme une braise, sur le front strié de soucis de sa protégée.

La situation s'aggrava quand Dronor et Dérod quittèrent précipitamment les lieux avec la petite sous l'impulsion d'un premier déversement sauvage des combats au sein même du territoire du Spectum. La première cité Bivalente était au bord de la ruine.

Les Spectriens étaient des tailleurs de pierre hors pair.

Sur les bords du plateau abyssal, ils avaient bâti une cité complexe dont les maisons étaient de petits dômes ornés de fines sculptures à la mémoire de glorieuses et grandes histoires. En dessous était creusé un réseau de tunnels remplis d'air qui permettait d'atteindre n'importe quel point de la cité.

Au bout d'une longue course dans ces souterrains, Dronor arriva dans un passage plus large où une concentration élevée de phéromones saisit Fedelyne à la gorge. Essoufflée par la course, l'afflux d'odeurs lui arracha une quinte de toux.

Raidones, Shaklyrs, Teteplates ainsi que Long-Bras arrivèrent de tous côtés. Il y avait beaucoup d'actions, de bruit et de confusion. La petite se blottit, frissonnante de peur contre la cuisse de son Ange-Gardien et demanda,

- Où est mon père ?

***

Fedelyne ouvrit brusquement les yeux. Le cœur battant et le souffle court, elle se dressa d'un coup sur son séant, mais une main appuya sur son épaule de sorte à l'amener à se rallonger.

Cette pression en douceur la rasséréna. Calmée elle se laissa aller en arrière et ses paupières s'abaissèrent de moitié.

Quand une pestilence lui tomba dessus, elle saisit qu'elle ne se trouvait plus dans un rêve.

Plissant le front, elle distingua une main aux ongles crochus et pourris posée sur son épaule.

Fedelyne se dégagea violemment tout en reculant sur sa couche et en balançant des coups d'œil hargneux sur Titus, fils de Dronor. Les genoux contre sa poitrine, elle poussa avec affolement sur ses pieds, mais son dos buta contre la pierre.

Titus se tint calmement assis à ses côtés. L'air absorbé par quelques vagues réflexions, il observait le sol avec intérêt.

La mutante regarda les alentours à la dérobée. Elle remarqua une pièce étroite au plafond bas ainsi qu'une seule sortie dont la porte ronde était close. Entre elle et la porte, il y avait cet être puant à la peau luisante et parsemée de rougeurs immondes.

Elle haïssait Titus autant que les Sangdors. Sa laideur était au même niveau que la puanteur que dégageaient ses ongles noirâtres et qui transmettaient la gangrène.

D'un air écœuré, elle ne lâcha pas des yeux les ongles recourbés qui refoulaient la mort. Il avait osé poser la main sur elle, mais elle ne savait pas depuis combien de temps.

Le fils de Dronor qui fixait le sol laissa passer un long et désagréable silence. Après quoi il soupira. Puis il parla avec une agaçante langueur.

- J'ai l'impression que tu n'es pas heureuse de me voir.
En réponse elle ne lâcha pas un mot. Il reprit.
- J'ai beaucoup plus à t'offrir que tu ne l'imagines.
- Qu'est-ce que je fiche ici ? riposta-t-elle sèchement.
Il lorgna la mutante du coin de l'œil.
- Ainsi tu ne te souviens pas… Par pitié, ne sois pas inquiète ! Je n'ai fait que veiller sur toi durant ton sommeil. Tu étais très agitée.
- Qu'est-ce que tu m'as fait ? lâcha-t-elle avec raideur.
- Sois rassurée, je ne crois pas que tu t'agitais dans ton rêve par ma faute. Il y avait autre chose. Malheureusement mes facultés télépathiques ne sont pas assez pointues pour sonder ton esprit en profondeur. Cependant je peux t'aider à retrouver la paix.
- Ah oui ? Alors pourquoi est-ce que je peux encore te voir la face ?
Titus échappa un rictus dangereux. Il se ravisa et se mit debout tendant son ventre mou vers la mutante tout en inspirant fortement ce qui produisit une série de sifflements fatigants.
Le fils de Dronor n'était guère aimé de ses pairs, pourtant personne n'osait le confronter mis à part Fedelyne. Une insolence qu'il maudissait et contre laquelle il se retrouvait sans défense.
La mutante évalua aussi discrètement que possible ses chances de s'échapper.
- Ta persistance à ne pas t'ouvrir à moi est une erreur. Il n'y a plus personne pour te protéger maintenant.
La nouvelle la pétrifia de stupeur. Titus ne disait jamais rien au hasard.
- Où est Dérod ? s'enquit-elle à mi-voix.
- Est-ce que ça te revient maintenant ?
Elle rapprocha les sourcils puis fut plus encline à écouter bien qu'elle ne vît pas de quoi il parlait.
Le fils de Dronor tourna la tête en levant le front comme s'il sentit quelque chose.

- Ton esprit est moins fermé tout à coup, dit-il avec délectation… Tu es déroutée. Le monde te paraît trop grand, les histoires trop compliquées. Tu te sens si petite… Je sais ce qu'il te faut… Viens.

Il tendit ses doigts nauséabonds.

Plutôt que de se sentir invitée elle éprouva une envie irrésistible de faire une empreinte durable de l'indésirable puant sur les murs.

Les bords de l'unique porte ronde de verre noir s'illuminèrent de bleu avant de coulisser.

Titus baissa le bras juste avant qu'Iris n'apparût. Après quoi le fils de Dronor se faufila précipitamment dans le dos de l'arrivant puis disparut derrière la sortie.

Iris jeta un bref coup d'œil malveillant vers l'ombre de l'intrus qui prit le large dans un nuage de putréfaction. Ensuite il alla rejoindre son invitée qui se réjouit par automatisme.

Parmi les siens, le Grand-Œil était considéré comme un handicapé. Sa peau brûlée par les radiations dans les eaux de surface ne tolérait plus le contact de l'eau encore moins de l'air. Sans sa combinaison en cuir de Sixbras sommairement cousu avec de vieux tendons, il ne pouvait pas survivre.

Le cuir des Sixbras était râpeux, épais et dégageait quelques relents qui gâchaient son odeur corporelle. Une perpétuelle frustration puisque les effluves d'Iris étaient délectables à Fedelyne.

Quand il approcha tout près, elle tendit un peu l'oreille comme pour chercher à poser la tête sur son épaule. Il lui serra les bras sans aucune chaleur tout en maintenant avec elle une certaine distance.

L'insatisfaction la gagna. Il l'ignora et parla sans lui apporter de réconfort.

- Te souviens-tu de quelque chose ?

Pourquoi persistait-on à lui poser cette question ? Les dernières images qui lui revenaient étaient celles de LaPerle dans l'ancien port puis plus rien.

En réponse elle planta un œil sévère dans le regard inquisiteur du Sapies.

- Arrête de fouiller dans ma tête !

Fedelyne aimait d'ordinaire lorsqu'ils se fixaient les yeux dans les yeux sans mot dire. Mais cette façon de vouloir entrer dans son esprit sans son autorisation l'insulta au maximum.

Elle tourna la tête l'air mécontent. C'était une façon de lui faire comprendre qu'il ne valait pas mieux que le monstrueux Titus.

Il n'insista pas, mais redressa le menton en la dévisageant de haut.

- As-tu eu le temps de te rendre dans la chambre panoramique comme nous avions convenu ? As-tu revu Saphy et Dérod ? J'ai tenté de les rejoindre avec ton décrypteur, mais il est hors service, dit-il impersonnellement.

Fedelyne qui s'échinait à éviter les yeux d'Iris malgré son envie pressante de s'y plonger parla en dissimulant mal une angoisse grandissante.

- Que tu ne saches pas si j'étais à notre rendez-vous me prouve que tu n'y étais pas non plus. Où étais-tu ? Peu importe. Je ne sais pas comment je suis arrivée ici. Je n'ai pas la moindre idée où se trouvent Saphy ni Dérod… Si tu veux tout savoir, tu me déçois.

- Parles-tu de notre mission ?

Elle sauta sur ses pieds et lui fit face, rouge de colère en lui enfonçant l'index dans la poitrine.

- Évidemment ! Nos échantillons, le sous-marin, nos sites de prélèvement, le chemin parcouru, les combinaisons, TOUTES les analyses ! Alors qu'est-ce que toi et moi fichons ici ?

- LaPerle a explosé. J'imagine que les échantillons s'y trouvaient comme cela faisait partie du plan, n'est-ce pas ?

La question du Grand-Œil était remplie d'espoir, cela l'étonna, pourtant elle inspira comme lancée par son idée. Ensuite elle se figea net, l'air abasourdi... Elle ouvrit la bouche, la referma puis la rouvrit.

- Quoi ?

- La déflagration a alerté la colonie tout entière. J'ai fait en sorte d'arriver le premier sur les lieux. Je t'ai retrouvée inconsciente sur un tas de débris. Tu n'avais rien, un miracle. Ici, tu es en sécurité. Quant à la mission, le secret est préservé. Personne n'a fait attention à toi alors que je te tenais dans mes bras. Les échantillons étaient-ils à l'intérieur de LaPerle ?

Cette fois la question fut posée plus clairement.

Fedelyne, qui auparavant s'était refusée à affronter le regard de son partenaire, le scruta dans le fond des yeux avec une intensité à craquer. Pourtant ses pensées étaient ailleurs, toutes tournées vers Dérod qu'elle avait envoyé seul dans le sous-marin à la rencontre de Luciol. Et s'il n'avait pas survécu ?

Quant aux commentaires et à la question d'Iris, ils se résumèrent à un bourdonnement dans sa tête. Elle répondit au hasard.

- Oui ils y étaient, dit-elle.

En vérité elle ne savait pas si Dérod avait eu le temps de remettre les échantillons à sa mère adoptive.

Iris plissa brièvement le front, pris d'incertitude. La mutante se ressaisit et enchaîna les dents serrées.

- Ici, c'est où ?

- Au sommet de la première Sentinelle. Veux-tu visiter ?

- Visiter, hein !

Elle tomba des nues face au ton simple et léger de son compagnon d'armes. Mais faute de parler de bon sens, elle accepta de mêler le ridicule à l'aberration.

Ainsi elle lui fit posément signe de la main de la précéder comme si tout le temps leur appartenait.

La première Sentinelle était la plus grande de toutes et appartenait à la catégorie des Couteaux. Positionnée aux limites de la frontière nord de l'Organum, elle était le fer de lance du système de défense Bivalent. Son large pied triangulaire en verre noir renforcé lui conférait un aspect d'indestructibilité.

La tour s'affinait tout le long pour s'achever à son sommet par un plateau orienté vers l'opacité d'où s'engouffraient les grandes lames de fond.

Bien que de taille écrasante à l'échelle bivalente, l'ensemble des Couteaux s'apparentait à une rangée de cure-dents disposés en triangle au milieu des immenses falaises des Abymes.

Au plus haut de leur rage, les lames de fond passaient par-dessus ces premiers remparts en charriant des roches monstrueuses qui filaient dans le cercle lumineux du dôme comme une pluie de météores.

La surface des Couteaux était constellée de points lumineux alpha-physique tel un avertissement à l'égard des Sixbras qui parfois se perdaient dans les parages.

La première tour était située à la pointe du triangle et son sommet était ceinturé d'une rangée d'étroits hublots sur 360 degrés.

Fedelyne fit quelques pas en jetant un regard vide sur l'extérieur. Elle ne fut nullement disposée à se perdre dans l'observation, mais éprouva davantage le besoin d'obtenir des réponses. Quant à Dérod, il n'était pas là pour lui alléger le cœur.

Son regard égaré ne trouva aucune prise pour l'aider à se ressourcer. Ainsi elle s'attarda évasivement sur le halo bleuâtre du dôme.

Entre la rangée des Couteaux et le dôme, se dressait fièrement la force de frappe bivalente, une forêt de Sentinelles Arborescentes.

Fedelyne n'avait jamais vu son petit monde comme une braise d'espoir noyée dans les Ténèbres. Elle se remémora son horreur lorsque pour la première fois Dérod l'avait plongée de force dans ce gouffre enténébré des craintes les plus primaires après la chute de la première cité, le Spectrum. Elle s'était débattue telle une possédée en réclamant son père au bout de ses cordes vocales.

Depuis lors elle s'était donné pour mission de faire sortir les siens de ce maudit trou noir.

Mais à présent elle crut découvrir toute la majesté de la forêt de Sentinelles Arborescentes qui ceignait une oasis de lumière avec une pleine harmonie.

Alors la réalité l'atteignit droit au cœur tel un coup de poignard lorsqu'elle prit conscience qu'elle avait failli à sa mission.

- L'Organum a toujours été une base pour une expédition vers la surface. C'est ce que Dronor a laissé entendre avant qu'il ne disparaisse, dit-elle, le regard flottant sur le dôme de lumière.

- Dronor était un visionnaire.

Elle se retourna et posa sur Iris un œil grave qui indiquait qu'elle ne souhaitait pas débattre de ce sujet-ci.

- Que s'est-il passé ? demanda-t-elle.

Il esquissa un sourire tendu.

- L'équipe du centre de contrôle a été éliminée.

Le cœur de la mutante fit un bond puis elle déglutit douloureusement.

- Les données que le centre avait recueillies ?

- Détruites.

- Qui ?

- Des Medpars…

Elle s'accota au mur pour ne pas défaillir.

- Co… Comment ?

- Elles ont dépecé des Sapies durant leur phase de sommeil provoqué et ont porté leur peau afin de s'infiltrer au sein de la colonie. Des auto-suggestifs de mon organisation ont retrouvé leur… couverture, si l'on peut s'exprimer ainsi.

Elle manqua de régurgiter.

- Et… LaPerle ?

- Nous ne connaissons pas l'origine de l'explosion… Écoute, il faut que l'on discute des modifications que tu as apportées au plan initial. J'ai besoin d'en connaître tous les détails. Les échantillons, par exemple, qu'en est-il ?

Elle flageola. Ses phéromones se changèrent en un soupir fiévreux à l'idée que Dérod n'existait plus par sa faute. D'autre part l'insistance déplacée du Grand-Œil à l'égard des échantillons dans la situation qu'elle vivait leva en elle des soupçons instinctifs. En fin de compte elle fut incapable de répondre.

Iris avait noté que la mutante flottait dans l'ignorance, mais il vit aussi qu'il ne pouvait plus rien tirer d'elle. De plus elle l'avait tout de même convaincue que les échantillons s'étaient trouvés à bord de LaPerle et par conséquent qu'ils avaient été sans doute désintégrés.

Ainsi il changea de sujet.

- Tu l'as senti n'est-ce pas ? lâcha-t-il.

- De quoi parles-tu ?

- L'Organe a décelé la présence des étrangers sur son territoire. Une réaction de masse est en branle. Une force est en mouvement à la recherche de son ennemi. Nous encourons le risque d'un choc titanesque. L'as-tu ressenti ?

Les lèvres de la mutante tremblèrent. Pourtant elle ne prononça pas un mot. Iris planta son clou.

- Nous sommes à l'aube d'une seconde guerre. Afin de nous sauver, les rois nous avaient ouvert la porte des Abymes. Après cela qu'elle pourra être notre issue ? Nous avons déjà touché le fond…

- Nous avons une issue, nous irons à la surface. Je t'ai dit que j'ai vu la vie dans les eaux de surface.

Iris vibra de colère, pourtant il trouva la force de mesurer ses mots et de parler avec assez de douceur.

- Il est temps de voir la réalité en face… Ce petit jeu a assez duré. Tout ce qui nous tient en vie est l'équilibre au sein de notre colonie ; rien d'autre.
- Est-ce tout ce qui t'importe ?
Il tira impatiemment sur le col de sa combinaison. La peau de son cou le démangea soudainement.
- J'ai tout tenté pour éviter cela. Crois-moi.
- Exiger la croyance crée le doute.
- Écoute, les choses sont plus compliquées qu'il n'y paraît. Tu vas rester ici. Le temps que je comprenne ce qui s'est exactement passé depuis ton retour, cet étage sera bouclé.
Les cheveux de la mutante se dressèrent sur sa tête, mais il s'empressa de poser une main sur son épaule d'un air rassurant. Ensuite il murmura à son oreille.
- Maintenant que nous savons ce qu'il en est, personne n'osera plus explorer la surface parce que tu devras faire en sorte de prouver qu'elle est inhabitable et bientôt la colonie l'apprendra. La tension de l'Organe baissera et l'équilibre sera rétabli. Repose-toi, tu en as besoin. Il n'est pas question que tu faillisses à cette nouvelle mission ou que tu changes le plan.
Ce n'était pas juste une suggestion, mais bien une menace. À cet instant, Fedelyne comprit qu'elle devait se plier à la volonté d'Iris ou mourir. Pire que tout, Saphy et Derod étaient en danger ou déjà morts…

Le Grand-Œil tourna le dos puis la porte se ferma derrière les yeux injectés de sang de la mutante.

Chapitre 11
Le réveil d'Argos.

Dix âges durant, les étoiles pleurèrent le sort de leur Très-Haut.

La dernière forteresse qui s'opposait encore aux Ténèbres menaçait de tomber. Déjà, la gangrène noire rampait et grugeait les contreforts des murailles qui étaient conçus sur la base de cristaux de neige vermillon.

Le monde des D.I.E.U se retournait contre eux tandis que sous leurs pieds, la mort étirait ses ailes.

Les Îles-du-Nid étaient fiévreuses. Depuis le sommeil d'Argos, les Crevdurs avaient eu tendance à délaisser la chasse, phénomène qui s'était considérablement accéléré avec la disparition d'Argonot.

Les Sixbras qui étaient de moins en moins craintifs avaient progressivement étendu leurs réseaux de galeries aux abords des remparts, à la recherche de lumière et de chaleur fragilisant ainsi les fondations des fortifications. Des pans entiers de ces dernières étaient en train de se fissurer. Disposant d'un plus grand nombre de proies à portée de leurs dents, les Sangdors quant à eux commençaient à se reproduire plus que nécessaire. La vermine avait engraissé et arborait de plus en plus un ventre proéminent.

Depuis peu les Ténèbres avaient osé étirer leur langue fourchue au travers des entailles dans les fortifications. Elles sentaient venir le bon moment alors que les flancs des montagnes ruisselaient encore de lumière.

Les parois internes du nid d'Argos en plein centre des Îles étaient entièrement imprégnées du poudroiement des étoiles qui formait un voile en constante mouvance à la recherche d'un second souffle à donner au grand D.I.E.U.

Argos flottait parfaitement immobile au-dessus d'un lit de pierre rectangulaire au milieu de la salle ovée.

La texture et la forme des carapaces des Crevdurs en général étaient pareilles à une empreinte digitale. À leur jeune âge, leur cuirasse était lisse et mince. Au fil du temps elle gagnait en épaisseur et en résistance. L'exosquelette d'Argos était d'une infrangible dureté.

Les yeux rouge sombre de celui-ci s'étaient récemment ouverts sur la voute aux mille reflets. Les pointes de sa large couronne de fer étincelaient et sa cuirasse se nimbait du scintillement des eaux irisées.

L'atmosphère était prise dans le temps tandis que de l'autre côté des murs, montait une excitation hors de contrôle.

Une ombre souple courbée et toute tordue pénétra le sanctuaire. Au fur et à mesure qu'elle se rapprocha du chevet du D.I.E.U, elle se rapetissa comme écrasée par le poids de la voute.

Les traits de Lalèpre, le serviteur du Très-Haut, étaient tirés. Ce dernier semblait léviter au centre d'un écran invisible qu'il n'eut pas l'audace de franchir. Il s'était arrêté à deux brasses du lit de son maître.

Là, il plia l'échine puis parla d'une manière fiévreuse.

- Mon Maître ! Quel apaisement !

L'odeur de Lalèpre fut d'une malséance sensationnelle dans le temple baigné de lumière.

Il fut sur le point de relever craintivement la tête quand il perçut une augmentation de la température de l'eau. Puis il distingua un mouvement dans son dos. Il ferma les yeux et se plia en deux comme si un poing avait enfoncé son ventre.

- Mon Maître est tombé dans un très long sommeil ! J'ai veillé sur lui jusqu'à cet instant béni. L'impensable s'est produit. Mes supplications ont été entendues, enfin ! Déjà son armée se reconstitue... Vie à notre D.I.E.U !

Le malaise du parasite ne disposa plus d'assez de place pour continuer à enfler. L'envie de regarder par-dessus son épaule le tortura. L'angoisse monta d'un cran lorsque l'eau bouillonna autour de lui.

Il bafouilla une volée de mots hypocrites.

- Mon Maître ne doit pas se rappeler ! Personne ne sait ce qui lui est arrivé ; personne, oui !

La peau du Sangdor était en train de roussir. Sous l'effet de la chaleur, sa vision se troubla. Sa respiration accéléra.

Il manqua de s'étrangler quand une main massive sortit d'un écran de bulles et se posa sur son épaule. Deux yeux rouges incandescents et fumants se dévoilèrent puis s'approchèrent de la tête agitée du parasite. Une puissante odeur de soufre envahit l'espace. Quatre mots se détachèrent avec un tranchant à figer le sang.

- Où… est… mon… fils ?

Lalèpre se chercha une réplique comme si sa vie en dépendit.

- Je… Je ne sais pas mon Maître…

La main sur son épaule se fit plus pesante et la chaleur qu'elle dégagea devint insoutenable. Lalèpre plissa les yeux de douleur en ravalant ses gémissements. Il supplia.

- L'aura de vie est immortelle… mon Maître ! Si vous êtes réveillé c'est que… C'est qu'il lui… fallait… un porteur…

Les phéromones du serviteur se perdirent, aussi volatiles que le dernier soupir d'un mourant. Le bout des doigts d'Argos s'enfonça dans ses chairs et sa peau fuma. Le parasite échappa un geignement aigu. Puis l'effluence d'Argos l'écrasa comme une chape de plomb.

- Le dernier porteur ?

Le Sangdor se dépêcha de répondre.

- Vous mon Maître ! Vous êtes le dernier porteur, vous êtes le D.I.E.U immortel !

Ses longs doigts noueux et griffus massèrent le vide comme s'ils cherchèrent à agripper une bouée de secours invisible. Il se plia en deux tel un fœtus.

Se plier à la volonté de leur Maître était un trait de caractère intégré à la nature des Sangdors. Dès le sevrage le jeune se cherchait un Crevdur à servir et un D.I.E.U était un cadeau inespéré. S'il ne parvenait pas à se faire accepter dans ses premiers moments de liberté, il terminait sa courte existence en réprouvé et mourait de faim.

Quant aux serviteurs pris par les D.I.E.U, ils vivaient plus longtemps. Un honneur que l'on remarquait à leur marque de brûlure au milieu du front.

Lalèpre était de ceux qui n'avaient pas eu la chance de se faire accepter peu après le sevrage. Les parents du jeune Argos l'avaient récupéré à l'agonie. Ensuite ils l'avaient soigné dans le but d'amuser et de perfectionner les techniques de chasse de leur fils.

Les souvenirs de ses persécutions qui refleurirent soudain firent plus de mal au parasite que les doigts brûlants qui lui broyèrent les chairs.

Une tornade de feu l'encercla. La température de l'eau grimpa en flèche et bouillonna furieusement. Il étouffa, mais n'osa pas tousser encore moins se tordre de douleur.

Voilà qu'une tornade rougeoyante jaillit à grand fracas hors du nid principal.

La foule de Crevdurs et de Sangdors qui s'était amassée spontanément devant l'entrée fut balayée quand la boule de feu fila au-dehors en embrasant les eaux. Les Îles furent foudroyées d'un éclair qui s'engouffra au sein d'une large fissure dans le sol.

Argos ralentit sa nage tandis que s'évanouirent les flammes de son corps dans une fumée noire.

Quelque part dans une crevasse sous les fondements de son royaume, il stoppa face à un immense rocher.

Le Très-Haut aussi droit qu'une lance et aussi solide que sa propre légende tendit l'index.

Il ne toucha pas le rocher, mais émit un grognement sourd et sonore qui fit trembler les parois de la faille.

Ensuite le silence retomba avec lourdeur.

Le rocher vibra dans une série de craquements menaçants. De longues fissures apparurent, des arêtes se résorbèrent. La couleur grise vira au pourpre.

En douceur des tentacules monumentaux sortirent de tout ça et s'étirèrent.

Un énorme Sixbras s'écarta à la diable et un passage étriqué fut dévoilé.

Argos y pénétra.

Au fur et à mesure de sa progression dans le couloir, une lueur éclatante gagna en intensité. Il déboucha sur une petite grotte aux parois recouvertes d'une myriade de gouttes d'eau de vie.

Ces gouttes divines d'aspect ovoïde avaient la grosseur d'un poing et avaient la particularité de luire comme le cristal sous l'éclat des étoiles qu'elles emmagasinaient.

Du fait des nuances de leurs reflets, elles étaient aussi uniques qu'une empreinte digitale. Mais ce n'étaient pas là les seuls avantages de cette eau divine.

Les nombreuses proéminences de l'armure d'Argos se nourrirent de l'embrasement des innombrables gouttes. La force divine qui l'avait abandonnée durant son long coma le retrouva.

Son armure ternie dans son sommeil se para de reflets rutilants comme si elle fut faite d'eau pure.

Il bomba le torse et dressa le menton, pointant sa couronne d'épines vers le plafond.

Le Très-Haut était de retour dans toute sa puissance. Il était l'Immortel, le dernier de sa race et il avait besoin d'obtenir des réponses.

Chacune des gouttes avait emporté un fragment de l'âme d'un D.I.E.U décédé au moment où son esprit alla rejoindre les étoiles. Des centaines étaient suspendues aux parois.

Une seule d'entre elles attira le regard fulminant d'Argos.

Il s'en approcha et tendit la main droite. Ses doigts étaient engourdis. Au passage il nota une boursouflure à son poignet. Il ferma la main de façon à faire passer l'analgésie puis la rouvrit.

Là il prit mesurément le tout nouvel œuf de lumière et il ferma les yeux en se vidant les poumons.

La surface vibra comme si une vie à l'intérieur s'éveilla. Une connexion énergétique se créa au bout de ses doigts et se propagea le long de son bras, jusqu'à sa moelle épinière avant de lui monter au cerveau.

Tout à coup de violents flashs le secouèrent.

Des images effilochées se constituèrent derrière ses paupières clauses tandis que se précisa la silhouette de son fils en difficulté.

L'information s'amplifia et une douleur vivace lui envahit le crâne.

Au milieu d'un trouble indicible, il entrevit Argonot perdu et résigné. Les flashs furent brutaux, désordonnés, mais aussi embrouillés. Il s'agissait des dernières images qui l'avaient accompagné à la mort.

La dernière apparition que reçut Argos fut une silhouette floue et mouchetée par des parasites. Pourtant ce qu'il vit lui fut assez familier pour qu'il prenne conscience de l'identité de cet être pourvu de longues épines recourbées au niveau de ses coudes. Un Shaklyr ! La vision n'était cependant pas claire et Argos ne sut pas pourquoi.

La connexion vola en éclat.

Le Très-Haut rouvrit les yeux en brûlant d'une colère sans nom. L'histoire se répétait.

Après sa sœur vaincue par un vulgaire Shaklyr, c'était au tour de son fils.

***

Lorsque Lalèpre sortit du nid, quatre Crevdurs sombres et massifs le trouvèrent.

Lui dont la volonté fut démolie par la main d'Argos, reparut plus confiant et la satisfaction lui lissa le front.

Les quatre frères noirs attendirent.

- Nos adversaires nous ont attaqués, s'exclama le parasite hypocrite. Le D.I.E.U fils est mort ! Nous devons réagir promptement avant que l'on s'aperçoive que nous n'avons pas recouvré toutes nos forces. L'Organe est déjà prête à nous défier. Si nous n'agissons pas les premiers, les Bivalents iront jusqu'à nos portes. Frappons avec les armes de l'ennemi juré. Utilisons les sous-marins !

Chapitre 12

La légende des D.I.E.U ; *Dévotion, Impartialité, Équilibre, Unification Troisième partie : l'Unification.*

Lorsque les étoiles furent légion, les Ténèbres rétractèrent leurs tentacules. La vitalité de l'aura de vie fut à son apogée.
La Mère Lactée rayonna, forte et vigoureuse. Des volcans émergèrent de ses entrailles. Les tremblements de terre donnèrent naissance à des falaises escarpées ainsi qu'à des pics montagneux. La terre évolua continûment.
L'empire des D.I.E.U fut en marche.

Altes était née. Elle avait dressé de somptueuses sculptures à l'image de sa gloire sur le sommet des hautes murailles autour du berceau des D.I.E.U et elle se targuait d'être une exception. Elle avait non pas deux, mais trois enfants ; deux mâles et une femelle.
Parce que la vie haïssait le vide, elle lança de vastes expéditions exploratoires menées par une élite surnommée les Sassines qui appartenaient à une variété noire de Crevdurs sous les ordres directs de ses trois enfants D.I.E.U.
Altes était obsédée à l'idée qu'il existât une terre promise nommée les Cieux, un monde à la croisée des chemins, quelque part entre la pénombre et l'illumination, entre les corps célestes et le gouffre, entre la vie et la mort.
Parce que la vie était un fardeau et la mort une délivrance, le royaume physique des Crevdurs était une lutte de tous les instants tandis que celui des Ténèbres se comparait à une plénitude sans fin.
Les Cieux étaient tout cela à la fois. C'était le miroir entre la vie et son reflet, lisse et sans imperfection. Mais il était introuvable.

Les Cieux faisaient partie de l'inconnue. L'idée de leur découverte effrayait parfois davantage que d'affronter les Ténèbres qui, elles, étaient palpables.

En ces temps d'exploration, le bas monde était luxuriant. Les monts solides se dressaient fièrement. Un drap de lumière ondulait à perte de vue sur de vastes plaines que des courants marins doux et chauds caressaient longuement. Les rocs garnis de quartz s'engorgeaient du rayon des étoiles.

La vie palpitait.

Jamais l'empire d'un D.I.E.U ne fut aussi vaste et l'ère des expéditions extrêmes put débuter.

Les Sassines portèrent le nom d'Altes jusque dans les contrées les plus reculées, dans les moindres caches ainsi que sur tous les pics montagneux. Ils donnèrent à l'aura de vie une envergure qui dépassa l'imagination.

Pendant ce temps, Altes régnait en reine absolue au sein des Îles-du-Nid dont les forteresses chatoyaient identiques à des murs de charbons ardents jusqu'à ce que les Sassines et ses trois enfants D.I.E.U à la recherche des Cieux ne revinssent plus.

Les âges passèrent, le règne d'Altes s'empoussiéra. Des générations d'Adaptés se succédèrent.

La reine, malgré son extraordinaire espérance de vie, se courba sous le poids du temps. Les âges s'entassèrent au point que personne ne se rappela plus ses toutes premières paroles. Le rêve que les Sassines avaient autrefois disséminé dans toutes les parcelles du bas monde passa dans les légendes. On finit même par se demander si cette élite n'eût jamais existé.

Quant à Altes, elle demeura obsédée par la quête des Cieux et son intérêt pour les Ténèbres ne cessa de décliner.

Depuis le dernier départ, elle s'était dressée en statue sur le plus haut sommet des murailles. Ses yeux rouges perçants se ternirent au fil du temps. Sa vue ainsi que sa clairvoyance perdirent en portée tandis qu'au loin, les voiles ténébreux rassemblèrent leurs forces.

Alors le miracle se produisit. Les pupilles de la reine se dilatèrent quand vint le retour inespéré de ses trois enfants.

Ils réapparurent seuls, mais avec eux ils traînèrent le poids d'une ombre invisible qui leur brouillait le regard. Autrefois si brillants et intenses ils ne furent plus qu'une coquille couverte de la lourde poussière que d'interminables errances leur avaient déposée sur les épaules.

L'ainé des trois franchit le premier les grandes portes rouges de cristal. Ainsi, il salua puis il tendit à sa mère un mystérieux contenant de forme ovoïde et de couleur profonde que de surréels reflets voilèrent.

Ensuite il dit,

- La quête est terminée, le reste des nôtres a péri. Les Sassines sont morts. C'est dans l'oubli et le désespoir que nous l'avons découverte. Voici la porte sur les Cieux ! Lions le passé à l'avenir, unifions les mondes.

La reine s'empara de l'objet tandis que ses pensées se tournèrent vers le monde englouti dévasté par des guerres sans fin et dont les restes avaient donné naissance aux premiers D.I.E.U.

Elle savait qu'elle ne pouvait repousser longtemps la venue d'un nouveau chaos. L'apocalypse suivait la vie. C'était dans l'ordre des choses.

Les Cieux représentaient la porte vers un monde plus vaste que son immense royaume. Un monde uni et sans partage qui était le symbole d'un règne divin absolu, mais aussi de la fin des Ténèbres.

Ainsi elle ouvrit la boite. Son fils esquissa un sourire étonnant et son regard parut émettre une étincelle de folie.

Voilà qu'un spectre sortit du contenant. La Métisse déroula ses longs membres effilochés ainsi que ses larges ailes ébréchées.

Altes ne réagit pas. Son esprit fut dans la brume.

Le fils se récria,

- Toucher à l'inconnu engendre les angoisses les plus primitives et les plus incontrôlables ! Voici les Cieux, ta plus grande peur ! La Métisse réalisera ton souhait ! VOICI POUR TON ROYAUME ET POUR NOUS QUE TU AS PUNI ! TE VOICI PRÊTE À TOUCHER TON MONDE UNI !

La Métisse se courba et d'un coup s'engouffra dans les pupilles d'Altes.

Cette dernière ploya, mais alors elle trouva une force d'outre-tombe pour se changer en feu et extraire d'elle le monstre qu'elle renvoya dans sa boîte.

Ensuite elle parla,

- Loin, isolés et meurtris quand tous ceux qui ont suivi ont péri, la tentation est forte de venger le sort des morts et de renvoyer sur moi votre déshonneur. La perte des trente Sassines vous a fait sombrer dans la folie. Mon cœur se déchire, mais l'unification ne passera pas par les Cieux… Me voilà face à vous mes enfants. J'étais autrefois déchirée entre l'inconnu et les limites de mon royaume, entre les Cieux et la lumière des étoiles. Je suis maintenant réunifiée. Notre monde n'est pas tombé dans votre folie. Mes enfants, vous avez loué les ombres parce que vous avez perdu votre foi en mon nom. Vous et vos descendants porterez à jamais la marque de votre trahison. Vous serez divisé corps et âme pour que soit éternelle ma réunification.

Le premier jugement d'Altes* eut lieu. (*Réf : Archives de Luciol, premier jugement).

Ainsi les trois enfants D.I.E.U perdirent leur capacité d'adaptation et naquirent les premiers Bivalents. L'un devint Raidone, le second Shaklyr. Quant au plus faible des trois, il se changea en Sapies. Trois espèces qui n'eurent rien en commun si ce ne fut leur bivalence.

Chapitre 13
Danse au bord du gouffre.

L'Organum n'était plus imprégné de l'ambiance survoltée qui avait secoué la finale du J.E.U.

Le centre du dôme auparavant empli de phéromones et de griserie, avait laissé la place à un calme tendu et peu sécurisant. La zone avait été désertée. Plus d'odeurs capiteuses sur les murs de pierre ; à la place un lourd silence prenait la tête.

Les Sapies Teteplates de la caste des ouvriers, ordinairement attitrés au ponçage des parois internes et externes du dôme, choquaient par leur absence.

L'eau alpha-physique était corrosive. Advenant que le verre pur ne fût pas régulièrement poli, des gouttelettes stagnaient dans de microscopiques cavités. Cette eau bleue qui ne coulait pas usait leur support en se désagrégeant sur place. Des cristaux de glace s'accumulaient et contribuaient à affaiblir la conductibilité du verre. Le restant de l'eau se condensait avant de retomber en pluie fine.

Le halo bleu du dôme s'était atténué, virant au gris pâle. À l'intérieur l'air était saturé d'humidité.

Dérod pencha la tête en arrière. Des gouttes tombèrent sur son visage tuméfié. Il ferma les yeux et entrouvrit la bouche pour recevoir le liquide sur sa langue râpeuse. Il avait affreusement soif.

Sa respiration ronflait. Les gouttes fraîches qui tapotèrent ses joues dissipèrent un peu ses lancinants maux de tête.

Ce petit répit lui permit de faire le point sur la situation.

Après s'être défait d'Argonot, il était parvenu tant bien que mal à ramener Laperle à l'ancien port tel que demandé par Fedelyne. Ensuite il était descendu mal en point du sous-marin. Après être sorti du port, il se produisit une explosion suivie d'un éboulement qui l'ensevelit.

Dérod se massa la nuque. Une affreuse bosse en arrière de la tête diffusait une douleur intenable. Combien de temps était-il demeuré inconscient ? Ses tympans résonnaient encore de l'explosion. Sa vue tendait à se brouiller et ses idées à se perdre dans un épais brouillard. Mais le visage de Fedelyne ne le lâchait pas. Peu importe ce qui s'était passé, il devait la retrouver au plus vite.

Lui, le guerrier par excellence, avait appris à ne faillir sous aucun prétexte. Un dos brisé et des côtes en miettes ne suffisaient pas à le stopper. Pourtant à la faiblesse physique se mêlèrent des sentiments qu'il découvrit pour la première fois de sa vie : l'angoisse ainsi que la culpabilité.

Il ne se reconnaissait plus et marchait minablement sur son mental. L'idée qu'il avait manqué à son devoir le dévorait de l'intérieur. À comparer sa souffrance physique était une jouissance.

L'image du décrypteur alpha-physique lui traversa l'esprit et il porta machinalement le doigt à sa joue. Le dispositif ne s'y trouva pas.

Il se rappela la chambre panoramique ainsi que le rendez-vous que la mutante avait fixé avant la division de l'équipage. Une faible lueur d'espoir lui réchauffa les idées. Il leva les yeux…

Visiblement personne ne l'attendait là-haut.

Quelque chose ne fonctionnait pas. L'Organe avait brutalement changé d'orientation.

L'auto-suggestivité du Shaklyr freinait sa perception de l'ensemble des subtilités de l'onde magnétique, mais son instinct parla pour lui. L'Organum se préparait à porter une attaque. Contre qui et pourquoi ? Se pouvait-il que l'intrusion d'Argonot dans l'enceinte de la cité Bivalente eût été détectée par des Organiens ?

L'Ange-Gardien posa le regard sur le cœur alpha au sommet de la voûte. Le disque ovale d'eau bleue qui redistribuait son sang à l'ensemble de la colonie par un réseau complexe de veines et de veinules, s'était assombri et avait perdu en vigueur. Ses pulsations parurent plus sourdes et moins intenses tels des coups de tambour qui rappelèrent le rythme chaotique d'une danse au bord du gouffre.

Le regard de Dérod descendit et tomba au premier niveau, juste au-dessus de sa position, sur le terrain de J.E.U où s'était déroulée la finale entre Ayder et Aïquo.
Il remarqua qu'un Zad et un lance-disque avaient été abandonnés là avec une bandoulière garnie de munitions.
Il était parvenu à se rendre jusqu'ici. Il avait vaincu un D.I.E.U ; la plus grande des gloires, mais aussi la pire des infamies. Il aurait préféré mourir s'il n'y avait eu Fedelyne.
Les battements lourds de son cœur qui lui faisaient vibrer les tympans lui fouettèrent d'un coup les sangs. Il boita avec empressement vers le disque-ascenseur le plus proche pour aller ramasser le Zad et les munitions.
Son combat avait fait fondre sa musculature de moitié et ses vertèbres semblaient s'être tassées. Il paraissait plus petit. Ses deux grandes épines avaient l'air disproportionnées par rapport à la maigreur de son corps.
Nombre de denticules de sa peau avaient été arrachés. Mais avec un Zad en main, sa force d'avant lui revint.

Lorsqu'il releva la tête, son attention accrocha les Sentinelles Arborescentes autour du dôme. Les branches des tours étaient parsemées de points alpha qui brillaient comme jamais.
Les tours étaient en train d'emmagasiner de la puissance. Les sous-marins s'agglutinaient au bout des branches qui ployaient comme s'ils étaient des fruits trop murs.
Dérod fut inspiré par la tension électrisante qui s'intensifiait à l'extérieur du dôme.

- D'accord, se dit-il, mais par où dois-je commencer ? Où se trouve Fedelyne ?

**

Fedelyne tournait en rond comme une bête en cage. Rien n'allait selon ses plans.

Les Bivalents étaient le fruit de la colère d'Altes, mais par ce geste celle-ci avait scellé leur destinée. Dès lors le concept du retour à la surface se changea en une question de temps.

La mutante s'était accrochée à cette idée, convaincue dans son for intérieur qu'elle fut née pour ça. Sa vie tout entière avait suivi cette direction : les folles expéditions de son père à la recherche d'un passage vers les eaux peu profondes jusqu'à l'œil des rois posé sur elle et la guerre que cela avait provoqué. En fin de compte elle percevait sa mutation comme un signe évident.

La mission Laperle ne représentait qu'une infime portion du long voyage qu'elle avait accompli depuis ses débuts.

Cette mission devait être la fin des angoisses, des privations et des humiliations pour les Bivalents. Ce devait être le début de l'espoir.

Fedelyne bouillonna de rage lorsqu'elle fit le constat que tous ses efforts et ses sacrifices se résumèrent à une place en prison en haut de la première des Sentinelles ainsi qu'à un gros mal de tête.

Recherchant quelques réconforts, les paroles de son père lui revinrent en mémoire.

« Les D.I.E.U pensent avoir une raison d'exister. Quelle utopie ! Ne soyons pas dupes ! Ils ne sont pas aussi indispensables qu'ils veulent bien nous le faire croire. Ma tendre fille, regarde la lumière qui irradie de toi ! Tu es un trésor qui repose dans le creux de mes mains. Que je les ouvre et tu éblouiras le monde ! Alors, dis-moi jusqu'où tu seras prête à aller. Notre avenir est dans ton cœur. »

Avec le souvenir de ces mots, elle ressentit la pression lointaine de l'index de son père sur sa poitrine et elle porta la main au niveau de son cœur d'un air troublé.

Elle se trouvait toute seule en haut de cette prison imaginée par le Grand-Œil et qui faisait office de fleuron du système de défense Bivalent. Debout, derrière un des nombreux hublots qui encerclaient la tête de la tour de garde, elle posa un regard embué sur l'obscurité de l'horizon.

Sa gorge se noua et elle chancela, luttant à peine pour ne pas s'effondrer. Il lui avait toujours semblé qu'elle avait les épaules plus solides ou du moins ce fut ainsi qu'elle avait été élevée.

Elle s'était réveillée là avec une odeur de gangrène dans le nez. La tête pleine de pierres, elle s'était soulevée pour tomber sur ce maudit Titus dont les effluves trituraient autant les méninges qu'une lame jouant dans un tas de viscères enflés par la chaleur. À comparer, l'haleine d'un Sangdor relevait du rafraîchissement.

Ensuite il y avait eu Iris qui lui avait joué le même petit air qu'à leur dernière rencontre avec ses silences pleins de mots et ses idées derrière la tête.

Avec tout cela elle ne s'était pas attardée sur l'état de cette chambre qui comme Iris s'était donné la peine de mentionner, méritait d'être visitée.

Le désespoir fit peu à peu place à l'indignation. Le Grand-Œil, malgré toute sa sagesse, ne savait pas qu'il était déconseillé de laisser une femelle esseulée et trahie, enfermée chez soi avec des babioles tout autour qui ne demandaient qu'à éclater.

La chambre recelait de nombreux réservoirs d'eau bleue aux dimensions et formes variées dont certains étaient si usés par le travail des molécules alpha que leur verre avait perdu les trois quarts de leur épaisseur.

Fedelyne avait vu des récipients du même genre dans la grotte de Luciol.

Elle pencha la tête au-dessus d'un bac rectangulaire qui trônait isolé sur un socle de pierre carré et finement travaillé. Elle fut tout excitée à la vue du verre qu'elle imaginât se fendre. Pourtant elle replaça assez ses esprits pour déposer un souffle vibrant sur la surface de l'eau bleue.

Le liquide se plissa, des pics grandirent. Des courbes tordirent, dansant avec rythme. Puis ces dernières se rencontrèrent donnant forme à un visage composé d'une myriade de perles bleues scintillantes.

Les traits du visage se définirent sur le son d'un clapotement tranquillisant. La mutante rapprocha le nez et ses sourcils se tordirent. Le portrait prit forme : des traits enfantins, des yeux empreints d'innocence ainsi que de longs cheveux soulevés par quelques invisibles courants.

Elle se redressa.

Le désir brûlant de tout réduire en cendres se dissipa face à son propre portrait. Contre toute attente, elle se découvrit un brin d'optimisme dans cette cage trop étroite pour sa tête trop pleine.

Les autres récipients majoritairement situés au centre de la chambre circulaire furent éclipsés de son champ de vision.

Elle se ressaisit ; pas question de s'attendrir.

Elle passa en revue les autres contenants.

Un cylindre qui n'était pas mis en valeur accrocha son attention. Le liquide qu'il contenait était singulier parce qu'une fraction de celui-ci n'avait pas encore été *programmée*.

Une eau bleue combinée à des phéromones était dite programmée. Celle-ci gagnait en densité et sa couleur en intensité. Chaque molécule alpha combinée possédait une énergie unique à la base d'un système appelé *réseau nerveux* dont l'activation était entièrement fonction de la programmation reçue.

Les récipients que Fedelyne voyait possédaient un réseau nerveux alpha dont la complexité surpassait tout ce qu'elle avait étudié jusqu'alors.

Un œil expérimenté était capable de distinguer les nuances d'intensité et de densité. Fedelyne avait quelques connaissances poussées dans la programmation alpha-physique, son père Attalas ayant lui-même appris de Dronor dans l'optique de se préparer à ses longs voyages.

Ce qui l'intéressa fut une fine couche d'eau vierge en surface du cylindre qui pouvait remplir le centre de ses deux mains réunies.

Cette eau était peu épaisse, cependant le jeu en valait la peine parce qu'il n'était pas question de demeurer plus longtemps ici.

Elle empoigna le cylindre plus vertement qu'elle ne l'eût voulu et marcha vers la porte d'un pas décidé. Ensuite aussi délicatement que ses nerfs le lui permirent, elle versa le film d'eau vierge tout le long des contours de la porte ronde.

Elle se rapprocha, arrondit ses lèvres, prit une inspiration et souffla sur la pellicule bleue avec légèreté. La teinte de l'eau se renforça, pourtant il ne se passa rien du tout.

La mutante recula d'un pas en se raidissant. Elle croisa les bras, la mine boudeuse. La perspective de se voir cloîtrer ici se profila dans son esprit, ce qui aggrava l'état de son humeur. C'était maintenant qu'elle avait besoin de régler ses comptes avec Iris.

- IL FAUT QUE JE SORTE !

Sa main frappa la porte contre sa propre volonté. En réponse celle-ci trembla.

Désarçonnée, elle considéra le verre noir avec défiance.

Voilà qu'elle vit le ruban d'eau bleue se changer en glace et en vapeur. La porte coulissa un peu. La mutante se rua pour la forcer à s'ouvrir avant la consommation complète de l'énergie alpha.

Elle obtint juste assez d'espace pour parvenir à se tortiller au travers de l'entrebâillement.

Une fois hors de la chambre, l'envie lui prit d'appeler Iris avec force et tempête. Elle rattrapa son cri de justesse.

Il n'y avait personne dans les environs, pas le moindre son ni la moindre odeur.

Lorsque l'Organe mobilisait ses troupes, l'essentiel de l'activité de la colonie se jouait dans et autour des Sentinelles.

Il n'était pas nécessaire d'être une pure Organienne pour percevoir que l'onde magnétique était en mode agression. De fait le silence qui régnait dans la zone fut des plus étranges.

Fedelyne se trouvait sur une plate-forme qui se ramifiait de façon à accéder rapidement d'un point à l'autre de la tour.

Pour une raison qui lui échappa, ses instincts lui commandèrent de quitter urgemment les lieux. Son moment de saisissement passé, elle courut vers le disque-ascenseur le plus proche.

À mi-chemin, ses jambes se bloquèrent net. Elle dérapa, ses pieds crissèrent tandis que les yeux exorbités, elle fit une longue inspiration. À la fin de son arrêt, les boucles de ses cheveux lui tapèrent les reins et elle manqua de tomber à la renverse.

Une Medpar sortit d'un coin sombre pour s'interposer entre elle et le disque-ascenseur. Une vision assommante bien que l'intruse parût plus pitoyable qu'effrayante. Les longs filaments de celle-ci retombaient en tas qu'elle trainait lamentablement à terre. Ajouté à cela, elle pataugeait dans ses fluides corporels qu'elle perdait à vue d'œil.

Ses grands yeux vitreux et inexpressifs se braquèrent sur Fedelyne. Malgré les apparences, cette dernière garda en tête que les clones de la reine blanche étaient redoutables.

Un floc dans son dos lui fit hérisser les poils de la nuque. Sa tête tourna au ralenti. Une seconde Medpar venait de se glisser derrière elle.

Les capacités de survie de ces monstres dans pareil endroit étaient faibles, pourtant Fedelyne ne douta pas qu'elle n'allait pas en réchapper.

Par instinct ses pensées s'orientèrent vers son Ange-Gardien et haletante elle se concentra afin de recouvrer son calme.

Les Medpars étaient aveugles. En revanche elles possédaient un sens qui n'était partagé que par les Raidones puisqu'elles captaient les tensions électriques que produisait le vivant et les réactions de Fedelyne les animèrent au plus haut point.

Malgré la puissance du venin de leurs filaments, leur corps mou de méduse ne pouvait encaisser de mauvais coups. Quelque chose chez Fedelyne les retint d'attaquer ce qui étrangement sema chez elle un certain inconfort.

Tandis que les Medpars jaugèrent leur cible, elles déployèrent un début de toile de filaments dont les bouts s'affaissèrent pauvrement.

Pour une raison aussi mystérieuse que ridicule, Fedelyne inspira aux clones une crainte indiscutable, cependant elle demeura consciente que ce n'était qu'une question de temps avant qu'elle ne cédât sous la pression. Déjà elle peinait à sortir l'air de ses poumons.

Elle jeta un regard alarmé dans les environs ; elle ne trouva pas âme qui vive. Quant à Dérod, son absence se fit cruellement sentir. Une sortie se trouvait plus bas à une centaine de pas.

Devant elle, le bord d'une plateforme de l'autre côté était atteignable, mais par un saut miraculeux. L'espace restreint où elle était prise au piège ne lui autorisait aucun élan.

Il lui restait encore le choix du saut de l'ange.

Elle ferma les yeux. Les sentiments de la mutante prenant le dessus, les clones d'Opale sentirent venir l'urgence d'attaquer. Leur face communément nue de toute expression se plissa légèrement. Leur venin goutta tout le long de leur toile engluée comme si celle-ci fut faite de salive.

Fedelyne songea qu'il fut temps de mettre un terme à son voyage. Les sacrifices et les privations n'avaient abouti qu'à des chimères. Voilà les fadaises d'une adulte qui n'avait pas fini de grandir. C'était tout ce qu'on allait retenir de Fedelyne, la mutante.

Elle détendit ses muscles s'offrant librement à ses prédatrices puis vida ses poumons pour une dernière fois.

Elle sauta juste avant que les Medpars ne plongeassent sur elle.

En vol elle pédala des pieds et des mains alors que son visage s'illumina au moment où son esprit se défit comme par miracle de l'emprise du spectre de la mort.

Au bout de son saut, ses doigts trouvèrent de justesse le rebord d'une plateforme à une cinquantaine de pas plus bas.

Le choc lui déboîta l'épaule gauche et lui arracha un hurlement suraigu. Ses doigts glissèrent tandis que ses pieds gigotèrent dans le vide.

***

Dérod qui se tenait sur le terrain du J.E.U fit une première analyse des développements à l'extérieur du dôme de l'Organum.

Les Teteplates étaient en train de s'activer autour des Sentinelles Arborescentes afin de leur redonner tous leurs feux.

Un balai partagé avec les sous-marins Cargos qui dans un flot continu abreuvaient les tours d'eau alpha-physique.

Au va-et-vient des gros appareils cylindriques s'ajoutèrent ceux des Protons triangulaires plus petits et plus véloces. Afin de charger leurs mitrailleuses, ceux-ci tiraient à n'en plus finir de l'air directement à la source à même le réseau qui zébrait la croute rocheuse et qui alimentait le dôme.

Aux vues de ces préparatifs, les images de la guerre des Trois revinrent à l'esprit de Dérod lorsque la colonie du Spectrum qui peinait à respirer dut sacrifier son air pour les armes.
Une vive inquiétude le gagna parce qu'il ne vit aucune raison ni aucune cible à cet appel à la guerre.

Tandis qu'il se mêla dans ses réflexions, quelque chose d'incroyablement vif lui pétrifia l'esprit comme une flèche se plantant dans son crâne. Sa vue se troubla, le sol sous ses pieds tangua.
Lui, le maître d'armes qui ne ployait jamais se vit mettre un genou à terre et sa tête trouva ses mains. Un gémissement de douleur sortit d'entre ses dents serrées.
Peu après lorsque ses moyens lui revinrent il éprouva un vide qu'il n'avait jamais connu jusqu'alors.
Aucun des coups que le fils D.I.E.U lui avait assénés ne lui avait ôté autant de vitalité. Il n'avait pas vu venir ce choc-ci parce qu'il était survenu de l'intérieur.
Pantelant, il balaya l'espace d'un regard hagard. Tout ce qu'il trouva fut la bruine dans l'air et la brume dans son cerveau.

Quand il retrouva la clarté, ses jambes se déplièrent et il se rappela ses propres paroles.
« …par où dois-je commencer ? Où se trouve Fedelyne ? »
Il sut par où commencer.
Son regard de fer aux teintes ambrées se braqua sur la première des Sentinelles tandis que ses doigts se crispèrent sur le manche du Zad. Sa protégée était en vie et pour une obscure raison, il avait le sentiment de l'avoir sauvée.
À présent il entendit clairement ses appels.

- Allons-y pour une danse au bord du gouffre, mais à ma manière et pour ma guerre…

Chapitre 14
Lalèpre et Entenebris.

Parmi les Sassines dont la majorité avait suivi les enfants d'Altes à la recherche des Cieux, il ne demeurait que quatre descendants, les frères noirs, gardiens des Crevdurs à aura de vie et issus d'une petite lignée qui était restée proche de la déesse.

Bien que ne se soumettant à aucune loi, les quatre frères avaient accordé leur faveur au Très-Haut.

Lalèpre était entré de nouveau dans la chambre de l'Immortel. Cette salle vertigineuse au plafond de lumière mouvante lui rappelait un tombeau froid. Il ne put rêver meilleur endroit pour se concentrer.

Entenebris était l'aîné des quatre descendants. Sa rutilante armure de fer était d'un noir d'une grande profondeur et ses yeux étaient gris métallisés.

La génétique des Sassines avait la réputation d'être d'une pureté supérieure à celle des D.I.E.U.

Beaucoup de mystères entouraient ces êtres obscurs et on se plaisait à les croire invincibles. C'est pour cette raison que l'annonce de la mort de trente d'entre eux eut autrefois de quoi ébranler même les plus courageux.

Les quatre frères noirs étaient les gardes du corps du Très-Haut. On les considérait capables à eux seuls de tenir tête à une armée entière.

Bien que leur loyauté versât vers le dernier DI.E.U, celle-ci avait une faiblesse dont l'origine remontait aussi loin que le sacrifice qu'Altes avait exigé de leurs puissants ancêtres lors de la quête des Cieux.

Les frères noirs n'accomplissaient la volonté d'Argos que lorsqu'il devenait nécessaire de s'écarter du chemin sacré et d'accomplir de sales besognes.

En ce sens il leur suffisait d'un rien pour qu'ils s'abandonnassent aux Ténèbres.

Lalèpre ressentit la présence du frère ainé des quadruplés dans son dos. Sa gorge vibra d'un roucoulement d'extase.
- Tu souhaitais me voir, moi uniquement, jeta Entenebris de son odeur de fer chauffé à blanc.
- Tu sais que mettre les pieds à l'intérieur du havre de ton Maître sans y avoir été appelé est un sacrilège qui te vaudrait l'excision de ton âme… Signifia Lalèpre de bon cœur.
- C'est malheureux, répliqua Entenebris avec détachement.
L'odeur de ce dernier était chaude comme la fièvre.
Le parasite s'en abreuva à plus soif. Les narines écartées et la tête renversée, ses yeux se révulsèrent.
- Je vois ; toi tu n'as pas de Maître. Les rayons des étoiles te passent par-dessus la tête. En plus tu prends les Ténèbres comme une belle de mauvaise vie au souffle taquin. À bien y réfléchir toi et tes frères, possédez un pouvoir de loin supérieur à tout ce que les D.I.E.U ne pourront jamais acquérir. Vous quatre êtes libres.
- Tu souhaitais me voir !
Lalèpre se tourna face à son invité, plantant sur lui ses petits yeux malins. Ses longs bras osseux se balancèrent comme deux cordes au bout de ses épaules.
- Connais-tu la légende d'Altes ?
Le Crevdur noir baissa le front. Son regard s'assombrit.
Le parasite poussa une petite brasse vers lui puis laissa son élan le rapprocher tout près.
- Bien évidemment, tu connais cette légende. Qui de ton espèce ne s'en souviendrait pas ? Par contre dans cette histoire, il se trouve un passage intrigant. Voyons… Trente Sassines suivant trois enfants D.I.E.U contre courants et éléments, bravant ombres et tourments. Des trente-trois, n'en revinrent que trois, les enfants-rois. Pourquoi ? La pureté du sang qui coule dans les veines de ceux de ta race n'a aucun égal. Par exemple seulement quatre individus ont suffi à

défoncer le bouclier vivant des Spectriens à l'époque de la guerre des Trois. Je pense que si les Crevdurs noirs ne sont pas des D.I.EU, ils sont leurs égaux. Alors je me demande. Qu'est-ce qui a pu anéantir 30 des tiens si soudainement que cet évènement, somme toute historique, ne figure dans aucune légende ?

- Lalèpre, je me méfie de toi comme de la mauvaise infection.

L'élan du parasite cessa à un pouce d'Entenebris qui se retrouva enveloppé d'une haleine infecte. Celui-ci éprouva de la misère à inspirer.

- Pourtant tu m'écoutes. Surtout tu es venu.

Entenebris posa un œil sur le parasite qui contourna tranquillement son invité de sorte à se poster dans son dos.

Le Crevdur eut la sensation d'endosser une cape méphitique. Afin de ne pas tourner de l'œil, il redressa le menton et observa la voute céleste du Nid.

- Revenons à notre sujet, souffla Lalèpre. Qu'est-il arrivé à tes ancêtres Sassines ?

Le frère noir baissa la tête puis se retourna posément tout en dévisageant son interlocuteur qui ronronnait. Cette expression de contentement fut de trop. Il lui saisit la gorge.

- À quoi ressemble ton petit jeu en vérité ? Oserais-tu me prendre pour un amateur de devinettes ?

Lalèpre râlota, hacha quelques mots.

- Vais… tout… expliquer.

Les muscles des mâchoires du Crevdur noir roulèrent. Ensuite il envoya le parasite s'écraser contre la roche comme un jouet. Sous l'impact les ondulations de l'eau de vie qui couvrait la voute s'étendirent à toute sa surface.

- Dis-moi un peu pour voir que je retienne ma flamme ou non.

Le Sangdor ricana en se massant la nuque et se releva avec peine.

- C'est bien mon intention et depuis le début, lâcha-t-il.

Le frère noir se dressa en serrant les poings.

- Raconte-moi alors.

- … L'histoire remonte à Altes qui fut obnubilée par la découverte d'une porte ouvrant sur les Cieux au point qu'elle en abandonna ses sujets à leur propre sort puis sombra dans la décrépitude psychique à force d'attendre le retour de ses enfants. Le reste n'a pas de secret ce qui n'est pas le cas de la petite boîte que les trois D.I.E.U et les 30 Sassines découvrirent.

- Les 30, dis-tu ?

- Tu as bien compris. Tous les Sassines étaient vivants. Tous, sans exception. Un instant après il ne restait plus que les trois enfants D.I.E.U. On dit que les 30 périrent les uns après les autres en se perdant dans les recoins les plus reculés de la Mère Lactée. Mais les histoires sont souvent loin de la vérité.

Entenebris n'accorda pas grand crédit aux évocations du parasite. En vérité les prétentions de ce dernier l'ennuyèrent et l'idée de fermer ce trou béant et puant qui faisait office de bouche fit son bout de chemin.

D'ordinaire aucun Crevdur n'autorisait ces vermines à l'ouvrir pour autre chose que respirer. Malgré tout il fut enclin à le laisser continuer.

Les molestations et les dégradations que Lalèpre avait essuyées dans sa jeunesse pour l'amusement personnel de son Maître lui avaient laissé des blessures qui ne s'étaient jamais refermées.

Il s'était longuement armé de patience dans l'attente de sa vengeance. Une espérance qui brillait avec persistance dans le fond de ses yeux.

Entenebris quant à lui était un calculateur. Depuis qu'Argos était tombé au champ de bataille, l'aura de vie n'était plus aussi stable qu'autrefois. Tôt ou tard, le Très-Haut allait commettre une erreur.

Dans cette histoire la volonté de vengeance de Lalèpre avait un rôle à jouer jusqu'à la toute fin, le Crevdur le devinait. Voilà pourquoi celui-ci dit,

- Je t'écoute. Quelle énigme as-tu donc soulevée ?

Le Sangdor roucoula avec régal. Il avait pris le jeu en mains. Le moment était venu de trancher le fil de la fragile loyauté de son invité envers l'Immortel.

- Qui avait intérêt ainsi que le pouvoir d'anéantir les 30 gardes du corps des enfants D.I.E.U ?

La réponse allait de soi : la chose que contenait la boîte.

Selon ce qui a été rapporté, les enfants D.I.E.U offrirent à leur reine une boîte contenant une Métisse qui matérialisa les hantises de celle-ci.

Il était aisé de tomber sur la conclusion que le groupe de Sassines s'était en premier lieu frotté à ce monstre vaporeux.

Donc la Métisse avait tué ses ancêtres ; une évidence, pourtant Entenebris était disposé à entrer dans le jeu du parasite. Ainsi il vint à son esprit que les trois enfants D.I.E.U n'eussent pu sortir eux aussi indemnes de cette violente rencontre.

Tandis qu'il considéra Lalèpre, les petits yeux porcins de ce dernier s'allumèrent.

- Je vois, lança celui-ci. On bloque sur le détail qui tue ! Qui a tué les tiens alors ? Allons, petite devinette qui trotte dans la tête, fais sortir ce qui t'arrête !

Les yeux du Crevdur glissèrent de gauche à droite.

- Oooooh ! s'extasia le Sangdor. Tu commences à comprendre pourquoi la loyauté fait défaut à ceux qui restent de ta race !

- Les trois enfants-rois ! lança le Sassine avec hésitation.

Le parasite versa la tête en arrière et ricana.

 - Nous y voici ! 30 Crevdurs noirs se soulevèrent contre les enfants D.I.E.U, car ils refusèrent de ramener la Métisse. Les enfants dans leur colère les tuèrent tous purement et simplement. Les Sassines avaient beau être supérieurs en nombre et d'une force légendaire, ils ne pouvaient faire le poids contre leurs Maitres… Une révélation qui renverse l'ordre établi ! Où trouve-t-on dans ce geste la Dévotion, l'Impartialité, l'Équilibre ou encore l'Unification ? Ce que je prétends est que les D.I.E.U ont fait leur temps. Des pleutres et des traitres ! Mais voici encore le fond de ma pensée, si tu n'es pas un D.I.E.U, tu es son dauphin.

Là-dessus Lalèpre inclina son front fuyant de façon à mettre en évidence la marque des D.I.E.U sous forme de brûlure entre ses arcades sourcilières. Entenebris ne sut dire ce que ce geste provoqua en lui, mais une brutale bouffée d'énergie lui tourna les sangs. Aucun frère noir n'avait eu d'esclave. Voilà qu'un Sangdor et non des moindres s'offrît à lui.

Celui-ci jeta brièvement un regard en biais sur le Crevdur dont les prunelles luisirent comme jamais. Les yeux du parasite se plissèrent.

Une pause s'éternisa. Puis Entenebris s'exclama puissamment,

- Prouve ce que tu me chantes !

Lalèpre fit apparaître d'entre ses courtes épaules son cou étroit et fripé quand il tendit fièrement sa ventouse.

- Patience mon ami. Avant tout, sache que le plan se déroule selon les prédictions de la reine blanche grâce à qui j'ai pu doubler Argonot et Iris. L'Organum est déstabilisé, l'Immortel a quitté son nid et a certainement abandonné ses sujets. Quant au pouvoir d'Iris, il n'a cessé de décliner tout comme sa capacité à analyser l'avenir.

Lalèpre se confiait avec désinvolture. Son invité afficha une soudaine incertitude et il tourna son regard sur l'immense voute tout en lumière du Nid du Très-Haut comme s'il envisagea que cet espace pût lui appartenir. Idée qu'il trouva saugrenue et il se ravisa en perforant des yeux les orbites de l'hôte.

- Tu joues avec les mots pour mieux me prendre ! Le Très-Haut est mon guide comme à nous tous ! Si tu n'as pas les preuves que j'attends, alors tu es un traître !

Lalèpre contracta les muscles de son ventre flasque. Ensuite il grogna, le torse secoué d'un haut-le-cœur et il crispa les mains sur son abdomen qui se creusa.

Entenebris eut un mouvement de recul quand la hideuse créature fit remonter douloureusement quelque chose de volumineux.

Le Crevdur écarquilla les yeux, le parasite se plia en deux tandis que sa gorge crispée se noua de veines turgescentes et gonfla horriblement avec la remontée d'une sorte de boule pareille à un gros œuf.

Finalement il cracha à grand renfort de borborygmes une boule de sang comme un kyste démesuré. Entenebris s'en décrocha la mâchoire. Le corps du petit Sangdor tout en nerfs et en os était garni de kystes. Jamais il n'eût pu imaginer que celui-ci en avait de plus impressionnants encore dans les tripes.

Lalèpre tendit sa boule pleine de sang et de mucus, grosse comme ses deux mains, puis les larmes aux yeux et haletant, il parla,

- Regarde le passé et vois ton avenir.

Le Sassine ne sut pour quelle raison, mais il décida d'accorder sa confiance à cette créature qui ne valait pas mieux qu'un autre de ces esclaves grouillants et puants.

Avec un peu d'hésitation, il prit l'œuf puis essuya le sang mélangé à une glaire jaunâtre et nauséabonde.

Peu à peu son œil d'acier se para d'étincelles ; son visage s'illumina.

- Une goutte d'eau de vie !

- Elle contient le fragment de l'âme d'un D.I.E.U sans nom. Voici l'âme du fils ainé d'Altes.

- Comment t'es-tu procuré ça ?

- Tu ne poses pas les bonnes questions.

De part et d'autre de la goutte ensanglantée leur regard féroce se croisa.

- Regarde dans le passé… Intima Lalèpre.

Se faire parler de la sorte par un esclave méritait la mort, mais la curiosité d'Entenebris le poussa à se montrer docile.

- Cherches-tu à me montrer la raison qui a amené les trois enfants D.I.E.U à massacrer ceux de ma race ?

- Tu ne poses pas les bonnes questions.

La réponse se trouvait certainement à l'intérieur de l'œuf, pourtant le Crevdur appréhenda de se pencher au-dessus.

Le Sangdor se trouvait dans son bain. Il menait la conversation avec doigté et son interlocuteur lui mangeait dans la main. Une atmosphère de vengeance commençait à prendre forme.

- Toi et moi avons plus de choses en commun qu'il n'y paraît, proféra le parasite. Notre raison d'être est la fin du règne des D.I.E.U. Argos n'est pas la seule ombre au tableau. Ceux qui grouillent dans le fond ne demandent qu'à remonter. Abattre le dernier D.I.E.U ne fera qu'élever les Bivalents au rang de dominant. En vérité nous sommes à l'aube d'une seconde guerre ! Il ne manque qu'une petite poussée. C'est dans le sang que l'on tire son épingle du jeu.

- J'ai entendu dire que les Bivalents se préparent à une attaque.

- Ouiiii ! Nos éclaireurs ont relevé une certaine agitation de l'autre côté. L'Organe a décelé la présence d'ennemis dans son enceinte. Les Bivalents ne déclencheront pas une offensive de masse. Ils sont beaucoup trop dépendants de leur dôme pour s'en détacher trop longtemps. À moins que nous n'aidions à faire arriver les choses...

- Nous les attaquerons pour les piquer.

- Avec leurs propres armes, leurs sous-marins. Nous les piquerons pour les agacer juste assez, rétorqua Lalèpre en tremblant de jouissance.

- La colère de l'Organe grandira et attirera sur elle toute l'attention du Très-Haut.

- Dans le chaos, tu t'imposeras Entenebris. Vengeance et gloire.

- Vengeance et gloire absolue.

- Le passé est entre mes mains, l'avenir entre les tiennes…

Chapitre 15
Dérod sur les traces de Fedelyne.

Les Shaklyrs étaient des nageurs lourdauds, du moins en apparence, car ils étaient capables de violentes pointes de vitesse bien que ne tenant pas de longues distances.

Dérod poussait une course effrénée. Son poumon secondaire était en feu. Son cœur tapait dans ses tympans, les veines lui sortaient de la tête. Avec sa carrure et ses blessures, il se vidait rapidement de ses forces, mais l'appel à l'aide de Fedelyne ne cessait de le hanter.

Elle l'avait supplié à distance, avec une intimité qui ne s'apparentait en rien à de la télépathie. Là-bas, dans le dôme elle s'était insinuée d'une étrange manière au cœur de son âme. Il l'avait *vue* en train de vaciller au bord du gouffre, suspendue dans le vide par le bout de ses doigts.

Chaque coup de reins de celle-ci pour tenter de ne pas tomber avait arraché à Dérod des grognements de douleur.

Tout ce qui se déroulait autour de lui était obscurci d'un bout à l'autre de sa trajectoire.

Le Shaklyr passa entre les Sentinelles Arborescentes telle une flèche.

La vision de Fedelyne l'avait métamorphosé.

Il parvint enfin devant le pied monumental d'une Sentinelle Couteau plus haute et plus sombre que toutes les autres, la fameuse première tour de garde au sommet de laquelle se trouvait la chambre du Grand-Œil.

Une immense porte d'entrée hémisphérique de cent fois sa taille était parcourue de rainures que de fines lignes alpha-physiques remplissaient. Ces lignes étaient programmées pour n'interagir qu'avec les phéromones des Bivalents.

À l'arrivée de Dérod la porte coulissa lentement sur la gauche malgré son largage intensif de phéromones d'urgence. Il se précipita au travers de la fente.

Il y avait un sas assez vaste pour contenir une centaine de Bivalents et dont le sol était composé de plaques de verre pur perforées, d'où pouvait s'échapper vers le haut un rideau de perles bleues qui se plaquaient sur tout intrus sous la forme d'Adapté. Personne jusqu'alors n'avait eu le courage de voir fonctionner le système.

La porte d'entrée se referma derrière l'Ange-Gardien avec la même lenteur qu'à son ouverture, une horripilante perte de temps qui lui fit contracter les mâchoires à la limite de se faire exploser les dents.

Finalement l'air apparut par le haut.

L'eau disparut après quoi la haute porte du sas s'ouvrit sur l'intérieur de la Sentinelle.

Le pied épais de la tour se fondait avec son solide corps noir qui se terminait par une pointe perforant un vaste plateau verticale. Dérod pencha la tête à s'en casser la nuque. Avec la grande distance, il ne vit aucun détail du sommet. Pourtant cela se passait quelque part à ce niveau.

De désespoir il rabattit son regard sur le réseau complexe de passerelles et de ponts qui permettaient d'accéder aux énormes canons à air savamment cachés dans la double coque de la tour ainsi qu'à des réserves d'armes, de munitions, de nourriture et de piles d'eau bleue. La tour se suffisait à elle-même.

Sa forme se comparait à la terrible incisive d'un prédateur. La racine du croc était solidement ancrée dans le roc tout en faisant corps avec les Abymes. Les ennemis des Bivalents savaient qu'il n'y avait pas d'après à se mesurer à la première Sentinelle si ce n'était le froid impitoyable de la mort.

Voici comment se présentait l'arme fatale de l'Organum, une force tranquille et intraitable qui saisit le maître d'armes aux tripes en mettant les pieds sous cette composition monumentale de passerelles entrelacées.

Pourtant loin de se sentir écrasé, le sentiment d'urgence lui donna des ailes. Il gronda.

Au bout de quelques pas hasardeux, il tomba sur une poignée d'ouvriers Teteplates qui se hâtèrent de traîner de lourdes et encombrantes plaques de verre noir afin de consolider les points de la structure fatiguée par le travail des lames de fond. Un effort qui représentait peu d'importance corrélativement au fourmillement ininterrompu au beau milieu des champs de Sentinelles. Le Shaklyr ne s'en alarma pas. Il n'avait qu'un objectif en tête…

***

Iris se tenait quelque part dans un des nombreux conduits d'aération de sa Sentinelle. Celle-ci représentant la structure de l'Organum la plus éloignée du système d'approvisionnement d'oxygène, l'air qui lui parvenait était lourd et irritant. Il peinait à respirer.
« Encore une nappe d'oxygène épuisée », songea-t-il en se questionnant sur les difficultés croissantes que rencontraient les ouvriers pour la découverte ainsi que l'exploitation de nouvelles poches d'air.
Son attention se perdit au travers d'un petit hublot donnant sur le dôme de l'Organum au halo grisâtre, fort éloigné de l'éclat bleu qui éclairait d'ordinaire les profondeurs.

Les Ténèbres ne se trouvaient jamais loin. Seules deux choses les tenaient à distance des frontières de la colonie, soit l'Organe, l'onde magnétique de la Mère Lactée ainsi que la lumière produite par le cœur alpha du dôme. Mais l'Organe était mystérieusement en train de perdre en portée, quand à la lumière, Iris la voyait faiblir elle aussi.

Il tira fiévreusement sur le col de sa combinaison de cuir tout en se retenant péniblement de se gratter à s'en déchirer la peau de crainte de mettre en lumière la faiblesse qui le rongeait de l'intérieur.

« Aurais-tu vu une de ces monstrueuses Métisses qui donnent vie aux pires cauchemars ? Tu es blanc comme un cadavre. »

Iris tourna un visage tiré de fatigue sur l'étranger qui s'était insinué dans son crâne. Quand il croisa le regard à double face de Titus, il se ressaisit brutalement. Ses yeux verdâtres prirent un reflet d'acier.

Le Long-Bras Titus dandina sur ses jambes molles en diffusant autour de lui l'abjecte odeur de ses ongles, qui provoqua une quinte de toux à son interlocuteur.

- Pourquoi cet air outragé ?

- Où en sommes-nous ? riposta le Grand-Œil.

- Je demanderai plutôt ; où sommes-nous ? L'endroit, dit dédaigneusement le fils de Dronor en balayant amplement l'étroit corridor du revers d'une main lâche et puante, me semble peu approprié pour une rencontre au sommet… Déjà je m'ennuie. Au fait, comment se porte notre… invitée ?

Les prunelles d'Iris prirent une teinte inquiétante.

Quant au regard de l'autre, il se brouilla et son visage se tordit quand une douleur térébrante lui transperça le cerveau. Il n'eut d'autre choix que de courber le cou.

Tout en maintenant soumis le Long-Bras nauséabond le Grand-Œil posa la main droite sur le mur où quelques veinules bleues se tordaient. Puis sa voix télépathique se leva.

« Selon toi, de quoi ai-je l'air ? »

Sous les doigts d'Iris, l'eau bleue gagna en brillance puis se détacha de la paroi, molécule par molécule en crépitant comme d'une nuée de folles étincelles.

De l'autre main il caressa bienveillamment la tête du misérable.

- Crois-tu que je devrais laisser ma place ?

Entre ses doigts, l'eau se changea en une vapeur bleue agitée qui s'engouffra dans les oreilles de Titus sans que celui-ci pût lever les bras et il se recroquevilla comme un nouveau-né se tordant de douleur. Ensuite il leva un regard vitreux et à la vue d'Iris il fut rempli d'horreur.

Alors ce dernier lança aussi froidement que la mort,

- Vois de quoi j'ai l'air ! Puisses-tu te rappeler que je t'anéantirai par une pensée ou une caresse si tu oses me manquer à nouveau de respect. Tu ne me parleras plus de Métisse, car je te la ferai naître dans ta tête.

Le serviteur fut libéré de l'emprise puis il tomba à genoux à moitié sonné.

La lueur froide et métallique dans les yeux du Grand-Œil s'évapora. Celui-ci parla sans cacher son écœurement à l'égard du personnage malodorant pendu à ses pieds.

- J'ai accepté de te rencontrer parce que tu as récolté d'importantes informations à ce qu'il semble.

Le fils de Dronor s'efforça de recouvrer une certaine prestance. Il se redressa avec peine.

- Nous avons trouvé le D.I.E.U fils Argonot, répondit-il avec respect.

Iris ne saisit pas tout de suite la portée de ces mots et il posa sur son interlocuteur un regard mi-absent mi-supérieur.

Titus s'étonna.

- Ainsi tu ne l'as pas senti !

Le Grand-Œil tressaillit de colère. Il haïssait ce Sapies pédant et puant qui lui rappelait par trop d'aspects un certain Sangdor de la pire espèce.

Mais alors il fouilla dans son cœur. Ensuite ses yeux s'ouvrirent grands, ce qui donna l'envie à son invité de poursuivre.

- Qu'est-ce qui a troublé ton cœur au point de ne pas avoir perçu ce drame ?

Les prunelles d'Iris s'emplirent de nouveau de la lueur glaciale qui avait fait plier Titus en deux.

Ce dernier se dépêcha de s'expliquer.

- Nous l'avons retrouvé non loin du volcan d'Altes dans un état que l'on pourrait qualifier … d'indescriptible. L'aura de vie n'a jamais été aussi proche de disparaître. Dans pareil cas la mort nous prendrait tous sous le drap des ténèbres.

- Comment est-ce arrivé ? souffla Iris comme s'il avait encaissé un coup de poing à l'estomac.

Il ne s'était pas rendu chez Luciol pour la rencontre avec Argonot comme les deux avaient convenu afin de conclure leur traité de paix dans le plus grand secret.

Peu avant le rendez-vous ses systèmes de détection alpha avaient capté un brusque mouvement du Proton qu'il avait offert au D.I.E.U. Ensuite il avait perdu tout contact et il crut qu'enfin il allait avoir des éclaircissements sur les raisons qui avaient amené ce changement de direction.

L'invité ne put se retenir de riposter, trop heureux de l'avantage qu'il venait de prendre.

- Au bout du compte les mots valent mieux que tes talents de télépathe ainsi que ta maîtrise hallucinante de l'eau alpha-physique. Il suffit de quelques verbes pour ébranler le meilleur d'entre nous.

- Comment est-ce arrivé ? répéta-t-il en vibrant d'impatience.

Le fils de Dronor jugea plus prudent de ne pas risquer de renouveler sa mauvaise expérience. D'une simple pensée, le Grand-Œil eût pu faire apparaître des cristaux de glace à des endroits spécifiques de son cerveau.

Titus avait manqué de peu de se voir changer en un pantin docile et privé de toute volonté.

Iris était le seul de la colonie à être immunisé contre le principe élémentaire de l'Organe voulant que l'instinct de survie de chacun était celui de tous et qui faisait en sorte que deux Bivalents qu'ils fussent auto-suggestifs ou Organiens se trouvaient dans l'incapacité de se faire mutuellement du mal.

Un don extraordinaire que Titus espérait acquérir à son tour, mais en attendant ce miracle il se devait de jouer avec les mots s'il souhaitait survivre.

- Débattre de la question n'est pas le plus important parce qu'il y a urgence pour un autre propos. Argos est sorti de son coma.

- Ainsi le Très-Haut est le dernier porteur de l'aura de vie ! s'exclama le Grand-Œil.

Ce n'était pas une bonne nouvelle parce que la menace sur l'équilibre précaire dont dépendait la survie des Bivalents devint plus grande que jamais. Il avait perdu la seule occasion de faire des Adaptés ses nouveaux alliés.

- Il est l'Immortel. Nul doute qu'il réclamera le corps de son fils et qu'il abattra sur notre monde un torrent de feu d'une main vengeresse. Cependant nous disposons pour l'instant d'un répit parce qu'il n'est pas prêt. Il y a plus urgent encore. Les balises de positionnement de trois Protons ont été activées dans les Îles-du-Nid. Tout indique qu'ils se dirigent vers nous. Cela, tu aurais pu me l'apprendre, car ces Protons viennent de toi ; un cadeau en guise de paix pour Argonot, qui n'est plus… Tout de même je trouve curieux d'acheter la paix par des armes. C'était de la folie de vouloir le rencontrer. Si jamais l'Organe l'apprenait…

Les derniers mots n'accrochèrent pas l'attention d'Iris qui se retira un moment de la conversation, enfermé dans un mutisme insondable. Plus tard il ne se rappela pas si Titus avait continué à lui parler ou s'il avait laissé le silence s'installer. Puis,

- À quelle distance les Protons se trouvent-ils ?

- Je ne crois pas que les pilotes ennemis aient découvert l'existence des balises parce qu'ils ont entamé un large détour pour ne pas prendre le risque de se faire repérer par nos éclaireurs. Nous prévoyons qu'ils passeront par les courants de Coriolis afin de déboucher non loin de nos frontières. Nos sous-marins évitent cette zone et ils le savent. Quels sont tes ordres ?

- Un passage par Coriolis nous donne du temps. Avant cette zone, il y a une mer ténébreuse. Ils n'y entreront pas ou ils tomberont dans l'oubli. Le chemin à parcourir sera long et les détours nombreux. Le courant est un avantage, mais aussi un inconvénient. Une fois à l'intérieur nous ne capterons plus le signal des balises de positionnement. C'est là que les Adaptés bénéficieront de l'effet de surprise.

Titus ricana et dit,

- Tu penses trop loin. Les Adaptés n'ont aucune habileté en matière de pilotage. Ils commettront une erreur et nous les prendrons sur le vif ou bien Coriolis se chargera de broyer leurs engins.

L'hypothèse avait traversé l'esprit d'Iris. Pourtant, se murer dans pareilles convictions était trop aisé et dangereux. De plus il était en proie aux doutes. Ses plans viraient de travers. Il n'avait pas vu venir la situation qui menaçait de dégénérer.

Dans l'immédiat, le plus grand défi était l'Organe. Pour une obscure raison qu'il n'avait pas prévue, l'onde magnétique avait repéré la présence de Medpars dans le dôme à la suite de sa première rencontre avec Fedelyne. Le fait était intrigant puisqu'il avait lui-même géré l'entrée de ces créatures en territoire Bivalent et selon son enquête aucun Organien n'avait vu les intrus. Il croyait mal qu'un auto-suggestif pût être à la base d'une telle réaction en chaîne, même si Saphy avait par chance survécu à leur attaque.

Avec pareille tension au sein de la colonie un grain de poussière pouvait suffire à la faire basculer dans une seconde guerre.

Ainsi le cas des Protons devenait particulièrement problématique. Il fallait venir à bout de la situation ou bien l'Organe allait s'apercevoir que ses propres armes se retournaient contre elle.

Venait ensuite la bombe que représentait la mort d'Argonot…

- Qu'est-il advenu du corps du D.I.E.U fils ? demanda Iris.

- Des auto-suggestifs de notre organisation se sont occupés de le dissimuler aux yeux des Organiens. L'Organe n'en saura rien… pour le moment.

Ce qui n'était pas faux. Fouillant dans son cœur, Iris ne détecta aucune trace d'une réaction de l'onde magnétique à cet égard. Avec soulagement il constata que la bombe pouvait attendre jusqu'à ce que les Bivalents se rendissent compte d'eux-mêmes de ce que la perte d'un D.I.E.U avait occasionné à leur âme. Toutefois leur attention se trouvait actuellement prise ailleurs puisque l'agressivité montante de la colonie due à l'intrusion des Medpars prenait toute leur énergie.

Ensuite il considéra Titus qui n'avait pas l'air de lui mentir. En vérité il lui avait même sauvé la face.

- Quels sont tes ordres ? demanda celui-ci.

- Nous ne prendrons pas la chance de vérifier à nos dépens les talents de pilote des Adaptés. Ils ne doivent pas nous prendre par surprise et il nous faut retenir les ardeurs de l'Organe. Donc nous intercepterons les Protons et les neutraliserons sans que l'onde le sache. Le dénouement de la finale du J.E.U sera parfait pour dissimuler nos opérations. Pour la première fois, la finale s'est disputée entre deux équipes d'auto-suggestifs et pour la première fois des Shaklyrs ont gagné le tournoi. Pour l'occasion nous remettrons non pas un, mais deux prototypes. Nous organiserons une glorieuse sortie aux deux vaisseaux et les finalistes auto-suggestifs du J.E.U précédent les accompagneront avec leur propre appareil. La parade devrait suffire à tromper l'Organe pour un temps. Après cela les trois submersibles de nos finalistes et vainqueurs s'orienteront vers les courants de Coriolis pour une interception. Nous justifierons leur absence par quelques manœuvres d'entraînement.

- Je ne suis pas sûr de ce plan. Nous filons sur une pente raide. Nous ne savons pas si nos sous-marins seront à la hauteur. Techniquement ils n'ont pas fait leur preuve en situation de combat et les derniers vainqueurs du J.E.U n'ont jamais eu l'occasion de les piloter. Ce n'est pas tout, la génération de combattants de la dernière guerre a presque toute été remplacée. Ils n'ont pas appris des survivants. Ils sont à l'aise pour la chasse aux Sixbras, mais se mesurer à des Adaptés futés et patients comme la mort est une tout autre partie.

- Il ne reste pratiquement personne du feu d'antan, dit Iris les yeux suspendus à l'auréole gris-bleu qui nimbait le dôme de verre au milieu de son écran de Sentinelles.

En d'autres temps, il eût pu compter sur Dérod, mais il avait dû s'adapter aux conséquences du plan de Fedelyne et arranger à la hâte l'explosion de Laperle à son arrivée. Comme Saphy avait été intercepté par les Medpars dans les parages du centre de contrôle, il n'était resté que le Shaklyr pour ramener le sous-marin. Ainsi ce dernier avait sans doute été désintégré et au moins cette partie du plan avait fonctionné correctement.

Iris plongea dans ses pensées. Il n'arrivait pas à comprendre comment il en était arrivé là.

Comme il se terra dans un silence de plomb, le fils de Dronor en guise de respect se retira afin de le laisser en paix.

Le Grand-Œil ne sut combien de temps il s'était oublié. Mais quelque chose qu'il n'aima pas du tout le réveilla.

***

Se trouvant irrésistiblement attiré vers le sommet de la Sentinelle, Dérod avait sauté sur un disque-ascenseur.

La sensation d'apesanteur dans sa tête ne l'avait pas quitté depuis l'explosion de LaPerle. Sa mémoire faisait défaut.

Il était un mercenaire à l'état brut, mais surtout un des rares stratèges militaires ayant survécu à la Grande Guerre. Il était parfaitement placé pour savoir qu'un seul moment d'égarement même éphémère suffisait à renverser entièrement le cours des choses.

Pourtant il demeurait assez déconcentré pour ne pas noter l'étrange absence d'agitation dans les alentours alors que toutes les autres Sentinelles attiraient la nervosité sur elles.

En effet le dôme s'était presque vidé au profit des lignes de front.

Malgré tout, ses instincts n'étaient pas complètement inopérants. Il stoppa son ascenseur à mi-course. Bien qu'il ne discernât personne dans les parages ni aucune odeur suspecte, il éprouva le besoin de plier le dos et de tendre vers l'avant la lame arquée de son Zad.

Ensuite il emprunta la plateforme devant laquelle il s'était arrêté pour se diriger à l'affût vers un sombre recoin dans le fond d'un passage qui s'en allait en rétrécissant.

Entre les parois internes et externes des Sentinelles, il se trouvait un labyrinthe d'étroits tunnels connectés en majorité au réseau d'oxygène.

Mis à part de rares nervures bleues suintant sur les murs de verre, il faisait noir.

Dérod parcourut une centaine de pas de loup, inévitablement tiré par le même sentiment d'urgence qui l'avait amené jusque-là.

Il la trouva exactement à l'endroit attendu, prostrée dans un petit coin au plafond bas et à peine éclairé par l'entrecroisement sur le plus petit mur d'une paire de veinules alpha-physique qui se tortillaient timidement. Les Bivalents haïssaient l'obscurité.

Fedelyne s'était ramassée sur elle-même piteuse et blessée, contre un angle exigu. N'eût été les mèches de feu de sa chevelure, Dérod ne l'eût pas reconnue.

Les jambes repliées, elle enlaçait ses cuisses contre sa poitrine, le front entre ses genoux tout en sanglotant le plus doucement possible afin de ne pas attirer sur elle l'attention d'un éventuel prédateur.

Tout en contemplant ce petit tas de chair luisant de sueur, Dérod murmura avec une inhabituelle tendresse,

- Tu m'as appelé n'est-ce pas ? Je t'ai senti dans mon cœur…

Fedelyne s'arrêta de hoqueter puis décolla de ses genoux son front humide et tout plissé. Au travers des mèches enchevêtrées de ses cheveux, elle laissa apparaître un regard rougi empli d'un espoir inattendu dont elle gratifia la silhouette du Shaklyr. La pointe de la lame du Zad que celui-ci enserrait brillait sous la faible lueur bleutée des deux veinules.

Le visage de la mutante cerné de mèches de cheveux collantes retrouva soudain un peu de ses traits d'enfant.

Tous deux ne s'étaient pas retrouvés depuis le retour de LaPerle.

Elle avait voyagé tellement de temps dans cette étroite coquille de verre qu'elle avait fini par la détester. À présent qu'ils étaient de nouveau réunis, elle regretta amèrement son petit cocon ainsi que leurs moments passés loin de toute cette fièvre sans aucun sens.

- C'était toi à mes côtés lorsque j'ai sauté ! Je t'ai senti aussi… comme mon âme sœur…

Dérod examina sa protégée. L'épaule gauche de celle-ci présentait un angle anormal et elle souffrait d'un méchant œdème au flanc droit.

Il l'aida à se relever.

Pouvant à peine poser la pointe de son pied à terre, elle sautilla sur sa jambe droite à moitié pliée. Incapable de détacher ses yeux larmoyants de son Ange-Gardien, elle en oublia la douleur de son corps en morceaux.

- Que s'est-il passé ? demanda-t-il.

- Je suis tombée… Ma main a lâché.

Dérod ne saisit pas le sens des mots. Il entreprit plutôt de lui palper son épaule tordue.

- Respire.

- J'ai fait une chute… Pourquoi suis-je encore en vie ?

- Respire.

- Quoi ?

Il la plaqua soudain, le dos contre la cloison et d'un coup sec lui replaça l'épaule. Fedelyne eut le loisir d'apprécier la répercussion du sinistre craquement jusque dans ses dents de sagesse.

Elle étouffa un couinement puis les yeux chargés de larmes, elle reprit douloureusement son souffle tout en se gonflant d'une vive colère.

Ensuite elle se dégagea de la poigne de son Ange-Gardien et crispa les doigts de sa main droite sur son épaule rougissante.

L'envie de laisser la gifle s'exprimer lui fit trembler la main, pourtant elle trouva une pointe de raison quelque part au travers du brouillard dans sa tête.

- Ne restons pas ici, dit-elle. Elles sont là, en train de patrouiller, la mort aux dents.

- Comment se porte ton bras ?

- Mon bras ? Tu écoutes ou quoi ?

Tout à coup Dérod se raidit. Son odorat était d'une extraordinaire finesse, pourtant il fit honte à sa réputation ainsi qu'à sa race. L'ennemi était tout proche.

Il s'exclama.

- Des Medpars !

Fedelyne paniqua, son visage se tordit d'épouvante.

Dérod discerna un si grand nombre de Medpars qu'il crut à une défaillance de ses sens. Mais fouillant dans son cœur, rien ne lui fit présager que l'Organe avait détecté ces ennemies-ci avant lui. Ce qui signifiait qu'elles avaient franchi les frontières Bivalentes puis pénétrées dans la tour sans être vues ni repérées par aucun des systèmes de surveillance.

Notamment l'Organum était protégé par une toile alpha presque invisible qui donnait l'alerte aussitôt qu'un indésirable la traversait.

Les Medpars avaient outrageusement franchi toutes les mailles et maintenant elles se permettaient de lancer une attaque parfaitement coordonnée. C'était si grossier et si insultant que le Shaklyr fut pris de court au point qu'il n'éprouva sur l'instant aucune colère.

Les clones d'Opale étaient des êtres flasques, dépourvus d'ossature. Au corps à corps elles ne valaient rien, cependant elles disposaient d'un bouclier de filaments mortels réputé infranchissable.

Dérod réalisa tout à coup le danger. Même au seuil de la mort, un Shaklyr était toujours en état de sa battre. Néanmoins il trainait un poids avec lui du nom de Fedelyne. En combat rapproché, elle allait être un fardeau trop lourd à manier.

- Vidons les lieux, s'alarma-t-il.
- Je ne pensais pas qu'elles me trouveraient si vite.
- Es-tu en état de courir ?

Il lorgna du coin de l'œil la cheville droite bleuâtre et fâcheusement enflée de la mutante qui cacha sa blessure derrière son mollet gauche.

- As-tu un plan ? demanda-t-elle.

Dérod huma l'air. L'étau se resserrait et il sentit la pression monter.

La colère commença à gronder en lui, chose qu'il avait ardemment souhaitée, mais qu'il s'efforça d'écarter. Pour ceux de son espèce, la fureur était un don, mais aussi une force explosive et dévastatrice à peine contrôlable. L'idée de blesser sa protégée par mégarde eut pour effet de le calmer.

Il connaissait la stratégie d'attaque favorite des clones de la reine blanche. Elles ne se jetaient jamais sur leur cible, elles étudiaient leur comportement à la recherche du premier signe de faiblesse. Là elles étalaient leur voile de mort avant de frapper aussi terriblement qu'une détonation.

Le plus souvent la cible se laissait prendre au jeu. Plutôt que de fuir, celle-ci passait à l'offensive la première ; grave erreur.

Dérod enleva le lance-disque qu'il portait dans le dos ainsi que sa bandoulière de munitions et les flanqua dans les bras de Fedelyne qui ploya sous le poids et boitilla pour ne pas tomber.

- Allons-y, suis-moi à la trace.

Elle opina docilement de la tête. Sa lèvre inférieure était boursouflée et pendait de sa bouche entrouverte.

Il était facile de se perdre dans le dédale des conduits d'aération qui composaient les parois creuses de la Sentinelle. Il y faisait sombre et l'air chargé d'humidité qui provenait de l'extérieur interférait avec le marquage des cloisons par des phéromones.

Dérod qui progressa sans voir tout en tirant la main de sa protégée vers l'avant manqua à plusieurs reprises les murs marqués de son odeur. À la recherche de la sortie, il se cogna durement le front à répétition et Fedelyne buta contre son dos.

Quoiqu'elle écarquillât les yeux, celle-ci fut également privée de ses repères dans le noir. Comme le système d'aération projetait de l'air dans toutes les directions elle dépendit complètement de son Ange-Gardien.

Une affreuse sensation de tourner en rond saisit les tripes de la mutante. Plus elle tourna, plus elle sentit émerger la menace.

Elle ne cessait de humer l'air à plein poumon. Lorsqu'elle croyait capter une odeur de Medpar, un courant d'air la faisait disparaître. Lorsque le courant lui chatouillait le nez, elle sursautait et plantait ses ongles dans l'avant-bras de Dérod en ravalant de justesse un cri, convaincue un instant que des filaments venimeux l'avaient effleurée.

Au bout du compte tous deux débouchèrent sains et saufs devant le creux de la tour.

- Il y a un disque-ascenseur à dix pas d'ici ! Nous sommes presque sortis ! s'écria-t-il.

Elle ne fut pas rassurée pour autant. Au contraire elle se figea net. Elle n'avait pas revu clairement les traits de son Ange-Gardien depuis qu'elle avait quitté LaPerle. La vue de ce visage tuméfié et émacié dans la lumière de la tour l'horrifia. Le Shaklyr était démoli. Ses muscles avaient fondu et tendaient à disparaître sous des œdèmes à faire frémir tandis que des enflures inquiétantes s'étendaient le long de son corps.

Cependant Fedelyne se voulut sécurisante. Elle esquissa un sourire léger tout en s'obligeant à se blottir contre lui.

Alors qu'elle se rapprocha, son rictus s'effaça. Ses yeux ronds se braquèrent derrière le dos de son ami.

Ensuite la séquence d'événements s'enchaîna à la vitesse de l'éclair.

Dérod qui avait reniflé la menace fit volte-face tout en connectant le centre de son arme à son bracelet de force. Le manche du bâton se couvrit d'un filet bleu intense et le Zad ronfla en tournoyant dangereusement. Mais il était trop tard.

Les filaments d'une Medpar qui venait d'apparaître s'enroulèrent violemment autour du manche du Zad qui ne bougea plus même lorsque Dérod donna de puissants à-coups en arrière pour se dégager.

La Medpar étira son autre bras et s'apprêta à achever sa cible en lui enfilant ses filaments dans les orifices de la tête, mais un éclair provenant de nulle part transforma l'ennemi en une statue de glace.

Dérod se tourna l'air stupéfait vers Fedelyne qui lui renvoya le même étonnement. Son lance-disque pointait devant elle au bout de son bras droit inflexible.

Le temps n'était pas à l'émerveillement de ce que les instincts de survie de la mutante étaient en mesure de développer.

Le Shaklyr se réactiva et alla exploser la Medpar prise dans la glace d'un coup de pied impatient. C'était la deuxième fois qu'il se faisait prendre par surprise ce qui ne lui ressemblait pas du tout.

Après quoi il attrapa le poignet de sa protégée qui trébucha sur sa mauvaise cheville et il l'entraîna brusquement vers le disque ascenseur.

Fedelyne ne suivit pas le rythme, elle s'effondra de tout son long en couinant de douleur. Son poignet glissa de la main de son Ange-Gardien.

Celui-ci se retourna. Il leva ses yeux jaunes sur un second clone qui émergeait derrière la mutante avec rapidité.

En milieu aérien la Medpar dégénérait à vue d'œil, pourtant ses limites physiques n'amputèrent aucunement ses mouvements et elle fit preuve d'une grâce féline d'où pouvait survenir n'importe quelle surprise.

Il ne fit pas de doute que le but premier était de tuer la mutante, une constatation qui acheva d'énerver le guerrier. D'un coup d'épaule vers l'avant, ce dernier fit à nouveau tourner son Zad. Les morceaux de filaments glacés qui y étaient enroulés volèrent en éclat.

Puis avec un coup de reins, il projeta son arme emportée dans un tournoiement étourdissant sur la Medpar qui stoppa sa course en dérapant sur ses fluides organiques avant d'être coupée en deux sur la longueur du corps.

Un autre clone la remplaça séance tenante tandis que le Zad lui revint dans la main.

Le Shaklyr grogna.

Deux autres Medpars jaillirent. Lui et la mutante furent cernés. Engager le combat était encore possible, mais pas avec une Bivalente mal en point à ses côtés.

Il jeta un œil sur Fedelyne qui s'était redressée en s'appuyant sur son lance-disque puis il pencha son menton proéminent par-dessus la plateforme. Il y avait à une dizaine de pas plus bas une passerelle transversale.

La mutante accrocha le regard alarmé de son Ange-Gardien et elle suivit la direction des yeux de celui-ci.

- Je ne suis pas en état pour un autre miracle, lâcha-t-elle au bord de la crise de nerfs.

- Je te porterai.

- C'est du suicide ! Je serai un poids de trop, tu t'écraseras !

Dérod examina vivement les clones qui avancèrent à grands pas. Deux autres surgirent de l'ombre. Il y en avait cinq au total.

- Elles sont trop nombreuses pour que l'on passe au travers !

- Laisse aller à ta colère !

- Pas question. Je serai aveuglé et je risquerai de te blesser.

Il attrapa le bras de la mutante qui se débattit résolument. Une Medpar bondit soudainement en étirant son voile de mort.

Trop tard pour sauter, Fedelyne ferma les yeux en serrant les dents…

S'ensuivit un bruissement électrique, une série de claquements puis plus rien. Elle ne distingua plus aucun mouvement dans l'air.

Son œil roula derrière sa paupière clause. Quand elle se risqua à l'ouvrir, elle tomba sur un tas de gélatine non loin de ses pieds.

- Dépêche-toi Dérod ! Je ne pourrai les retenir assez longtemps… Tu n'as pas le choix !

Les phéromones vinrent d'en haut. Elle leva la tête l'air abasourdi alors qu'elle se tenait en équilibre précaire sur son lance-disque.

Iris se trouvait plus haut à une dizaine de pas. Penché par-dessus le bord de la plateforme, il s'était adressé au Shaklyr, mais il la fixait elle, droit dans les yeux avec un sang-froid qui la déstabilisa.

Ensuite elle pointa le regard dans toutes les directions. Les quatre autres Medpars se demandaient encore ce qui venait de se produire. Cependant le premier étonnement n'allait pas s'éterniser.

Elle vit son Ange-Gardien en train d'évaluer la distance et elle comprit que quelque chose ne fonctionnait pas.

Celui-ci la considéra une fraction de seconde. Elle secoua discrètement la tête.

- Non ! murmura-t-elle.

Tout s'enchaîna par la suite. Les clones se ravivèrent tous en même temps. Iris cria quelque chose d'incompréhensible en plaquant sa main sur des veines bleues qui se tordirent en descendant le long des parois.

L'eau bleue des veines s'embrasa jusqu'aux clones et un treillis énergétique s'éleva d'un coup face à l'une d'entre elles qui menaçait directement Fedelyne. Le treillis s'abattit sur la menace comme une tapette. Il ne resta qu'une marre d'eau ainsi qu'un corps gélatineux découpé en morceaux.

Deux autres Medpars bondirent. Dérod resserra ses doigts autour du bras de sa protégée puis dans un mouvement circulaire de 180 degrés, la projeta dans les airs.

Tandis qu'elle vola, la tête à l'envers, son regard croisa celui de l'être qui avait juré sa protection jusqu'à ce que la mort les sépare. Cet échange fut comme suspendu à un fil, léger et volatile.

Le Shaklyr vit Fedelyne tendre les doigts vers lui.

Flottant, suspendue dans le temps qui s'était arrêté, elle ouvrit grand la bouche comme pour libérer un hurlement retenu par l'air éperdu de son Ange-Gardien.

Au milieu de ses mèches de cheveux qui voletèrent, ses traits se tendirent signifiant tout sauf du soulagement.

En arrière-plan il y avait Iris qui se pencha en étirant le bras vers le bas. Dérod jura le voir esquisser un sourire.

Puis les deux Medpars obscurcirent son champ de vision quand elles se jetèrent sur lui.

Il eut à peine le temps de sauter de la plateforme.

Son atterrissage dix pas plus bas fut rude et il manqua de se casser les genoux.

Quand il se déplia avec douleur, il leva les yeux. Derrière les deux clones qui enragèrent, il entrevit plus haut Iris qui disparut avec sa protégée dans les bras.

Alors il eut le terrible sentiment d'avoir commis la pire erreur de sa vie…

Chapitre 16

La course au pouvoir.

Il n'existait rien de plus attirant qu'une mer ténébreuse, lourde de non-sens et de silence. Personne n'osait trop succomber à la tentation. Tomber dans l'oubli, enterrer les souffrances et les privations, c'était trop facile. Mais une fois dedans, on disparaissait… totalement.

Les Ténèbres s'apparentaient à un vide infini que la vie pleine de sa complexité évitait tout en cherchant naturellement à le combler sans jamais y parvenir. Mortel appât comme une affreuse drogue.

Argos traversait ce néant tel un trait de feu qui fit bouillir l'eau morte sur son passage. Il ne pouvait pas se permettre de trop s'y attarder. Malgré tout il goûta assez de cette drogue pour perdre un peu la tête. Ce qui l'aida à ne pas dérailler. Trop de questionnements le harcelaient au sujet de son fils et de sa sœur, mais surtout des circonstances de son coma dont il ne se rappelait pas.

Tout ce temps perdu à dormir, au bout duquel il devint le dernier porteur de l'aura de vie… Quel gâchis !

La lignée des D.I.E.U était finie et les Ténèbres enflaient déjà à l'idée d'abattre les Îles-du-Nid plus affaiblies que jamais.

La perte de son fils avait accru la douleur du souvenir de sa sœur Argolia, elle qui fut une visionnaire dont le seul défaut fut de n'avoir entraîné personne dans ses lumières.

Elle avait cru que les Bivalents détenaient sans le savoir un moyen d'accéder à un monde totalement indépendant de l'influence des D.I.E.U. Le Très-Haut avait écouté sa sœur sans l'entendre.

La mort de cette dernière avait changé sa perception et la croyance qu'elle avait nourrie s'était mutée en une menace imminente pour la survie de la lignée divine.

La guerre avait suivi.

En se plongeant dans la goutte d'eau de vie qui renfermait un fragment de l'âme d'Argolia, le Très-Haut n'avait découvert aucune trace de mort violente encore moins d'un combat avec le roi de l'Alliance, Sicardus…

Les derniers instants d'une vie étaient le plus souvent chaotiques, les images manquaient de clarté. Cependant la vie défilait sous les yeux. Ça laissait des traces. La fin d'Argolia quant à elle semblait s'être évaporée.

Si l'Immortel avait toujours négligé de percer ce mystère, il vit à présent les choses d'une autre façon parce qu'un nouveau D.I.E.U venait de tomber, une nouvelle guerre se précisait…

Durant sa longue vie, il avait imposé l'unité par la force pour au final prendre pour cible la petite mutante qui s'était transformée à ses yeux en la mauvaise graine capable de faire des petits.

Parce que Fedelyne était différente. Shaklyrs, Raidones, Sapies et Sangdors étaient issus de la volonté divine. Elle, elle était apparue comme par magie, sans volonté.

L'unité reposait sur une idée simple : *la dépendance* soit le fait que la vie ne pouvait se passer des D.I.E.U. Il suffisait d'une seule mauvaise graine pour que ce concept volât en éclat et que s'installât un terreau fertile sur lequel les Ténèbres pouvaient prospérer.

Ainsi par la guerre, Argos avait choisi de s'assurer que Fedelyne, cette erreur hors de toute volonté divine, ne se reproduisît jamais plus.

L'Immortel filait à la vitesse d'une comète comme s'il pourchassait son passé.

Autrefois les rayons des étoiles parsemaient la route qu'Argos empruntait. Depuis lors les Ténèbres s'étaient répandues comme la gangrène. La clarté avait décliné jusqu'à ce qu'il ne restât plus que l'Étoile du Nord, le berceau de l'aura de vie.

Les générations de D.I.E.U avaient déployé des trésors d'ingéniosité afin de dissimuler aux Ténèbres l'emplacement exact des rayons dorés de cette dernière étoile.

Argos s'arrêta au milieu d'une noirceur palpable et intense.

Il s'agissait d'un trompe-l'œil qui abritait la connexion menant directement au berceau de l'aura de vie. Et seul un D.I.E.U était assez réceptif pour percevoir ce lien mystique.

Il tendit les jambes puis écarta les bras tout en tournant la paume des mains vers le haut. Les paupières clauses et les traits détendus, il pencha la tête en arrière…

Un rayon aussi clair que le premier jour tomba sur lui puis l'enveloppa d'une chaleur montante empreinte de la vigueur des premiers instants de la Mère Lactée.

Un lien énergétique ineffable naquit entre le Très-Haut et l'Étoile du Nord. La silhouette de celui qui ne pouvait mourir se fondit dans une mandorle qui repoussa au loin le filet persistant des Ténèbres.

Argos se changea en feu et orienta vers son esprit une force stellaire massive.

Un autre D.I.E.U était mort, une nouvelle guerre se précisait.

Tous les éléments étaient réunis pour que le passé d'Argos le rattrapât. Cependant il n'avait plus le droit à l'erreur. Bien qu'immortel, il pouvait sombrer dans un coma éternel, n'ayant plus d'autres enfants pour assurer son réveil.

Quelle fut la cause du premier échec de son existence lors de la guerre des Trois ? Il ne se souvenait de rien. Le halo de l'Étoile du Nord l'inonda corps et âme.

Il avait érigé un monde, tenu en respect les Ténèbres et mâté d'innombrables rébellions. Sous son règne, même les terribles Métisses n'avaient osé dévoiler leur existence. Mais avec ses pouvoirs si grands fussent-ils, il fut incapable de se rappeler le bref événement à l'origine de son coma.

Tandis qu'il se drapa d'un tourbillon de bulles déchaînées, sa silhouette fut couronnée de langues de feu immaculées. La température de l'eau grimpa en flèche. L'énergie fulgurante de l'Étoile le transperça de part en part. Il trembla de tout son être pour ne pas perdre ses esprits.

Une douleur vive grandit. Il se sentit happé par le rayonnement de l'Étoile qui atteignit son plein potentiel.

Des images commencèrent à apparaître comme des flashs effilochés et désordonnés dont il ne saisit pas le sens. Ses sentiments exacerbés par ces premières manifestations, il s'ouvrit plus grand que son cœur ne le put et il fut englouti dans une boule aveuglante qui prit vivement de l'expansion.

Soudain une vision lui apparut distinctement et il coupa brutalement le lien juste avant que son être charnel vola en éclat.

La fulgurante lumière s'effaça comme si elle n'avait jamais existé.

Ses bras tombèrent. À bout de souffle et de force, il recouvra petit à petit ses esprits tandis que les flammes lourdes et pures du Nord achevèrent de dégouliner le long de son armure de fer.

Lui, le Très-Haut était de retour.

Ses yeux rouges fumants se posèrent sur ses solides doigts couverts de flammes liquides puis glissèrent le long de ses bras déformés par des muscles tortueux et bombés.

Il pencha le menton sur son thorax protégé d'un plastron de fer qu'aucun adversaire n'était parvenu à égratigner.

Ses yeux incandescents se promenèrent encore sur son corps pour s'arrêter sur son poignet droit marqué de l'étrange boursouflure qu'il avait noté à son réveil.

Il laissa cela de côté.

Lorsqu'il redressa la tête, sa bouche se fendit d'un rictus qui fit paraître une incisive d'un blanc laiteux.

Dans le fond de ses pupilles dilatées flotta le voile d'un souvenir surgi de nulle part.

Les pièces du puzzle s'assemblèrent.

Beaucoup de choses lui échappèrent toujours, mais il sut si une autre guerre devait avoir lieu.

Ainsi il referma les yeux en faisant abstraction du temps qui jouait contre lui puis il entra en transe.

La vie et la mort furent sur la balance…

Chapitre 17

Le rêve de Lalèpre.

Un trou représentait ce qu'il y avait de plus douillet pour un Sangdor. Le plus souvent il s'agissait de l'œuvre d'un jeune Sixbras exclu de son troupeau et qui se retirait là-dedans dans l'espoir d'échapper à d'éventuels prédateurs.

Le trou étriqué que Lalèpre avait choisi se trouvait hors des remparts des Îles-du-Nid. Il présentait une forme ovale et était pris dans une épaisse obscurité.

L'eau qu'il contenait empestait la déjection ainsi que le sang pourri auquel était ajouté quelques remugles indescriptibles qui soulevaient les tripes rien que d'y penser.

Les Sangdors ne bénéficiaient pas des mêmes privilèges que leur maître. Ils n'avaient pas le droit à l'espace des vieux nids délaissés par les Sixbras dominants.

Mais cela convenait. Parce que la faim des Sangdors demeurait une torture qui les grignotait sans relâche de l'intérieur et il fallait de l'étroitesse pour parvenir à la contenir.

Ainsi les parasites étaient habitués à goûter au sort amer auquel ils étaient livrés dès leur naissance.

La honte de leur héritage et la soif qui les hantaient même le ventre plein avaient façonné leur faciès. Les membres de cette espèce avaient perdu leur mâchoire inférieure afin de s'équiper de dents acérées en très grande quantité qui descendaient jusque dans le fond de leur gorge. Leur cou s'était hypertrophié et raccourci tout comme le tronc de façon à diminuer au maximum la distance entre l'œsophage et l'estomac. Enfin leur abdomen pouvait se distendre au point de leur tomber sur les genoux.

Ils ne vivaient que pour le sang. Seuls les Sixbras en contenaient assez pour étancher quelque peu leur soif. Or ces énormes bêtes n'interagissaient qu'avec les Crevdurs.

N'étant pas assez endurants ni assez solides pour se mesurer à des Sixbras, les parasites dépendaient de la générosité de leur maître pour se nourrir. Si bien qu'ils étaient incapables de penser par eux-mêmes.

Lalèpre quant à lui, avait progressé dans l'ombre du Très-Haut en se cachant derrière son masque de façon à éliminer tous les soupçons sur sa personne.

Mais une fois au fond de son trou étouffant, il se libérait.

Il se morfondait, la tête dans les mains en se balançant d'avant en arrière tout en ressassant la longue nuit qui avait vu naître son espèce et il était convaincu que s'il ne tentait pas quelque chose maintenant, ceux de sa race étaient destinés à s'entre-dévorer.

Comme nombre de ses confrères, il se tapait fréquemment la tête contre les murs dans l'espoir d'oublier les morsures de la soif. Mais elle revenait, toujours plus féroce comme un démon insatiable qui réclamait sans relâche son dernier repas.

Se taper la tête lui permettait de se sentir en vie.

Néanmoins Lalèpre était différent parce qu'il se croyait au-dessus des D.I.E.U. Il prétendait être le seul capable de comprendre le but ultime de la vie. L'idée était simple, bien que difficile à concevoir.

La vie sans la mort n'avait pas de sens. Donc un D.I.E.U *immortel* n'avait aucune raison d'être. Donc l'aura de vie devait disparaître.

« Le dernier D.I.E.U dans l'arène,
  Le dernier combat de la vie,
  Vivre et mourir pour cette glorieuse nuit. »

Visualiser la fin de la vie amenait naturellement à se pencher sur son passé. Lalèpre gardait un souvenir douloureux de sa jeunesse.

Les jeunes Sangdors étaient gavés, directement branchés au ventre maternel, leur ventouse en permanence collée au niveau de l'estomac de leur mère. Le sang passait du ventre à la bouche sans avoir le temps d'être préalablement digéré.

Le sevrage se faisait par la force des choses. Une fois que les pieds de la bouche à nourrir touchaient le sol, la mère affaiblie à l'extrême n'était plus en mesure de subvenir aux besoins de tous les deux. Lorsqu'elle n'en pouvait plus de se faire vider les veines, elle écrasait avec ses pouces les yeux de son petit pour lui faire lâcher prise.

Le sevrage représentait une terrible épreuve parce que les jeunes connaissaient pour la première fois de leur vie l'enfer de la soif. Parfois une mère se voyait forcée de crever les deux yeux de son enfant afin d'arracher la ventouse à son ventre, condamnant celui-ci à une mort certaine.

Et il n'était pas rare qu'une mère fût trop épuisée pour se débarrasser de son rejeton. À la fin il ne restait d'elle qu'une enveloppe desséchée et méconnaissable et le jeune devenu obèse qui n'avait jamais connu autre chose de la vie arrivait lui aussi à mourir de faim après qu'il n'y eût plus de jus maternel à tirer.

Comme tous les Sangdors, Lalèpre avait développé un lien affectif très rudimentaire avec sa mère. L'histoire de leur contact se résumait à ses dents plantées dans l'abdomen de celle dont il n'avait jamais vu la forme des yeux.

Malgré tout sa mère était le seul être qu'il n'eût jamais aimé. À cause de cela il nourrissait un ressentiment sans fond à l'égard des D.I.E.U qui avaient fait de lui un monstre.

Toutes les sortes de Crevdurs contrôlaient les Sangdors dès le sevrage où ils étaient les plus vulnérables, soit déroutés et mourants de soif.

En étant entièrement pris en charge, les parasites se changeaient en de parfaits esclaves et ne pas servir de maître revenait à mourir sous le poids de la honte.

Lalèpre sortit la tête de son trou puant, et aperçut les rares étoiles qui avaient encore l'énergie de se manifester au travers d'une obscurité persistante.

Les étoiles se divisaient en deux catégories. Les plus brillantes du nom de *Nourricières* représentaient le substrat sur lequel l'aura de vie pouvait prospérer. Malgré leur brillance elles savaient se faire discrètes parce qu'elles étaient la proie favorite des Ténèbres.

Les Nourricières étaient en voie de disparition et entraînaient l'aura de vie dans leur déclin ; un détail sans importance pour Lalèpre.

Son regard fallacieux pointant vers le haut, il se concentra sur les étoiles de second type, les *Brandons* plus petites et à l'éclat timide.

Si les Nourricières se développaient avec l'aura de vie, les Brandons, elles, vivaient de l'âme des porteurs de cette dernière.

Fuyant l'isolement ces étincelles d'étoiles se regroupaient en une nouvelle constellation pour la perte de chaque D.I.E.U.

Là-haut Lalèpre repéra la constellation d'Argolia qui avait vaguement la forme d'une pupille en losange. Personne ne savait ce qu'Argolia avait vu avant qu'elle ne disparût.

À proximité de cette constellation, il trouva ce qu'il cherchait et les traits de sa face tiraillée par l'amertume se détendirent enfin. Il y avait une autre configuration en forme de Z comme une fraîche blessure. L'esprit torturé d'Argonot flottait au-dessus de ses sujets.

« Comme la mort sera douce. À tout prendre je renais. » Se dit Lalèpre en roucoulant à la vue de ce trait d'étoiles en zigzag.

Les D.I.E.U avaient la fâcheuse habitude de ne pas se laisser facilement abattre. Tant qu'une nouvelle constellation n'apparaissait pas, il ne fallait jamais jurer de leur mort.

Ainsi Lalèpre trouva la sérénité et son esprit se libéra de toute prison.

Dans cette anfractuosité malodorante où flottaient de vieux morceaux de chair, tout devint plus clair et l'eau dans laquelle il mijotait ses idées lui apparut légère et pleine de saveurs.

Il se détourna de cette merveilleuse cicatrice lumineuse qui allait marquer les eaux des Îles-du-Nid pour l'éternité, puis dans le noir il s'orienta vers la paroi du fond de son trou.

Tandis qu'il poussa une brasse nonchalamment il s'adressa à quelqu'un d'invisible.

- Les étoiles sont là pour nous guider… Tu les as suivies et te voilà plus bas que tu ne l'as jamais été. Allons, rien n'est de ta faute ! Vous vivez dans une bulle à longueur de vie ! Tôt ou tard de petites bulles se forment dans votre cerveau. Une bulle autour de soi, une bulle dans la tête. Il y a de quoi devenir fou ! Si vous ne décompressez pas régulièrement, si vous ne libérez pas ces petites bulles dans votre crâne vous vous ridiculisez dans l'automutilation, l'instabilité comportementale et le plus intéressant : la désorientation. Le plus drôle est que pour compenser vos troubles honteux, vous vous forcez à siroter une boisson des plus grotesques, de l'*Uri*, de l'urine fermentée de Sixbras – Lalèpre roucoula si fort qu'il s'étouffa à moitié. – Pour vous remettre les idées en place vous vous droguez à l'urine et votre espèce ose prétendre avoir assez de grandeur pour s'imposer comme le genre dominant ! Moi je pense que vous avez tous la tête pleine de pisse. Oh ! Je m'aperçois que je manque à mes devoirs puisque tu es mon invité. Faisons place à un peu de lumière, dans ce noir tu dois être assez effrayé pour te pisser dessus ce qui m'ennuierait. Ça sent bon ici.

Lalèpre leva un fragment de cristal rouge ardent que quelques traits d'étoile vinrent atteindre. Une lumière pourpre se fraya un chemin au sein d'une obscurité gluante, dévoilant petit à petit les membres d'une créature qui se tortillait comme un ver avec ses pieds et ses poings liés à des os de Sixbras qui se trouvaient encastrés dans les fissures de la roche.

Ensuite la lumière rouge trouva la face déformée de douleur d'un Shaklyr en pleine force de l'âge qui toussa et suffoqua à mesure que le parasite approcha sa ventouse à l'haleine fétide.

Plus Lalèpre s'avança plus la salive lui monta à la gueule sous l'effet de l'adrénaline qui regonfla les veines du Bivalent, sa dernière victime.

- Je ne doute pas que ton Grand-Œil sera aussi prévisible qu'un vulgaire Bivalent désorienté. Mettre un obsédé du contrôle sous pression amènera d'ici peu à l'inévitable. Il paralysera l'Organe et ainsi nous serons débarrassés de notre plus dangereux adversaire. Après quoi nous déclencherons une explosion qui répandra la mort et sa puanteur. Pendant un moment, la colonie Bivalente sera privée de tout moyen de communication puis elle sera tellement ébranlée que nous n'aurons plus qu'à nous baisser pour la cueillir… Bon ! À présent que j'ai fait apparaître la lumière, veux-tu voir un autre petit tour ? souffla Lalèpre en tremblant d'excitation.

Le Shaklyr était gravement blessé. Lalèpre l'avait attaqué par surprise tandis que celui-ci cherchait son chemin, loin de la zone d'influence de l'Organum.

Les Bivalents haïssaient devoir ingérer de l'*Uri* afin de compenser la différence de pression entre l'intérieur du dôme et les grandes profondeurs, ce qu'ils appelaient la *décompression*.

Désorientée la victime avait subi l'attaque qui l'avait vidée en grande partie de son sang et il lui restait à peine assez de fluide corporel pour avoir encore la force de se tordre et de grogner de douleur.

- Ouvre grand les yeux ! Le temps de l'aura de vie est terminé. Le temps de la mort est arrivé.

Et le Shaklyr ouvrit grand les yeux, juste avant que son bourreau ne l'embrassât à pleine bouche…

Chapitre 18
Les meilleurs pilotes de l'Organum.

Les membres de la sous-espèce des Unis étaient des Raidones réputés d'une grande beauté avec leur couleur sans taches, blanche à l'avant et noire à l'arrière. L'admiration qu'on aimait leur donner laissait croire qu'ils possédaient d'autres qualités physiques comme d'étranges pouvoirs.

Pour les deux jeunes Raidones Burinos et Starlette ce n'était pas qu'une croyance. Dès leur premier âge fraichement acquis, la notion de pilotage n'avait eu pour elles aucun secret et depuis longtemps déjà.

L'âge dernier, ces deux petites femelles maigrelettes et rebelles avaient semé toute une surprise en atteignant avec brio la demi-finale du J.E.U. Demi-finale inattendue et qui s'était soldée par une victoire face au formidable Aximum et son acolyte qui en trois participations avaient systématiquement écrasé tous leurs adversaires.

Aximum avait pris sa retraite. Quant aux malheureuses finalistes Burinos et Starlette, elles s'étaient lancées dans le test de sous-marins prototypes, un exercice des plus périlleux qui convenait parfaitement à leur insouciance.

C'était aussi une façon pour elles de diminuer leur niveau de frustration de ne pas disposer de leur propre prototype qu'elles avaient murement imaginé acquérir tout le long de leur fameux tournoi.

Leur travail consistait à pousser au maximum les limites d'engins très instables qui servaient de base pour l'intégration de l'alpha-cerveau dans les sous-marins de nouvelles générations.

Jusqu'alors les deux petites Unies avaient obtenu de maigres résultats, bien que concluants ; une seule réalisation valable pour dire vrai. Elles étaient les seules à avoir survécu aux tests pendant presque un âge.

Elles pilotaient de petits submersibles à la technologie basique et à la maniabilité relative, l'objectif étant de délaisser l'aérodynamisme et les performances au profit de la sensibilité des neurones alpha. Ces petits appareils qui ne nécessitaient pas de copilote portaient le doux surnom de *Testructeurs.* Seule une personne était aux commandes et la moindre erreur pouvait avoir de graves conséquences, un concept que Burinos et Starlette adoraient par-dessus tout.

La forme des Testructeurs qui étaient constitués de trois segments s'apparentait à un trident.

Le corps central de forme ovale abritait le cockpit et était connecté à l'avant et à l'arrière à une turbine allongée orientable dans toutes les directions grâce à une sphère sur laquelle, elles étaient fixées ; ce qui offrait une maniabilité délicieusement hasardeuse.

Ce corps central était relié à droite et à gauche à un long tube en pointe et aplani verticalement qui faisait approximativement office de stabilisateur.

D'ordinaire Burinos dirigeait les tests. Des deux, elle était celle qui présentait la carrure la plus solide.

Elle aimait raconter à grand renfort de cicatrices, ses histoires de Sixbras qu'elle avait soi-disant dressés d'une main de fer.

Par ailleurs elle prétendait qu'un morceau de sa cuisse gauche était resté sur une des ventouses du tentacule d'un gros mâle Sixbras qu'elle était en train de dresser à faire le beau.

Ces monstres excellaient dans l'art de la dissimulation et elle disait qu'il n'était jamais évident de demander à donner le tentacule en ne voyant rien de son propriétaire.

Starlette, la gracieuse faisait le désespoir des Raidones mâles, belle comme la face d'un diamant, mais sans aucune sensualité. Derrière son apparente vulnérabilité, elle affichait un tempérament inflexible. Elle trouvait sa passion dans la mécanique alpha-physique. Les sous-marins n'avaient pas de secrets pour elle.

Starlette était notamment en train de manifester certains signes d'agacements. Aux commandes de son propre Testructeur, elle suivait les pirouettes de Burinos qui s'en allait vers les régions méconnues du nord des Abymes.

En plein looping, cette dernière nota distraitement une courbe tridimensionnelle dont les traits apparurent tels de grands coups de couteau à l'intérieur du triangle alpha qui émergea de son tableau de bord. La Raidone trapue daigna lire le vif message avec un brin d'attention.

- Calme le jeu. Si tu t'amuses à virevolter telle une tempête devant ce Sixbras psychopathe qui chique de la roche pour gérer ses émotions, il va réduire ton Testructeur en miettes comme la dernière fois.

- Cesse de dramatiser… Il aime jouer ! répondit Burinos à l'aide de son décrypteur.

- Heureuse de l'apprendre. Rappelle-toi lorsque nous avons retrouvé les débris de ton appareil. Il a fallu te mettre d'urgence en sommeil provoqué pour te soigner au plus vite. Pourquoi doit-on toujours faire nos tests en asticotant les Sixbras les plus névropathes qui existent ? Nous n'avons pas le droit à l'erreur. As-tu seulement conscience du travail que ça représente de programmer nos engins d'après les spécifications techniques des prototypes ?

- J'ai vu à quoi ressemblent les deux derniers submersibles. Iris n'en a pas conçu de meilleur.

- Ce qui ne signifie pas que ces *merveilles* accueilleront adéquatement les programmes alpha que nous leur aurons mis dans le ventre. Le but de la manœuvre n'est pas de pousser les Testructeurs au-delà de leurs limites, mais d'apprendre à leur système nerveux à se comporter comme si leur corps était celui du prototype. Et le point particulier de nos tests actuels est de tenter d'obtenir un centre nerveux alpha entièrement autonome. Autrement dit nous sommes loin d'offrir à Iris le parfait submersible.

- Ouais, ouais, le parfait submersible ; le Protonique qui sera entièrement constitué d'eau alpha-physique et qui dit-on, surpassera les Sixbras à tous les niveaux. Par la même occasion il nous apportera l'avantage sur les D.I.E.U. Mais c'est un rêve. Le Protonique comme tu l'imagines ne verra jamais le jour. Maintenant si tu me le permets, j'aimerais jouer un peu. Toi aussi tu devrais en profiter parce que nous sommes chanceuses. Nos talents pourraient aussi être utilisés pour tirer avec un vulgaire Proton sur les Sangdors qui s'aventurent trop près des ruines du Spectrum. Tu parles d'un ennui mortel. Alors, amusons-nous pour une fois !

La belle Starlette ne l'entendit pas de cette façon. Elle accéléra, ce qui surexcita sa partenaire qui fit gronder son moteur. Il n'était pas question pour cette dernière de se faire dépasser parce qu'elle tenait à diriger les tests à sa manière.

L'afflux d'eau alpha fut trop important pour assurer sa dégradation complète dans les turbines. Celles-ci crachèrent un panache de cristaux de glace mêlés à un tourbillon de gouttes d'eau bleue qui givrèrent le cockpit de la poursuivante.

Starlette se hâta d'activer son cube alpha pour ne pas perdre de vue sa cible qui jouait avec ses nerfs et elle entra dans le jeu de sa partenaire avec une intensité qui la surprit elle-même.

Les deux petits Testructeurs se suivirent en fonçant vers le nord où les falaises des Abymes se rapprochaient l'une de l'autre en prenant la forme d'un entonnoir.

Cette structure peu connue des Bivalents représentait le point de départ des courants à forte densité qui en prenant de la vitesse se changeaient en lames de fond. Un formidable bouillon d'écumes tonnant occupait la zone.

Le grondement des moteurs des Testructeurs poussés à fond se perdit dans les tremblements assourdissants des masses d'eau lourdes qui s'écrasaient plus bas sur les rochers.

De lointaines étoiles que les Ténèbres avaient isolées brossèrent de leurs timides rayons le furieux tourbillon qui hypnotisa la première pilote.

Starlette quant à elle gagna en anxiété. Elle envoya un message alpha fort anguleux à sa coéquipière.

- Recule ! Les eaux sont trop agitées !

- Je sens que le Sixbras que nous recherchons se cache quelque part par ici. Si tu refuses de me suivre, je ne t'en voudrais pas, mais tu devras m'expliquer ce qui t'arrive. Tu es hésitante, ça ne te ressemble pas.

Burinos avait raison. Ça ne lui ressemblait pas. Une révélation qui lui fit prendre conscience que son hésitation fut peut-être stimulée par autre chose comme d'une vague sensation s'apparentant à un œil lointain posé sur sa nuque...

Quand soudain, une autre courbe alpha se dessina dans le triangle de la Raidone de tête et le cœur de celle-ci bondit.

- Starlette ! Nous devons vite rentrer à la base !

* * *

Deux petits points brillants, propulsés par un long panache de particules bleues, virèrent brusquement pour prendre la direction du dôme de l'Organum.

Quelqu'un ou plutôt quelque chose fixait de loin la scène d'un œil vitreux.

- « Les événements prennent une tournure déplaisante. L'Organe est sous tension. Est-ce le contrôle que tu as perdu ou bien le fil de tes pensées pour t'être trompé de la sorte ? »

Titus apparut en suivant du regard les deux petits points bleus s'éloignant des immenses remous qui se déchaînaient dans un grondement saisissant. Les ongles puants du Long-Bras au dos voûté répandirent autour de lui l'ambiance malsaine qui faisait d'ordinaire sa joie de vivre. Rendre inconfortable le monde autour de soi était pour lui une marque de supériorité, bien que sa vision du concept fût très personnelle.

Malgré sa confiance apparente à son arrivée, il eût souhaité disparaître dans la noirceur des eaux quand il nota du coin de l'œil la brève réaction de l'autre créature.

Le fils de Dronor était un télépathe amateur, pourtant son esprit n'eut aucune difficulté à communiquer ses pensées et contrairement à son odeur, il chercha à se montrer sous sa meilleure enveloppe.

- « Les auto-suggestifs font de leur mieux pour rétablir le contrôle. Ne soyez pas sur vos gardes. »

Un courant glaçant coula le long de la moelle épinière du fils de Dronor qui rentra subrepticement la tête dans les épaules. Les muscles de son cou se raidirent et il fut incapable de tourner les yeux vers la créature.

- « Soyez d'abord assurés que nous nous trouvons en zone neutre. Personne ne nous a remarqués. La situation est sous contrôle. » Lâcha-t-il en guise de réponse au courant morbide qui s'insinua en lui jusqu'au creux de ses os.

Titus dut admettre qu'il ne s'était pas montré convaincant. Il réussit à décontracter ses muscles et à lorgner timidement du coin de l'œil son côté gauche. Il ne vit pas la reine blanche qui devait se trouver là.

Les mots qui tombèrent de force dans sa boîte crânienne jouèrent patiemment dans les circonvolutions de sa cervelle.

- « Ton espèce est obsédée par le contrôle. Sais-tu seulement ce qu'est le… contrôle ? »

Le Sapies ne compta pas le savoir. L'idée le fit trembler et il se dépêcha de donner une explication.

- « Je ne sais pas de quelle façon l'Organe a découvert la présence de vos clones à l'intérieur de l'Organum… C'est embarrassant. »

Opale ne répondit pas, mais Titus sentit la présence de la reine blanche qu'il avait perdue de vue se faire plus pointue comme si le bout d'un index invisible appuya avec insistance sur l'arrière de sa tête, l'amenant à baisser encore le menton. Le fils de Dronor perdit le fil de ses mots tandis que derrière lui il entrevit des filaments blancs miroitants s'étendre de part et d'autre de sa petite personne.

- « Je… vais… corriger le… problème ».

Mais la main droite du Sapies se leva vers sa gorge contre sa volonté. Ses doigts s'écartèrent d'eux-mêmes tandis qu'il roula des yeux d'un air incrédule.

Bien qu'il ouvrît la bouche, il fut incapable d'émettre la moindre phéromone. Ses doigts se refermèrent autour de son cou et serrèrent graduellement.

- « On ne corrige pas le problème que l'on a créé. On le soigne… Veux-tu que je te soigne ? »

Titus cracha ses poumons et hocha la tête de peine et de misère.

- « Vous les Bivalents, êtes incapables de vous blesser les uns, les autres. Voilà qu'on m'offre votre sale besogne contre un moment passé dans la source où prend naissance l'onde magnétique. Me présenter à votre petite partie de disques ne devait être que le commencement. Dois-je me montrer plus précise pour que tu comprennes ce que devait être réellement ma part du marché ? »

Titus grogna et cracha, sa langue enfla, ses yeux lui sortirent de la tête.

- « Tu ne me sers à rien, tu ne connais pas l'endroit où se trouve ce dont j'ai besoin. Dommage que je ne puisse pas maîtriser complètement les esprits sous l'influence de l'Organe. Saches que je préférais le temps où je me battais contre ton père à celui où je me m'allie avec son fils. Les combats à morts dans l'honneur et la grandeur valent plus cher qu'une paix interminable menée par des timorés et des décadents. Dans un cas c'est l'éternité qui attend, dans l'autre c'est une longue page blanche dans vos légendes. Le vide est tout ce qui occupe vos intérêts… »

La main de Titus lui libéra le cou et alors qu'il recouvra son souffle, il trembla sous l'effet d'une montée d'adrénaline. Il se retourna.

Opale s'était volatilisée.

Le fils de Dronor demeura figé, essoufflé, les nerfs à vif et son regard sur la défensive se perdit sur le vide où la reine blanche l'avait abandonné.

Son cœur battait à tout rompre. Dès cet instant il sut que la corde raide sur laquelle dansait la colonie venait de rompre.

Mais il ne s'en alarma pas. Au contraire l'excitation le gagna…

Chapitre 19

Les rois de l'Alliance au chevet de Tresha.

Fedelyne rêvait.

Il y eut un hurlement à la fois suraigu et grave, d'une gravité qui remua les tripes. Ce fut un cri infatigable.

Les pieds collés au sol, la petite Fedelyne se vit incapable de prendre la moindre décision alors que ses tympans vibrèrent avec douleur.

Bien que ses yeux demeurassent largement ouverts, son esprit refusait de voir. Elle ne distingua rien d'autre que ce cri horrifiant qui entrecoupa un long silence de mort.

Le torse de Dronor, roi de l'Alliance Sapies, lui bouchait la vue. Il l'écrasait sans mot dire d'un regard dépourvu de toute compassion.

La petite en fut perturbée. Bien que la situation lui échappât, elle croyait que son état émotionnel méritait un minimum d'attention même de la part d'un auguste personnage.

Comme Dronor se montra résolu à la scruter sans rien commenter, la jeune mutante se perdit dans l'image qu'elle se faisait du premier maître de l'eau alpha-physique.

La beauté du roi était fascinante. Il était vieux, d'une pâleur fantomatique et il était usé de corps et d'âme.

Paradoxalement il émanait de lui une fraîcheur soutenue qui estompait les marques de sacrifices et de privations.

Tandis que Fedelyne se tenait bouche bée, le nez levé devant un monument vivant, elle se sentit ridiculement minuscule, parfaitement inutile, et totalement au mauvais endroit.

Derrière le grand roi, quelque chose qui avait crié se tortillait en gémissant sur un lit de pierre. Cette image-ci était encore floue et incompréhensible pour la petite. Seule la silhouette de Dronor lui apparut bien claire.

Peu à peu elle élargit sa prise de conscience de son environnement. Elle se trouvait dans une salle étroite creusée dans la roche par une main imprécise. Le lieu lui fut étrangement familier et elle se rappela vaguement y être venue pour assister à quelques séances dont elle ne réussit pas à visualiser la nature.

L'air était chaud et horriblement sec, à moins que ce ne fût sa peau qui avait oublié depuis trop longtemps le contact de l'eau. Elle ne se souvenait pas depuis quand on l'avait cloîtrée ici, encore moins ce qui l'y avait amenée.

Elle baissa ses yeux embrumés sur la paume de ses mains. Sa peau était fripée et lui tirait.

Puis arriva dans un coin de sa vision une seconde silhouette de même taille et de même prestance que le roi Sapies.

Derrière Dronor, Magnetron, le roi de l'Alliance Raidone eut l'air de s'intéresser également à elle.

Si ce dernier ne jouissait pas d'autant d'attirance physique, il avait pour lui des talents secrets.

Il était un mélange entre la sous-espèce des Unis et celle des Tachetés dont la disposition des taches noires et blanches ainsi que leur forme étaient uniques à chacun.

Ce personnage savait contrôler le volume de chacune de ses fibres musculaires et pouvait modifier à volonté les traits de son visage ainsi que jouer sur la tension de sa peau jusqu'à changer entièrement la disposition et les contours des taches de son corps. En restructurant sa gorge ainsi que ses glandes, il composait sa propre odeur corporelle qui était rarement la même.

Magnetron maîtrisait les forces magnétiques de la nature, mais aussi l'art de passer complètement inaperçu.

Deux rois pour elle seule. C'était un événement digne d'intérêt, pourtant elle ne s'y arrêta pas. Parce que les pieds qu'elle entrevit derrière Dronor ne cessèrent de frétiller sur le rythme de pleurnicheries qui accrurent son exaspération.

Tout en braquant ses yeux électriques sur la petite, Magnetron brisa le premier le silence.

- Elle ne tiendra pas longtemps.

Bien que saugrenu, le commentaire eut pour effet de secouer Fedelyne comme si on l'avait agrippée par les épaules.

Tout à coup elle eut une perception plus pointue de ce qui l'entourait. La respiration des rois étouffa à peine le bruit de raclement des talons humides sur le lit de pierre et les petits couinements furent vraiment trop bruyants à son goût. Ils l'empêchèrent de se concentrer sur les phéromones royales qui imprégnaient la sueur, surtout celles de Dronor qui l'intéressaient grandement.

Les rois ne la lâchèrent pas des yeux comme s'ils attendirent d'elle quelque chose.

Après une pause interminable, le roi Sapies leva sa main gauche. Celle-ci était blanche, osseuse et gracile avec de courtes griffes sur de longs doigts. Il souleva du bout de son index une mèche rebelle jaune et bouclée en travers du visage de la mutante puis il la remit en place derrière son oreille.

Dronor sembla brièvement intrigué par cette épaisse crinière désordonnée qui remplissait la nuque et les épaules de la petite maigrelette.

Fedelyne émue par autant d'attention fut sur le bord de chavirer. L'éblouissant roi avait posé la main sur son insignifiante personne et elle n'osa plus bouger ni respirer de crainte de ne pas en recevoir davantage. Elle qui souffrait de ne pas se mêler à un groupe de son âge du fait de son anormalité physique et de son inadaptation au milieu aquatique, se convainquit d'avoir avec cette expérience ce qu'il fallait pour éveiller la jalousie chez ses confrères femelles.

Elle en fut ravie.

Dronor braqua brutalement sur elle un regard plus agressif tout en s'exclamant comme si elle n'était pas là. Son odeur emplit la totalité de l'étroite pièce.

- La mort rôde. Tout est allé plus vite que je ne l'avais prédit.

En plus d'avoir su contrôler l'eau alpha-physique, le roi Sapies était le seul à être parvenu à décortiquer et à copier les mécanismes mentaux qui permettaient à la reine blanche d'anticiper les réactions des autres, donc de prédire l'avenir.

Magnetron baissa la tête et le regard ahuri de Fedelyne retomba sur les pieds suants et blancs qui s'usèrent un peu moins la peau sur la pierre du lit.

- Je peux encore la stabiliser, dit le Raidone.

Son interlocuteur parla froidement sans quitter la mutante de ses yeux d'acier.

- Vos pouvoirs dépassent l'entendement, vous en êtes la preuve vivante. Pourtant vous êtes dépassé. Vos séances d'électromagnétisme sur elle sont de plus en plus longues. Son état quant à lui ne fait qu'empirer. Elle ne répond plus à votre cure. Ce n'est pas tout, l'état de notre malportante a éveillé l'attention d'Argolia, la sœur du Très-Haut.

Fedelyne qui avait la désagréable impression de s'être fait écarter de cet échange de point de vue, leva un œil alarmé sur le Sapies.

Sous son masque, elle vit une fragilité qu'elle ne lui connaissait pas et qui l'épeura.

- Si un D.I.E.U intervient, une confrontation directe suivra, dit Magnetron avec inquiétude.

- Et ce serait une bénédiction si de cette confrontation naissait une guerre. Les guerres répandent ruines et désespoir. Mais des cendres, renait la première graine au commencement de tout.

- Avez-vous donc prédit un destin si funeste ?

- Les événements se précipitent bien malgré nous. Dans ce cas, précipitons les événements. La sœur du Très-Haut est la seule à avoir découvert la vérité. Sicardus la tuera.

L'atmosphère s'alourdit tout à coup. Magnetron considéra son vieil ami avec rigidité comme si les nombreux âges de celui-ci étaient en train de lui jouer de mauvais tours. L'idée de tuer un D.I.E.U était absurde. Celle de déclencher une guerre l'était encore plus.

La petite mutante ne comprenait rien à cette histoire et les couinements incessants dans le dos de Dronor occupèrent tant son esprit qu'elle éprouva le besoin urgent de fuir cet endroit.

Le roi Raidone fit une inspiration tendue.

- Seul, Sicardus n'aura aucune chance. Si c'est la guerre que vous voulez provoquer, alors je l'accompagnerai.

- Vous êtes un combattant redoutable, mais Sicardus est un expert dans son domaine. Il sera plus efficace sans vous.

Magnetron esquissa un rictus et fit claquer un arc électrique le long de sa canine. Ensuite il plissa les yeux et questionna l'air perplexe,

- Je n'ose croire qu'il n'y ait pas de meilleure issue; êtes-vous derrière ce projet de guerre ?

Pour la première fois, Dronor lâcha la jeune Fedelyne du regard et se tourna vers l'autre roi.

- Des apparences simples sortent des conclusions compliquées, le plus souvent. Ne vous y trompez pas.

Malgré une nervosité croissante, Fedelyne fut encore assez lucide pour voir qu'un message sans odeur s'échangea entre eux deux.

Néanmoins pour elle cette histoire n'avait pas de sens.

Tout d'abord elle se trouvait face à deux des trois êtres les plus puissants et les plus vénérés de ce bas monde. Elle, l'insignifiante petite créature était leur centre d'intérêt.

Ensuite il y avait ce débat aussi tranquille qu'aberrant qui tournait autour d'une guerre totale entre Bivalents et Adaptés ainsi qu'entre rois et D.I.E.U.

L'éventualité d'une telle catastrophe n'était pas une nouveauté. Pourtant la menace n'avait jamais été prise au sérieux parce que les D.I.E.U se trouvaient à la base de la vie. Les défier relevait du suicide collectif.

Une évidence qui éveilla chez Fedelyne un violent besoin affectif et dans ce genre de situation ses pensées se tournèrent vers la personne la plus aimante qu'elle connaissait.

Une autre évidence vint la frapper comme d'une gifle en pleine figure. Ses grands yeux passèrent du cou crispé de Dronor aux pieds secs et pâles qui ne remuèrent plus que mollement sur le lit. Ensuite elle tendit le nez de côté de façon à basculer son regard vers les mollets ramollis de la geignarde dont la voix sembla s'éteindre. Elle ne put aller plus loin avec Dronor qui se déplaça pour lui barrer la vue avec son corps. Celui-ci la força à regarder ailleurs en lui tournant le menton qu'il prit entre le pouce et l'index.

Et il parla :

- La tension risque de s'intensifier autour d'elle. Il lui faut un garde du corps. Je crois savoir que Sicardus a un élève qui ferait le travail... J'avais prédit que le transfert d'énergie allait affecter certains de ses gènes, mais dès le début cette petite a défié tous mes pronostics.

- Est-elle ce que nous croyons qu'elle est ? demanda Magnetron en dévisageant impersonnellement la petite intruse comme si ce qu'il y avait sous son enveloppe physique fut plus important que sa personne.

Fedelyne sentit poindre un danger imminent. Il lui fallait sa mère.

- Nous ne saurons qu'à la toute fin si elle aura la force de libérer la peur d'Altes.

- Que se passera-t-il si nous nous trompons ? Si ce n'est pas elle ?

- Je me demande parfois si vous ne le souhaitez pas ardemment. Vous avez tant fréquenté la mère que vous ne voulez plus aucun mal à la fille.

Tandis qu'il parla, Dronor tendit sous le nez de la petite mutante muette d'étonnement, son poing droit duquel dépassèrent les deux bouts d'un cordon ancien, noirci et qui produisait une odeur proche de la moisissure.

Le roi ouvrit lentement sa main au creux de laquelle se trouvait une étrange capsulette au verre opaque, usé et tout lézardé. L'objet n'était pas plus gros que le pouce de la jeune Bivalente qui n'avait jamais vu de bijou aussi laid.
- Vous rendez-vous compte de ce que vous vous apprêtez à faire ? s'exclama Magnetron. Si vous faites cela, il ne sera plus possible de revenir en arrière !
Fedelyne déglutit douloureusement. La conversation la concernait d'un peu trop près à son goût.
- Nous avons déjà franchi le point de non-retour. L'état de sa mère a atteint un niveau que nous ne pouvons plus dissimuler. Tout au plus, après la mort d'Argolia, nous pourrons garder pour nous la nature même de la vérité, mais ce ne sera qu'une question de temps avant que celle-ci ne se propage. Une guerre peut tout stopper ; malgré tout et à moins d'un miracle, je m'attends à ce que le bas monde tout entier finisse par l'apprendre. Personne n'est préparé à recevoir cette vérité. Nous jouons notre dernière chance.
- Comment pouvez-vous être certain que Sicardus vaincra ?
- Les forces qui sont en mouvement sont d'ores et déjà hors de mon contrôle.
Fedelyne se jeta soudain dans les bras de Dronor et elle se débattit pour le dépasser. Les gémissements reprirent en vigueur et le roi avait parlé de sa mère. Un mauvais pressentiment l'envahit tandis que grandit l'appel de se jeter au pied de ce maudit lit qu'elle ne réussissait pas à voir complètement.

Le roi dans toute sa grandeur l'empêcha de se démener en l'enlaçant si fort qu'il étouffa ses protestations et lui tira des larmes.

Après une courte bataille, il la repoussa puis l'obligea à ouvrir sa petite main pour y déposer la vilaine capsulette au cordon noir qui sentait le tendon moisi.

- Maintenant, je ne peux plus intervenir, notre destin est entre tes mains, lâcha-t-il.

Fedelyne se réveilla en sursaut.

Chapitre 20

Iris et Fedelyne.

À peine sortie de son rêve, Fedelyne se laissa porter, enveloppée dans les bras d'Iris. L'oreille collée contre sa poitrine, elle se concentrait sur les battements réguliers de son cœur pour ne pas perdre connaissance.

L'attaque orchestrée par les Medpars s'était soldée par un échec. Dérod avait survécu tout comme la mutante bien que des filaments lui eussent effleuré la main au moment où elle fut lancée en hauteur vers Iris qui l'avait attrapée à temps.

Le venin se propageait en elle et l'engourdissement était en train de lui prendre la poitrine. Entraînée par la fièvre elle s'égarait dans sa tête tout en se répétant en continu une séquence décousue des événements qui l'avaient marquée.

Bien que ne trouvant pas de fil conducteur aux images qu'elle se ressassait, une idée fit néanmoins son chemin. Une seule chose pouvait expliquer la présence de Medpars en territoire Organien sans activer les systèmes de défense de la colonie, pourtant elle s'abstint de s'exprimer. Elle n'était pas convaincue que son état lui permettait de parler intelligemment.

Après avoir attrapé Fedelyne, le Grand-Œil avait emprunté un passage dissimulé qui menait hors de la première Sentinelle. Très vite la mutante avait été parcourue de spasmes qui s'atténuèrent ensuite au point de disparaître ce qui n'avait pas rassuré le sauveur.

Il existait une grotte abandonnée dans le plateau ouest des Abymes en bordure des ruines du Spectrum. Quand la mutante recouvra quelque peu ses sens elle trouva au-dessus d'elle une stalactite au bout de laquelle, perla une goutte d'eau laiteuse qui vint s'aplatir sur son front. Et elle se revit dans ses divagations où toutes les images qu'elle avait remuées lui étaient apparues cohérentes dans leurs incohérences.

Le côté insaisissable du chaos qui avait occupé son esprit la frustra alors qu'elle eût dû passer ce temps à se démener pour aller retrouver son Ange-Gardien Dérod qui avait besoin d'être sauvé à son tour.

Elle ne réussit pas à déglutir bien que l'envie lui crispât douloureusement la gorge. Elle ne parvint pas non plus à fermer la bouche. L'arrière de sa tête reposait sur la pointe d'un rocher fort inconfortable. Une douleur naquit dans son crâne.

Elle essaya de redresser la tête, mais la goutte d'eau qui s'étirait sur son front lui donna l'impression de peser une tonne.

Elle réalisa qu'un doigt était en train de jouer avec une mèche de ses cheveux.

- Une goutte pour un océan.

Fedelyne répondit par la pensée de façon mécanique.

- « Un rêve pour un cœur léger ».

- Et entre les deux, un regret inépuisable.

Soudain elle tenta de se relever, mais une main délicate se posa sur son épaule pour l'en dissuader.

- Doucement… Le poison des Medpars digère les muscles. Si ce n'était que ça… Il se multiplie de lui-même une fois en contact avec le sang. Si bien qu'une infime quantité suffit à transformer un Sixbras adulte en un tas de chair gélatineuse. Souvent on ne ressent aucune douleur. Les rares personnes qui y ont survécu ont même parlé d'une plaisante expérience. Attends… Ne fais pas d'effort… Tu n'as rien à craindre.

Iris passa la main derrière la tête de la mutante de façon à l'aider à se redresser. Les sensations revinrent peu à peu en elle, même si son corps fût encore bien engourdi.

N'étant toujours pas en mesure de parler, elle interrogea son apparent sauveteur d'un mauvais œil.

- Il semble que tu sois destinée à atterrir dans mes bras, murmura ce dernier sur un ton faussement affectueux.

Il lui parut clair que Fedelyne cherchait une faille pour lui rentrer dedans.

Celle-ci trouva peu à peu la force d'évaluer la marre visqueuse dans laquelle elle avait échoué.

C'était une substance d'albâtre qui la recouvrait jusqu'aux épaules. Sa surface était de temps en temps troublée par la chute de perles de lait qui descendaient du plafond vouté jusqu'à la pointe de stalactites spongiformes où elles finissaient leur parcours.

L'écho des clapotis éloigna la mutante de la sensation d'isolement.

Elle ferma les yeux.

Pourtant une colère inexplicable ne tarda pas à faire surface et des souvenirs remontèrent sous la forme d'images fragmentées et désordonnées.

Elle se rappela sa mère immergée dans ce corps liquide à la suite d'éprouvantes séances d'électromagnétisme que Magnetron lui avait régulièrement imposées.

Fedelyne eut le réflexe de ne pas en voir davantage comme si une partie d'elle souhaitait que ces souvenirs restassent enfouis.

Iris qui pour la première fois de sa vie put lire en elle comme dans un livre ouvert se crut délicat de l'interrompre par des phéromones d'attraction qui provoquèrent chez elle une certaine attirance sexuelle.

Mais elle ne se détourna pas longtemps de sa colère et elle jugea qu'il n'y eut rien de sincère dans ces effluves. Ce qui renflamma sa mauvaise humeur.

Elle planta un regard malintentionné sur la face de son interlocuteur qui parut soulagé qu'elle n'eût pas encore tous ses moyens de parler.

- C'est une eau que la Mère Lactée tire de son sein. Elle a le pouvoir de contrer la progression du venin des Medpars. Du temps des rois de l'Alliance, elle suintait à grosses gouttes des stalactites de toutes les grottes. Il n'en reste presque plus à présent. Notre mère n'est plus aussi forte qu'autrefois ! Elle survit plus qu'elle ne nous nourrit. L'équilibre s'effrite. Voilà ce qui importe. Est-ce que tu comprends ?

Iris avait basculé sur un ton plus incisif. Il était sur la défensive. De prime abord, sa question fut absurde puisqu'il avait la capacité de lire dans les esprits.

Mais le regard épineux de sa favorite fit obstacle à sa tentative d'intrusion comme très souvent, ce qu'elle prit à son avantage. Le jeu devint intéressant.

Elle plaça bien en évidence une idée dans sa tête de façon à offrir à son sauveteur tout le loisir de la capter.

- « Et entre les deux… un regret inépuisable. »

- Nous n'avons pas le même rêve et je n'ai pas le cœur léger, dit-il.

Fedelyne nota avec surprise que son effet fut plus fort qu'escompté.

Il serra le poing. Ensuite il lui fit face et s'exclama.

- Les rois de l'Alliance se sont battus pour toi ! Pour toi ; ils ont ruiné l'ordre des D.I.E.U, causé la perte du Spectrum puis jeté les survivants dans ce satané trou au bout du monde. Voici le sacrifice des rois pour toi ! Pour ma part je ne me battrai pas pour la passion, mais pour la vie ce qui à l'échelle d'un individu requiert des sacrifices infiniment plus douloureux. J'y suis préparé ; toi… l'es-tu ?

Fedelyne obtint une part de la réponse à son questionnement : pourquoi avait-il fait en sorte de laisser des Medpars s'infiltrer au sein de l'Organum ? Lui seul en avait les moyens. Les sacrifices individuels devaient servir la cause de l'unité selon son opinion. Jusqu'à quel point ? Quels sacrifices avait-il commis ? Quelle était la source du fameux regret ?

Par-dessus tout, il avait ruiné son rêve et il devait le savoir.

Elle n'avait nul besoin d'être une télépathe pour interpréter les signaux du Grand-Œil.

Elle le couva d'un regard aussi corrosif que l'acide et lui, bouillonna de l'intérieur de ne pas être capable d'accéder au fond de ses pensées.

Tout ce qu'il obtint d'elle fut ce qu'elle voulut bien lui donner, de la haine ainsi qu'une envie de vengeance qui ne demandait qu'une bonne raison pour se déchaîner. Il se laissa emporter.

- Notre Bivalence est le fruit de la malédiction d'Altes. Jamais les D.I.E.U n'accepteront que nous retrouvions la surface parce qu'ils nous ont soumis à une forme de contrôle pour éviter de renouveler les erreurs du passé. Si cette malédiction se retourne en sacrilège, les D.I.E.U ne pourront le tolérer. Leur colère divine nous mènera à la destruction totale !

Les mots employés destinés à marquer les esprits passèrent complètement par-dessus la tête de Fedelyne.

Il crispa les mâchoires tout en tirant sur le col de sa combinaison.

- Tu sais que ton esprit est le seul que je ne puisse lire entièrement. Je crois que par-dessus tout tu me reproches de me montrer distant envers toi. Si tu acceptais de me laisser entrer dans ta tête, tu comprendrais ce que je ressens pour toi.

Les yeux pénétrants verts clairs du maître de l'Organum se plantèrent dans ceux de Fedelyne qui aussitôt perdirent toute leur brillance.

En réaction Iris se raidit comme s'il se changea en statue.

- Tu n'aurais pas dû sortir de ma chambre.

Elle comprit que *se sacrifier* aurait dû être la bonne chose à faire.

- Ne crois pas que je t'ai sauvé pour mieux te contrôler.

Elle ne le crut pas. En revanche elle croyait que s'il l'avait sauvée au dernier moment, c'était parce qu'il n'avait pas pu se résigner à voir aboutir son projet de sacrifice.

Il sortit d'un pas lourd.

Fedelyne dont la tête tangua le regarda s'en aller et elle fulmina de rage, mais l'engourdissement au niveau des muscles de sa bouche ne la lâchait pas. Elle fut frustrée de ne pouvoir lui crier tout le fond de ses ressentiments.

Elle le perdit de vue et son cœur se fendit alors qu'elle déplora presque qu'il ne la retînt pas prisonnière.
Elle se sentit horriblement esseulée et son idée de pacte conclu entre les Medpars et lui pour l'éliminer lui sembla soudainement affreuse et absurde.
Il ne l'avait pas sauvée pour des fins pratiques, l'amour l'avait guidé.
Fedelyne leva le menton et ferma les yeux. Comme elle eût aimé ne jamais revenir de la surface…

Chapitre 21
Le départ des élites de l'Organum.

Depuis l'annonce du test simultané de deux sous-marins prototypes, la nervosité des Organiens s'était recentrée sur un point en périphérie du dôme à l'endroit duquel se situait un grand appontement où accostaient les sous-marins Cargos.
Dans la zone souterraine régnait une forte concentration de phéromones d'agglomération. Iris avait tiré profit d'une finale du J.E.U arrachée entre deux équipes d'auto-suggestifs pour dévoiler à tous les prouesses de ses dernières merveilles technologiques.
En vérité la destination ultime de ses prototypes était les courants de Coriolis. Les finalistes de l'avant-dernier J.E.U devaient se joindre au grand spectacle aux commandes de l'Ailectron, emprunté pour l'occasion à leurs propriétaires Organiens et grands vainqueurs du J.E.U d'il y a deux âges avec le célèbre Aximum.

Une pierre tombée dans l'eau engendrait des ondulations qui parfois enflaient au point de créer un raz de marée. Le retour de Fedelyne avait jeté la pierre et le raz de marée menaçait de s'abattre sur le dôme.
Les courants de Coriolis représentaient le point d'interception de trois des quatre Protons qui s'étaient retournés contre celui qui les avait offerts en guise de paix. Un échec à cette mission signifiait une guerre totale.

Le lac artificiel qui exacerbait les passions était scindé en deux par le long appontement en verre noir.
La partie supérieure de la cuirasse de l'Ailectron dépassait de la surface du côté gauche du lac. Il s'agissait d'un appareil de combat à l'apparence d'une fusée écrasée à l'horizontale et qui était munie de deux impressionnants ailerons verticaux

placés l'un en dessus de l'autre. Ces derniers étaient courbés vers l'arrière comme la lame d'un sabre.

Une épaisse mitrailleuse à air comprimé située de chaque côté de la tête complétait l'allure dangereuse du submersible.

Capable de prendre des virages quasi à angle droit, il pouvait aisément renverser le rapport de force en situation de combat rapproché.

De l'autre côté de l'appontement trônaient les deux derniers joyaux de la flotte Bivalente : le Xylon ainsi que le Goliath.

Le petit Xylon était équipé d'une unique mitrailleuse sous le nez. En forme de pointe de flèche, il possédait trois turbines, une au centre et une au bout de chaque aile.

Très maniable et rapide, il était conçu pour s'infiltrer dans des espaces étroits dans le but de frapper puis de disparaître sans laisser de traces.

Quant au Goliath, il écrasait de son envergure les deux autres submersibles.

Mis au point à partir d'un Cargo, il était armé de six puissantes mitrailleuses, deux à l'avant, une sur chaque flanc ainsi que deux à l'arrière et il était propulsé par un énorme réacteur disproportionné par rapport au corps.

Contrairement à l'Ailectron et au Xylon, le Goliath n'était pas entièrement en verre pur. Il possédait une double coque de verre noir. En contrepartie de sa robustesse, la conductivité de sa cuirasse était insuffisante si bien que le sous-marin manquait de manœuvrabilité. Seuls deux Raidones hautement expérimentés pouvaient le piloter en commandant le système nerveux alpha à partir de leur énergie électrique corporelle.

Iris avait vu juste. L'annonce de lâcher en même temps les trois fleurons de sa flotte avait temporairement apaisé la tension de l'Organe en plus de lui permettre de conduire son intervention dans le plus grand secret.

Néanmoins il devait se tenir prêt à toute éventualité parce que les courants de Coriolis étaient méconnus. Ils changeaient continuellement de forme et de direction. En outre de nombreuses ramifications apparaissaient aléatoirement le long de la colonne principale et permettaient de déboucher n'importe où, y compris aux portes de l'Organum.

Iris avait trois avantages.

Le sonar du Xylon, de l'Ailectron et du Goliath avait été modifié pour percer les couches externes de violents courants comme ceux de Coriolis.

Ensuite il avait à sa disposition la meilleure équipe de pilotes jamais montée.

Enfin et surtout les trois fleurons de sa flotte surclassaient n'importe quel modèle de Protons.

Il y avait une ombre de taille au tableau. Les testeurs n'avaient pas eu le temps de compléter leurs exercices et les trois quarts seulement de la base mémorielle des Testructeurs avaient été insérés dans le Xylon et le Goliath. Seul l'Ailectron était pleinement opérationnel.

Si la partie s'annonçait épineuse hors des frontières de l'Organum, elle l'était tout autant à l'intérieur parce que le Grand-Œil subissait une pression grandissante. La colonie attendait de lui une riposte en réponse à l'entrée d'ennemis à l'intérieur du dôme et les doutes concernant sa force se répandaient tel un virus.

Afin d'écarter tout débordement, Iris s'était entouré des terribles Gardiens de l'Alliance. Ces sept Sapies colossaux qui attendaient dans l'ombre derrière lui tel des statues de pierre étaient ses infaillibles gardes du corps. Parce qu'ils ne possédaient pas d'esprit, ils étaient incapables de trahir leur chef. Ils compensaient cette absence d'esprit par une musculature et une taille hors norme qui n'avaient aucun équivalent dans ce bas monde. Même les Shaklyrs marchaient derrière eux.

Ainsi les Gardiens représentaient le dernier symbole vivant de l'Alliance des rois, indestructibles et inséparables.

L'apparition de ces géants était une première depuis la guerre des Trois ce qui ne présageait rien de bon, car ils étaient le dernier rempart, la solution ultime. Après eux il n'y avait plus rien pour garantir la pérennité de l'équilibre.

Protégé par l'atmosphère que dégageaient ses sept gardes du corps monstrueux, Iris domina de sa présence la foule qui grouillait autour des trois bijoux de son escadron.

Il s'approcha de l'extrémité de son large rocher en triangle dont la pointe surplombait les curieux.

Fixant sa colonie de son regard vert inexpressif, il essaya de prédire l'avenir. En lisant dans les esprits, il était capable de prévoir la séquence des événements à venir. Cette séquence-ci, il ne l'avait jamais prédite, comme tous les événements qui s'étaient succédé depuis le retour de Fedelyne. Il se doutait que l'origine de cette défaillance était les sentiments qu'il éprouvait pour elle et qui le troublaient de plus en plus.

Supporté par la présence des sept Gardiens de l'Alliance, il prit une inspiration et tous cessèrent de s'activer autour des submersibles.

La foule leva le menton vers celui qui s'exclama d'une odeur embrasée.

- Si nous ne sommes plus cette inspiration de jadis, nos cœurs héroïques affaiblis perdront toute volonté. Notre existence dépend de la solidité de nos bases et de nos croyances. La dévastation et la mort règnent en surface. C'est ici ! Au cœur de notre Mère Lactée qu'est né notre salut, C'EST ICI QU'EST NÉE LA LUMIÈRE !

Les Bivalents réunis se frappèrent la poitrine à grands bruits. Les murs du port vibrèrent d'une force qui parut s'être assoupie depuis trop longtemps. Néanmoins il émana autre chose, comme un dérangement invisible. Ce qui n'échappa pas au Grand-Œil qui ne put retenir une légère crispation aux commissures de ses lèvres.

Il distingua dans son dos une senteur perfide en train de grossir. Il soupira.

- Titus ! Quel mauvais courant t'amène ?

- Je suis poussé par celui de la guerre, cela va de soi.

- Tout ce que tu touches empeste la honte d'avoir manqué aux espoirs de ton père. Où étais-tu passé ?

- Tout le monde n'a pas hérité de l'enseignement de mon père. Moi je n'ai eu droit qu'à un bagage génétique délavé comme s'il ne m'avait jamais désiré. Mais je pourrai te retourner la même question.

Iris enterra le sujet avec agacement.

- Est-ce que tout est prêt ? demanda-t-il sèchement tout en évitant de glisser le regard sur le profil de son second qui se tint à ses côtés.

- Tel que tu l'as exigé j'ai organisé la création d'un corridor de sécurité dans le système de détection alpha qui ceinture l'Organum. Ton escadron pourra traverser l'étroit passage sans être repéré. Cependant la fenêtre ne restera pas longtemps ouverte. Au premier soupçon, l'Organe réagira et lèvera notre voile. Alors adieu tes bases. La réponse pourrait très bien être une guerre civile.

 - Surveille ton élan ; rappelle-toi ta dernière leçon. Garde tes sermons logés dans le creux de ton crâne. Ça t'occupera de penser à quelque chose.

Parmi la foule apparurent à proximité du Goliath les deux Raidones de la sous-espèce des Unis et vice-champions du J.E.U, Aïquo et Badrog.

Ce dernier caressa le flanc du Goliath avec la fixation du débutant.

- On raconte que sa carapace est si solide qu'un coup de bec d'un gros Sixbras comme le Cracker ne suffirait pas à l'égratigner, souffla-t-il.

- Le Cracker est une sornette, lança Aïquo. Qui croit encore à l'histoire que le soi-disant plus grand Sixbras de tous les temps n'obéit qu'au Très-Haut ? Pour enflammer l'imaginaire collectif et faire croire qu'un être est le plus puissant du bas monde, il lui faut une monture invincible aussi mystérieuse que légendaire. J'ai bien dit invincible et non invisible ! Je n'ai jamais vu ce Cracker.

- Dans ce cas tu as toutes les raisons de te réjouir parce que cette monture-ci est à nous; elle se trouve bien sous nos yeux et elle n'a rien d'une légende. Regarde et inspire-toi.

Tandis qu'il parla, Badrog caressa le Goliath avec plus de lenteur comme si ce dernier devait apprécier le délicat toucher de la minuscule main sur son gigantesque côté noir de jais. Il ne se passa rien jusqu'à ce qu'il libérât une décharge électrique concentrée sur le bout de l'index. De petits éclairs électriques se tordirent le long de la coque avant de fondre jusqu'à disparaître comme s'ils furent absorbés par le verre. La carapace longue de 70 brasses et haute de 6 trembla comme si elle fut parcourue d'un léger frisson.

La mâchoire d'Aïquo décrocha.

- Je croyais que c'était le système nerveux du Goliath qui devait réagir avec notre électricité, non son corps, bafouilla-t-il.

- Il ne faut quand même pas rêver. C'est une réaction proche du réflexe. Chatouille-le un peu trop et il t'enverra en enfer. Le Cracker lui-même, s'il existe, ferait mieux de garder ses distances.

- Une force de frappe qui nous sera très utile là où nous nous rendons, s'émerveilla Aïquo.

- Enfin, le Goliath n'a pas que des qualités. Il ne se bouge pas aussi facilement qu'il tire. Une roche serait plus facile à manœuvrer.

- Ah ! Voici les perdants ! Il faut qu'on leur donne un engin si gros qu'ils n'ont pas assez de longueur de bras pour atteindre le tableau de bord. Qu'allez-vous faire ? Piloter sur la pointe des pieds ?

Ni Badrog ni son coéquipier ne jugèrent utile de répliquer.

Ayder, le grand vainqueur du J.E.U qui avait su déjouer toutes les prévisions arriva en roulant des muscles au niveau des deux Raidones qui lui tournèrent ostensiblement le dos.

- Hey, Badrog, veux-tu voir un réflexe qui en met plein la vue ? Viens me chatouiller les côtes.

Celui qui se voyait comme le plus grand Shaklyr de sa génération, écrasa de sa stature ses compatriotes.

Badrog pencha la tête en arrière en esquissant un sourire et il fit claquer un arc électrique le long de sa canine.

- N'y songe pas, dit Aïquo qui gardait les yeux rivés sur le Goliath. Son esprit est si épais qu'il est imperméable à toute spiritualité.

Azado, le partenaire de jeu et frappeur d'Ayder, se montra. La déviation de ses globes oculaires vers l'extérieur lui donnait l'air de ne pas tout comprendre de la vie.

Il mesurait une tête de moins que son confrère et avait des épaules tombantes. Moins impressionnant, il était sec et nerveux.

Quant à sa cicatrice en travers du thorax et ses deux doigts en moins à sa main droite, cela ne lui donnait pas un air menaçant.

Badrog ricana gentiment en se tournant vers le nouveau venu qu'il dévisagea des pieds à la tête.

- Quand on a compris que la vie est un combat perpétuel, on a tout compris. C'est une notion que quelque part au cours de ton existence, tu as échappée, articula le Raidone en concentrant toute son énergie électrique vers son propre thorax qui d'un coup tripla de volume.

Ayder se mêla de la partie.

- Allons, le petit joue à Magnetron, mais il n'a pas les mêmes talents. Il parait encaisser une remontée d'aérophagie.

- Rappelle-moi Ayder, de combien de points avons-nous perdu la finale ? interrogea Badrog.

- Un tout petit point. En parlant de poing, je meurs d'envie de t'en envoyer un. Peut-être qu'alors tu le verras un peu plus gros.

Aïquo mit impatiemment un terme à ce gaspillage de puérilité.

- L'instinct de survie de chacun est celui de tous. Nous ne pouvons pas nous battre autrement qu'en nous lançant des disques à distance, et ce dans le seul but de jouer. À quoi rime cette comédie ?

Starlette et Burinos, les deux jeunes Raidones Unies surdouées surgirent après s'être frayé difficilement un chemin dans l'attroupement.
- Qu'est-ce qui vous prend ? Nous n'avons pas de temps à perdre, se récria la délicieuse Starlette, il nous faut partir au plus vite ! Tout indique que notre objectif se rapproche. N'oubliez pas que nous y allons pour calmer le jeu. À ce que je vois, c'est mal parti. Les querelles vous prennent tant la tête que vous avez perdu en âge. Les élites tracent la voie avec éclat non avec les postillons. Réveillez-vous !
La diatribe fut assez tendue pour qu'Ayder, Azado et Badrog changeassent d'expression et qu'un brin de complicité s'installât entre eux.
- Nous allons montrer à ces perclus de honte le péril de leur damnation. Nous ferons regretter aux voleurs de Protons de se frotter à la force de frappe du Grand-Œil ! s'enflamma Azado.
Starlette opina de la tête. Ensuite son œil glissa de lui-même sur le côté de la luisante cuirasse du Goliath.
- Belle machine tout de même, dommage que nous n'ayons pas achevé nos exercices avec les Testructeurs, murmura-t-elle en masquant une inquiétude naissante.

***

Le Goliath escorté de l'Ailectron et du Xylon enchaînèrent de courtes manœuvres d'entraînement sous les yeux ébahis de plus de cinq cents Bivalents qui avaient plongé dans l'eau du port.
Les courbes des trainées bleutées qui soulignaient les réacteurs se changèrent en un jeu savant de figures qui

dansèrent et fondirent entre elles pour recréer une histoire évoquant la guerre des Trois qui à défaut de gloire avait apporté aux Bivalents l'amère satisfaction d'être encore en vie.

Pour un temps les dessins créés par les trois meilleurs submersibles de la flotte changèrent cette amertume en un moment de vérité où l'Organum était devenu un empire plus redoutable que le Spectrum ne l'eût jamais été.

Enfin ce n'était pas une onde magnétique qui se trouvait derrière cette série de démonstrations, mais bien les machines de guerre d'Iris.

Un spectacle qui fut tout à l'honneur de ce dernier au sommet de son rocher avec ses sept ombres titanesques.

Leur tour accompli, les trois prototypes s'éclipsèrent laissant la colonie sur sa faim tandis que pour elle le pas de la vraie vie reprit son cours : lourd et sans but.

Le premier objectif avait efficacement dissimulé le second, la première attaque Bivalente contre les Adaptés depuis la Grande Guerre.

Avant de s'engager dans le passage libéré par Titus au travers du système de détection passive de l'Organum, les trois sous-marins firent un lointain survol du dôme.

Starlette et Burinos, Aïquo et Badrog, Ayder et Azado éprouvèrent un inconfort à s'éloigner du sommet du dôme de verre où trônait le gigantesque œil alpha que certains voyaient comme un cœur avec ses palpitations devenues incontrôlables. Un cœur malade qui maintenait en vie la dernière colonie Bivalente à l'apogée de sa puissance ou bien l'œil endiablé d'une bête blessée qui n'avait plus rien à perdre.

Pour la première fois de leur existence, les pilotes furent partagés entre leur attachement naturel à l'égard de leur dernière demeure et un soulagement inavoué à l'idée de quitter ce trou où il était de plus en plus ardu de respirer.

L'énorme œil bleu elliptique parut se braquer sur les sous-marins dans leur dernier virage, comme s'il refusait de les lâcher.

Nul ne sut si ce fut les six pilotes qui luttèrent pour trancher le cordon ombilical ou s'il s'agit de l'œil qui sembla se distordre comme pour chercher à les retenir. Mais ce fut la dernière fois qu'ils furent vus vivants.

Les trois sous-marins lâchèrent la pression dans leurs réacteurs dans un dernier effort pour se séparer de l'attraction du dôme. Et ils s'en allèrent, poussés par de longues traînées bleues effilochées.

Les épaules calées contre le dossier de leur fauteuil, les aventuriers s'emmurèrent dans un mutisme éloquent.

Ils n'avaient pas la moindre idée de ce qui les attendait là-bas ni qui étaient leurs adversaires, cependant ils savaient qu'en situation de combat l'hésitation se révélait à tout coup fatale.

Beaucoup d'histoires troublantes entouraient les courants de Coriolis auxquels on avait attribué le surnom évocateur de *faucheuses*. Peu de navigateurs qui avaient eu l'inconscience de s'y aventurer étaient ressortis en un seul morceau. Quant à ceux qui avaient perdu des bouts, ils avaient été dispersés le plus souvent à des milliers de brasses à la ronde.

Le danger de la force des courants ne représentait pas la première source d'inquiétude des pilotes. Aussi éloignés de la zone d'influence de l'Organe, ils allaient être livrés à eux-mêmes. Sans aucun contact avec l'onde magnétique, le risque était plus grand de se perdre dans l'oubli et de finir avalé par les Ténèbres.

Pourtant l'excitation croissante de livrer bataille l'emporta.

Des six, seul Ayder était un vétéran de la guerre des Trois. Contrairement à ses confrères, il n'était pas aveuglé par une pincée d'héroïsme que d'épiques récits de bravoure alimentaient. Son esprit gardait une grande acutesse.

Toutefois quelque chose le tarabustait. Iris avait mentionné que les Protons qu'ils s'apprêtaient à attaquer avaient été volés, ce que le Shaklyr mettait en doute. En vérité ce dernier avait entr'aperçu une lueur dans l'œil d'Iris qu'il avait déjà remarqué à une autre époque ; peu avant que celui-ci abandonnât la principale force d'attaque contre les Adaptés afin de couvrir une première retraite vers les Abymes. Ce qui avait conduit à un retour en force de l'ennemi contre l'unité d'Ayder qui fut mise en pièces. Le Grand-Œil avait sacrifié un bataillon entier pour protéger une poignée.

Ce regard complètement désemparé qu'Ayder avait croisé à la finale du J.E.U lui avait laissé un arrière-goût qu'il eût préféré ne jamais plus ressentir…

Ainsi chacun s'oublia dans ses introspections tandis que les trois sous-marins étirèrent à vive allure de longues flammèches bleues entremêlées de cristaux de glaces. Déjà l'Organum se trouvait loin derrière et la chaleur douce et sécurisante que l'onde magnétique leur transmettait était en train de faiblir.

Ayder menait la course aux commandes du petit Xylon qui ne fut pas prévu pour accueillir un spécimen aussi massif à son bord.

Suivait l'Ailectron avec Starlette et Burinos puis le gigantesque Goliath dirigé par Aïquo et Badrog.

Loin des frontières de l'Organum, les eaux devenaient fort détestables, plus obscures et horriblement figées.

La Mère Lactée représentait l'une des rares oasis de l'univers que les Ténèbres n'avaient pas encore atteint. Celle-ci s'apparentait à un organisme vivant doté de mécanismes de défense tels que l'Organe en son sein qui attirait la vie vers elle.

Les étoiles étaient à la Mère ce que l'âme était à l'enveloppe corporelle. Tels des passerelles vers l'au-delà elles connectaient les parties de l'univers entre elles et empêchaient les serres des Ténèbres de se refermer tout de bon.

Néanmoins la Mère Lactée s'épuisait. L'immobilité sur laquelle les Ténèbres s'épanouissaient comme une mauvaise graine s'ancrait toujours un peu plus dans la réalité.

La traversée d'une mer morte était une épreuve pour les Bivalents qui passaient la plus grande partie de leur existence dans les courants instables des grandes profondeurs. Pourtant les aventuriers s'excitèrent de se savoir la proie de l'inconnu. La joyeuse inconscience des guerriers salivant à l'idée du sang tombait souvent de haut en pénétrant trop loin dans la pénombre.

Cela les pilotes ne le surent pas encore, pas même Ayder trop occupé à penser à ses adversaires. Ce qui les attendait là-bas dépassait de loin leur entendement.

Enfin il apparut une distorsion dans un angle du cube qui émergea des tableaux de bord et pour la première fois depuis le début du voyage, des courbes se formèrent dans les triangles alpha.

Starlette lut le message envoyé par Ayder qui tenait la tête de l'escadre.

- Déployons-nous. Les signaux indiquent que les Protons ne sont pas loin. Tant que nous serons hors des courants de Coriolis, eux ne pourront pas nous repérer.

Les cubes avaient jailli bien avant que fussent observables les mouvements d'eau. La visibilité était réduite, mais alors une énorme torsade de filets aux lueurs orangées et saupoudrées de points lumineux déchira l'obscurité persistante de cette partie morte de la mer. La férocité des eaux broyait l'inertie des Ténèbres comme un immense tube digestif.

Les pourtours et les teintes des courants changèrent en continu passant de l'aspect de nuages menaçants à celui de draps ondulants et soyeux aux reflets par millier avant de s'effranger et d'être digérés par la machine vorace qui broyait tout sur son passage.

Une découverte de toute beauté qui ravit les trois pilotes Aïquo, Ayder et Starlette se trouvant aux premières loges en avant du cockpit. Cependant la force de la nature ne tarda pas d'aviver la tension au sein de l'escadron, car sa masse gonfla et s'étendit jusqu'à changer le Goliath en un objet insignifiant.

Pour cette raison Starlette ne partagea pas l'idée d'Ayder et son œil en amande se noircit avec sévérité. Elle qui poussée par Burinos, prenait d'ordinaire des risques inconsidérés, découvrit pour la première fois le sens de l'expression *frapper un mur*.

- Nous devrions restés groupés, même si cela signifie de diminuer nos chances d'une attaque-surprise, dit-elle. Personne d'autre que nous n'a l'habitude de manœuvrer des appareils peu stables dans des conditions hasardeuses. Le Xylon et le Goliath ne sont pas pleinement opérationnels à l'inverse de l'Ailectron. Nous allons prendre la tête et notre sous-marin servira à tous de repère visuel. Ne perdez pas de vue qu'une fois à l'intérieur de cette gorge béante, les communications seront difficiles, voire impossibles. Nous sommes tous habitués à jouer en solo, mais un déploiement équivaudrait à un suicide collectif.

Ayder qui était de la race des dominants, dut admettre que Starlette avait raison. Une approche groupée avait le désavantage d'augmenter les chances de collision entre les sous-marins eux-mêmes et limitait l'envergure d'une attaque, pourtant aux vues de l'importance de cette mission, l'échec ne devait pas être possible.

Il haïssait donner raison à un Raidone, à plus forte raison à une femelle, mais il se réconforta avec l'idée que le plan n'était pas sorti de la bouche d'Aïquo.

Starlette tout autant que Burinos, se méritait le prestigieux titre de survivante d'une interminable année d'essais de Testructeurs programmés le plus souvent aussi bêtement que ses pieds. Elle en avait vu de toute sorte, mais rien de comparable à ce serpent dont les sifflements faisaient vibrer les plaques des sous-marins. Le monstre sortait des légendes pour défier les maîtres des Abymes.

L'Ailectron fut tant secoué que la pilote s'inquiéta de la constance de la conductance alpha-physique le long de la cuirasse. Elle ne pouvait se permettre la moindre défaillance technique et elle craignit qu'en s'approchant sans précaution de la bête, celle-ci s'aperçût de sa présence, même si à côté la taille de son submersible ne fut qu'un point noir insignifiant.

C'était un vortex éternel qui avait la puissance d'un ouragan sous les eaux. Les points lumineux, des roches sans aucun doute qui réfléchissaient la lumière de quelques étoiles, passèrent devant les yeux de Starlette telle une pluie de météores. Elle en perdit le fil.

Un peu au hasard elle amena l'Ailectron en première ligne quand la force d'attraction de la bête la capta tout d'un coup. Dès lors il ne fut plus possible de revenir en arrière. Le monstre avait remarqué l'intrus et son appétit s'éveilla.

Burinos qui à son poste de copilote avait à l'œil les réservoirs d'eau bleue de la turbine se décida à briser une ambiance de plomb.

- Es-tu certaine de ce que tu fais ?

Il n'existait pas de pilote plus inconsciente que Burinos. Même le bout de chair qu'elle avait perdu à la cuisse des suites d'une rencontre indélicate avec un Sixbras trop émotif ne l'avait pas dissuadée de renoncer à son imprudence. Pourtant son cœur battit la chamade et son attention dérapa sur les vibrations déchaînées dans le cockpit et dont le vacarme lui emplit le crâne. Visiblement sa coéquipière ne contrôlait déjà plus grand-chose.

Starlette oublia de répondre. Elle crispa ses fines mâchoires, tendant sa fossette mentonnière en direction du point qu'elle avait pris pour cible. C'était une zone dans les courants exempte de lumières filantes.

Avec la force d'attraction du monstre qui redoublait, la pilote disposait d'une fenêtre de temps très restreint. Elle n'eut d'autre choix que de saisir sa chance sans réfléchir. Son appareil avait déjà grandement perdu en dirigeabilité.

Les secousses avaient fait disparaître le triangle alpha et le cube était en train de se déchirer. Elle n'était pas assurée que le Xylon et le Goliath suivaient, mais il n'était plus temps de s'en soucier.

Elle déglutit puis pointa la sphère neuronique vers sa cible. À l'intérieur de cette masse d'eau zébrée de comètes sur fond orangé se trouvait un monde dont elle ne connaissait rien. Elle eut la ferme conviction que de l'autre côté sa vision de la réalité allait être à jamais métamorphosée.

Avant de franchir l'irréparable Starlette eut le temps d'apercevoir dans le cube trois points en accélération rapide à l'intérieur du ventre de la bête.

Elle s'écria,

- Si les Protons passent de l'autre côté des courants, ils pourront être captés par les radars de l'Organum. Leur visibilité conduira à l'échec. Ils ne doivent pas sortir ! Si nous échouons ici, Iris perd tout.

Burinos était la plus solide des deux. Celle-ci baissa le menton et se cramponna à ses commandes de toutes ses forces. Elle se sentit capable de gérer la situation en plein chaos, pourtant elle serra fort les manches de ses commandes pas tant pour s'accrocher au moment où l'Ailectron allait partir en vrille que pour dissimuler les tremblements de ses mains…

À l'intérieur du Xylon le regard sombre d'Ayder se para d'étincelles. Il se voyait comme un fauve en cage dans ce cockpit qui le tenait de toute part à l'étroit.

Bien qu'il eût dès le départ affiché quelques réserves à la perspective du combat, l'expression de son visage changea du tout au tout maintenant que vint le moment de vérité. À l'inverse des Raidones il était un animal génétiquement conçu pour la guerre.

Azado activa la mitrailleuse sous le nez du petit submersible. Les sous-marins de combat étaient équipés d'un réservoir plat placé sur le ventre et dans lequel était concentrée la vapeur d'eau surchauffée issue de la dégradation alpha.

Une amélioration dans les prototypes permettait au copilote de contrôler la pression de l'air à l'intérieur de ce dernier réservoir de sorte à adapter les tirs de bulles elliptiques selon le type et la vitesse des courants. Pour ce faire il disposait d'indicateurs de force et d'orientation des courants dans un hologramme projeté par le plafond devant son visage. À l'aide de commandes au pied, il agissait sur la pression d'air en fonction des données extérieures.

Jusqu'à présent le Xylon réagissait bien. L'eau bleue, malgré sa programmation limitée, conservait sa stabilité. Azado entreprit de surchauffer les trois turbines qui crachèrent un panache de cristaux de glace.

Dans le Goliath, Aïquo perdit patience.

- Il n'est pas question de rester en queue de peloton. Nous ne sommes pas là pour ramasser les cadavres !

- Tout à fait d'accord, riposta Badrog en canalisant son énergie électrique dans le bout de ses doigts.

La couche d'eau alpha qui recouvrait ses commandes, doubla d'épaisseur et les arcs électriques qu'il produisit interagirent avec l'eau bleue en se tordant dans la cabine toute entière.

Le Goliath propulsé par un réacteur aveuglant passa devant les deux premiers submersibles.

Une boule de feu frôla l'Ailectron dans un grondement de tonnerre. Starlette se protégea les yeux pour ne pas perdre sa cible de vue. Elle lâcha juste à temps la pression de sa main sur la sphère neuronique et réalisa d'urgence une manœuvre d'évitement.

Malgré tout l'Ailectron rebondit sur le flanc de l'énorme Cargo modifié et fut projeté dans le tube de Coriolis.

Quant au Xylon, il s'écarta de justesse. De ce fait il s'engouffra lui aussi dans les courants avec le mauvais angle d'attaque.

Les trois sous-marins partirent dans une vrille incontrôlable. Toute communication fut interrompue.

- EST-CE QU'IL Y A UN SIGNAL ? se récria folle de rage Burinos qui se cramponnait à ses leviers tandis que l'Ailectron tournait dangereusement autour du Goliath qui lui-même fut entraîné dans une spirale.

- Ce n'est pas le moment ! lança Starlette qui ne savait plus comment se tenir pour ne pas se fracasser la tête contre le cockpit.

- DIS À CE CRÉTIN D'ARRÊTER DE SE BOUCHER LE NEZ QUAND IL SE MOUCHE ; ÇA LUI REMONTE DANS LE CRÂNE !

- CE N'EST PAS LE MOMENT !

Soudain Starlette écarquilla les yeux de stupeur puis esquiva de justesse une rafale de bulles. Elle s'époumona.

- INVERSE LA POUSSÉE !

Exercice des plus imprudents quand le submersible filait à une vitesse folle en tournant sur lui-même.

Burinos ne se le fit pas répéter. Elle tira sur ses manettes de toutes ses forces. Elle eut beau grogner de douleur et se déchirer les muscles, elle n'obtint pas gain de cause.

Starlette poussa un cri qui gonfla dans sa poitrine tandis qu'une forme triangulaire grossissante occupa tout son champ de vision.

Tout d'un coup il y eut un choc d'une grande force et l'Ailectron menaça de se disloquer sous l'effet d'une inversion de poussée brutale qui créa un vrombissement abasourdissant.

Starlette fut projetée en avant et les sangles de son siège sur ses épaules lui coupèrent le souffle.

Burinos dans un ultime effort, avait réussi à ramener les commandes vers elle. Elle entrevit un Proton dont le nez leur faisait face à une centaine de brasses d'eux. Ils se trouvaient à portée de tir, mais avec les turbulences qui entraînaient ipso facto les deux sous-marins, la perspective d'une attaque s'avérait délicate.

L'ennemi se retourna avec une facilité déconcertante ensuite il prit en chasse le Goliath devancé du Xylon qui d'une étrange manière était passé devant tout le monde.

Sans doute le Proton avait-il jugé que l'Ailectron ne constituât pas pour lui une menace assez sérieuse pour perdre son temps à chercher à le détruire. Celui-ci qui virevoltait en tous sens se trouvait piégé par des courants qui faisaient de lui ce qu'ils voulaient.

- Je croyais que le but de notre attaque était la surprise ! s'exclama Burinos.

Sa coéquipière bouillonna de rage. Non seulement le Goliath avait cassé tout effet de surprise, mais l'Ailectron se trouvait déjà hors d'état de nuire.

Le Goliath ne se laissa pas démonter par la perte de contrôle de la situation en libérant une puissance qu'il ne fut plus capable de retenir. Ses mitrailleuses de queue tirèrent à tout-va. Starlette vit son premier objectif s'écarter et être remplacé par un mur de bulles elliptiques que les courants dispersèrent dans le chaos. L'une d'entre elles frappa le dos de l'Ailectron. Ce dernier tint bon, mais les autres tirs qui avaient été déviés leur revinrent en partie dessus.

- ACCROCHE-TOI !

Starlette effectua une série d'acrobaties hasardeuses et suicidaires. La turbine de l'Ailectron encaissa l'impact d'une autre bulle.

- Encore un coup comme celui-ci et nous sommes finis ! Décroche de là ! s'alarma Burinos en se remettant à peine du choc.

Soumis à une baisse de tension momentanée, le sous-marin menaça de s'éteindre.

- Les deux autres Protons arrivent, ils nous ont repérés, ils foncent sur nous ! bafouilla sa partenaire en écarquillant les yeux sur son cube alpha à moitié déchiré de parasites.

La précision des pilotes ennemis la stupéfia. Leur Proton prenait les courants comme de vulgaires caprices de la nature.

- L'Ailectron est le plus complet et le plus efficace de tous et nous sommes les meilleures ; attends-tu que nous finissions pulvérisés ? Décroche ! DÉCROCHE !

Starlette tourna un regard pétrifié vers le Xylon qui tenta pesamment une manœuvre de retournement. Un coup de courant le projeta contre le premier Proton qui s'était placé entre le Goliath et l'Ailectron.

Le Xylon et le Proton rebondirent l'un contre l'autre dans une nuée de morceaux de verre scintillant sous les rideaux orange que le tube déchaîné de Coriolis torturait.

Ayder se cogna la tête contre le cockpit quand il se tourna l'air anxieux vers son copilote qui se démenait avec la pression de ses réservoirs.

L'impact avait occasionné de nombreuses fissures sur la coque qui perdit rapidement en conductivité. Le temps de réaction du Xylon augmenta. Ce dernier était en difficulté.

Les deux derniers Protons s'écartèrent pour seconder le premier qui avait subi d'importantes avaries.

Aïquo obtint enfin une visée dégagée et claire. Bien que les trois Protons fussent techniquement hors de portée, l'orientation des courants pouvait décupler la force de frappe de ses canons.

Il n'ordonna pas à Azado de tirer tout de suite. Son œil plutôt que de se braquer sur les trois fuselages triangulaires qui garnissaient sa mire glissa sur le triangle alpha. Il n'y avait aucun signal. Il était encore possible de localiser avec une relative précision la position des sous-marins entre eux grâce au cube ; en revanche la communication ne se faisait pas.

À cet instant, il comprit qu'il n'avait pas affaire à de simples Adaptés. Seule une poignée d'individus était capable de faire preuve d'une si parfaite coordination sans aucun moyen de dialoguer.

Aïquo avait entendu parler des quatre frères noirs, les derniers descendants de l'énigmatique lignée de Crevdurs surnommée les Sassines. Les quatre frères noirs s'étaient hautement distingués lors de la guerre des Trois par leur capacité à réagir comme s'ils n'étaient qu'un seul et même individu sans l'emploi de mots ni d'aucun artifice comme la télépathie.

Quant aux auto-suggestifs, ils se trouvaient trop loin de l'Organe pour créer un semblant de connexion au sein de l'équipe.

Aïquo releva les yeux et sa mâchoire se décrocha parce que le pire arriva.

Il avait dirigé toute son attention sur les trois Protons. De fait il était passé à côté du plus gros et du plus évident.

Une horde de Sixbras adultes profitait des courants de Coriolis pour se déplacer plus rapidement.

- Prépare tous les canons Badrog, ça va chauffer !

Starlette vit elle aussi poindre la menace quand le Goliath mit à profit son avantage en fondant sur les Protons. Le Xylon qui avait repris du mieux s'engagea à la suite.

- C'est du suicide ! lâcha-t-elle.

- CESSE D'ÊTRE RAISONNABLE ET FONCE ! QU'EST QUI TE PREND À LA FIN ? tonitrua Burinos.

- Personne ne sortira vivant de cette histoire…

- PAR LES ANCÊTRES !! LE GOLIATH N'EST PAS ASSEZ FIABLE POUR NOUS OUVRIR LE PASSAGE, C'EST NOTRE PIÈCE MAÎTRESSE, IL DOIT RESTER EN RÉSERVE. VAS-TU TE FAIRE GUIDER PAR UN DÉBILE OBTUS QUI PREND SON XYLON POUR UN PROJECTILE ? FOOONCE !

Starlette secoua la tête. Qu'une brute à qui l'on essayait péniblement d'apprendre les rudiments de la gifle pût piloter une merveille aussi délicate que le Xylon passait encore, mais qu'il montrât en plus qu'il savait effectivement le piloter, cela menait droit au poteau pour se frapper la tête dessus.

Starlette se cogna la tête sur son tableau de bord devant le regard ahuri de sa copilote. Pas question de faire honte à sa caste ; elle enserra sa sphère alpha et d'un coup les deux ailerons supérieur et inférieur de l'Ailectron coupèrent en deux toutes les lames de courants qu'il rencontra.

Burinos fit rugir le réacteur.

L'escadron d'Iris se lança dans une poursuite kamikaze au milieu de la horde de Sixbras que la moindre erreur de pilotage risquait d'énerver.

Les sous-marins piégés dans des eaux tempétueuses tombèrent dans des trous de plusieurs dizaines de brasses. Un roulement étourdissant emplit les habitacles. Les remous laiteux des appareils déchirèrent les draps orange laissant derrière des lanières teintées de vert et de rose tandis que les tentacules des monstres se parèrent de signaux lumineux aveuglants afin de maintenir tout le groupe compact.

Dans cette confusion de couleurs seul le Goliath tira efficacement son épingle du jeu malgré les lacunes dans sa programmation alpha et sa maniabilité restreinte. Parce qu'il était très lourd, les courants ne le chahutaient pas si aisément.

Les Sixbras qui ne se comptaient plus étaient des titans aux côtés du petit amas de submersibles. Les raies de lumière clignotante le long de leurs tentacules parsemés de verrues apportaient au chaos un semblant de calme.

Bien que perdant peu à peu de la distance sur les trois cibles, le Goliath tenait fort bien la tête. Malgré sa taille impressionnante, il était trois fois moins gros que les Sixbras qui le cernaient. Pourtant c'était assez pour ne pas se sentir menacé par eux.

Les petites coquilles de verre bleu zigzaguèrent l'une derrière l'autre au milieu du troupeau démesuré dont on ne vit pas la fin.

Lorsqu'Aïquo réalisa qu'il avait perdu de vu le dernier Proton, ce fut trop tard. Un de ses ennemis surgit de nulle part par-dessous l'abdomen d'un Sixbras et atteignit la queue du Goliath de trois bulles elliptiques.

Sous l'impact les deux cuves alpha de part et d'autre de Badrog furent tamponnées de son sang. Une large entaille lui ouvrit le front.

Le Xylon fut le premier à riposter, ce qui représenta une dure épreuve pour les nerfs des autres Bivalents qui sursautèrent à l'idée de se prendre le vaisseau lui-même dans la figure.

Ayder ne se trouvait pas à son aise dans son cockpit trop étroit pour lui. Le système nerveux de son appareil qui était instable et affaibli par la collision réagissait avec un temps de retard.

Ses tirs manquèrent largement la cible.

Néanmoins le Shaklyr adorait se mesurer et il écumait de colère quand un adversaire lui offrait trop de résistance. Il postillonna, ses dents claquèrent et de rage il rua son tableau de bord de coups de poing.

Malgré tout la petite taille du Xylon lui conférait une supériorité tactique dans ce type d'environnement. Il se faufila entre les tentacules mieux que n'importe lesquels des sous-marins.

Ayder se jeta tel un diable sur le Proton qui venait de tirer. Azado laissa également libre cours à sa haine par le biais de sa mitrailleuse.

Au bout du compte, le Xylon ne lâcha pas le Proton d'une brasse, mais jamais il n'arriva à l'atteindre.

L'Ailectron se porta au secours du Goliath. Starlette chercha avec angoisse le Xylon. Elle ne le vit pas et put respirer…

Un autre Proton survint à contre-courant, juste en face d'elle. Elle s'époumona,

- ACCROCHE-TOI !

Burinos ajusta ses tirs selon les paramètres des courants et de vitesse des deux appareils. Tandis que ceux-ci filèrent l'un vers l'autre, leurs bulles elliptiques se croisèrent.

Certaines se rencontrèrent provoquant de puissantes implosions sur lesquelles rebondirent les sous-marins.

Les Sixbras géants perdirent leur caractère majestueux. Les raies luminescentes le long de leurs tentacules changèrent de rythme et de couleur. Celles-ci passèrent du blanc vif au rouge sang.

Les bêtes s'agitèrent, leurs tentacules fouettèrent en tous sens.

L'Ailectron qui dans les virages débordait d'excellence grâce à ses longs empennages ainsi qu'à sa programmation sans faille trouva son égal dans le Proton qui copia ses moindres courbes.

Les deux vaisseaux se jetèrent sur une collision frontale quand Starlette trouva au dernier moment l'angle de tir parfait. Elle détruisit le côté droit de son adversaire qui s'écarta de son chemin.

Mais alors un coup assourdissant éjecta son appareil de sa trajectoire et sa puissance chuta drastiquement. La coque se fissura de toute part.

- Qu'est-ce que c'était ? s'enquit Burinos.

La pilote balaya les environs d'un regard vif. Les Sixbras se trouvaient emportés dans un vent de panique.

- Une bête que l'on a agacée ! ACCROCHE-TOI !

- Ouais !

Le Goliath recouvra une certaine stabilité énergétique tandis que le cours des choses énerva particulièrement son équipage.

Ses six canons crachèrent en même temps l'enfer sur 360 degrés. Les Sixbras se poussèrent.

Starlette esquiva le plus gros des bulles quand une implosion fracassante arracha la moitié de son empennage supérieur. La pilote regretta amèrement l'absence d'Ayder qui eut sans doute pu tranquilliser le Goliath avec l'une de ses manœuvres dont il avait le secret.

Burinos n'eut pas le temps d'aboyer, Starlette s'exclama à la vue de son cube alpha.

- Un vortex !

- Un vortex dans un tourbillon !

- Nous sommes plus légers que ces monstres, nous sommes aspirés, ACCR…

- JE SAIS !

L'Ailectron puis le Goliath tombèrent tout en étant catapultés vers les bords du nouveau vortex. Impossible de savoir s'ils furent lancés vers la surface ou au contraire en direction des profondeurs. Plus rien d'autre n'importa que la façon dont les équipages allaient finir, soit écrasés au sol, soit irradiés dans les eaux de surface.

La coque des submersibles éclata en tremblements. Sous l'effet de la force centrifuge, l'eau bleue se détacha des plaques de verre qui s'entrechoquaient ; les engins se vidèrent de leur énergie vitale.

Starlette prit une inspiration et concentra ses phéromones afin de se faire comprendre de sa copilote.

- NOUS NOUS RAPPROCHONS DES BORDS D'UNE FALAISE !

- QU'EST-CE QUI TOURNE ROND DANS CETTE MISSION ?

- EST-CE QUE LES TURBINES TIENNENT LE COUP ?

L'extrémité du gigantesque cône dans lequel ils tournaient se rétrécissait en se pliant en tous sens pour disparaitre dans une monstrueuse soupe opaque et bouillonnante.

L'Ailectron prit une vitesse insoutenable en s'enfonçant inexorablement vers une noirceur d'encre.

Burinos qui se tenait à ce qu'elle trouvait eut la présence d'esprit de tâter la surface des réservoirs. De la glace s'accumulait en quantité sur le verre tandis qu'à l'intérieur, l'eau bleue produisit un niveau critique de gaz.

- NOUS POUVONS TENIR ENCORE UN PEU, CE QUI NE SERA PAS LE CAS DU XYLON ET DU GOLIATH ; À LA BASE LEUR PROGRAMMATION ÉTAIT DÉJÀ DÉFAILLANTE. TU L'AVAIS DIT QUE PERSONNE N'ALLAIT SORTIR VIVANT DE CETTE HISTOIRE...

La visibilité était presque nulle. À moins d'un miracle, Starlette ne pouvait plus rien pour son équipe ni pour la mission.

- JE PARVIENS À ENTREVOIR DEUX PROTONS DEVANT NOUS. COMBIEN DE PUISSANCE TE RESTE-T-IL ?

- UNE POUSSÉE, RIEN DE PLUS... JE CROIS. QUELLE EST TON IDÉE ?

Le décor défilait à une vitesse folle sous le regard médusé de Starlette. Ça s'accélérait toujours plus. Par moment l'Ailectron produisait un faible halo bleuté que la force centrifuge désintégrait dès son apparition.

Dans un fourmillement de signaux parasites, la pilote reconnut la signature du Goliath à quelques brasses en arrière. Ce fut à cet instant qu'elle apprécia pleinement le doigté fracassant d'Ayder avec son Xylon. Tout génie ne demandait qu'à être égalé.

C'était jouable.

- ... JE PENSE POUVOIR NOUS SORTIR DE LÀ... NOUS DEVONS EXÉCUTER UN TOUR À 180 DEGRÉS SUIVI D'UNE POUSSÉE. PEUX-TU LE FAIRE POUR MOI ?

Pareille manœuvre dans ces conditions pouvait paraître irréaliste. Ajouté à cela l'Ailectron était sur le bord de voler en éclat.

Burinos mit un peu de pression dans le réservoir de gauche dans lequel demeurait visible une fine couche de molécules alpha en état. Ensuite l'eau bleue s'épaissit timidement sur les parois internes de la cabine.

- JE SUIS PRÊTE, MAIS J'ESPÈRE QUE TU SAIS CE QUE TU FAIS, PARCE QU'ON NE TIENDRA PAS PLUS LONGTEMPS.

- Aïquo va me tuer.

Malgré les circonstances Starlette exécuta un demi-tour parfait au bout duquel elle se retourna vers sa partenaire en s'écriant,

- MAINTENANT !

Aïquo était en train de se démener avec le réseau alpha du Goliath. L'énergie électrique corporelle des Raidones était indispensable pour faire fonctionner un engin de ce poids, mais le système nerveux central de ce dernier n'était plus réceptif à aucun stimulus.

Le pilote s'efforçait de garder l'Ailectron dans sa mire tandis qu'en arrière-pensées, il avait le Xylon qu'il percevait plus bas.

Ce dernier avait pris de l'avance. Aussi vif que cet environnement déchaîné il ne lâchait pas d'une brasse un Proton qui perdait des morceaux dans sa fuite.

Plus les sous-marins s'enfonçaient dans la pointe du vortex, plus leur vitesse augmentait. La pression était sur le point de tous les anéantir.

Le retournement de l'Ailectron alerta Aïquo dont la face se fendit d'un sourire nerveux.

- Oh non !

- JE NE SAIS PAS CE QUE J'AIME LE MOINS, SI C'EST L'OH OU LE NON ! dit Badrog.

Burinos mit dans sa turbine le peu de puissance dont elle disposait encore.

Soudain l'Ailectron fut propulsé dans le sens inverse des courants. Au bout de son élan, il alla se fracasser contre le flanc du Goliath.

Ayder se cramponnait à sa sphère neuronique.

- CESSE DE T'ENTÊTER À POURSUIVRE CE PROTON ; AVEC CETTE VITESSE LES BULLES ELLIPTIQUES N'AURONT PAS LA FORCE DE SORTIR DU CANON, cria Azado.

Le Xylon disposait d'une arme secrète, une réserve d'eau bleue à très haute densité contenue dans un tube au centre des réservoirs.

Les molécules alpha s'obtenaient en unifiant les trois phases de l'eau à un niveau de densité très précis.

Passé ce seuil critique, plus la densité augmentait plus les molécules alpha se liaient entre elles jusqu'à prendre l'aspect d'une pâte bleue foncée et peu lumineuse, surnommée *gâteau bleu*.

Un petit choc à cette substance engendrait une double réaction. Il y avait une contraction due à une fusion complète des molécules qui ensuite se sublimaient brusquement. L'énergie dégagée était extrême, courte et incontrôlable.

Cette double réaction n'avait encore jamais été testée.

- JE NE PENSAIS PAS TIRER... DE TOUTES LES FAÇONS NOTRE PROGRAMMATION NE NOUS PERMET PAS D'AJUSTER NOTRE VISÉE. SOUS PEU LE XYLON N'EXISTERA PLUS. PROFITONS-EN POUR VOIR CE QU'IL A DANS LE VENTRE !

- AS-TU SONGÉ QUE NOUS POUVONS ÊTRE ÉJECTÉS DU VORTEX ?

- QUELLE QUE SOIT L'ISSUE, NOUS SOMMES DÉJÀ MORTS !

- ESPÉRONS QUE LES DEUX AUTRES PROTONS SERONT DÉTRUITS AUSSI !

Azado poussa les trois turbines au maximum jusqu'à ressentir une résistance tandis qu'Ayder orienta la pointe du Xylon vers sa cible, cinq cents brasses plus bas.

- PRÊT ? lança ce dernier.

- PRÊT !

Azado serra les dents et poussa de toutes ses forces sur ses commandes.

Il y eut un clac puis une détonation immédiatement suivie d'une seconde beaucoup plus forte. La tête des deux Shaklyrs fut projetée en arrière.

Les yeux rivés sur le plafond du cockpit, Azado vit la coque se déformer et rougir sous les tremblements et les frottements. L'eau alpha qui recouvrait l'intérieur du cockpit glissa vers l'arrière. La lumière de l'appareil clignota.

Ce fut la première fois qu'Ayder prit l'ennemi par surprise.

En dépassant sa cible comme un obus, le Xylon lui planta dans le flanc deux harpons avec filin. La paire de tendons de Sixbras se tendit net tandis que les deux sous-marins, liés ensemble, furent entraînés dans une circumduction incontrôlable.

Azado dont la face fut plaquée sur son réservoir de droite, cria quelque chose tout en vidant sa mitrailleuse à l'aveugle, mais ses phéromones ne parvinrent pas jusqu'à Ayder qui perdit connaissance.

Ayder rouvrit les yeux, prenant peu à peu conscience qu'il se vautrait sur son tableau de bord. Il ne sentait plus ses membres. Un bourdonnement étourdissant pesait dans sa tête comme un sac de pierre.

Tout était calme.

L'idée de se laisser aller était assez confortable finalement, voire plaisante. Qu'y avait-il de mal à fermer les yeux et à ne plus devoir se battre pour prouver sa valeur ?

En fin de compte il pouvait très bien se passer de la lumière.

Lorsque cette dernière qui lui parvint de l'extérieur inonda son visage, il plissa le front et les paupières. Il souhaitait presque qu'on l'eût oublié. Puis les muscles de son visage se détendirent. Et il retomba dans l'inconscience.

Quand ses yeux s'ouvrirent de nouveau, il se trouvait allongé sur le dos dans un environnement familier. Le bien-être n'était plus en lui.

Des mots se croisèrent.

- A-t-il repris connaissance ?

Il ne sut pas s'il fut le sujet de la question, mais il n'y eut pas la réponse.

Il y avait beaucoup d'agitation autour de lui. Il se sentit étouffé par la nervosité ambiante qui enflait à coup de questionnements.

- Par les Ancêtres ! Est-ce que le cube alpha renvoie un signal ?

- Où se trouve le fond ? Où sont les falaises qui bordaient le vortex ?

- Ce n'est pas le plus important. Nous avions une mission, souvenez-vous. Avons-nous accompli notre mission ?

- J'ai vu l'explosion du Proton que nous pourchassions, nous l'avons eu. Qu'en est-il des deux autres ?

- Ils n'ont pas pu s'échapper du Vortex, personne ne le pouvait.

- Nous l'avons tous fait pourtant. Comment savoir que notre mission n'est pas un échec ?

- C'est l'Ailectron qui nous a éjectés de là au bon moment. Quant au Xylon, j'ai compris qu'il s'en est sorti de lui-même, mais grâce à une nouvelle technologie. Nos ennemis n'existent plus. C'est une évidence.

- Tu es prompt à parler d'évidence, alors que plus rien n'est évident à commencer par l'endroit où nous sommes.

- EST-CE QU'ON A UN SIGNAL ?

Ayder avait reconnu les phéromones d'Azado. La présence de son copilote le mit plus à l'aise. Quand il accorda plus d'attention aux visages flous penchés au-dessus de lui, il constata la présence de Starlette et de Burinos. Comment avait-il pu se retrouver à l'intérieur de l'Ailectron ?

L'envie de se mettre sur pieds d'un bond excita ses nerfs, mais son corps ne lui obéit pas.

Il eut à peine la force de redresser le menton et d'apercevoir Aïquo qui se trouvait aux commandes. Badrog dont le visage était en sang l'avait rejoint ; Azado se tenait derrière eux.

Ayder finit par reconnaître l'intérieur du Goliath.

- Où sommes-nous ? Où se trouve le vortex ? s'enflamma Azado.

Aïquo s'impatienta.

- Cesse de répéter ça !

- Où sommes-nous ? grommela Ayder.

Le pilote Raidone tourna vers lui un regard rongé d'inquiétude.

- … Nous sommes perdus…

Chapitre 22

Le voyage d'Entenebris.

Trente Sassines suivant trois enfants D.I.E.U contre courants et éléments, bravant ombres et tourments. Des trente-trois, n'en revinrent que trois, les enfants rois.

Au temps du grand empire sous le règne d'Altes, les Crevdurs noirs constituèrent l'élite. L'absence de pigmentation bleutée et verdâtre de leur carapace ne représentait pas leur seule spécificité. Ils étaient capables de fusionner leur esprit. Cette caractéristique exceptionnelle se trouvait à la base d'une précieuse harmonie qui se répandit au-delà des frontières des Îles-du-Nid.

On les surnommait les Sassines. Au point culminant de sa grandeur, la reine Altes leur promit son amour éternel.

Cet amour-ci se portait sur la lame d'un couteau. Avec l'aide du tranchant, la reine du Grand Empire faisait appliquer par les noirs Crevdurs ses sombres desseins, taillant dans le vif ceux qui menaçaient l'Équilibre ou l'Unification. Quant au plat de ce couteau, il symbolisait l'idéologie douce et étincelante d'une trêve éternelle et sans frontière où les Ténèbres déroutées n'avaient aucune prise sur de pareils esprits si merveilleusement fusionnés.

Ainsi les Sassines incarnaient le rêve d'une union absolue, ce qu'aucun D.I.E.U n'avait accompli, quelle que pût être la vigueur de l'aura de vie.

Mais voilà que dans leur quête des Cieux ces êtres bénis d'Altes devinrent les maudits. Des trente-trois partis, n'en revinrent que trois, les enfants rois.

Le trois représentait le chiffre au centre de l'univers. Il liait entre eux les éléments vitaux. Le cœur balançait entre le corps et l'esprit, entre l'amour et la haine comme s'il ne savait trop où se trouvait sa raison d'être. Dans ce jeu d'équilibre, tomber dans le néant était toujours tentant.

Les gardiens des trois enfants rois furent entrainés jusqu'au bout des mondes, pour terminer traitres au passage. C'est alors qu'au retour de sa progéniture, l'amour de la reine à l'égard des Sassines glissa vers la haine et elle perdit sa raison d'être.

La légende racontait que les trente périrent les uns après les autres, pris quelque part dans la gluante toile des Ténèbres. Entenebris comme chacun de ses frères avait avalé cette fable vulgaire et puis Lalèpre lui avait ouvert les yeux grâce à une idée fort simple : qui avait la force d'anéantir les trente gardes du corps et d'en ressortir indemne ?

- … 30 Crevdurs noirs se soulevèrent contre les enfants D.I.E.U. Les enfants dans leur colère les tuèrent tous purement et simplement…

Tels furent les termes de Lalèpre.

Les Sassines avaient été anéantis par leurs maîtres alors que fut déterrée une Métisse dont le pouvoir fameux était de matérialiser les pires hantises. Ils devaient avoir pris conscience de la malfaisance du présent destiné à Altes. Les enfants rois quant à eux l'avaient vu autrement.

Mais il venait une question.

Quelle fut la peur que cette Métisse révélât à la reine au point qu'elle s'employa à châtier ses propres enfants pour leur irrévérence en créant la bivalence et par la même occasion, condamner la grande majorité des autres Crevdurs noirs à la mort ?

Bien qu'Entenebris ne disposât que de peu d'explications, sa rencontre avec Lalèpre lui avait dévoilé le drame dont le souvenir hantait ce qui restait de son espèce, mais aussi la nécessité de prendre la situation en main parce que l'aura de vie reculait.

Les mots puants de Lalèpre avaient imbibé les idées d'Entenebris au point qu'il vit la source du problème dans la duplicité vicieuse des D.I.E.U ainsi que dans l'obsession maladive de ces satanés Bivalents à compenser leur mal de vivre par un empire ridicule.

Les Bivalents étaient les descendants directs des enfants rois. Ils portaient les stigmates de leur expiation. De l'opinion d'un Sassine, ils méritaient tous de mourir.

Bien évidemment les D.I.E.U avaient failli. Leurs dogmes de la Dévotion, de l'Impartialité, de l'Équilibre et de l'Unification n'avaient mené qu'à une seule conclusion possible : l'impitoyabilité.

Lalèpre avait raison ; le temps était venu de prendre les choses en main.

Entenebris se trouvait seul dans une eau horriblement immobile et d'une noirceur aliénante. Ce qui l'y avait guidé reposait dans son estomac : une goutte d'eau de vie...

« Regarde le passé et vois ton avenir ».

- La colère de l'Organe grandira et attirera sur elle toute l'attention du Très-Haut.

- Dans le chaos, tu t'imposeras Entenebris. Vengeance et gloire.

Rien de plus facile, tout ce dont il avait besoin était une petite goutte. Tout commençait par une goutte...

Quoi de plus inoffensif et insignifiant qu'une si petite chose ? Pourtant en son centre se trouvaient tous les secrets de la création. Chaque fois qu'un D.I.E.U livrait son dernier soupir, un fragment de son âme se transférait dans une goutte qui alors absorbait les couleurs des étoiles. La richesse d'une vie entière concentrée dans une toute... petite... goutte.

Celle que détenait le Crevdur noir contenait une fraction de l'âme d'un D.I.E.U sans nom ; l'ainé des trois enfants rois. Il était le premier ancêtre des Bivalents, il était au commencement de leur histoire.

« Regarde le passé et vois ton avenir ».

Entenebris eut un temps d'hésitation. En vérité il était terrifié.

Il contracta ses muscles abdominaux, son cou se tendit et se noua. Ensuite sortit douloureusement de sa gorge le morceau d'âme du fils d'Altes qu'il prit dans la main. Cependant il n'eut pas la force d'y plonger le regard.

Dans cette eau morte, l'étincellement de la goutte d'eau de vie aux reflets infiniment subtils lui traversa les paupières, pourtant il ne les desserra pas.

La lumière fut, la chaleur ne vint pas. À l'inverse une froideur lui drapa les épaules. Il frissonna.

Cette chute brutale de température n'eut rien de naturel. Il sentit une présence envahir son espace vitale, occuper l'eau qu'il respirait et s'infiltrer dans ses poumons.

La présence emplit son esprit comme pour mieux se délecter de ses circonvolutions cérébrales.

Entenebris savait que face à une Métisse, il n'avait aucune chance. Néanmoins il se trouvait en présence d'une empreinte temporelle qui émanait de la goutte et qui avait le don d'attirer des créatures du même genre. Le contact de l'aîné avec la Métisse au moment où il la découvrit empreignait son âme pour l'éternité.

Le Crevdur noir n'osa plus bouger ni respirer.

L'idée de mettre un pied dans l'horreur séduisait jusqu'à tant d'avoir fait le premier pas. Les sentiments opposés tels que la jouissance et la peur s'amalgamaient avec délice. Puissance funeste à portée de main tout en étant intouchable. Se sentir en vie en embrassant la mort. L'enfer accouplé avec un D.I.E.U ou exister sans existence. Les Métisses étaient tout cela. Elles étaient l'essence de l'horreur irrésistible.

Leur puissance avait pour seules limites les frontières des grandes peurs. C'est d'ailleurs dans ces dernières que fut créée Opale, la reine Blanche dont les clones formaient la terrible lignée des Medpars.

Personne n'avait rapporté d'autres cas de ce type, car survivre assez longtemps pour voir naître ses pires cauchemars relevait du miracle.

Mais Entenebris se sentit l'âme d'un grand parce qu'il était charnellement et spirituellement remarquable en son genre. Son armure luisante comme le jais, ses yeux aux reflets d'argent et son âme sans travers faisaient de lui un être à part, même si depuis peu Lalèpre avait planté dans sa tête une toute petite graine qui ne demandait qu'à germer.

- Vengeance et gloire.

Il entrouvrit les yeux…

Chapitre 23
Iris face à lui-même.

Suite au départ du Goliath, du Xylon et de l'Ailectron, Iris se mura au sommet de la première Sentinelle dans un recoin sans lumière de sa chambre.

« L'ironie pour un télépathe est que tu n'arrives pas à te sortir toi-même de ta tête… C'est amusant. »

Le Grand-Œil avait longuement redouté d'entendre à nouveau sa propre voix. D'un coup un courant lui gela le crâne.

- Qu'est-ce que tu me veux ?

Il parla contre lui-même avec ardeur pour se prouver qu'il surmontait comme d'habitude ses propres émotions.

En vérité c'était tout le contraire.

Ses phéromones imprégnées de musc ne cachèrent pas la pointe d'un effluve suspect que son corps produisit bien malgré lui et qui piqua la curiosité de l'intrus dans sa tête.

« Demande-toi plutôt ce que tu te veux ! Tes remords t'occultent la réalité. »

- Tu me fais perdre mon temps.

« De toi à toi ; est-ce vraiment le temps que tu crains de perdre ? À moins que ce ne soit la raison ? »

Iris crispa les mâchoires.

- Dis-le, qu'on en finisse !

« L'Organe a détecté la présence de Medpars… Pourquoi ? Qu'est-ce qui t'a échappé ? Avoue-le ; tu aurais préféré que LaPerle ne revienne jamais. »

- Il aurait mieux valu ; surtout après qu'ils aient découvert la vie dans les eaux de surface…

« La vie amène la mort. Drôle d'idée tout de même. Pour prévoir le coup, tu t'es lancé dans l'*Unification*, la principale œuvre des D.I.E.U. Au passage tu as bafoué la loi sacrée de l'Organe. *L'instinct de survie de chacun est celui de tous,* c'est une règle qui a permis à notre genre de passer au travers de la guerre des Trois. Cela ne t'a pas empêché de la trahir. Es-tu devenu fou ? »

- Je ne pouvais pas les éliminer autrement qu'en m'alliant avec l'ennemi. Le faire moi-même m'aurait immédiatement plongé dans l'eau chaude !

« Il reste qu'*elle*, la fameuse *elle*, te rend malade… »

Il changea de ton et en eut assez.

- Arrête ça, que me veux-tu ?

« Quelque chose t'a-t-il échappé ? »

- Oui, mais quoi ?

La frustration mâcha le cœur du Grand-Œil.

« Pourquoi ne pas simplifier les choses ? D'après ce que Fedelyne a rapporté, les échantillons ont été détruits dans l'explosion de LaPerle. Mais pourquoi ne pas reconnaître que la vie existe en surface ? Souviens-toi lorsque tu avais tenté ta chance, toi aussi. »

Il étira fébrilement le col de sa combinaison de cuir de Sixbras tout en grattant avec vigueur la peau de son torse qui avait été irradiée.

- L'espoir n'a plus sa place. La sagesse est la seule voie possible.

« Sagesse ? Regarde-toi, tu parles à toi-même comme si j'étais une personne. C'est irrationnel. »

- Je ne peux pas…

« Nous y venons. Clarifie ton idée. Tu n'es pas clair, si tu vois ce que je veux dire. »

- Je ne peux pas divulguer qu'une colonisation de la surface est envisageable.

« Pourtant ta vie serait tellement moins compliquée. Tu continues à refuser notre destinée ! »

- Tu te trompes ! Migrer vers la surface provoquerait irrémissiblement une guerre intestine et totale.

« Tu identifies l'Organe comme un adversaire potentiel maintenant. Pourtant sans cette onde magnétique nous serions déjà éteints. »

- Ton entêtement à ne voir les choses que du bon côté use mon niveau de tolérance.

« Donc tu es sur le point de ne plus te tolérer… Soyons toi et moi sérieux et réaliste. Imagine que cela fonctionne, que nous parvenions à sortir de cette prison suffocante. Imagine la surface comme tu l'as toujours rêvée. Les limites de ton imagination sont celles que tu t'imposes. »

- Belles paroles, mais paroles en l'air. Mon imagination a les limites que les D.I.E.U veulent bien nous donner. Les D.I.E.U sont au-dessus de tout !

« POUR QUI TE PRENDS-TU ? UN SOUMIS ? UN LÂCHE ET TRAITRE À TOI-MÊME ? TU ES FAIBLE ET TU T'EFFONDRES SOUS LA PRESSION ! »

Le Grand-Œil s'obligea à ne pas réagir parce qu'il se trouvait au pied du mur. Même s'il avait gagné du temps en s'interposant aux Adaptés qui manœuvraient ses propres Protons, l'échec complet de son plan allait survenir tôt ou tard.

Il pouvait cacher à sa colonie bien des choses, cependant il ne pouvait dissimuler longtemps la mort d'Argonot.

Pour l'instant demeuraient ses propres interrogations parce qu'à l'origine bien que son plan d'urgence fût de haute voltige, celui-ci eût été solide et sans faille si quelqu'un ou quelque chose n'avait brouillé la donne.

L'affaire eût été encore menable s'il n'y avait eu Fedelyne, ce mignon grain de sable dont il ne pouvait se résoudre à se débarrasser et qui en plus de l'empêcher de prophétiser, le rendait fou à lier.

Il se dressa et s'approcha d'un hublot derrière lequel les Sentinelles Arborescentes s'étendaient à perte de vue, un champ paisible de taches lumineuses qui d'ordinaire l'aidait à se retrouver. Cette fois il n'en retira aucun soulagement.

L'intrus dans sa tête se prépara à abattre toute forme de résistance mentale. Iris prit les devants.

- Si une majorité de Bivalents se décide à rejoindre la surface, nous nous entretuerons. Le restant de nous sera anéanti par Argos, l'Immortel. L'idée de la surface va créer dans ce bas monde une pression intenable et ce n'est pas l'effondrement que je crains.

Tandis qu'il parla, il tendit discrètement la main gauche derrière sa cuisse et par des changements presque imperceptibles de ses phéromones, il activa une couche de molécules alpha en surface d'un récipient dans son dos. Se détacha un brouillard de particules turquoise qui vinrent se concentrer peu à peu en une sphère dans le creux de sa main. Celle-ci gagna rapidement en densité.

- Des forces sont en mouvement. Je ne peux prédire leurs effets, pourtant je les sens ramper dans la pénombre et s'installer. Elles grugent l'esprit et obstruent la vision ; les Ténèbres ne sont pas loin. Il y a autre chose, les événements qui ont suivi le retour de LaPerle ont causé une agressivité générale de la colonie. Quelque chose est venu perturber drastiquement l'onde magnétique.

« Bien ! Tu te reprends et tu commences à raisonner. Mais explique-moi, crains-tu de perdre le contrôle ? »

- Quiconque saint d'esprit le devrait.

Il leva à hauteur d'yeux les molécules alpha concentrées en une petite sphère étincelante dans la paume de sa main.

Ensuite il referma peu à peu les doigts appliquant une pression croissante sur la sphère. De la glace se forma et se craquela sur sa paume. Tandis qu'il serra le poing, la boule gagna en intensité lumineuse ainsi qu'en puissance.

La glace recouvrit entièrement la main d'Iris qui grimaça de douleur.

- Après la guerre civile et le passage de l'Immortel, tombera sur nous le néant, le tout dans une splendide explosion.

Sous l'effet de la pression croissante de ses doigts, la dématérialisation de l'eau alpha-physique s'accéléra exponentiellement.

Le Grand-Œil empoigna son avant-bras gauche de son autre main afin de contenir ses tremblements ainsi que la douleur.

Il serra les dents quand la sphère lui explosa au visage.

Le fantôme dans sa tête s'évapora tandis que de minuscules cristaux de glace éjectés sur ses cernes se changèrent en gouttes d'eau pareilles à des larmes brillantes.

Alors une image s'imposa à lui. Doux et vaporeux les traits de Fedelyne furent dans sa tête, en train de flotter au milieu d'une myriade de boucles dorées.

À cet instant il comprit que son problème était sur le point de prendre une tournure nouvelle puisque la force du maillon faible était de concentrer sur lui toutes les attentions…

Chapitre 24

Les souvenirs cachés de Fedelyne.

Du temps de Magnetron, Sicardus et Dronor, la colonie du Spectrum prospérait. Sur un vaste territoire, les Spectriens contrôlaient la plupart des troupeaux de Sixbras des alentours. Il ne manquait de rien.

L'horizon des Bivalents s'était raccourci depuis la chute du Spectrum et le Très-Haut lui aussi était tombé entraînant dans son sillage le déclin de l'aura de vie.

Par la suite trouver et capturer des proies nécessita toujours plus d'énergie ainsi qu'une maximalisation constante des performances des sous-marins. Ça n'empêcha pas une augmentation continue des pertes Bivalentes et de matériels parce que les proies se raréfiant, il fallut se rabattre sur les plus grosses, les Sixbras adultes, plus solides et plus opiniâtres.

La nostalgie prit Fedelyne au ventre.

Même si l'idée d'abandonner les profondeurs se muait peu à peu en nécessité, les Organiens se voyaient incapables de couper le cordon avec leur onde magnétique.

Quant aux auto-suggestifs, la seule pensée de la surface les clouait sur place. Un exemple pouvait suffire à vaincre cette barrière mentale, les échantillons…

La mutante avait conscience de tout cela et elle détenait la solution même s'il lui manquait un petit détail. Entre ses mains se trouvait le futur des siens bien qu'elle ne connût rien de son propre passé.

Ce n'était pas tout. Son long moment passé dans le ventre de LaPerle l'avait éloignée de son attachement inconditionnel à Iris. Elle avait eu le temps de prendre du recul. Quelque chose d'important qui concernait de près ou de loin celui-ci s'était produit durant son absence ou quelque part après son retour.

Mettre au grand jour la présence des échantillons risquait donc d'avoir des conséquences imprévues si elle ne disposait pas de tous les éléments.

Fedelyne s'était extirpée de son bain d'eau laiteuse, ne souffrant plus le calme dans la grotte où le Grand-Œil l'avait abandonnée.

Elle avait préféré un coin plus mouvementé et battu par des coups de courants. C'était une façon plus simple d'échapper à ses tourments.

Ainsi elle avait choisi de se retrouver un moment toute seule sur le bord d'une pointe rocheuse à flanc de falaise et qui lui offrait une bonne vue d'ensemble de sa colonie.

Là elle entreprit de commencer par les débuts. Jusqu'à présent elle n'avait jamais osé percer à jour le petit espace blanc dans sa mémoire qui datait de son enfance.

Elle se rappela tant bien que mal du commencement dans la cité du Spectrum…

Elle ferma les yeux et vit les pans de murs abattus et morcelés de l'ancien Spectrum qui reprirent peu à peu leur place. Des abris de pierre blanchie par des traits d'étoiles s'élevèrent comme par magie et comme autrefois.

Fedelyne n'avait pas vu les choses ainsi depuis le mystérieux événement au point culminant de la guerre des Trois qui ne lui revenait pas en mémoire. Les détails lui sautèrent aux yeux et elle redécouvrit le doigté inimitable des tailleurs de pierres Spectriens. Elle avait oublié la sculpturale beauté des Bivalents d'antan. Sa bouche s'arrondit tandis que sous ses paupières closes, se dressa la cité enchanteresse sous un soyeux drap d'étoiles. Les habitations en forme d'igloo sortirent du sol, réfléchissant la lumière comme s'ils furent couverts de glace. Petit à petit de fines gravures apparurent sur les murs et formèrent des arabesques qui retracèrent les scènes de la glorieuse Alliance des rois.

L'imagination émerveillée de la mutante suivit la renaissance de la cité sur le plateau parsemé de vieilles pierres usées et balayées de courants chaotiques.

Au pied de la cité, s'éleva soudain le temple de l'Alliance impérial aux monumentales colonnes d'un blanc de craie qui soutenaient un toit circulaire percé en son centre qu'occupait une fois l'âge l'étoile des rois. Derrière s'élevèrent sur un énorme socle rocailleux les titanesques statues des rois.

De toutes les ruines du Spectrum, seuls demeuraient debout ces trois colosses.

Dans l'imaginaire de Fedelyne, la pierre des rois travaillée par les épreuves du temps demeurait plus éblouissante qu'autrefois. Le rêve de l'Alliance subsistait malgré tout.

Fedelyne passa à autre chose parce que les colosses éveillèrent en elle le goût amer d'une victoire ratée. De dépit elle plaqua ses genoux contre sa poitrine.

Jusqu'alors sa tentative de découvrir des pans insoupçonnés de sa mémoire ne lui avait apporté qu'une saveur amère.

Elle entrouvrit les yeux et se concentra sur ses longs cheveux bouclés qui lui balayèrent le visage ce qui l'aida à forcer son esprit à se détacher des affaires sans importance. Puis elle pressa son dos sur quelques aspérités du roc. La douleur qui se manifesta l'amena à se ressouvenir comment tout avait commencé. Elle essaya de réassembler les morceaux.

Elle se remémora que Sicardus l'avait confiée à Dérod le maître d'armes alors qu'elle n'était encore qu'une enfant. Peu après, devait débuter la guerre des Trois.

Voilà le commencement : Sicardus avait ordonné à Dérod de la protéger coûte que coûte.

Pour quelle raison ?

Le début d'une énigme qui devait par la suite mener à une mauvaise fortune : la mort de ses parents.

Sa mère, son père, la guerre, LaPerle et cette mission qu'elle s'était donnée… Où se trouvait le lien entre les faits les plus marquants de son passé ?

Elle plissa le front. Étrangement elle réalisa son incapacité à visualiser les traits de ses parents.

Tandis qu'elle s'efforçait de se souvenir, un frisson lui parcourut l'échine. Quelque chose l'avait effleurée.

Elle se redressa d'un bond et se retourna. Elle avait le souffle court. L'oxygène vint à lui manquer. Son poumon atrophié supportait mal les formes d'hyperémotivité en milieu aquatique.

Il y avait une présence à proximité. Elle la ressentit et la rechercha.

Bien qu'elle ne vît rien dans les alentours, elle figea son regard droit devant, jurant avoir entr'aperçu un ondoiement qui n'eut aucunement l'aspect d'un courant d'eau. Elle tendit le nez, plissant les yeux avec appréhension. C'était quelque part par là.

Rien ne se produisit, mais elle attendit.

L'ondoiement se répéta avec un peu plus d'intensité. Quelques éclairs surgirent de nulle part, Fedelyne recula.

Ensuite la pulsation prit un battement régulier tel un cœur palpitant. Des rubans d'eau parurent en se torsadant sous l'impulsion d'une force mystique.

Elle jura voir se constituer une main fine aux doigts effilés juste devant ses yeux arrondis. C'était vivant et un index se tendit vers le bout de son nez retroussé. Stupéfaite, elle fut incapable de bouger.

L'index ou ce qu'elle crut en être un lui toucha le nez. Elle reçut une décharge électrique courte et légère, mais assez intense pour la secouer. Elle recula vivement en se couvrant le nez des mains.

Alors les rubans d'eau s'ordonnèrent plus vivement.

Elle pencha la tête de côté l'air sceptique quand elle crut reconnaître un visage familier.

- Saphy !

La forme aqueuse lisse et brillante acheva de prendre l'aspect du Raidone tout en se parant de petits arcs électriques.

La mutante se rendit compte qu'elle n'avait pas pensé à lui depuis qu'ils s'étaient séparés. Elle se sentit coupable.

- Est-ce toi ?

La chose opina de la tête. La mâchoire de Fedelyne décrocha. L'image de Saphy tendit à nouveau son index translucide puis de la gauche de la spectatrice vers sa droite, elle traça une courbe électrique s'apparentant à celles produites par les triangles alpha des submersibles.

La mutante hésita bêtement puis lut sans trop y croire.

- Je… je t'ai… suivi.

- Tu m'as suivi ?

Question parfaitement inutile, mais non dénuée de sens. Après tout elle était en train de converser avec de l'eau qui d'ailleurs dessina une autre courbe.

- Ce que tu vois… est mon énergie…

La chose ébaucha une courbe courte et sèche.

- Je dois… te… prévenir…

C'est ce qu'elle déchiffra.

- Où es-tu ?

La chose retraça la même courbe.

Elle tendit la main comme pour lui toucher la joue droite ou ce qu'elle pensa l'être. Ses doigts passèrent au travers. Elle retira la main, le visage aqueux se reforma, mais alors le cœur de la mutante enfla. Aussi inconcevable que cela pût paraître, Saphy se tenait bel et bien devant elle.

Ses yeux grenat perdirent leur brillant éclat et elle baissa la tête.

- Si tu dois me prévenir qu'Iris est le responsable du désastre de la mission LaPerle, je le sais déjà.

Une autre courbe électrique aux angles obtus se dessina. Elle osa à peine relever les yeux. Sur le coup elle ne comprit pas grand-chose.

- Tu dois… quitter l'Organum… Tu le dois.
- De quoi parles-tu ?

Et elle ajouta,

- Pourquoi es-tu là ? Que t'est-il arrivé ?

En traçant cette autre ligne, le doigt de la chose insista sur le sommet de chaque angle.

- Je dois… te prévenir.

Fedelyne se mordit la lèvre inférieure, plus dubitative que jamais.

Sa respiration commença à ronfler. Son temps dans l'eau lui était compté, néanmoins elle ne put se résoudre à se ruer vers l'intérieur du dôme afin de respirer.

- Est-ce que tu vas bien ? lui demanda-t-elle rongée par une autre brûlure plus acide que le manque d'oxygène.

Elle s'en voulut de ne pas avoir pensé à lui alors qu'il lui apparut désorienté.

Le doigt se releva de nouveau. Cette fois la représentation aqueuse du Raidone se fit moins coulante, comme si celle-ci fut soudain brouillée de l'intérieur. La mutante eut de la difficulté à déchiffrer cette courbe-ci.

- Les *Cieux*… La porte… Trouve-la… Ici-bas, le sang va se répandre…

La respiration sifflante, elle s'arrêta un long moment sur le message sans être certaine d'avoir bien lu.

Les *Cieux* ; cette histoire pour jeunes Bivalents était à l'opposé de la mission qu'elle et Saphy s'étaient donnés. Ce n'était rien d'autre qu'une fable légère tandis que de l'autre côté, la surface de la planète était réelle et surtout colonisable. Saphy lui tendait une faribole tandis que le moyen de donner corps à la destinée des Bivalents leur était offert. Tout cela était trop bizarre et elle se demanda sérieusement ce qui était arrivé au véritable Saphy, celui qui avait de la chair et des os.

- As-tu perdu la raison ?

Elle estima que ce fut la seule question éclairée de ce mystérieux échange.

Alors que la surprise lui fit perdre toute envie pressante de soulager son poumon secondaire, le double liquide de Saphy se distendit puis s'effila. Derrière cela Fedelyne entrevit le coin d'une silhouette toute noire éloignée, mais dont les épaules larges laissèrent présager une robuste créature. La première idée de la mutante fut un Crevdur.

Elle eut l'impression que ce nouveau venu l'observait depuis un certain temps déjà.

Pas un mot ne sortit de sa bouche. Elle attendit sans réaliser que le double du Raidone ne fut plus visible.

Finalement la silhouette aux larges épaules se rapprocha avec un peu trop de précipitation au goût de Fedelyne qui sursauta. Puis en un battement de cils, elle se retrouva plaquée le dos contre le roc avec sur sa gorge la pointe étincelante d'un gigantesque Zad. Elle déglutit à grand-peine.

Son cerveau manquant d'oxygène elle fut convaincue que ses sens lui jouèrent des tours. À un pouce de son nez se tint l'imposant visage carré d'un des sept Gardiens de l'Alliance qui constituaient la garde rapprochée du Grand-Œil.

La seule présence par ici de ce monstrueux tas de muscles et de nerfs eut de quoi étonner. Les Gardiens ne se montraient jamais par hasard. Pour tout dire lorsque l'on en voyait un, cela signifiait que la situation était grave au point qu'Iris malgré ses pouvoirs se voyait dépassé par les événements. En d'autres termes il fallait être confronté à une crise tout aussi grave que la guerre des Trois, car c'était là que pour la seule fois on avait vu les sept en action.

Avant tout ces derniers existaient pour rappeler qu'il n'était pas possible de briser l'alliance des espèces Bivalentes.

Fedelyne ne se sentit pas l'humeur de se pencher sur la raison symbolique pour laquelle elle se retrouvait nez à nez avec un des sept gardes du corps d'Iris. De toutes les façons elle ne les aimait pas et elle vit ce Sapies géant non comme une menace directe, mais bien comme une véritable insulte à la vie.

Cette chose n'avait pas d'esprit, ne pensait pas, ne ressentait aucune douleur et ne savait même pas qu'elle existait.

Le Gardien ne savait que respirer de lui-même. Il était incapable de se nourrir, de se défendre ou encore de comprendre quoi que ce soit. En bref sans la télépathie du Grand-Œil ses chances de survie étaient nulles. En contrepartie l'énergie qu'il n'utilisait pas pour alimenter un esprit, était réorientée dans la machinerie du corps.

Or c'était une machine plus grande, plus forte et plus résistante que n'importe quel Shaklyr.

Très rares furent ceux qui eurent le privilège ou la malchance de voir à l'œuvre pareille machine de guerre. Ce Gardien-ci se tenait si près que Fedelyne ne lui voyait pas les traits. Pourtant au travers de ces yeux vides et perdus dans de profondes orbites, elle sut pertinemment qu'elle était en train de croiser le regard d'Iris. Ce dernier devait donc la fixer avec une intensité proche du désir de la tuer.

Cette révélation la stupéfia et elle se rappela que l'instinct de survie de chacun était celui de tous ; une règle d'or à laquelle elle se raccrocha en désespoir de cause puisqu'imaginer Iris voulant l'éliminer dépassait l'entendement.

Le monstrueux Gardien ouvrit le gouffre qui lui servait de bouche puis de son odeur sans vie ni émotion, il dit ;

- Saphy est donc encore en vie, où est-il ? Comment cela se peut-il ?

Fedelyne n'en eut pas la moindre idée. En vérité elle ne comprit pas grand-chose et il lui sembla que la Gardien le perçut.

Elle qui était paralysée se concentra sur l'angle de son champ de vision comme si elle s'attendit à un quelconque soutien de la part du double liquide de Saphy. Elle raya aussitôt cette idée qui lui parut un brin risible.

Elle n'osa pas bouger encore moins respirer. Puis subitement le géant disparut.

Là elle se rappela qu'elle avait grand besoin d'oxygène...

Chapitre 25

Dérod et Opale.

- Où est Fedelyne ?

La chambre des nymphes comportait une multitude d'alvéoles à l'intérieur desquels les Bivalents entraient dans un sommeil profond de longue durée qui entrainait chez eux une série de croissances accélérées ainsi que des transformations irréversibles dont découlaient les différenciations physiques entre les castes.

Lorsqu'un Bivalent se trouvait en phase de sommeil provoqué, il s'engluait fréquemment dans une sorte de trou psychique sans fond.

Le retour à la normalité était une épreuve des plus problématiques. Parfois le Bivalent se réveillait durement au beau milieu de sa phase. Il se jetait tel un damné sur l'opercule de son alvéole, la déchirait à coups de griffes et de dents puis passait la tête par le trou en cédant à l'hystérie et en poussant des hurlements.

Interrompre une phase de sommeil provoqué de cette manière laissait des séquelles physiques importantes.

Les Sapies étaient beaucoup plus touchés par ce phénomène que les deux autres espèces Bivalentes. Lorsque pareil cas se produisait à répétition, ceux-ci voyaient le dessus de leur crâne s'aplatir. Les Teteplates étaient stupides, dérangés et perdaient d'ordinaire leur point de repère.

Dérod n'avait encore jamais connu ce type de dégénérescence. Il n'avait jamais perdu ses points de repère.

Cette fois il eut les yeux grands ouverts, pourtant il ne saisit rien. Il inspira à fond, ses poumons demeurèrent vides ou pleins ; il n'en eut pas la moindre idée comme si l'eau ne circulait pas en lui.

Il crut ne plus se trouver dans de l'eau, mais dans un de ces bains de gelée nutritive qui remplissait les alvéoles de la chambre des nymphes parce que ce liquide visqueux n'entrait pas aisément dans la trachée. Il se crut en train de suffoquer et au bord de la crise d'hystérie. Un violent besoin de dégager sa tête de cet enfer oppressant le prit aux tripes.

Son cerveau tournait au ralenti. Depuis combien de temps baignait-il dans cette léthargie ? Comment était-il arrivé ici ?

Ses dernières bribes de souvenirs étaient encore assez claires, bien que morcelées. Il s'était introduit dans la première Sentinelle alors que Fedelyne se tenait là-haut. Des Medpars avaient surgi de tous côtés.

Dérod avait fait le serment de la protéger et il avait failli à sa mission en la livrant à Iris. Le regard terrorisé de celle-ci quand elle plana dans les airs continuait de le marquer aussi douloureusement qu'un fer rouge plaqué au niveau de l'estomac.

À cet instant le temps s'était arrêté.

Après cela il ne se rappelait plus rien. Son esprit était embrouillé.

En bref il pouvait se trouver n'importe où, à l'intérieur de la première Sentinelle en train de lutter entre la vie et la mort ou dans les bras de quelques songes morbides. Il lui était impossible de recoller son corps avec son esprit.

Tandis qu'il recherchait désespérément une issue, une présence s'insinua dans sa tête.

Ainsi il comprit.

Ce froid qui se faufila dans son cerveau n'avait rien de naturel ; c'était vivant. Ça adoptait une respiration sibilante qui vrillait les tympans et occupait tous les sens. Après cette musique, personne n'en ressortait inchangé.

Dérod avait grandi dans le combat et le sang. Pour la première fois de sa vie, il ne trouva aucun moyen de frapper son ennemi.

« Tu mourras de la pire des façons pour un héros ; sans combattre. »

Pour lui chacun de ces mots fut comme autant de parasites qui se nourrirent de sa cervelle.

La reine blanche ne laissait jamais de place à l'improbabilité.

Celle-ci naquit d'une âme mortelle qui au travers d'une Métisse vit apparaître ses peurs les plus inavouables. Des entrailles des Ténèbres, il sortit une créature maligne comme un cancer et qui sans aucun costume sur elle était belle à en mourir. Opale n'existait que pour l'avènement du règne de la noirceur, le pire cauchemar pour le genre Bivalent.

De la même manière qu'Altes envoyât ses Sassines à la recherche des Cieux, la reine blanche expédia ses clones aux quatre coins de la Mer Lactée à la recherche d'un passage ouvrant sur le monde sans lumière.

La fièvre des Cieux eut raison de la santé mentale d'Altes, celle de la reine blanche manqua de peu de réduire ses pouvoirs à néant.

La fin de la guerre des Trois amena Opale à diriger son attention vers le dernier bastion des Bivalents.

Les secrets les mieux gardés d'une forteresse ne se prennent pas aisément. C'est une lutte de longue haleine sauf si on y introduit un virus d'un genre nouveau.

Dérod tendit devant sa face son Zad nimbé d'une lumière bleue. À présent qu'il pût mettre un nom à son dysfonctionnement psychique, il regagna en assurance. L'appel du sang le fit saliver, il retroussa les lèvres. Bien qu'épuisé et grièvement blessé, ses instincts les plus primaires commencèrent à s'éveiller. La membrane blanche fut sur le point de s'abattre sur ses yeux, pourtant la furie refusa de monter en lui.

Sans moyen de se défendre, il tenta de gagner du temps.

- Tu ne dis jamais rien au hasard ; que veux-tu ? cracha-t-il.

- « Réaliser ce que chacun rêve tout bas ! Je veux me libérer l'esprit et m'échapper d'ici. Il n'y a plus rien dans cette eau qui aide les morts à se décomposer. Le passé me pue au nez. »

Le Shaklyr qui scrutait l'obscurité ne distingua rien qui pût provoquer chez lui une rage destructrice et Opale le retenait en maintenant sur son cerveau un contrôle imperceptible.

Dérod grinça des dents. Il se savait pris au piège et devinait que de sombres mâchoires se refermaient sur lui, pourtant il était en mesure ni de voir ni de renifler la menace.

La lueur qu'émettait son Zad commença à baisser.

- Qu'attends-tu de moi ?

Un rire ou ce qui sembla s'en approcher dévala en cascade dans son crâne.

- « Ce n'est pas de toi que j'attends le plus. En vérité, il fut une époque où j'avais le pouvoir de prendre le contrôle des esprits les plus inflexibles et à travers eux, percer les défenses psychiques de leurs frères et sœurs. Seulement je ne suis plus la même. Ma quête a fait de moi un fantôme. J'ai besoin que mes hôtes soient au bord de la ruine pour parvenir à mes fins. »

Les mots d'Opale eurent l'effet d'une avalanche dans l'esprit de Dérod. Anéanti, il s'exclama en baissant sa garde.

- Tu n'es pas venu pour moi !

La honte de ne pas personnifier l'adversaire digne de ce nom pour la guerrière la plus foudroyante de tous les temps se mêla à la frustration de ne pas être en mesure de contre-attaquer.

Alors il perçut le souffle glacial de la mort lui traverser le front et il n'eut aucune force pour l'empêcher de s'insinuer très en profondeur dans son esprit.

Comme d'un dernier soubresaut de combattivité, il chercha son ennemie dans les parages, en vain car il était piégé dans une obscurité absolue.

- « Tu n'es qu'une voie de passage. Ne vois pas cela comme une offense. Évidemment la question te dépasse, mais voilà :

l'Organe est insondable. Cependant ma dernière visite derrière les remparts m'a permis de mieux apprécier sa nature. Ce qu'il me manque pour inoculer un virus qui anéantira son système de défense de l'intérieur est une faille. Il me faut quelque chose de nouveau. L'Organe a appris à se défendre contre le virus de la P.E.U.R. Qu'adviendrait-t-il si un nouveau virus apparaissait soudainement ; si une maladie éteinte refaisait surface ? »

L'art du combat enseigné par Sicardus n'avait pas seulement permis à Dérod de se renforcer physiquement. Il avait également développé la capacité d'endurer les attaques psychiques les plus brutales. C'était connu.
De fait même si sa proie était considérablement affaiblie, la reine attendait patiemment son heure. Tapie quelque part à l'intérieur de la boite crânienne du Shaklyr, elle reniflait, à l'affût du premier essoufflement. Elle attendait la brèche qui allait lui permettre de porter le coup de grâce et d'annihiler toute forme de volonté.
Certes le pouvoir d'Opale n'était plus le même qu'autrefois, mais Dérod se trouvait au bout de ses forces. Les muscles de son visage se relâchèrent les uns après les autres et même s'il ne pût voir cet être d'effroi qui de plus en plus l'envahissait, il le savait en train de gouter à son âme.
Il cligna maladivement des yeux puis tenta de réunir un minimum de force mentale pour s'opposer à la reine à défaut de ne pas être en mesure de lâcher sa furie.
Le temps devint une ressource vitale qui se tarit à toute vitesse.
- Celui qui prétend être le plus grand cache ses points faibles. Oserais-tu seulement te montrer ? Oserais-tu seulement te battre ? Sans les clones que tu as créés, tu ne vaux rien.
Dérod s'efforça de limiter les tremblements de ses mains quand il rehaussa sa garde. La lame arquée du Zad dont le halo mourait, éclaira à peine son visage. Il n'était plus que l'ombre de lui-même, un mort-vivant incapable de montrer

les dents, mais qui se croyait encore prêt à mordre. Et il lança en chevrotant,

- La science de Sicardus coule dans mes veines. Aurais-tu oublié qu'Argolia est tombée sous les coups de notre roi ?

- « Comme c'est amusant ! Le fameux maître d'armes se cache derrière de vieilles histoires maintes fois rabattues dans l'espoir ridicule de me repousser ! Je m'étais pourtant préparé à plus âpre engagement. »

- ALLONS ! MONTRE-TOI UN PEU ! VIENS ME DIRE EN FACE CE QUE TU ME VEUX !

- « Ne t'ai-je pas dit que tu mourras de la pire façon qui soit pour un héros ? Tu auras le fardeau du fin mot sans l'honneur de l'assaut. Le déshonneur à la hauteur de l'impuissance… Je dois admettre que sans le concours de circonstances qui relève de l'improbabilité, ce qui à mon égard est inconcevable, je n'aurai pu découvrir le moyen d'asservir l'Organe pour récupérer ses pouvoirs. Je ne sers que les Ténèbres, rien ni personne d'autre… Il y a peu j'ai perçu qu'un être de ta famille a dérangé par son intrusion inattendue un monde ancien et ténébreux dont je ne connaissais rien jusqu'alors et qui m'est interdit malgré ce que je suis. Je n'explique pas comment il s'est retrouvé dans ce monde, néanmoins maintenant que je sais ce que celui-ci renferme, ton frère Ayder me guidera vers ce qui m'est le plus cher. Avant tout je dois procéder à une petite opération chirurgicale qui ne te plaira pas, je le crains. À travers toi je ne peux maintenir le lien avec Ayder assez longtemps pour le posséder entièrement. Mes pouvoirs ne sont plus aussi grands qu'autrefois. Je dois donc recourir à un artifice que j'ai spécialement créé pour ce type d'occasion et qui me permettra de maintenir indéfiniment un lien de qualité. Voici mon Archaïk. Elle asservit la volonté de son hôte, mais aussi ceux qui sont liés par le même sang… »

Dérod écumait d'une rage qui ne trouvait pas le moyen de s'exprimer. Avec cela il n'avait pas pris garde en se laissant trop emporter par ses pensées qui s'orientaient plus qu'il ne le voulait vers Fedelyne.

La lueur de son Zad acheva de mourir ; une obscurité totale le submergea.

Pour la première fois depuis son réveil dans ces eaux mystérieuses où il était inexplicablement arrivé, il distingua une chose en train de se déplacer à proximité.

Il fut incapable de la voir, pourtant par ses déplacements il devina qu'elle était de petite taille. Elle se tortillait avec vivacité, allant et venant comme si elle tâtait le terrain. Ça ne ressemblait en rien à une Medpar.

La chose qui se rapprochait de plus en plus de lui ne représentait à son sens aucune menace sérieuse s'il eût pu se mouvoir et jouer du Zad. Cependant il était paralysé.

La reine blanche lui fit complètement tomber sa colère tandis que la tension ne cessa de croître.

La chose resserra ses cercles.

Dans cette obscurité de plomb, Dérod fut soudain balayé par une vague de solitude qui effaça d'un coup tous les enseignements de son seigneur et roi.

Il perdit son sang-froid quand quelque chose se jeta sur sa face. Alors une dernière pensée lui noua la gorge ;

- Où est Fedelyne ?

Chapitre 26
Lalèpre et la terre des premiers D.I.E.U.

Au sein des Îles-du-Nid, si les Crevdurs dominaient encore la chaîne alimentaire, les Sangdors n'avaient de cesse de vouloir tomber plus bas. Et à force de s'imprégner du fruit des Ténèbres, la mort rôdait partout autour de ces derniers.

Profitant de la détresse de leurs maîtres suite à la *fuite* récente du Très-Haut, les parasites se gavèrent à plus soif de tout le sang qu'ils pouvaient récolter. Et ils se rapprochaient des langues fourchues du monde noir qui léchaient de plus en plus fréquemment les remparts rouges garnis d'immenses pics cristalloïdes.

Chacun des minuscules cristaux qui constituaient la forteresse avait l'aspect d'un flocon de neige remarquable de délicatesse. Les cristaux s'alliaient entre eux pour former la muraille aux milles âges que l'on disait invincible et dont les pics couleur sang étaient dirigés vers le monde extérieur avec une extraordinaire cohérence. La monumentale forteresse des Îles-du-Nid écrasait de sa grandeur toute envie de rébellion. Une impression qui se changeait peu à peu en une façade que les langues des Ténèbres, à l'affût du premier signe de faiblesse, goûtaient avec autant de passion qu'un Sandgor couvant sa proie du regard.

Depuis la chute de l'empire d'Altes, les Ténèbres avaient continuellement gagné en vigueur. Profitant de chaque point d'ombre, elles s'étaient enracinées toujours plus en profondeur.

Si les ombres mouvantes qui absorbaient toute chose étaient très ardues à détecter, les Sangdors étaient quant à eux génétiquement conçus pour les distinguer dans toutes leurs subtilités. Un don intégré à leur ADN depuis le pacte de leurs ancêtres avec l'autre monde dans l'espoir puéril d'apaiser les morsures d'une faim dévorante. Et un vice entretenu sans le savoir par leurs maîtres Crevdurs qui depuis la naissance de cette espèce leur offraient le strict minimum pour se nourrir dans le seul but d'asservir leur volonté.

Ainsi les Sangdors avaient le droit de ne s'accrocher que sur les Sixbras les plus faibles, si bien qu'ils ne disposaient jamais de sang assez riche pour nourrir leur progéniture.

À peine après le départ de l'Immortel, une atmosphère intenable avait saisi l'ensemble des Îles-du-Nid. Les Sangdors s'étaient totalement libérés.

Poussés par leur soif, ils s'attaquèrent aveuglément à tous les Sixbras et avec férocité.

Un nuage rouge se répandit sur le monde des D.I.E.U. Ce fut l'hécatombe. Les Crevdurs réagirent et entre les deux camps, les Sixbras tombèrent à foison.

Pour ajouter à la confusion générale, le sang épais et visqueux des morts se prit dans les gorges chaudes pour occuper les récepteurs des glandes phéromonales. Toute communication intelligible fut rendue impossible.

Les bases de la forteresse craquèrent de toute part et menacèrent d'imploser.

Les derniers éclats stellaires vinrent mourir sur l'épais nuage empourpré, laissant dans l'ombre la cité de vie.

Une seule créature tira avantage de la situation.

Contrairement aux autres de sa race, Lalèpre était d'une intelligence supérieure stimulée par un passé particulier. Il avait servi d'amuse-gueule, de jouet et de sac d'entraînement au Très-Haut. Il avait encaissé les coups et les humiliations, il avait tout pris sans jamais broncher.

La vengeance est une passion qui ne demande qu'à éclater.

Les pics montagneux des Îles avaient jailli des entrailles de la Mère Lactée pour que prospérât la vie. Assister à l'effondrement dans un bain de sang de la seule et unique maison des D.I.E.U était pour les yeux de Lalèpre un délice, une bénédiction.

À la base de la plus haute montagne qui se dressait encore au centre des Îles, il existait l'entrée d'un passage souterrain, laborieux d'accès, au milieu d'un amoncellement de roches. Le passage menait à une grotte à nul autre pareil et qui ne s'ouvrait qu'en présence de sang divin ce que le parasite s'était procuré à même le bras d'Argos durant son coma.

Tout le temps qu'avait duré le calvaire de Lalèpre aux côtés du Très-Haut, lui avait fourni davantage que tout ce qu'il eût pu rêver.

Quoi de mieux qu'un prodigieux chaos pour prendre tranquillement congé des hostilités et s'enfoncer ni vu ni connu à l'intérieur de ce trou à flanc de montagne ?

La faille qu'il atteignit était tapissée tout le long d'innombrables petits cristaux rouges qui apportèrent au parasite un peu de lueur.

Il ne s'agissait pas d'une lueur d'espoir cependant. Lalèpre n'en avait jamais eu. Le sang n'apportait aucun espoir, mais la délivrance.

Au fur et à mesure qu'il avança dans le labyrinthe de la montagne, les cristaux créèrent avec le parasite un lien aussi intense que celui qui unissait une mère et son petit, car avec le sang d'Argos qui coulait dans ses veines, il était en quelque sorte de la famille.

Il sut exactement quelle direction prendre.

Les cristaux qui ne pouvaient être manipulés que par les D.I.E.U avaient à l'origine été extraits des veines de la Mère Lactée avec la naissance du premier Crevdur à aura de vie, au moment où celui-ci dévora le cœur de son protecteur.

Un délicieux conte de cœur et de sang qui avait toujours inspiré Lalèpre. Dans la guerre sans fin qui se jouait entre les D.I.E.U et les Ténèbres, le parasite avait vu une épingle à tirer de ce jeu morbide. C'était comme cela que les créatures de son espèce trouvaient leur compte, sur un terrain propice à la faiblesse.

Dans l'ombre de son maître, il avait beaucoup appris sur les origines de la cristallisation du sang de la Mère Lactée.

Il fut un temps où les D.I.E.U eurent un autre aspect, où de vastes terres montagneuses dominèrent de chaudes mers bleues. En ce temps le bas monde n'existait pas, l'obscurité n'était pas aussi palpable et tout espoir n'était pas encore perdu.

À cette époque les Ténèbres étaient d'une beauté aussi repoussante qu'attirante. Ainsi les pauvres âmes qui gouvernèrent la planète et que la gloire avait abêties furent poussées vers la P.E.U.R. Ce fut le côté noir de l'ambition.

Une guerre totale éclata. Le monde fut dévasté, les terres montagneuses s'effondrèrent sous les eaux et la Mère Lactée fut saignée. Son sang se cristallisa et fut oublié jusqu'à ce qu'il apparût une âme différente de toutes les autres. D'une grande pureté, celle-ci se sacrifia et d'espoir la Mère Lactée remit son propre cœur entre les mains de l'enfant de lumière.

Les D.I.E.U possédaient le pouvoir de modifier à volonté la structure des cristaux de sang. Néanmoins leur pouvoir représentait également leur plus grande faille.

Lalèpre jubilait et salivait.

Il lui sembla que le chemin qu'il parcourut l'emmena aux confins de la terre. L'excitation, elle, l'entraîna vers des sommets inimaginables. Tout lui parut de plus en plus clair et accessible.

Enfin il arriva au fond du labyrinthe qui était obstrué par une masse énorme, aux contours noyés dans le noir.

Bien qu'il s'y fût attendu, il ne put contenir la montée d'une froide appréhension qui lui engourdit les membres. Son cou déjà très court disparut complètement entre les os anguleux de ses étroites épaules.

L'imaginer était une chose, le voir en vrai ramenait n'importe quelle forme de vie qui en faisait l'expérience à sa plus simple expression, l'insignifiance à l'état pur.

Ce fut la deuxième fois qu'il se figea devant cette merveille avec la même idée en tête : le Cracker n'était donc pas une légende. À nouveau il prit conscience que sans avoir ce qu'il fallait en lui, il eût été immédiatement réduit en charpie par le plus important de tous les Sixbras qui ne répondait aux ordres que des D.I.E.U.

Luttant pour se défaire de l'ébahissement qui lui plissait la face, il leva le poignet droit à hauteur de sa ventouse. Les verrues noirâtres et kystes informes en quantité au niveau de ses articulations le ramenèrent soudain dans la douleur de ses imperfections. Il se remit lui-même à sa place face à cette légende qui sans même bouger ni être identifiable dans le noir se révéla être par sa seule présence l'exemple vivant de la dignité absolue. Ce qui convainquit le parasite qu'il fut sur le point d'entrer dans l'histoire. Le rêve d'une vie se trouvait à portée de main sans personne pour lui faire ombrage. Ce fut un moment de grâce.

Il ferma ses petits yeux porcins non sans craindre ce qu'il fut sur le point de provoquer. Ensuite il s'ouvrit les veines.

Un fin filet de sang comme d'un ruban s'étira avant de se déchirer dans l'eau. Même quand il s'agissait de son propre sang, un parasite se devait de ne pas céder à la tentation de savourer le liquide sous peine de déclencher chez lui tous les mécanismes de succion automatiques et irréversibles.

Ainsi Lalèpre trouva la force de retirer ses dents recourbées de son poignet et d'ouvrir ses yeux brillants sur le monstre de la Mère Lactée qui se réveilla comme d'un tremblement de terre. Une fissure s'ouvrit péniblement et le parasite eut à peine la place de s'y faufiler en proie à un mélange de sentiments d'urgence et d'appréhension.

De l'autre côté se trouvait une large cavité qui menait à deux grottes l'une en dessous de l'autre. Cette fois-ci il ne s'intéressa pas aux gouttes d'eau de vie, il se déplaça vers la chambre du bas.

À l'entrée de celle-ci il s'immobilisa et écarquilla les yeux.

L'intérieur de cette grotte était entièrement couvert de cristaux pourpres qui pointaient vers lui comme une myriade de petits yeux vitreux avides de nouveauté.

Au fur et à mesure qu'il avança dans le trou, celui-ci parut se rétrécir telle une prison se refermant sur lui.

Étourdi par l'intensité des chatoiements sa vigilance se refroidit. Il en vint à ne plus voir la sortie et il s'inquiéta de l'effet de sa présence de mauvais goût en ce lieu mythique.

Les cristaux rouges vifs lui emplirent la vue et son esprit flotta sur un malaise quand il crut les voir en train de grossir et se multiplier avec une rougeur de plus en plus agressive et profonde.

Lalèpre perdit toute aisance lorsqu'il prit conscience que personne d'autre qu'un D.I.E.U n'avait respiré ces eaux figées d'éternité. Ainsi ses yeux porcins reflétèrent un effroi qui grandit exponentiellement puis il rechercha la sortie.

Ne la découvrant pas, il vouta le dos et tendit le front mettant en évidence sous les rayons rougeoyants sa marque de brûlure au milieu, signe qu'il appartenait au Très-Haut comme si par ce geste de soumission il demanda pardon à la grotte de l'avoir insultée par sa hideuse présence.

Au travers de son vertige, il se rappela que le temps existait et qu'il lui était compté.

Ainsi il se reprit et s'ouvrit de nouveau le poignet sur ses petites dents jaunâtres.

Le sang des Sangdors adultes était noirâtre. Pourtant les filets qui s'échappèrent de son entaille, furent incarnats, si pleins de vie qu'ils semblèrent jaillir directement du ventre d'une femelle nourrissant son petit.

Lalèpre contempla l'eau érubescente avec un étonnement grandissant, car la rougeur de son sang fut infiniment plus vive que lorsqu'il intima au Cracker de libérer le passage. Et l'odeur du liquide sirupeux lui tordit douloureusement les tripes.

Ses pupilles se dilatèrent ainsi que ses abdominaux en prévision d'un gonflement maximal de son ventre. Il grimaça de douleur pour ne pas se dévorer le bras.

Soudain un curieux mouvement l'arracha à son engourdissement psychique. Son regard passa de son poignet au fond de la grotte.

Jusqu'alors le parasite avait cru voir les cristaux se tendre vers lui, mais rien de comparable à l'image qui l'arrêta. Il releva un amoncellement de cristaux de petites dimensions s'apparentant à s'y méprendre à un gros visage en train de l'observer et il jura distinguer une paire de grands yeux chargés d'étincelles ainsi que de protubérantes arcades sourcilières.

Il semblait y avoir des joues creuses et striées de traits qui s'entrecroisaient, soulignant un âge incertain, mais qui en disaient long sur la durée. On reconnaissait également un menton en galoche ainsi que des mâchoires anguleuses et fondues dans la roche se perdant dans l'ombre et qui donnaient à cette face sombre un air mauvais.

Enfin ce qui ressemblait à des canines luisantes et pointues dépassait de la commissure d'énormes lèvres pincées.

Lalèpre tendit son cou, rapprochant le bord de son unique lèvre au point d'effleurer celles du visage cristallin et rocailleux de taille comparable à celle de son propre corps.

Il écarta les narines tout en reniflant la zone avec une inquiétude croissante. Bien qu'il ne vît rien bouger, un froid malsain s'empara de lui. Il trembla.

Une partie de lui l'ordonna de quitter l'endroit ; d'un autre côté il se vit incapable de détacher son regard de cette figure fantomatique aux traits hachurés et agressifs.

Un horrible pressentiment le secoua tout à coup. Quelque chose de très mauvais allait lui arriver. Malgré tout il ne trouva pas le moyen de s'écarter et il maudit la curiosité qui l'avait amené jusqu'ici.

Qui es-tu ?

Enfin le parasite eut un mouvement de recul bien qu'il ne fût pas certain d'avoir bien entendu. En vérité il fut presque convaincu qu'il se fut agi du fruit de son imagination.
Ensuite il se concentra sur les mots qu'il pensait avoir rêvés comme pour mieux se raccorder à la réalité.
Il ne percevait aucun déplacement d'eau et la grotte paraissait absorber tous les sons même ceux que lui-même émettait.
Il ne s'entendait pas respirer.
Depuis combien de temps se trouvait-il donc dans cette grotte ? Il fut incapable de le dire.
Un courant de panique le fit tressaillir.

Naïvement il avait pensé que prendre le sang du Très-Haut à son poignet allait lui permettre d'ouvrir les portes de ses désirs les plus fous. Il se rendit compte à présent que son subterfuge n'allait sans doute pas suffire à le faire passer pour celui qu'il n'était pas.
De plus en plus il se dégageait de cette grotte une atmosphère chargée de ressentiments qui s'attaquaient à sa raison. Sa mémoire avait perdu des morceaux. Les détails de son plan lui échappaient.

Que veux-tu ?

Lalèpre sursauta. Son cou s'enfonça dans sa poitrine et il poussa de petits couinements apeurés sous le poids de la voix tranchante et glaciale. Il n'avait pas rêvé.
Quand il accorda son attention à l'espèce de figure, il se paralysa, jurant que cette chose vibra de courroux.

Le Sangdor se rapprocha avec précaution. Il flairait une menace.

Il savait que les cristaux de sang pouvaient changer de forme sous la volonté du Très-Haut, mais il ne les avait encore jamais vus se métamorphoser ni émettre des sons indépendamment de toute influence divine.

Soudain la face hallucinante se détacha de son roc et jaillit en étirant le cou. Le dos du Sangdor qui fut poussé frappa le mur de l'autre côté.

Une vermine qui piétine sait où elle a mis les pieds que lorsqu'ELLE A GOÛTÉ À LA VOLÉE !

Lalèpre eût été bouche bée, si seulement il eût été pourvu d'une mâchoire inférieure.

La face cramoisie se tint à un doigt de son front en tressaillant de colère et les yeux de rubis disparurent dans l'ombre des arcades sourcilières qui se plissèrent en craquant sinistrement.

Sous le choc, Lalèpre prit une inspiration vibrante tout en souhaitant ardemment que le sang du Très-Haut dans ses veines allât suffire à tromper la chose. Puis il clama avec autant de fermeté qu'il le put,

- Je suis celui qui est tout !

Appréhendant la suite, il espéra que son regard ne fît pas paraître sa certitude d'un échec lamentable.

L'énorme face marqua une pause durant laquelle ses yeux passèrent en revue chaque partie du corps du parasite.

Ensuite le visage se secoua et recula en frissonnant d'énervement.

Recouvrant quelque peu de l'assurance, le Sangdor abaissa ses épaules anguleuses puis dit,

- Moi qui suis ton D.I.E.U, j'ai besoin du sang de tous.

Ce ne fut pas toute la vérité. Il voulait TOUT le sang y compris celui de la Mère Lactée.

Même s'il ne saisissait pas tout ce qui se tramait, il était assez perspicace pour deviner que ce qu'il percevait ou croyait percevoir était en lien direct avec l'esprit de cette montagne. Or chaque esprit avait ses propres mécanismes de défense internes en présence d'un parasite.

Même si l'atmosphère de cette grotte maudite avait fait perdre à ce dernier la notion du temps et de la réalité, il avait conscience qu'au moindre faux pas, il risquait de ne jamais sortir. Il se trouvait au centre d'une réaction et lui était le corps étranger.

Où est le sang ? Où est le cœur ?

Les muscles de son cou se crispèrent, réflexe qu'il regretta aussitôt.
- Où est le sang ? Je suis le Très-Haut, celui qui est tout… Voilà mon sang ! Donne-moi le pouvoir d'arriver à mes fins… Je le dis, fais-le.
Il avait recouru à un ton impérieux, mais dans le fond il manqua de conviction. Il y eut une longue pause durant laquelle les battements de son cœur s'accélérèrent et le rythme de son souffle se raccourcit, ce qu'il tenta de ne pas faire paraître en respirant le moins possible.
L'attente irrespirable s'acheva par un tremblement de la grosse tête dont les volumineuses lèvres se tordirent vers le bas. L'étincelle à la place des yeux prit une lueur inquiétante.
Les nœuds du cou étiré plièrent en crissant.
Lalèpre se plaqua le dos contre le mur. La pointe des cristaux s'enfonça dans ses chairs comme s'ils grandirent dans le but de le pousser vers le visage cramoisi.
Il jeta un coup d'œil de côté et ne trouva aucune issue.

Où est le sang ? Où est le cœur ?

L'énorme face fut subitement saisie d'une vague de démence. Elle se jeta en avant, son front s'arrêtant à un doigt du bord de la lèvre violacée du parasite.

Ce dernier savait que pour amadouer un Sixbras, les Crevdurs se rapprochaient avec précaution du bec de l'animal. Ils tendaient ensuite doucement l'index pour caresser un point sensible situé entre les deux yeux. Le plus souvent le Sixbras se laissait aller docilement.

Pour une raison ou une autre, Lalèpre vit poindre le bon moment. Peut-être était-ce à cause de cet environnement hors du temps qui altérait son jugement, mais il étira le bras dans le but de caresser la partie entre les yeux de la tête cristalline. D'une certaine manière il ne réalisa pas qu'il n'avait pas affaire à un Sixbras.

Il effleura du bout de l'index une poignée de petits cristaux, la grosse face pourpre recula en poussant un grognement indigné. Sans comprendre la portée de son geste, Lalèpre insista ; il posa le plat de sa main sur la tête.

La suite des événements demeura confuse dans l'esprit du Sangdor. Il se souvint d'être sorti de la montagne à grand-peine en traînant derrière lui un long filet de son sang. Il était remonté comme si les mâchoires des Ténèbres furent à ses trousses.

Hors des entrailles de la montagne maudite, ses instincts lui intimèrent de se mettre à l'abri pour ne pas se faire dévorer par ses confrères.

Comment avait-il réussi à nager ? Lalèpre ne se le rappela pas. Mais lorsqu'il *rouvrit les yeux*, il se retrouva dans son trou à lui.

Là il vit que beaucoup de choses avaient changé ; il avait perdu son bras droit…

Chapitre 27

Atenor et le petit jeu de Titus.

À l'époque du Spectrum, l'existence des jeunes Bivalents aussi nommés Bivalons tournait autour d'un noyau constitué du père, de la mère ainsi que des rois de l'Alliance.

La guerre avait brisé l'ordre des choses et la chambre des nymphes avait pris la place des parents et des souverains.

Cette pièce située au cœur des fondations du dôme de l'Organum possédait une haute base conique de boue séchée que d'innombrables alvéoles recouvraient.

Les Teteplates qui avaient le contrôle de toutes les opérations fourmillaient sans discontinuer grimpant et descendant le long de la base grâce à leurs doigts au bout arrondi qui faisait office de ventouse. La chaleur constante ainsi que la forte concentration en oxygène dans la zone étaient vouées à doper la faune.

La phase de sommeil provoqué jouait un rôle de premier ordre au sein de la colonie. La pression qu'exerçaient les grandes profondeurs avec la raréfaction des ressources annihilait toute forme de développement normal. Sans cette phase dépasser le stade du premier âge relevait de l'exploit.

Le Bivalent moyen connaissait jusqu'à sa maturité cinq phases de sommeil provoqué soit l'équivalent de cinq âges.

Outre les phénomènes de croissances accélérées, les sommeils provoqués permettaient de contrôler la répartition des Sapies, Shaklyrs et Raidones à l'échelle de la population.

Ainsi, dans le cas où les besoins s'orientaient vers la construction, les Sapies Teteplates très utiles pour manipuler de lourdes charges dans des positions invraisemblables étaient réactivés les premiers.

Lorsque la colonie requérait des chasseurs et des guerriers, on réveillait les Raidones ainsi que les Shaklyrs.

Enfin si la colonie ne pouvait subvenir à ses besoins immédiats, l'Organe influait directement sur la chambre de façon à produire plusieurs membres d'une espèce à partir d'une autre. Ce genre de croissance croisée bien que rarissime s'avérait fort risquée voir mortel et cela exigeait un haut niveau de concentration et d'activité de la part des Teteplates en charge des nymphes.

Dans ce petit univers, Atenor était le maître et à ce titre il était le seul de la colonie à ne jamais voir les rayons des étoiles.
Ce vieux Teteplate avait connu l'avènement des rois de l'Alliance puis la montée en puissance du Grand-Œil.
Son auto-suggestivité en faisait un pilier essentiel de la lutte d'Iris pour le maintien de l'équilibre avec les Organiens.
Grâce à Atenor, le Maître de l'eau alpha-physique était capable d'anticiper la moindre réaction de l'Organe.

Si Atenor n'avait pas l'habitude de se méprendre sur les analyses qu'il rapportait à son chef, il se trouvait présentement en proie aux doutes.
Un réveil massif de guerriers en réponse à la découverte de Medpars dans l'enceinte du dôme se produisit sous l'influence de l'Organe comme prévu par le vieux Teteplate, mais d'autres événements le jetèrent dans la confusion.
En premier lieu il avait pensé qu'un tel effet fût causé par sa propre nature. L'aplatissement de son crâne lui avait laissé plusieurs séquelles comme la perte de neurones.
Toutefois l'évidence que la chambre des nymphes perdît toute direction lui sauta aux yeux.

La grande base conique de boue séchée était entourée d'un long tube conçu à partir de vessies de Sixbras cousues entre elles. À l'intérieur macérait dans du sang une mixture à base de viande de Sixbras à moitié digérée.

Afin de maintenir une croissance continue, le Bivalent avait besoin d'un apport riche en protéines, mais en quantité variable selon les différentes périodes de son sommeil provoqué. Un apport trop important ou trop faible selon les besoins risquait d'avoir de fâcheuses conséquences sur le développement autant physique que psychique.

Ainsi un contrôle parfait de la croissance accélérée, évitait à la population Bivalente de glisser vers le déclin. Atenor tenait dans le creux de ses mains la santé de la colonie, un rôle des plus perturbants lorsque tout allait de travers.

Pour l'heure le tube digestif artificiel d'une centaine de pieds de longueur et aussi haut qu'un Teteplate adulte était plus creux que d'ordinaire. Le nombre de proies déjà maigre se raréfiait depuis la montée en force d'un Organum agressif.

Une donnée qui complexifiait la tâche d'Atenor dans un contexte où la demande de guerriers s'accentuait exponentiellement.

Le vieux Teteplate était en train d'aller et de venir activement le long de la base, de façon à analyser au travers du fin opercule jaunâtre des alvéoles les spasmes des dormeurs recroquevillés tels des fœtus. Les silhouettes se devinaient plus qu'elles ne se voyaient, mais avec de l'expérience et une intuition aiguisée comme c'était le cas pour Atenor, on pouvait ressentir les subtilités des vibrations de la membrane sous les mouvements mécaniques du corps.

Si l'opération présentait usuellement peu de difficultés pour le vieux Sapies, elle prenait cette fois-ci une tournure des plus intrigantes.

Quelque chose chez les dormeurs ne lui plaisait pas, des spasmes qui ne se produisaient pas au bon moment ni avec la bonne intensité.

Tout d'abord il fit abstraction de cette information s'affairant à transpercer au moment le plus opportun les opercules avec une longue aiguille en cartilage de Sixbras reliée au gros intestin qu'une équipe de Teteplates massait pour faire avancer la bouillie nutritive.

Ensuite il réalisa qu'en outre des spasmes anormaux chez la majorité des dormeurs, ses coéquipiers n'interagissaient pas comme il devait s'y attendre en paraissant régulièrement indécis et perdus.

Quelquefois le vieux avait été lui-même piégé par ce type de réaction, comparable à une absence de repères, malaise typique aux Teteplates du fait de la forme de leur crâne qui occasionnait des déconnexions évanescentes avec l'Organe.

Pourtant ce phénomène-ci affectait son équipe au complet et aux mêmes instants.

Bien que ses coéquipiers s'acharnassent à masser l'énorme tube digestif, il se trouvait derrière leur regard un vide nourri par une crainte qu'aucun bivalent n'osait affronter. Il s'agissait de l'angoisse d'une rupture psychique totale avec l'Organe ce qui signifiait errer à jamais dans les limbes de l'inconscience.

Ce phénomène laissait supposer qu'une maladie beaucoup plus grave et profonde que le courroux de l'Organe se propageait dans l'ombre.

Atenor en était là, figé dans ses réflexions en haut de la base quand il vit apparaître le Grand-Œil à l'entrée de la chambre. Ce dernier lui sembla plus contrarié que jamais.

***

Titus se baguenaudait proche de l'entrée de la première Sentinelle.

Malgré ses efforts pour se faire discret, il trainait derrière lui de longues langues d'odeurs infectes reliées au bout de ses ongles putrescents. Ses longs bras secs tendaient à le déséquilibrer ce qui se reflétait dans ses mouvements d'une agaçante lenteur.

Absurdement il dégageait un brin de sensualité empreint de senteurs de faisandage et possédait la même grâce toute naturelle que Dronor son père et roi.

En secret il cultivait des ressentiments qui lui gâtaient la figure. Son regard par en dessous n'annonçait jamais rien de bon. Et derrière un étrange sourire charmeur, il dévoilait ses petites dents jaune urine, pointues et espacées qui laissaient une empreinte dont on gardait un mauvais souvenir.

Bien que sagement détesté par l'ensemble des siens, il possédait une position bien installée qui imposait le respect. Le fils du seigneur de l'eau alpha-physique, c'était lui. Or sans Dronor, le bas monde tel que les Bivalents le connaissaient n'eût jamais existé. De fait sans Titus à ses côtés, Iris ne pouvait jouir de toute son influence.

Certes il souffrait de ne pas avoir autant d'autorité que ce dernier, mais il se délectait de cette place dont il avait hérité. Comme le Grand-Œil et lui ne faisaient qu'un, il n'avait qu'à attendre que celui-ci commette une erreur fatale pour le détrôner. C'était comme récolter tous les fruits sans se donner la peine de suer. La vie pour Titus se résumait donc en un doux compromis. Pour ainsi dire, sans rien posséder, il avait tout.

Et pour lui, l'odeur prenante de ses doigts n'était rien de moins qu'un don qu'il développait avec un plaisir malin parce qu'ainsi il se trouvait d'autant plus intouchable. Cette puanteur rappelait qu'une unique griffure suffisait à causer d'effroyables infections voire même la mort.

L'état de ses ongles résultait d'une expérience ratée sur de l'eau alpha-physique et rappelait une époque où il enviait fiévreusement les facultés du Grand-Œil à modifier à volonté la structure de l'eau bleue. Cette époque avait fait son temps et celui que l'on prenait pour le Second de l'Organum avait préféré se construire le rêve d'un tout autre bas monde, sans dôme de verre et libre de penser.

Il haïssait Iris, son monde d'illusion plus encore, bien qu'il s'employait à lui faire croire le contraire du mieux qu'il le pouvait.

L'Organum n'était pas l'empire des profondeurs. L'onde magnétique en son centre abreuvait les esprits les plus faibles pour leur éviter d'affronter le reflet de leur corps amaigri sur le verre du dôme qui leur servait de prison. L'Organe n'était qu'une grosse pierre attachée aux chevilles des survivants de la guerre. Plutôt que de remonter à la surface comme ils se le devaient, ces derniers coulaient.

Où se trouvait la grandeur ? Où se trouvait l'empire ? Ce n'était qu'un minuscule point bleu dans la gorge des Ténèbres.

Mais ce qui intéressait le plus le fils de Dronor était le moment opportun. Et ce dont il avait besoin pour tenir la place d'Iris était une présence à ses côtés, une personne qui naturellement attirait sur elle tous les regards, le genre d'attention que lui seul n'aurait jamais.

Tandis que ses interminables rubans pestilentiels se lovaient autour de son corps osseux, cette personne n'eut de cesse d'occuper ses pensées. Elle lui torturait l'esprit. Si lui était intouchable, il ne pouvait également pas l'atteindre.

Il avait des vues sur un objet aussi unique que flamboyant et que les grands rois eux-mêmes avaient pris pour un trésor.

L'image de Fedelyne, la superbe mutante aux cheveux de feu prenait ses pensées. C'était de Fedelyne qu'il avait besoin au moment venu pour que les regards se tournassent vers elle donc vers lui, à ses côtés.

Titus se souciait de ne pas retenir l'attention aux abords de la première Sentinelle ; c'était peine perdue. Où il se déplaçait les victimes se détournaient dans le but de respirer.

Depuis l'intrusion de Medpars dans la première tour, la garde y avait été fortement renforcée. Des Protons nimbés de bleu effectuaient des rondes sans arrêt et des Shaklyrs armés de Zads patrouillaient à l'intérieur comme à l'extérieur. Bien qu'alertés par la mauvaise odeur, ceux-ci ne s'opposèrent pas au Second de l'Organum quand il s'arrêta face à l'entrée.

- Tout n'est qu'illusion ! soupira-t-il en contemplant le tranchant de cette emblématique Sentinelle Couteau qui ruisselait de grandeur et de force.

Rien n'avait jamais entamé sa dureté. Les lames de fond parmi les plus puissantes s'y étaient essayées en vain.

L'arête frontale se penchait vers l'avant, flirtant avec les limites de l'invisible frontière de l'Organum. L'œil du fils de Dronor chercha cette ligne qu'aucun Adapté n'osait franchir sans y être invité et que même les Sixbras avaient appris à reconnaitre.

N'importe quel intrus qui était repéré à l'intérieur de cette frontière énergétique engendrait un torrent d'agression de la part de la colonie tout entière.

Au-delà de la forteresse Bivalente, les ondes mouraient au loin peu avant les courants de Coriolis. Après cela les Bivalents perdaient toute faculté de s'organiser en communauté. C'était le royaume des âmes perdues.

Titus reposa les yeux sur l'arête de la Sentinelle Couteau jusqu'au sommet qui se terminait par un plateau dont le bord s'étirait vers l'avant tel la proue d'un navire. Là-haut se trouvait le poste avancé du Grand-Œil.

Enfin il esquissa un de ses rictus énigmatiques avant de s'introduire dans la tour à l'insu de tous.

Toutes les Medpars qui avaient mis le pied ici avaient été abattues. Il n'y avait pas eu d'autres choix possibles.

De l'air évacua l'eau du sas.

Son regard s'illumina quand il arriva de sa démarche débalancée dans le hall digne d'un temple au sommet vertigineux.

Les articulations des plateformes circulaires avec les ponts transversaux étaient autant de points aussi délicats que des organes vitaux. L'ensemble du système était conçu pour acheminer rapidement un grand nombre de Bivalents ainsi que d'importantes quantités de matériels d'un point à l'autre de la tour.

Afin de renforcer la solidité de la structure interne, les éléments étaient recouverts en temps de crise d'une couche d'eau bleue qui se changeait sous les pas en un ruissèlement de minuscules cristaux de glace incandescents.

En période de forte activité comme à présent, il pleuvait dans toute la Sentinelle des cordelettes glacées dont les bouts se sublimaient.

Cette ossature de verre et de glace brillante était fusionnée à la coque de l'éperon noir conférant à l'ensemble une robustesse ainsi qu'une souplesse à toute épreuve. La Sentinelle Couteau était conçue pour se dresser à la perfection face aux éléments tout en se mariant avec eux.

Et lorsqu'elle se mettait en branle, les capacités de sa force de frappe devenaient étourdissantes.

Titus monta sur un disque ascenseur.

Sur chaque étage de la tour, fourmillait un essaim de Teteplates affairés qui acheminaient armement, réserves de nourriture, d'air et d'eau alpha-physique. Certains s'évertuaient à réamorcer les imposants canons à air qui à une époque servirent à repousser les Sixbras.

La tour était équipée d'une douzaine de canons pointés sur la noirceur des Abymes et dont la fonction première fut de déclencher d'impressionnantes détonations destinées à écarter les géants à tentacules.

Les besoins avaient changé tout comme les projectiles.

Iris avait développé un nouveau type de projectiles appelés à remplacer les fameuses bulles elliptiques.

Ces dernières avaient le désavantage de perdre rapidement de la vitesse donc de la puissance. Leur emploi nécessitait une importante quantité d'énergie, mais surtout leur production consommait l'air dont les Bivalents manquaient cruellement pour respirer.

Ainsi les canons avaient été modifiés pour tirer des obus alpha-physique ce qui représentait une véritable prouesse technique du fait de la grande instabilité des molécules alpha. Même si ces armes de dernières générations n'avaient encore jamais été testées, Iris avait été contraint d'aller au plus court. Avec une alliance entre Organiens et auto-suggestifs ébranlée depuis l'intrusion des Medpars, les Bivalents attendaient de lui une réaction musclée et démonstrative.

Le Grand-Œil s'était lancé dans une discrète contre-offensive avec ses trois submersibles prototypes, mais avant tout il se devait d'imposer son autorité sur son propre terrain. Les projectiles alpha devinrent ainsi une de ses principales priorités.

De nombreuses lignes de verre pur étaient incrustées dans le verre noir à l'extérieur des tours de sorte d'alimenter en eau alpha-physique une profusion de points aveuglants.

Au fur et à mesure que Titus montait vers le sommet de la première Sentinelle, il sentit poindre son heure de gloire. Les règles du jeu étaient en train de tourner en sa faveur.

Au travers des hublots qui défilaient sous ses yeux, il s'attarda sur le fourmillement des Teteplates le long des parois externes. Ceux-ci s'échinaient à accroître la conductivité des veines bleutées en les frottant avec leur peau de Sixbras recouvert de verre pilé.

La première Sentinelle irradiait comme jamais. Son rayonnement se reflétait sur les imposantes tours Arborescentes, derniers remparts avant le dôme de l'Organum.

Titus sentit émerger en lui une énergie qui lui donna le tournis.

- Très bientôt l'Œil... Ce sera moi...

Enfin il parvint au sommet de la tour. Le disque ascenseur stoppa et il alla se poster devant la porte de la première chambre qui était encore entr'ouverte. Fedelyne était passée peu avant par cette ouverture.

- Très bientôt…

Le fils de Dronor se faufila à l'intérieur puis il ferma les yeux tout en aspirant à pleins poumons. L'odeur de la belle aux cheveux de feu imprégnait toujours les murs, la porte… la couche ; une odeur mi-salée, mi-piquante ; un délice pour les sens.

Dans ce bas monde, les phéromones étaient pareilles à une empreinte digitale. Le parfum de la mutante avait une fraîcheur et un goût si exaltants qu'elle matérialisait les rêves en réalité.

Titus trouva presque dommage que trop peu de Bivalents ne reconnussent pas ce tourbillon de saveur. Parce que la beauté avait pour beaucoup une autre signification quand de constitution, on paraissait plus inapte que n'importe qui.

Elle et lui avaient cela en commun ; leur odeur était incomparable : lui avec sa puanteur naturelle, elle avec ses parfums légers aussi marquants que les lourds relents de ses ongles. À l'évidence ils étaient faits pour s'entendre.

La chambre d'Iris était vaste, mais oppressante parce que son air se trouvait saturé de gouttelettes alpha. N'y pénétrait pas qui voulait.

Il se figea dans l'entrée.

Si les talents d'Iris n'avaient pas son équivalent, ceux de Titus avaient de quoi surprendre. Il n'était pas le fils de Dronor pour rien.

Il leva le pied pour avancer, hésita un instant puis le reposa au sol.

L'humidité alpha de la salle se concentra tout d'un coup sur lui, le prenant à la gorge comme si des mains glaciales enserrèrent son cou.

Il s'y était attendu et il ne respira plus.

C'était le signe d'une mort imminente et horrible si seulement il osait faire un pas de plus.

Les gouttelettes alpha étaient programmées pour pénétrer les voies respiratoires puis se répandre dans l'ensemble des cellules du corps jusqu'à se changer brutalement en glace. Un supplice qui s'achevait par de violentes hémorragies internes si on osait défier le système de défense.

L'avertissement ne fit aucun doute. Il lui était destiné.

La défense de la salle était purement mécanique si bien que la règle universelle de survie de l'Organe qui menait l'existence de chaque Bivalent ne pesait pas sur ce qui risquait d'arriver au fils de Dronor.

Ce qui l'émoustilla un brin.

Comme les molécules alpha réagirent à la présence de l'intrus, une vague de poussière de diamants bleutés engendra une pulsation qui se propagea à toute la chambre.

Titus qui manquait de souffle se courba de douleur. Il crispa les paupières et cessa tout mouvement pour mieux se concentrer.

Les techniques de programmation alpha d'Iris s'avéraient d'une étonnante précision. Ce dernier était capable de manipuler les molécules indépendamment les unes des autres. Il savait transformer un nuage alpha en une violente tornade ou encore en un monstre sorti des pires cauchemars. L'unicité de son don le rendait magnifique et du même coup terriblement mauvais.

Même si depuis peu les sentiments ambivalents du Grand-Œil à l'égard de Fedelyne brouillaient ses prévisions de l'avenir, il avait deviné tout ce que Titus était en train de réaliser.

Ce dernier serra les poings puis s'efforça de se détendre jusqu'à ce qu'il pût se redresser avec sang-froid tout en expirant longuement. Une vapeur froide s'échappa de ses narines aux bords givrés.

Comme si de rien n'était, il neutralisa la déstructuration des molécules d'eau bleue prises dans chacune de ses propres cellules. C'était un des pouvoirs de Titus.

Il rouvrit les yeux, s'essuya le nez du revers de sa main puante puis traversa la grande salle de son pas chaloupé.

Suivant son instinct il s'arrêta dans un recoin sombre devant un lit de pierre rectangulaire, là où peu avant il s'était assis aux côtés de Fedelyne.

La brume alpha-physique harcelante se concentrait sur lui, mais il se vida les poumons et toute tension dans l'air s'évapora.

À ce moment Titus abaissa ses barrières psychiques pour permettre au créateur de ce système de défense de voir au travers de ses propres yeux.

La pierre du lit trouvait ses origines dans les légendes à l'époque où la Mère Lactée jeune et vigoureuse fut le berceau fertile de la vie. En ces temps si lointains, sa roche fut solide, lisse et neuve comme le cœur d'un nouveau-né.

Il ne restait guère de cette roche pâle qui s'imprégnait naturellement de l'éclat de la vie. Au contact des Ténèbres elle se vidait de sa matière pour s'emplir de l'obscurité jusqu'à se changer en une peau de chagrin.

Ainsi cette couche de pierre blanchâtre d'une douceur qui confondait l'entendement et qui était encore pleine de la vitalité d'antan faisait la fierté du Grand-Œil plus que toute autre chose.

Avec un malin plaisir, Titus constitua à partir de la brume d'Iris une silhouette d'étincelles bleutées qui prit peu à peu de la consistance.

Il se forma de petits pieds fins non palmés, de longues jambes galbées, un ventre plat qui se creusa, une main placée sous des reins courbés, une autre sur une poitrine rebondie et ferme.

Ensuite apparut un cou fragile et tendu. Des traits doux et fins se profilèrent pour donner vie à un visage délicat reposant sur un oreiller de cheveux bouclés dont les mèches d'étincelles crépitèrent en ruisselant vers les bords de la couche. Sous les paupières closes de cette silhouette, les yeux roulèrent comme si se retourna quelque part dans la poitrine une tension indescriptible.

La créature de lumière et de bleue vêtue parut à la fois sereine et vulnérable. Et naquit en Titus une combinaison irrépressible de fantasmes.

L'image scintillante de la mutante dans la même position qu'auparavant s'imprima dans sa rétine puis il esquissa un sourire. Il sut qu'Iris avait tout vu.

Soudain une réaction en provenance de l'extérieur de la pièce prit naissance dans le ventre de la silhouette qui vola en éclat dans une crépitation surprenante causée par le frottement des molécules alpha entre elles.

Le fils de Dronor avait osé défier la toute-puissance d'Iris. Tandis qu'il le réalisa, son sourire se renversa et son plaisir fit place à de l'appréhension.

Il avait défié le Grand-Œil pour cette image uniquement, pour la garder gravée dans son regard…

***

Le regard d'Atenor qui croisa celui d'Iris sembla se figer dans le temps.

Le Teteplate qui n'avait jamais vu son vieil ami dans un tel état de flottement en vint à descendre du sommet de sa base en commençant par la tête tout en maintenant le lien visuel avec son visiteur.

Une fois au sol il alla le rejoindre en passant avec souffrance de son éternelle position à quatre pattes à la station verticale. Ses vieilles jointures épaissies par les âges craquèrent sinistrement. Quant à sa face ridée et séchée tel un vieux parchemin, elle se tordit de douleur.

Les yeux du vieux constamment braqués sur les silhouettes des dormeurs dans la chambre des nymphes s'étaient beaucoup éclaircis. Depuis trop longtemps, il n'avait connu la brillance ainsi que la chaleur du cœur alpha du dôme.

Malgré son âge plus qu'honorable, il avait les mains, les pieds ainsi que les épaules larges et solides. De taille diminuée par le dur labeur, il n'en conservait pas moins une force physique infatigable.

Les Teteplates étaient connus pour leur intelligence plus que réduite. Lui faisait exception à la règle ; rien ne lui échappait. Quand il se tint à la hauteur du Grand-Œil, les bords extérieurs de ses proéminentes arcades sourcilières pointèrent vers le bas signe qu'il discernait déjà le sens du malaise.

Les larges cernes jaunis et fripés du vieux s'affaissèrent de dépit et il pinça ses grosses lèvres.

Il connaissait assez Iris pour oser poser la main sur son épaule puis il parla avec sa lassitude habituelle.

- La production de guerriers s'accélère. Les dormeurs grossissent à vue d'œil. Cependant nos besoins en nourriture ne cessent de croître. Nos réserves déjà faibles s'amenuisent rapidement. Ce n'est pas tout… La chambre des nymphes est ma demeure. J'y ai vu beaucoup de choses, mais rien de comparable à ce qui se passe en ce moment.

Iris se figea impassible comme si une donnée extérieure à cette chambre était en train de retenir toute son attention.

Son vieil ami poursuivit.

- Quelque chose a atteint l'Organe. Les signes sont imperceptibles sauf pour moi qui vis ici. M'est avis que le temps s'écourte dangereusement tandis que nous le perdons à faire grossir ces guerriers qui ne serviront à rien.

Les mots d'Atenor eurent l'effet escompté, Iris sortit de sa torpeur.

- Quelle est ton idée ?

- Puisque je reste au milieu des fondements du dôme, je ressens plus les choses que je ne les vois. Un détail parmi toutes les anormalités que j'ai connues depuis peu m'a déconcerté. Le sous-marin qui a explosé est peut-être une des causes du retournement de l'Organe…

L'idée n'eut pas l'air d'imprégner l'esprit d'Iris et le Teteplate décida de lancer son dernier coup. Son épaisse main pleine de cals glissa de l'épaule de son ami pour aller caresser la surface d'une alvéole fort bombée.

- Au-delà de la simple onde magnétique, l'Organe est une partie de nous, qu'on le veuille ou non, que l'on soit auto-suggestif ou non. Sans elle, nous n'existons pas.

Tandis qu'il parlait, la membrane gélatineuse et opaque qui séparait le dormeur de la paume de sa main gonfla au rythme d'une lente et régulière respiration.

On ne pouvait voir au travers de l'opercule, pourtant Atenor saisi par ce contact tout ce que le Bivalent était en train de vivre.

Le vieux reprit :

- Cette explosion a eu des répercussions sans borne. Les entrailles de la colonie – il balaya la chambre d'un mouvement circulaire de la main – ont tressailli, non à cause du choc, mais parce que ce submersible était intimement *connecté avec certaines personnes* qui y ont mis tout leur cœur pour le bâtir. C'était bien plus qu'un sous-marin. Dans ces entrailles je suis au centre de toutes les sensations, même de celles que l'Organe est incapable de déceler. Le ventre est la seule partie de l'organisme qui est plus sensible que le cœur et je peux dire que je n'avais encore jamais ressenti un tel phénomène.

Il marqua une pause puis il se récria.

- Il est encore temps de lever le voile… Ton cœur s'est éparpillé à terre lorsqu'a explosé ce sous-marin. Te voilà la proie de ton pouvoir. Il grandit, mais plutôt que de nous sauver, il entraînera la destruction de tous... Mon ami… J'ai beau avoir le crâne aplati, je ne suis pas stupide. Qu'est-ce que ce sous-marin avait à son bord ? Pourquoi l'onde magnétique est-elle détraquée ?

Les muscles du cou du Grand-Œil se tendirent. Ce dernier avait en horreur la sensibilité exacerbée de ce personnage. Paradoxalement il ne pouvait s'en passer.

- Tu ne diriges pas la chambre des nymphes pour chercher à savoir ce qui se passe dans ma tête. Je t'ai placé là pour détecter les réactions de la colonie que je n'ai pas prévues, s'indigna-t-il.

Atenor eut un mouvement de recul, pourtant il ne lâcha pas prise parce qu'il vit dans le regard de son ami beaucoup plus d'incertitude qu'il n'avait imaginé.

- Que tu... n'as pas prévu !

Iris se retint difficilement de porter la main au col de sa combinaison pour faire cesser une démangeaison montante.

Le vieux hésita puis persista dans son idée.

- N'as-tu rien prévu de ce qui va nous arriver ?

Le Teteplate entrevit soudain une faille dans l'expression corporelle de son interlocuteur et il plissa le front. Alors l'évidence lui sauta au visage.

Il entrouvrit la bouche, les muscles de son front se détendirent puis il se hasarda à poser une question, de prime abord saugrenue.

- Où est Titus ?

Il ne possédait aucun don télépathique, mais sans être en mesure de se l'expliquer, il soupçonna que la silhouette de Titus était en train de flotter en plein dans la pupille d'Iris.

- Ce n'est pas la question, n'est-ce pas ? rétorqua ce dernier tandis qu'une inquiétante lueur bleue lui voila le regard. Son corps expulsa une bouffée de phéromones corsées qui prit son interlocuteur à la gorge et le força à fermer la bouche.

Atenor parut sévèrement affecté, mais il refusa de reculer.

- La question est le cœur... C'est cela... Tout n'est question que de cœur.

- Le cœur ? Parles-tu du submersible ou d'autre chose en vérité ?

De la vapeur s'échappa des yeux d'Iris et ses pupilles complètement dilatées s'illuminèrent d'une flamme glacée qui mystérieusement sembla avoir des courbes ainsi qu'une crinière bouclée avant de voler en éclat.

« Tout n'est question que de cœur. »

Le Teteplate en eut la certitude plus que jamais. Néanmoins une interrogation lui brûlait toujours les lèvres…

Qu'est-ce que ce sous-marin transportait ? Et quelle était la raison qui avait rendu l'Organe malade ?

Il n'eut pas le temps d'y réfléchir parce que dans le dos d'Iris il entrevit surgir un monstre de muscles dont il n'avait pas croisé le chemin depuis la guerre des Trois.

- Parlant de cœur j'en ai mis trop dans cette cité pour qu'elle s'effondre sous le jet de questions lancées comme des pierres. Les folles rumeurs commencent toujours de la même façon, par les individus les plus sensibles et les plus naïfs. Ensuite, leur curiosité malsaine est reprise et gonflée par les fanatiques pour se propager telle une trainée de poudre que plus rien ne peut contrôler. Je vais stopper tout ça dans l'œuf parce que les enjeux sont trop grands pour que je laisse notre histoire à la bonne fortune… Je la prends donc en main dès maintenant et je te relève de tes fonctions.

Atenor fut d'abord incrédule, ensuite il montra des dents ce qui fut de trop parce qu'un coup de poing d'une violence inimaginable qu'il n'avait pas vu venir le projeta une dizaine de pas en arrière.

Les Teteplates étaient pourvus d'une grande résistance et si un Gardien de l'Alliance pouvait d'une seule frappe briser un Shaklyr il en fallait davantage pour stopper le vieux Atenor qui en avait vu d'autres.

Soulevé par l'adrénaline, celui-ci prit en toute hâte la direction opposée.

Une seule personne était capable de faire obéir un Gardien de l'Alliance et une seule personne était capable de ramener à la raison celui qui avait eu la folie de se servir de ce monstre contre sa propre colonie.

Un chef torturé est un martyr qui punit les siens afin d'être certain qu'il n'est pas celui qui souffre le plus.

Ainsi en ce triste instant Fedelyne, la créature la plus inutile qui soit au sein de l'Organum s'avéra être le dernier rempart face à une descente aux enfers aussi brutale que soudaine.

Et comme si Iris trouva inconsciemment dans la fuite d'Atenor un moyen inespéré de se faire lui-même obstacle, il ne fit rien pour empêcher ce dernier d'atteindre sa cible...

Chapitre 28

L'activation des Gardiens de l'Alliance.

Tandis que le Grand-Œil s'éloignait de la chambre des nymphes, marchant d'un pas lourd dans un des couloirs étroits des fondements du dôme, les mots d'Atenor continuèrent de le travailler.

« Qu'est-ce que ce sous-marin avait à son bord ? »

Cette question remettait beaucoup d'éléments en jeu parce qu'Iris s'était appliqué à effacer toutes les traces de la mission LaPerle…

Son don de voyance défiait les facultés de la reine blanche et lui avait permis de bâtir un empire bleu, craint de tous.

Voilà que depuis le retour de LaPerle il ne voyait plus aussi nettement l'avenir.

« Tout n'est question que de cœur. » Ce n'était pas tant la cargaison de LaPerle que le retour de la mutante qui affectait le plus la perception d'Iris, une faiblesse qui à l'évidence paraissait de plus en plus.

Il trembla de colère.

Fedelyne l'occupait totalement tel un souffle au cœur qui l'épuisait. Il ne parvenait pas à s'en défaire.

Ses mâchoires se crispèrent. Lui le grand-Œil, n'avait rien vu venir pas même la question d'Atenor.

Il y avait de quoi enrager.

Et de plus en plus la pensée qu'il avait écartée jusque-là, refaisait surface.

Les Gardiens de l'Alliance n'avaient pas d'esprit, un défaut génétique compensé par une musculature disproportionnée. L'Organe n'exerçait sur eux aucune influence ; elle ne leur imposait aucune direction à suivre parce qu'ils n'avaient pas de cœur. Pour ainsi dire, ils n'existaient pas.

Un des sept Gardiens de l'Alliance venait de passer sur les pas d'Iris pour imposer l'autorité de son maître sur la chambre des nymphes.

À partir de maintenant toute forme de rébellion devait être matée. Peu importe ce que le sous-marin avait emporté dans son explosion. Dans l'esprit de tous, la surface ne devait en aucun cas être colonisable à nouveau.

Lui était allé là-haut. Lui avait vu de ses propres yeux. Il y avait laissé sa peau.

Ainsi personne ne devait commencer à trop se questionner ou à trop réfléchir sur des éléments se rapprochant de près ou de loin à la surface.

Un second Gardien devait à présent avoir pris le contrôle du site de production d'eau alpha-physique, au sud, en bordure du volcan d'Altes.

Faire intervenir ces monstres avait un caractère irréversible.

Ils représentaient la sauvegarde du rêve des rois de l'Alliance, ils étaient l'ultime rempart face au mal, mais aussi ce qui restait de la grandeur du Spectrum.

Au moment où le Grand-Œil sortit du sombre couloir, un troisième Gardien devait être entré dans le dôme dans le but de casser le chaos sous-jacent.

Bien qu'ayant un caractère irréversible, la décision de mettre dans la partie ces monstrueux Sapies fut inévitable selon lui au vu des déroulements de ses plans.

Quant à Atenor, il avait mis le doigt sur un point des plus fâcheux et des doutes risquaient de se propager.

Afin de garder le contrôle et de maintenir son autorité suprême, le Grand-Œil n'avait plus d'autre choix que d'anéantir tout esprit de résistance à commencer par l'Organe.

Néanmoins tout ceci eût pu être évité s'il avait prévu le cours des événements.

Son don de prévision était basé sur ses facultés télépathiques. En interférant avec les pensées individuelles, il était en mesure de prévoir les actes isolés qui combinés les uns aux autres, laissaient entrevoir l'avenir.

Or il avait vu tout faux.

Les quatre autres Gardiens étaient en train de se positionner au milieu des Sentinelles Couteaux et Arborescentes.

Enfin pour prendre le contrôle des principales voies d'accès à l'Organum, Iris allait d'un instant à l'autre déployer sa propre armée de façon à garder en priorité l'entrée du couloir étroit qui se trouvait dans les ruines du Spectrum.

La période de transition durant laquelle la chambre des nymphes, le dôme, le site de production d'eau bleue et les Sentinelles allaient être neutralisés risquait d'exciter l'ennemi.

Avec ses Gardiens et son armée des ruines, Iris était prêt à annihiler n'importe quel type de menace.

Afin d'accomplir sa destinée, il faut parfois accepter de faire de grands sacrifices. Aucun Bivalent n'allait plus avoir la liberté de rêver goûter à nouveau à l'air libre.

Chapitre 29

Fedelyne et Atenor.

Fedelyne s'était refusée à aller se terrer dans le dôme malgré le manque d'oxygène et malgré sa dernière rencontre. Elle avait ressenti le besoin de rester encore un peu toute seule, repliée sur elle-même sur son promontoire à flanc de falaise.
Les récents événements l'avaient déroutée.
Il y avait eu la scène renversante avec Saphy, suivi de l'intrusion stupéfiante du Gardien de l'Alliance. Finalement les deux s'étaient volatilisés la laissant là perdue et médusée.

Incapable de faire le vide dans sa tête, elle ne voyait rien d'autre que la gueule béante du Sapies.
Une tonne de choses remuaient en elle et en ces temps de folie, l'absence de Dérod lui pesait.
La mutante crispa les paupières tout en se frottant le front du revers de la main. Elle venait de revoir cette bouche ouverte qui lui donna le vertige.
Afin de recadrer ses pensées, elle entreprit de se concentrer sur sa respiration ronflante ainsi que sur la brûlure dans ses poumons.

Depuis son retour de mission, sa vie était devenue un enfer tout comme celle de la colonie entière. Et elle pensait en être la seule responsable.
Elle rouvrit les yeux qu'elle posa sur la paume de ses mains.
La solution… elle l'avait là.
Pendant qu'elle fuyait ses responsabilités, elle s'évertuait à creuser dans son propre passé de crainte qu'elle n'abritât par hasard quelques démons ravageurs.
Au bout du compte sa mission lui parut aussi ridicule que l'entêtement dont son père avait fait preuve en s'usant corps

et âme sur la recherche d'un passage vers la surface. Il avait terminé sa vie en vieil halluciné.

L'obsession maladive et collective de la surface apparut pour la première fois lorsque fut jeté le châtiment d'Altes sur ses propres enfants afin de les punir d'être revenus sans les Cieux, mais avec une Métisse en guise de présent.
Quelle ironie du sort… La bivalence, à bien y penser, n'était pas un châtiment en vérité, mais une bénédiction. Ce défaut génétique représentait l'unique moyen de recoloniser la surface qui n'était rien d'autre que les Cieux, une évidence qui sauta aux yeux de Fedelyne.
Elle n'avait jamais vu les choses de cette façon.
Elle se remémora ce que Saphy ou ce qui devait être son image lui avait dit.
« Les *Cieux*… La porte… Trouve-la… Ici-bas, le sang va se répandre… »

Ses pensées partaient dans toutes les directions d'autant plus que les derniers événements auxquels elle avait été confrontée l'avaient sévèrement secouée.
Pourquoi ne pas imaginer que ce qui affligeait tant le genre Bivalent s'avérait en réalité un don providentiel ? Pourquoi persister à voir les échantillons comme une bombe à retardement ?
Elle resongea à son père, frustrée de ne pas être en mesure de visualiser son visage. Attalas le chercheur qui perdit la tête, devenu fou à lier aux yeux de tous ; pourtant il avait découvert la route… Celle qu'Iris puis elle avaient emprunté.

Une lointaine pensée l'alerta subitement et elle se fit violence pour restructurer ses priorités.
- Luciol…
Un excès d'énergie la saisit au ventre. Elle se redressa d'un bond quand elle réalisa sa faute grossière de ne pas s'être

assurée que sa mère qui avait la responsabilité des échantillons n'était pas tombée elle aussi sur des Medpars.

Elle plongea et se précipita vers le sud, dans la direction de la caverne à flanc de crêt.

Dès leurs débuts, elle et sa mère adoptive s'étaient enfoncées dans une éprouvante succession de froids et de timides réchauffements. Plus Luciol s'efforçait d'améliorer leur relation, plus Fedelyne s'appliquait à cultiver son animosité pour ne laisser en son absence que de lourds remords derrière elle.

Une contrariété incessante destinée à oublier ses véritables parents autant que possible et à ne pas devoir se rappeler les circonstances nébuleuses de leur mort.

Songer à ces vieilles histoires plantait dans le cœur de la mutante la détestable sensation d'allonger à n'en plus finir la distance qui la séparait de la grotte. Elle n'eut plus de pensée que pour sa mère adoptive.

Proche de son objectif les eaux se trouvaient brouillées par les rougeoiements lointains du volcan d'Altes, un décor qui reflétait l'état d'esprit habituel de sa vieille mère dont le désir de vivre achevait de se consumer.

Luciol était l'initiatrice du projet Laperle. Le verre nacré, principal composant du sous-marin ainsi que des combinaisons des nageurs fut l'une de ses créations pour ce projet.

Elle n'avait jamais vraiment cru que la vie pût exister à nouveau en surface et aider sa fille dans cette quête irraisonnée l'avait longuement tenaillée.

Cependant une expédition bien montée s'était avérée un impératif. Comme le doute engendrait l'impuissance, l'inaction poussait au fatalisme.

Au comble de son excitation, Fedelyne ne releva pas les perturbations dans lesquelles la colonie avait sombré. Elle ne capta pas non plus les signes aux abords de l'entrée de la caverne qui eussent dû la mettre en garde. Il se trouvait des senteurs nauséabondes ci-et-là ainsi qu'une ambiance qui éveilla en elle une sorte d'inconfort instinctif comme si plus rien n'était à sa place.

Elle ne prêta attention à rien.

Elle se jeta dans l'entrée, fébrile et chargée d'adrénaline. L'espace d'un instant, elle avait cru que sa visite impromptue allait tout changer ; sur ce point, au moins, elle ne s'était pas trompée.

Elle se redressa au milieu de la grotte.

L'eau qui lui arriva au niveau des genoux était sale et poisseuse. Des vapeurs toxiques et lourdes en couvraient la surface ; la mutante ne les perçut pas. Pourtant sa poitrine se serra.

La luminosité était réduite au minimum, il y avait du verre brisé. Sur un établi noir, la grande caisse rectangulaire de verre nacré qui contenait les échantillons occupait un coin de la chambre. Bien qu'ouverte celle-ci était intact fort heureusement. De fait les échantillons étaient également inaltérés, car Fedelyne s'était personnellement assurée de les conserver dans des conditions très proches de leur environnement naturel.

Tandis que les filaments verts et vivaces lui revinrent en mémoire, son œil glissa sur les combinaisons qui furent revêtues sur les terres du monde d'en haut. Les combinaisons se trouvaient dans une autre caisse posée à côté et que l'on avait également ouverte.

Soudain la mutante se transforma en pierre en prenant conscience que la mort empuantissait la pièce. Derrière les relents, elle découvrit des traces d'identités phéromonales, dont celles de Dérod ainsi qu'une autre qu'elle peina à reconnaître, mais qui l'intrigua fort.

Elle inspira plusieurs fois puis sa mâchoire décrocha.

- Argonot…

Le simple fait de penser qu'un D.I.E.U eût pu *visiter* Luciol échappait à l'entendement. Mais voilà qu'elle identifia les phéromones d'une troisième créature, plus honteuse celle-ci et qu'elle connaissait bien pour avoir échappé à ses dents lors de la Grande Guerre.

- Bubonick !

Si l'odeur du D.I.E.U l'avait assommée, celle du Sangdor la réveilla comme si elle encaissa un coup de poing au ventre.

Ensuite un vent de panique la gifla lorsqu'elle discerna les phéromones de sa mère qu'elle localisa à portée de main et elle se sentit perdre pied.

Ses yeux embués de larmes tombèrent sur la surface de l'eau et pour la première fois elle découvrit des traces de sang tout autour d'elle. Son estomac se retourna, elle serra les dents pour ne pas tout lâcher.

Elle réussit à faire quelques pas hasardeux et chancelants.

Quand son orteil heurta quelque chose de mou, son cœur bondit. De dégoût elle recula vivement détournant le regard comme pour trouver un moyen de rester debout. Une de ses inspirations sifflantes et lancinantes lui tira des larmes.

Ce qui s'était passé ici lui sauta à la gorge et son esprit se bloqua.

Craintivement elle reposa ses yeux sur la surface de l'eau qui était froissée par un faible papillotement bleuté que produisait essentiellement la lueur du journal de recherche de Luciol, un petit bloc alpha posé sur une étagère.

C'est là qu'elle l'entrevit. La vision ne dura qu'une fraction de seconde, mais elle se prît le visage dans les mains en hoquetant.

Puis elle tituba en arrière tout en luttant pour que ses jambes ne la lâchassent pas. Ses omoplates secouées par l'émotion butèrent contre des morceaux de verre coupants dont les pointes s'enfoncèrent dans ses chairs. La douleur parut à peine.

Soudain elle jura que son mollet fut effleuré par les griffes d'une main sèche et elle tressauta en se retournant gauchement. Ce faisant elle donna un coup de pied vers le haut ce qui fit remonter des eaux une face livide aux yeux exorbités et sans mâchoire inférieure, celle de Bubonick.

Elle cria telle une hystérique.

Une solide main venant dans son dos lui comprima soudainement l'épaule gauche. Elle se retourna violemment et jeta ses poings à l'aveuglette tout en couinant lamentablement.

Elle trébucha et pour finir s'effondra dans l'eau noire et visqueuse. Dans son geste désespéré elle s'empêtra les pieds sur les membres du cadavre qui d'une quelconque façon monta sur elle en gesticulant comme s'il chercha à lui embrasser le cou.

Tandis que Bubonick s'affala sur elle de tout son long elle but la tasse.

L'instant d'après, elle fut brusquement soulevée puis deux mains épaisses lui pétrirent les bras. Elle se retrouva plantée de force sur ses jambes, mais elle renvoya tout.

Quand elle rouvrit les yeux, ceux-ci tombèrent sur un torse plat aux muscles secs et zébrés de ses vomissures. L'eau visqueuse et noirâtre dégouttait de sa crinière blonde tandis qu'elle se sentit vidée et minable.

Au travers de la mort qui empestait, elle décela une senteur vaguement familière qui en d'autres temps lui eût apporté un certain réconfort.

- Qu'as-tu ? As-tu été mordu ? Dis-le !

Les deux mains la secouèrent sans pitié.

- Allons, viens ! Nous ne devrions pas rester ici !

De justesse la mutante se tourna pour vomir encore en se pliant en deux. Après quoi elle saisit qu'on la questionnait de nouveau avec insistance.

- Qu'est-ce que tu as ?

Elle posa sur l'intrus un regard ahuri.

Finalement elle identifia Atenor, le Teteplate et elle se demanda si elle avait bien vu parce que ce personnage mythique ne quittait jamais la chambre des nymphes. Plus intrigant encore, son visage était tuméfié et couvert d'estafilades.

Une grosse plaque de sang séché partait de son crâne et descendait le long de son cou. Comme l'œil de la mutante chercha avec insistance la blessure à l'origine de cette remarquable tache de sang le vieux Teteplate se sentit le besoin de s'expliquer.

- Iris s'est révolté. J'ai eu de la chance.

En guise de réaction elle leva un sourcil. Pourquoi pas après tout ; sa mère saignée à blanc par le sale Bubonick juste après que le grand et fort Argonot fût passé au travers de toutes les barrières de l'Organum pour lui rendre une petite visite. Maintenant Iris trouvait le moyen d'enfreindre la loi sacrée de l'Organe.

Il n'y avait pas de honte à mêler l'injure au ridicule.

Elle considéra le vieux Sapies d'un air abasourdi puis pouffa nerveusement.

- Je t'ai suivi. Pourquoi es-tu venue ici en vérité ? s'exclama Atenor.

Elle cessa de rire.

Le vieux reprit plus abruptement.

- Où étais-tu passé depuis tout ce temps ? La colonie est sur le point d'imploser ! Je connais bien le Grand-Œil et il risque d'activer l'armée des ruines du Spectrum d'un instant à l'autre ! Réveille-toi !

Une bouffée de colère monta d'un coup à la tête de Fedelyne. Elle ne flageola plus ; elle se mit droite, raide comme une planche, ses yeux débordant de larmes.

- Crois-tu que j'ai quelque chose à cacher ? lança-t-elle

Après une pause embarrassante, Atenor proposa d'aller ailleurs.

- Je n'ai rien à cacher ! Ni à ma mère ni à personne ! Je reste ici !

Le Teteplate eut une réaction incontrôlée. Ses mots sortirent de sa bouche telle une nuée d'étincelles sur une traînée de poudre.

- Iris te porte un amour qui n'aime pas la raison ! Ne vois-tu pas que son cœur est tout consumé ? Il te veut à mort et la mort le veut, lui. Il erre dans les Abymes sans jamais trouver la lumière ! Réveille-toi !

La mutante goba tout, la bouche entrouverte et les yeux écarquillés. Son interlocuteur ne lui laissa pas le temps de se reprendre.

- Ce qu'il ressent pour toi l'a plongé dans la folie. Il te veut morte et à lui à la fois. L'amour et la haine ne font plus qu'un, tout n'est question que de cœur. Voilà ce qui nous entraînera tous en enfer, là où s'est déjà rendue son âme ! Toi seul peux ramener le Grand-Œil. Tu dois lui parler, t'ouvrir à lui ou nous périrons tous.

La pauvre Fedelyne eut la sensation que ses mains furent faites en fonte.

Elle fut si lasse…

- Iris… me veut… morte ! lâcha-t-elle avec lourdeur.

Atenor se mordit la lèvre inférieure, réflexe qu'il regretta aussitôt parce qu'ainsi il montra qu'il ne maitrisait pas la situation.

- Les échantillons… Marmonna-t-elle.

- De quoi parles-tu ?

- Que je sois éliminée et il n'y a plus rien à dire, mais il y a les échantillons !

Le vieux qui était de plus en plus inconfortable tenta de miser sur l'imminence du danger. Elle devait sortir de sa torpeur.

- Iris est devenu obsédé par sa nouvelle Alliance au point qu'il se croit capable de dompter la reine blanche, les D.I.E.U ainsi que l'Organe à lui tout seul. Il a perdu tout contact avec la réalité ! Tout a commencé après ton départ. Je t'en prie parles-lui !

Elle éclata d'un rire gras puis posa une question le plus sérieusement du monde.

- Qui a tué Luciol ?

Le Teteplate perdit contenance et Fedelyne perdit ses moyens.

- QUI A TUÉ MA MÈRE ? QUI... A TUÉ... MA MÈRE ? TU SAIS QUI L'A TUÉE !

Souvent l'amour est une matière incendiaire à retardement. Le vieux avait eu l'imprudence de produire une étincelle en mettant le doigt sur ce qui faisait le plus mal.

La mutante se détourna tout à coup et plongea dans l'eau le laissant là, tout seul, dans la puanteur et la mort...

Chapitre 30
Les frontières sous surveillance.

Le vent de la solitude a le don de ranimer le brasier de l'amour comme celui de le souffler pour toujours.

Espoir naïf, mince et irraisonné pour lequel Iris entraînait tout le reste de la colonie vers la guerre et le sang.

Le Grand-Œil était devenu un grand empereur sans âme dans son petit monde de verre. Il était devenu une parole sans flamme et dont la dernière braise nichée dans son cœur était froide maintenant.

Il était devenu fou ainsi qu'une menace, mais surtout une proie toute désignée.

Un groupe d'une dizaine d'auto-suggestifs sous les ordres d'Iris avait pour mission de sécuriser les frontières éloignées de la colonie.

L'un d'eux se nommait Isalguld, un vieux Sapies de la sous-caste des Hormoneurs, un groupe très restreint à l'apparence de Long-Bras qui se tenait de plus en plus sur la réserve.

La glande odorante des Hormoneurs était si développée que leur cou était pris en permanence dans une épaisse masse graisseuse qui pendait avec les âges au point de déborder largement sur leur poitrine.

Du temps de l'Alliance, cette sous-caste fut beaucoup plus importante lorsque la stratégie des odeurs jouait un rôle crucial dans la chasse aux Sixbras. Les sous-marins ayant supplanté cette façon de faire, la production des Hormoneurs au sein de la chambre des nymphes avait fortement diminué.

Vétéran de la dernière guerre, Isalguld y avait laissé la moitié de ses dents. Et l'on pouvait mesurer sur les crevasses tant de ses lèvres que de sa grosse poche brunie et verruqueuse que formait sa glande la longueur de tout son âge.

Il était en train d'effectuer des rondes sur son alpha glisseur avec une anxiété grandissante.

Les glisseurs étaient constitués d'une planche de verre pur profilée et propulsée par un réacteur alpha central dont la puissance était contrôlée par une pédale située à l'arrière. Le pied avant se plaçait sur une zone riche en nervures alpha qui était connectée à un petit aileron mobile situé en dessous de la planche.

L'étroitesse de ces appareils permettait d'évoluer rapidement dans des zones difficiles d'accès.

Quant à leur armement, il se résumait à quatre petits harpons fixés sous l'avant de la planche. Cependant la véritable force d'Isalguld se trouvait dans son propre arsenal de phéromones.

Lui-même avait contribué à faire entrer la reine blanche ainsi que ses clones dans l'enceinte de l'Organum parce qu'il avait accepté de suivre l'idée qu'il était enfin possible de créer une nouvelle Alliance.

Sentoris, un jeune Hormoneur au goitre encore petit et bien tendu le secondait.

Un bon Hormoneur se devait de savoir produire des hormones d'agrégat, de répulsion ou d'alerte et de passer rapidement de l'une à l'autre sans les mélanger. Il se devait aussi de marquer des limites, de tracer des voies ou encore d'imiter n'importe quelle identité phéromonale. Son éventail d'odeurs se devait d'être quasi illimité.

Le niveau de technicité de Sentoris était encore restreint, néanmoins ses talents ainsi que son zèle faisaient la fierté de son mentor Isalguld.

Les deux éclaireurs qui rôdaient séparément avaient pour objectif spécifique de découvrir la moindre odeur suspecte émanant d'Adaptés ou d'Organiens dans le but de prévenir tout signe d'hostilité à la nouvelle politique d'Iris.

Sentoris, lui, circulait avec son alpha glisseur entre les montagnes du sud des Abymes qu'il connaissait bien pour les avoir longuement explorées.

Au milieu de sa trajectoire, il s'attendit à voir la scintillation timide d'une constellation d'étoiles Brandons qui n'existaient qu'au travers de l'âme des D.I.E.U.

Il ralentit et leva la tête en écarquillant les yeux.

Depuis le commencement, les Bivalents s'étaient battus pour se détacher de l'emprise des D.I.E.U tandis que leur propre existence dépendait de ces derniers uniquement.

Les Bivalents s'étaient à ce point éloignés de l'aura de vie qu'ils avaient oublié pour la plupart la valeur de ces couronnes étoilées.

L'horizon plongé dans les Ténèbres se déchira tout à coup puis la tranche diffuse d'un anneau nébuleux s'engouffra dans la brèche en prenant peu à peu de la densité. Une poudre d'un blanc laiteux réchauffa le front du jeune Hormoneur pour s'élargir le long des traits de son visage qui se détendirent graduellement. Dans la lumière naissante se fondit au travers des eaux de la Mère Lactée, des rais cotonneux entremêlés de lacets blancs qui petit à petit prirent leur place.

Voilà l'âme des D.I.E.U disparus, raccrochée à ces Brandons dont la chaleur n'atteignait le fond du bas monde que très rarement.

Le sud des Abymes était assez éloigné du halo du dôme pour n'occulter d'aucune façon l'éclat vif et passager de ces constellations.

Ici il était encore possible d'admirer ce pour quoi tout un chacun était encore en vie. Pourtant la majorité des Bivalents persistaient à éviter la zone parce que la noirceur, ce terreau propice à la prolifération des Ténèbres y était omniprésent.

Sentoris n'en finit plus de tomber en extase même si le passage que se fraya l'anneau nébuleux entre les rochers où il s'était arrêté ne dura qu'un bref instant.

Il cligna des yeux et la nitescence avait déjà disparu.

Une senteur émanant de son décrypteur alpha l'extirpa de sa torpeur. Il s'agissait d'Isalgud dont l'habitude de s'inquiéter pour son protégé le fatiguait la plupart du temps.

Du point de vue de Sentoris, il n'y avait pas lieu de s'alarmer malgré les derniers événements. Aucun acte d'hostilité n'avait encore été détecté.

Son mentor renouvela son message qui spécifiait une trace hormonale suspecte.

- Allons, répondit calmement le jeune. Tes mauvaises pensées te torturent. Les Adaptés sont très rares par ici.

Néanmoins le nouveau message court et sec qui sortit de son décrypteur l'interloqua :

« Éteints ton alpha glisseur. »

Au bout du compte, il soupira puis se résolut à passer en mode furtif bien qu'il haït se mouvoir sans lumière. Le fait de devoir également limiter les communications contribua à augmenter d'un cran son niveau de stress même s'il n'accorda sur le coup qu'un intérêt relatif à l'ordre reçu.

Son regard croisa le sommet du volcan d'Altes plus au nord et dont le souffle ardent représentait la seule source lumineuse persistante à l'horizon. La lointaine auréole rougeoyante enflait au rythme d'une respiration profonde sous un rideau de bulles.

C'était calme. Décidément il ne nota rien de suspect. La tentation étant trop forte, il parla tout bas dans son décrypteur.

- Que recherchons-nous ? Il ne se passe rien par ici !

Isalguld ne répondit pas et ne bougea pas.

D'un bracelet de verre pur à son poignet émergea un maillage alpha énergétique en demi-cercle qui représentait le bouclier invisible mis en place par le Grand-Œil autour de l'Organum.

À l'intérieur son glisseur était matérialisé par un petit point lumineux situé non loin de cette limite territoriale qui était programmée pour interagir au contact de tout corps étranger.

La représentation alpha lui rappela que tant que la période de transition avec les Gardiens n'était pas achevée, la colonie demeurait vulnérable. Sans l'Organe pour assurer la cohésion, une attaque risquait de devenir ingérable.

Sentoris s'était abrité des courants à l'arrière d'un talus d'éboulis. Les battements de son cœur entrecoupaient un silence pesant.

À l'intérieur de la demi-sphère alpha qu'il avait fait jaillir lui aussi de son bracelet, il nota un point qui marquait la position d'Isalguld et qui se trouvait trop éloigné à son goût, c'est-à-dire en bordure de la chaine de montagnes, non loin du volcan.

Même s'il s'efforçait de ne pas s'alarmer, la tension accrut en lui.

Tandis qu'il évaluait un moyen de se rapprocher aussi discrètement que possible de son mentor, il vit apparaître dans la demi-sphère une succession de distorsions d'énergie à proximité.

Il crispa les paupières ainsi que le front aux limites de la crampe et il distingua tout à coup le point bleu d'Isalguld s'en aller rapidement dans sa direction.

Quelque chose était en train de se former dans ses parages immédiats selon ce qu'il déchiffra de la représentation émise par son bracelet, néanmoins en regardant autour de lui il ne repéra aucune anomalie. Il n'y avait rien d'autre que la marque de son mentor qui filait vers lui à toute vitesse.

Le seul élément qu'il devait maitriser était la discrétion : aucun signal, aucune lumière.

Aucune lumière ! Sentoris s'empressa d'éteindre son bracelet.

Il escompta l'arrivée imminente d'Isalguld. Il redoutait que la lueur du glisseur de ce dernier révélât sa présence.

Ne sachant plus où tourner de la tête, l'œil du jeune accrocha par hasard un reflet en train de se préciser sur l'avant de son appareil.

À y regarder de plus près, il jura qu'il vit sa propre figure alors qu'il n'y avait plus aucune source de lumière alentour.

Son cœur fit un bond lorsqu'il se pencha et qu'il se vit se parler sans que ses propres lèvres remuassent.

Il ne capta aucun mot ni aucun son, pourtant il ne put s'empêcher de fixer cette image du regard. Il ne put se retenir de tendre l'index.

Le reflet qu'il fut incapable de comprendre l'attirait irrémédiablement. Il plia les genoux de façon à tendre son doigt plus en avant.

Quelques brasses en arrière de lui, le chuintement de l'alpha glisseur de son mentor s'amplifia rapidement.

Le jeune Hormoneur n'entendit plus que les pulsations de son cœur qui isolèrent son esprit de la réalité.

Ses paupières s'élargirent, ses pupilles se dilatèrent.

Son propre reflet d'une clarté étonnante et sans aucun défaut lui sourit étrangement tandis que lui-même demeurait figé dans l'ahurissement.

Ensuite la chose lui présenta une main comme pour l'inciter à déplier encore un peu le bras.

Au loin Isaguld cria quelque chose tandis que Sentoris se baissa puis toucha son glisseur du bout de l'index lorsque son reflet lui parla.

« Sais-tu absolument tout de ta peur ? Sais-tu absolument tout de ces trous noirs qui t'avalent dans tes sommeils provoqués ? »

Tout à coup le jeune fut incapable de décoller son index de la surface de son appareil.

Il fut violemment tiré et il disparut dans le verre tête première à grand fracas d'os éclatés, de chairs broyées et déchirées, ne laissant derrière qu'un épais nuage de sang.

Isaguld stoppa sa course à une dizaine de brasses du spectacle qu'il ne put endurer. Il tourna la tête en serrant les dents et en fermant les yeux.

Lorsqu'il les rouvrit, il tomba sur le nez d'un Proton qui visiblement avait fait un long et périlleux voyage et que l'on avait camouflé malhabilement derrière un monticule de rochers.

L'appareil ne dégageait aucune odeur de Bivalents, mais plutôt celle d'Adaptés…

Chapitre 31

Fedelyne entre dans l'Organum.

Pour Fedelyne plus rien n'avait d'importance. Son rêve d'enfance s'était transformé en sable mouvant.

Elle était blanche de colère contre elle-même, mais aussi contre tous ceux qui l'avaient aidée dans l'accomplissement de la mission LaPerle, sa mère adoptive y comprise.

« Si nous ne sommes plus cette inspiration de jadis, nos cœurs héroïques affaiblis perdront toute volonté », aimait proclamer haut et fort le Grand-Œil.

La mutante éprouvait une dure envie d'aller secouer cette fameuse inspiration dans la petite tête du trouble-fête.

Si elle avait eu tous ses moyens, elle se serait arrêtée là, tétanisée rien qu'à l'idée de tirer du sommeil le petit diable qui se tapissait dans les entrailles d'Iris.

Mais plus rien n'avait d'importance.

Elle nagea à perdre haleine vers les soubassements du dôme pour emprunter le même passage souterrain qu'à son retour de mission.

Attalas son père, avait toujours cru qu'elle détenait le pouvoir de changer les choses…

- Je ne vais pas le décevoir.

Au bout de la galerie, elle arriva dans la même grotte. Elle se releva rapidement et ne prit pas le temps de s'enlever le gel sur les jambes. Bien que boitant elle passa comme une balle la porte de verre noir.

Instantanément un air nauséabond et fortement humide la saisit à la gorge.

Dans l'enceinte de l'Organum, il régnait une atmosphère à couper au couteau et la tension de la mutante atteignit des sommets insoupçonnés.

L'impression que sa tête allait exploser la plaça dans un tel état de légèreté que toute capacité de clairvoyance lui échappa.

Une fois à l'intérieur du dôme, elle se figea dans l'hébétude. Elle tremblait de tout son être et sa tête pivotait de façon hachée. Les mèches bouclées de ses cheveux détrempés vibraient sur son front crispé.

Première constatation, on ne voyait presque plus au travers du verre du dôme du fait d'une accumulation anormale de buée et de givre. La dégradation de l'eau bleue était chaotique et sa circulation était si déficiente qu'elle s'accumulait par endroit au point de catalyser des chocs énergétiques sous la forme d'éclairs qui partaient de temps en temps dans toutes les directions dans une série de crépitements oppressants. L'Organum était mal portant.

Des mares de sang ci et là imprégnèrent sa vision. L'horreur et le désarroi l'inondèrent, balayant d'un souffle toute sa colère. Esseulée, elle fut sur le bord de perdre pied quand une présence s'imposa dans sa tête.

- « Une goutte pour un océan. »

La réplique lui vint involontairement.

- Un rêve pour un cœur léger…

- « Et entre les deux un regret inépuisable. »

- Iris ! Voyais-tu l'avenir ainsi ? lança-t-elle en balayant les environs d'un regard qui scintillait de larmes montantes.

Elle tourna sur elle-même, mais elle ne vit personne ce qui eut pour effet d'exacerber sa sensibilité.

- « La mission Laperle est un échec. »

- Des mots qui sont comme des lames dans mon cœur et qui me donnent envie de vomir… Tu me fais honte !

Un feu inquiétant bouillonna en elle tandis que la présence dans sa tête sembla occuper tout l'espace extérieur.

- « La nouvelle Alliance a toujours représenté la seule et unique solution au déclin de notre empire. »

- Est-ce à cela que devait servir la mission ? À cautionner ta foutue Alliance ?

- « Tout se serait déroulé dans l'ordre s'il n'y avait pas eu de dérapage… Cette période de transition n'aurait jamais dû avoir lieu. »

- Période de transition ? De quoi parles-tu ? D'où vient tout ce sang ? Nous nous sommes battus pour les échantillons. Nous devons continuer à nous battre ! Es-tu devenu fou ?

- « La folie est un compliment s'il s'adresse aux êtres chers à notre cœur. Autrement c'est un vent qui balaie tout sur son passage. Le choix repose entre tes mains. Vas-tu avertir la colonie que la vie existe en surface ? »

Fedelyne cessa de tourner sur elle-même. La réalité tanguait sous ses jambes flageolantes et elle avait la nausée.

Elle pressa la paume de ses mains contre ses paupières.

- Tu me menaces maintenant ! Après tout ce que tu as fait, comment oses-tu vouloir m'imposer un choix ? C'est plutôt à toi que cela appartient !

- « La surface est morte, personne ne peut la recoloniser. »

D'accablement elle tomba à genoux.

- J'ai vu la preuve du contraire ! Vivre sur les terres du haut monde est possible maintenant !

L'atmosphère étouffante lui donnait la sensation que le dôme allait s'écrouler sur elle. Et à chaque éclair qui se tordait le long du dôme elle croyait que sa tête allait éclater.

Elle crissa des dents en se demandant ce qui pouvait empêcher les Organiens de se défendre contre ce fou furieux.

La présence d'Iris en elle s'exprima avec un ton plus affable.

- « Après ton retour, quelque chose a perturbé l'Organe. Tôt ou tard la reine blanche prendra conscience de notre faiblesse. La nouvelle Alliance n'est donc plus possible… Tant que la période de transition ne sera pas achevée, nous resterons vulnérables. »

Fedelyne décolla ses mains de ses paupières et toute expression de fébrilité sur sa face s'estompa. Elle releva la tête puis prit conscience de la nécessité de corriger le tir en commençant par faire taire une fois pour toutes cet inconnu qui ne valait pas mieux qu'un D.I.E.U.

Ce qu'on cherche vient toujours à point si l'on sait attendre.

Elle attendit donc.

Peu après une présence qu'elle discerna dans son dos lui arracha l'esquisse d'un sourire.

Lentement elle se mit debout et se retourna.

À une dizaine de pas d'elle se tenait Iris, tout couvert de rais bleus comme si la lumière d'une étoile azur fut tombée sur lui. Il était magnifique.

Elle secoua la tête, se ressaisit puis boitilla vers lui, les poings serrés. Ses ongles lui lacérèrent la paume des mains.

- QU'EST-CE QUI T'ARRIVE ?

- « Je suis le dernier qui puisse nous sauver. »

- ARRÊTE DE PARLER DANS MA TÊTE ! RÉPONDS À MA QUESTION !

Le Grand-Œil se tenait aussi droit qu'une lance. Ses pupilles dilatées couvertes d'eau bleue étaient pareilles à deux saphirs reluisants. Il grondait en lui une force troublante, un pouvoir que jamais il n'avait osé libérer, pas même lors de la guerre des Trois.

- Ton esprit est le seul qui me soit fermé… Pourtant nul besoin de sonder les tréfonds de tes pensées pour deviner que tu n'es pas venu me parler de moi et d'autres choses, dit-il.

La mutante sentit soudain un vent glacial lui balayer l'échine. Elle abaissa le menton et releva les yeux.

- Tu sais très bien ce que je te demande…

Il commit la première erreur en baissant brièvement le regard. De fait elle se sentit prendre le dessus et elle s'enflamma.

- QUI A TUÉ MA MÈRE ?

Les pupilles du Long-Bras se chargèrent d'une méchante lueur et de la vapeur s'échappa du coin de ses paupières.

- Calme-toi.

- Pourquoi ça ? Dois-je m'inquiéter pour ma peau ? Dis-le… ALLER, DIS-LE !

- L'unité est tout ce qui compte. Je suis prêt à n'importe quel sacrifice pour la sauvegarde de notre colonie.

- Ah oui ? Alors me faire du mal ne devrait pas t'être si difficile ! Tout récemment quelqu'un est venu à ma rencontre pour me faire entendre raison... J'ai tout compris... Les Medpars m'ont attaqué et tu m'as sauvé. Tu m'avais toute à toi dans cette grotte, pourtant tu m'as soignée puis tu m'as laissée libre de mes mouvements. De fait j'en profite pour bousculer tes plans. Même avec un Gardien sans esprit pour t'opposer à l'Organe, tu ne peux rien contre tes sentiments... Mais j'ai une question pour celui qui se prend pour un D.I.E.U, qui... a... tué... ma... mère ?

Iris descendit le regard sur la main droite de son interlocutrice dont les doigts s'étirèrent et se crispèrent. Ses petites griffes jetèrent des reflets.

- Qui... a... tué... ma... mère ?

Il demeura inexpressif, froid comme la glace. Cependant les rayons de lumière bleue qui remontaient du sol vers le long de son corps se concentrèrent autour de ses poings où de petits éclairs blancs crépitèrent.

- QUI... A... TUÉ... MA... MÈRE ? DIS-LE !

- Unité et équilibre...

- ARRÊTE ÇAAAAAAAAAAH !

En lâchant un cri suraigu à glacer les sangs, la mutante glissa comme le vent vers son ennemi à abattre et lui envoya sa main droite toutes griffes dehors vers la joue quand un immense Gardien de l'Alliance venu de nulle part atterrit sourdement à ses côtés.

La pointe des petites griffes s'immobilisa net après s'être enfoncée à peine dans la peau d'un Iris sidéré que l'Organe n'avait pas stoppé son geste.

Haletante, les mèches de ses cheveux de feu en bataille par-dessus ses yeux ensanglantés, elle fixait d'un regard furibond la joue gauche d'Iris sous la pression de ses doigts griffus.

Alors la douleur à son poignet droit broyé par la poigne de fer du Gardien lui parvint jusqu'au cerveau. Elle grimaça en gémissant.

Le Grand-Œil quant à lui, avait les yeux rivés sur quatre fines rayures ondulantes et obscures qui suivaient la distance parcourue par les doigts de son attaquante jusqu'à lui comme si ces traces demeurèrent fixées dans le temps.

La vision disparut comme par magie. Toutefois un ancien malaise oublié depuis longtemps refit surface en lui et il se parla à lui-même.

- Le temps n'est pas encore venu.

Au bout du compte son attention se tourna vers son colosse de Gardien qu'il dévisagea avec intensité.

- Dans la tête de cette chose se trouve mon propre esprit. La regarder en face n'est pas comme s'observer dans un miroir, c'est atteindre le fond de mon âme qui est sombre. La mort de ta mère adoptive me transperce le cœur, mais je ne peux rien pour le passé, murmura-t-il pensivement.

Fedelyne scruta Iris puis le Gardien qui se regardaient mutuellement et elle lorgna du coin de l'œil les gros doigts autour de son poignet.

- LÂCHE-MOI !

- Pardon de vous interrompre, mais nous avons de la visite.

Un Bivalent se montra à une centaine de pas d'eux. Elle remarqua un goitre flasque, fripé et verruqueux.

- Est-ce important ? maugréa le Grand-Œil en se tournant vers le nouvel arrivant.

Ce dernier ne remua pas les lèvres, mais Iris hocha la tête d'un air entendu. Ensuite il s'adressa à Fedelyne.

- Cette plaisanterie a assez duré. Tant que la période de transition ne sera pas complétée, tu demeureras ici avec lui… À présent, excuse-moi, je dois m'absenter. Nous poursuivrons cette conversation à mon retour.

La mutante qui se tortillait de douleur entre les doigts du Gardien, observa celui qu'elle avait aimé et dans le bleu de ses yeux gorgés d'eau alpha, elle entrevit planer une sombre fin…

Chapitre 32
Le dernier voyage.

Les Abymes serpentaient entre deux vastes plateaux dont l'apparence s'apparentait à une paire de poumons qui étaient encore imprégnés de la vigueur de la Mère Lactée. Jusqu'alors ceux-ci avaient été épargnés par la langue vipérine des Ténèbres. Leur pierre ne s'effritait pas.

Plus loin à l'ouest se trouvait une forteresse, un point de repère sous les étoiles du nom des Îles-du-Nid. Entre celles-ci et les poumons rocheux se faufilaient vers le nord les grands courants de Coriolis.

Bien que majoritairement plongés dans la noirceur, ce secteur et ses environs portaient le nom de *Pointe blanche* parce qu'il s'agissait d'un des derniers endroits du bas monde où les eaux radioactives étaient encore imprégnées des rayons des étoiles.

Une masse de coraux géants morts depuis des nuits, en forme de croissant enrobait le bord ouest de la *Pointe*. Cette zone représentait la cache favorite des Sixbras, mais aussi, et surtout la hantise des pilotes Bivalents, car personne n'en était revenu.

Tout à l'est s'étendait la *mer sans-fond* où Laperle avait emprunté un passage en direction de la surface. Entre cette mer et les poumons sinuait une majestueuse chaîne de volcans dont le premier d'entre eux, le seul encore en activité se trouvait au sud de l'Organum.

Cicatrice de l'effondrement du haut monde, le bout de cette chaîne atteignait le grand nord pour se perdre après la *mer sans-fond* et flirter avec les limites de la *mer close* aussi dite *glacée*. C'était un immense territoire de brume et de glace que les D.I.E.U traversaient pour conduire leur mort vers un pays imprégné de légendes que l'on nommait *cimetière des ombres*. Là un silence éternel couvait le champ du repos pour que perdure la liaison sacrée entre le corps inanimé, l'âme et les étoiles de la famille des *Brandons*.

Corps devient poussière, âme devient lumière ; le lien de la divinité contre l'inexistence des Ténèbres.

Un cortège funèbre prenait pour la dernière fois le chemin des morts.

En tête se trouvait Lalèpre, l'intendant autoproclamé des Îles-du-Nid qui tirait dans son sillage trois Crevdurs à moitié vidés de leur sang. Quatre Sangdors au ventre bombé fermaient la nage.

Un intendant d'Argos malfamé, trois Crevdurs moins vrais que nature, quatre parasites ambitionnant sans gêne sur leur prochain repas et en avant flottait un cercueil aux faces miroitantes comme un diamant. À l'intérieur reposait Argonot, les pieds devant. Un cortège funèbre qui résumait à lui seul les événements passés.

Ainsi progressait le tableau dans un labyrinthe de rideaux de glace tortueux et saupoudrés de vert d'eau des dernières aurores boréales.

Il ne manquait plus à cette peinture qu'un dénouement digne de ce nom.

Droit devant eux s'étendait de gauche à droite la limite de la *mer close* qui était constituée à perte de vue d'immenses cristaux de glaces aux angles et aux pics spectaculaires et dont la solidité avait fait en d'autres temps la fierté du grand empire des D.I.E.U à l'apogée de sa puissance.

Derrière eux, au cœur de la *mer close*, les Ténèbres qui rôdaient avaient commencé à gruger les pinceaux d'étoiles tout en déployant goutte à goutte leur filet du désespoir, une inépuisable source d'inspiration pour l'intendant des Îles-du-Nid.

Après qu'Argos eût abandonné son repère, les Ténèbres irradièrent comme jamais goûtant toujours plus à l'obscurité ou en la propageant.

Avec la noirceur venait tôt ou tard la grande peur de l'asphyxie.

Lalèpre avait un penchant évident pour cette façon de mourir. Prendre la vie toute à soi et la sentir s'étioler petit à petit jusqu'à plus soif relevait de la poésie. Chaque souffle qui se perdait, chaque instant qui s'évanouissait faisaient tout le jeu. La vie piégée dans la toile se vidait délicieusement au fur et à mesure qu'elle se débattait. Quoi de plus romantique ?

C'était un sentiment réconfortant qui lui faisait oublier son bras droit que l'énorme tête de cristal rouge lui avait arraché dans la grotte ; une blessure qu'il cachait sous une large toge en peau de Sixbras.

- Jusqu'à ce que nous franchissions cette frontière de glace, je ne serai que de belles paroles, souffla-t-il.

L'excitation monta à sa lèvre frémissante tandis que son œil brillant s'attarda sur les remparts.

- C'est beau à pleurer. Dommage que les larmes sont pour ceux qui n'ont plus rien d'autre. Même cela je le prendrai à nos ennemis.

Les yeux du parasite se révulsèrent et il ne put retenir un roucoulement tandis que sa salive corrosive lui dévora soudain l'estomac. Lui seul s'était abstenu de se gorger du sang des Crevdurs, lui seul s'était efforcé de garder la tête froide.

Sa vision était plus large. Il n'était pas comme tous ces suceurs abrutis et obsédés.

La limite de la *mer close* était réputée infranchissable. Néanmoins il existait un passage aussi large qu'une tête d'épingle, connu seulement des D.I.E.U. Passer son temps au chevet de son Très-Haut avait apporté à Lalèpre son petit lot de secrets.

Le cercueil en tête, le cortège s'arrêta devant la petite entrée du passage à la base d'un pic monumental d'un blanc sale et tout ébréché qui formait un mur à lui seul. Quelques dernières brasses seulement séparaient la troupe du mur.

- Êtes-vous sûr de ce que vous faites ? Gardons en tête que nous avons retrouvé Argonot grâce à l'insouciance, mais peut-être aussi à la volonté des Bivalents d'avoir placé son corps en évidence pour que nous tombions dessus. Ne sommes-nous pas au bord d'un piège ? interrogea Fetidis, l'un des quatre Sangdors qui se tenaient dans le dos des Crevdurs dont la tête penchée en avant dévoilait une vilaine blessure circulaire à la nuque.

Lalèpre se retourna et planta un regard de braise sur son interlocuteur qui s'empressa de se justifier.

- Qui sait ce que nous trouverons derrière cette muraille ? Des légendes demeurent tenaces sur ce qu'il y a de l'autre côté. On raconte que dans ce monde le mot *échapper* n'existe pas.

Fetidis qui fut incapable de soutenir l'incandescence du regard de son guide baissa pauvrement le nez.

La crainte d'une créature avait le don d'activer l'agressivité chez les Sangdors. Les membres de cette espèce n'étaient pas conçus pour les attaques frontales. Ils étaient chétifs et leur lourde tête disproportionnée les déséquilibrait. Seule la faiblesse éveillait en eux les pires instincts.

Malgré la superbe expression de terreur qu'il retira de son sous-fifre, Lalèpre trouva la force de se maîtriser. Le ventre de ses compatriotes était plein à tout rompre de sang. Ce n'était pas les scrupules qui l'empêchaient d'y goûter, mais il tenait à se réserver pour les Bivalents.

Ainsi il se montra ouvert à discuter.

- Ce qui me dérange et que le mot *échapper* existe partout ailleurs, dit-il.

- Mais le Très-Haut…

Le guide trembla de tout son être.

- La marque des D.I.E.U sur mon front est le signe de la soumission absolue. On m'a privé de liberté, pourtant j'ai gagné le libre arbitre. Toi tu couveras toujours l'opinion que le Crevdur auquel tu appartiens a de toi. Une opinion qui t'a asservi comme l'aurait fait de l'acide sur ta minuscule cervelle… Les créatures comme toi sont mortes avant même de n'avoir jamais vécu… Tu n'es qu'un raté qui ne vaut rien ; n'ai-je pas raison ?

Le jeune Sangdor posa sur son interlocuteur des yeux ronds, mais vides de toute intelligence. Les parasites étaient connus pour leur intellect inférieur. Ils ne pensaient jamais plus loin que la grosseur de leur estomac.

Lalèpre qui faisait exception à la règle, se vit fort contrarié qu'un de ces abrutis osât l'interrompre de la sorte. L'envie d'arracher la peau de ce crâne trop étroit à son goût le démangea durement, mais il y avait son plan. Ce misérable comme les trois autres avaient leur rôle à jouer.

Le sous-fifre eut un mouvement de recul et il rentra la tête dans les épaules plus que son corps ne put le permettre. Vision pitoyable qui attisa davantage l'excitation du guide.

Ce dernier se rapprocha en passant entre les trois Crevdurs qui bien qu'ils mesurassent le double de sa taille, s'écartèrent sans broncher.

Il toisa sa proie. Ensuite face à elle, il parla en appuyant ses mots.

- L'absence de réponse est un signe évident de parfaite soumission… Si tu n'as plus rien à dire, alors écoute. Les D.I.E.U ne nous ont pas créés à leur image, mais pour les engraisser pendant que nous nous digérons de l'intérieur… Ça ! C'est de la Dévotion !

Tout à coup il empoigna la gorge de Fetidis, se retenant péniblement de lui lacérer les branchies de ces innombrables dents. Ce dernier suffoqua en suppliant des yeux.

Le jeune Sangdor perdit contenance. Il n'offrit aucune résistance.

Avec sa jeunesse celui-ci semblait être plein de nerfs. Lalèpre quant à lui, affichait un teint exsangue, une peau flasque tenue par d'innombrables kystes purulents ainsi qu'un squelette fragile comme s'il fut imbibé d'eau. Son unique lèvre supérieure avait perdu beaucoup en épaisseur et en souplesse ce qui l'empêchait de se nourrir correctement. Ainsi sa grave blessure tendait à exacerber son impatience. Pourtant malgré la faim que sa vision provoquait, il parvint à relâcher la pression.

Il expira avec fébrilité tandis qu'un léger roucoulement s'échappa du fond de ses tripes. La faim, cette belle tentatrice, se tortillait toujours dans le ventre quand il ne le fallait pas, surtout quand il avait sous la main une telle jeunesse.

Il lâcha prise et se retourna en prenant soin de ne pas lorgner les Crevdurs du coin de l'œil. Bien que ceux-ci fussent à moitié vides, ils promettaient encore beaucoup.

La tête basse et le regard bien centré, il dit ;
- Quand viendra le temps, le spectacle sera grandiose. Plus aucun Sangdor ne ressentira la faim. Pour commencer, allons voir l'arrière du décor.

Le guide reprit donc la tête du cortège après avoir planté ses griffes dans le cercueil de glace.

Tout en nageant, il se remémora comment le destin l'avait placé là. Même la saveur du sang n'était pas aussi jouissive que de prendre le jeu des grands de ce bas monde pour le retourner contre eux.

Le pacte entre les Bivalents, le D.I.E.U et la reine blanche fut un pari perdu d'avance, puisque basé sur le désespoir d'un seul être. Lalèpre avait été le premier à comprendre le véritable potentiel de la nouvelle Alliance.

Les parasites se distinguaient des autres espèces par le fait qu'ils étaient physiquement ingrats, haïssables et honteux. Mais pour Lalèpre, il s'agissait du meilleur des avantages parce que personne ne s'intéressait aux pauvres miteux.

Il avait su exploiter à merveille sa position de damné de la Mère Lactée avec la défaite humiliante d'Argonot qu'il avait en partie orchestrée.

Ensuite il avait manipulé les Crevdurs noirs de sorte à faire diversion en concentrant le regard d'Iris sur eux pour que soit réservé le meilleur pour la fin. Tout cela sur fond d'une idée toute simple.

Les empires sont si grands que souvent la plus petite des idées suffit à les anéantir. C'était écrit dans les cieux, personne n'allait se baigner dans la lumière du jour.

Dans l'étroit tunnel de glace Lalèpre poussa le cercueil d'Argonot. Les trois Crevdurs suivirent docilement comme si toute volonté leur avait été aspirée. Derrière eux les Sangdors dont le ventre gronda et se distendit se préparèrent pour leur prochain repas.

Enfin de l'autre côté la lumière fut…

Nul autre que des D.I.E.U morts n'était entré dans cet univers constitué d'un brouillard infini d'argent et d'une eau aux reflets flavescents aussi légère qu'un souffle. Les particules d'argent aussi insaisissables qu'irréelles se mélangeaient pour créer des formes filandreuses, floues et éphémères à l'image des pensées des intrus comme si en ce lieu tout se déliait dans le fond de leur tête. Tout devint si léger que le guide crut s'envoler.

Intérieurement il lutta pour se détacher de l'illusion qu'il n'avait plus le contrôle et il reprit contact avec la réalité si tant est que cette notion pût avoir de la valeur dans ce monde d'ailleurs.

- Les D.I.E.U courent après le temps qui passe, comme s'il s'agit d'un bien plus précieux que la vie qu'ils protègent. L'immortalité ce souhait qui nous obsède, les effraie, eux. Chaque fois qu'une nouvelle liaison divine se crée dans ce cimetière, leur monde si bien ordonné s'écroule un peu plus.

Lalèpre ouvrit le cercueil puis libéra le cadavre d'Argonot qui flotta tranquillement en se mêlant aux torsades d'eau argentée et miellée pour finir par disparaître dans un drap de bulles immaculées.

- Je prendrai l'histoire et tout le reste... Après nous, ce monde aura à tout jamais perdu sa satanée pureté, conclut Lalèpre en se tournant vers ses sbires.

Le signal donné, les Sangdors se jetèrent comme des morts de faim sur les Crevdurs. L'eau du cimetière des D.I.E.U que personne n'avait jamais osé profaner devint rouge de sang...

Dans la vie comme dans la mort, les D.I.E.U n'allaient plus jamais être tranquilles.

L'avertissement était donné. Bientôt le reste du bas monde allait y goûter aussi.

Chapitre 33

La révolte de Fedelyne.

Le monstrueux Gardien de l'Alliance maintenait la mutante sous son emprise écrasante. Bouillonnante de colère, elle avait perdu pied physiquement et mentalement.

À force de se débattre, le Gardien lui avait happé la gorge afin de la mater définitivement et ses petits pieds qui ne touchaient plus le sol remuaient mollement dans les airs. Pour alléger la pression sur sa nuque elle s'agrippait à l'avant-bras blanc, massif et noueux auquel elle se trouvait suspendue.

Bien que souffrant le martyre pour parvenir à respirer, elle ne se retenait pas de cracher entre ses dents serrées toutes les injures qui venaient à son esprit embrouillé. Les yeux exorbités elle cherchait le regard sans vie du Sapies, mais les pupilles de celui-ci étaient noyées dans l'ombre insondable de ses orbites qui paraissaient aussi larges qu'une paire de poings.

La diminution rapide de la vitalité de la mutante lui brouillait la vision au point qu'elle se vit incapable de distinguer le moindre trait de la face de son bourreau.

Cette incapacité à affronter l'adversaire l'enrageait d'autant plus qu'elle était parfaitement consciente que derrière les trous noirs planait la volonté d'Iris.

Tout dans le dôme semblait ne plus être à sa place. Il n'y avait pas âme qui vive. Un malaise encore plus difficile à digérer quand le souvenir des cris nourris de la finale du J.E.U vint lui emplir la tête en même temps qu'elle se vidait de ses forces.

De plus l'Organe se préparait à une attaque. Or elle ne voyait aucune origine à cette source d'excitation, ce qui ne correspondait pas à l'image d'une colonie en santé.

Ainsi des questions lui vinrent à l'esprit : Iris avait repris le contrôle des siens, mais jusqu'à quel point ? Et jusqu'à quand ?

L'histoire prenait une tournure détestable.

Depuis son retour, Fedelyne avait perdu Luciol. Quant à Dérod et Saphy, ils avaient disparu. Or elle n'avait rien fait pour empêcher cela. Et depuis peu l'Organe était au plus mal. Son père avait toujours cru qu'elle avait le pouvoir de changer les choses. Elle faisait honte à sa mémoire.

Elle fut sur le bord de lâcher prise et de se laisser aller entre les doigts du géant, pourtant elle trouva tout à coup en elle l'énergie du désespoir qui excita comme jamais son dragon intérieur. Le fait qu'elle n'avait pas à portée de poing la tête d'Iris lui fit voir rouge.

- Quand ça chauffe, tu t'esquives ! grogna-t-elle en suffoquant à moitié. Viens te battre !

Les mots s'extirpèrent péniblement d'entre ses lèvres bleutées et sa respiration siffla dans sa gorge comprimée.

Si toute son attention était dirigée vers le Gardien donc vers Iris, la chambre panoramique au sommet du dôme occupait l'arrière de ses pensées.

À partir de cette chambre de forme sphérique s'étendait un vaste réseau alpha neuronique destiné à produire des phéromones synthétiques pour l'ensemble de la colonie. De là-haut il était possible de lancer un message capable de se répandre aussi rapidement qu'une trainée de poudre à toute la colonie

Les choses eurent dû se passer ainsi : elle, Iris, Dérod et Saphy au sommet et en dessous, la colonie prête à absorber les conséquences de leur découverte.

Tandis que son regard roulait à répétition vers cette pièce, elle se fatiguait à donner de petits coups de la pointe de ses pieds sur les cuisses musculeuses du Sapies tout en griffant gauchement la peau épaisse de l'avant-bras.

- Lâche-moi pour voir, bafouilla-t-elle en étant sur le point de tourner de l'œil.

Ce que fit le Gardien à sa grande surprise.

Elle atterrit sur les fesses tel un vulgaire sac. Grimaçante de douleur, elle inspira à fond puis elle leva sur l'imposant Sapies un regard stupéfait.

Posée là sur son séant, les genoux contre la poitrine, elle observa le géant immobile presque choquée que celui-ci eût brutalement cessé de la malmener.

L'idée de se ruer sur lui et de le battre à coups de poings et de pieds lui passa par l'esprit. Mais elle capta subitement une anormalité, une sorte de voile qui se déposa sur les insondables orbites. Et bien que parfaitement immobile, le géant parut en proie à une certaine forme d'hésitation qui pouvait disparaître à tout instant.

Le moment de stupéfaction passé, Fedelyne se retourna pour se sauver à quatre pattes. En chemin elle se redressa en trébuchant et finit par courir vers le premier disque ascenseur à sa portée.

Il n'était pas question de manquer sa chance de se retrouver toute seule dans la chambre panoramique. Il était plus que temps que le bas monde apprenne la vérité.

Elle trouva son élan tandis que son visage se fendit d'un sourire méchant en imaginant la tête qu'allait faire Iris. Tout en courant, elle jeta un coup d'œil en arrière. Le monstre sans cervelle n'était plus là, sans doute parce qu'il avait abandonné. « Iris a abandonné. » Songea-t-elle avec jubilation.

L'instant d'après un choc l'envoya sur le dos dans la direction opposée, à une vingtaine de pas de l'endroit où elle venait de poser le pied.

Un bourdonnement dans sa tête amplifia et l'étourdissement la gagna. Tout commença à tanguer. Puis le mal se réveilla comme si sa cervelle prit feu. Elle plissa le front et serra les dents tout en étouffant un gémissement.

Ensuite elle essaya de se redresser en s'appuyant à grand-peine sur les coudes. Quelque chose de poisseux dégouttait de sa lèvre supérieure et l'air ne passait plus dans ses narines.

Tout à coup une série de chocs sourds firent trembler le sol et la firent tressauter. Elle leva les paupières, cherchant une menace imminente droit devant elle.

Le Gardien la chargea avec ses énormes poings serrés et ses puissants bras tendus et écartés.

- TU ES À MOI, MAINTENANT !

En deux enjambées il arriva au-dessus de Fedelyne qui retint sa respiration.

D'un coup il lui attrapa la nuque et lui souleva le buste pour l'embrasser directement et sans ménagement sur la bouche, maintenant ainsi sa prise pendant une éternité.

Lorsqu'il la relâcha, elle chuta d'une petite hauteur, pourtant elle crut se briser les poignets.

Le monstrueux Sapies lui ayant presque avalé tout son air, elle inspira à pleins poumons puis prit tant bien que mal la direction inverse en rampant sur le sol.

Le Gardien grogna et lança après elle sa voix cassante.

- Ne te fais-je pas d'autres effets ? POURQUOI ME TOURNES-TU LE DOS !

Un énorme pied venant de côté la faucha en lui enfonçant le ventre et les côtes. L'impact l'envoya s'écraser au sol une dizaine de pas plus loin.

Le souffle rompu et en état de choc, elle ne sut plus où tourner de la tête. Elle ouvrit grand la bouche, mais son ventre refusa de gonfler. Enfin elle souleva lourdement le bras pour se protéger. Effort vain, cela elle le sut bien.

À peine parvint-elle à prendre une courte bouffée d'oxygène qu'elle fut soulevée, le dos plaqué contre un mur rocailleux en parti recouvert d'épaisses plaques de verre noir. Encore une fois ses pieds gigotèrent mollement dans les airs.

La tête énorme et horrible se pencha à nouveau sur sa face tuméfiée et couverte de mèches de cheveux crasseuses et collées par le sang.

De la façon dont ils étaient perçus, les Gardiens de l'Alliance avaient une silhouette ainsi que des traits indescriptibles comme si malgré leur stature, ils n'attiraient aucunement les regards. En même temps ils inspiraient une crainte effroyable si on osait les fixer d'un peu trop près.

Pour la première fois de sa vie, Fedelyne découvrit ce visage aux mille légendes, les longues mâchoires carrées et desséchées, les lèvres presque inexistantes, les épaisses canines jaunâtres, le nez crochu du prédateur et enfin les pommettes anguleuses et proéminentes de la tête de mort sous des couvre-joues couleur d'os. Ça ressemblait à un masque conçu pour implanter la terreur dans les esprits.

- Si je ne peux t'avoir à mes côtés, je t'aurai sous mon pied !

Les idées de la mutante partaient dans toutes les directions. La dernière liberté dont elle disposait encore fut de tenter de ramener cette créature sans vie à la raison.

- Iris… Arrête… Tu fais mal !

Son œil glissa malgré elle vers le disque-ascenseur dans le dos du Gardien. Une réaction qu'elle regretta instantanément. La face du géant se fendit d'un sourire sadique.

- Regarde-moi et dis-moi ce que tu vois !

Il lâcha Fedelyne dont les jambes flanchèrent. Elle s'effondra sur le flanc et il lui tourna le dos pour se diriger à grands pas vers le disque-ascenseur qu'elle avait ciblé des yeux.

Avec une aisance déconcertante, il l'arracha de sa base et tel un frisbee l'envoya se fracasser au-dessus de la tête de la mutante qui se ramassa sur elle-même en se couvrant la nuque des mains. L'écho d'un éclatement étourdissant fit trembler le dôme.

À moitié sonnée, elle se démena telle une ivrogne pour essayer de se relever alors qu'un tapis de morceaux de verre roula sous ses pieds.

Il ne lui laissa aucune chance. Il sauta sur elle et la prit par les épaules pour la secouer violemment.

- REGARDE-MOI !

À cet instant elle entraperçut le voile d'une âme qui n'eut pas sa place dans le noir d'encre des orbites du Gardien. Elle n'en crut pas ses yeux.

- Ti... tus ! Est-ce que... c'est toi ?

Le géant s'immobilisa comme si ce nom eut pour effet de l'apaiser.

Lorsqu'il lui parla à nouveau, ses phéromones mimèrent celles du dégoûtant Titus au point qu'elle crut distinguer au travers des mots la pestilence de ses ongles pourris. Le monstre la mit sur ses jambes molles.

- Que tu réussisses à me voir est un signe...

Elle ne fut pas certaine de comprendre. À moitié sonnée, elle avait la face en sang et ses oreilles bourdonnaient. À l'issue d'un dur effort, elle retrouva quelque peu ses esprits et réalisa que Titus avait tiré profit d'une absence d'esprit d'Iris pour prendre le contrôle de son gros jouet.

Ce dernier poursuivit,

- Je suis meilleur télépathe qu'il n'y paraît. Iris ne sait rien de ce qui se trame en ce moment. Quant aux Organiens, aucun ne viendra à ton secours. Ils ont tous été matés lors de la prise de contrôle des points vitaux de la colonie.

Les orbites noires passèrent en revue les fines passerelles du dôme dont les bords étaient soutenus par des statues de verre qui représentaient pour la plupart des femelles des trois castes dans des positions lascives.

Avec sa délicatesse et sa force, l'Organum était dans son ensemble assez intrigant.

- ÇA… TOUT ÇA ! lança Titus au travers du géant qui balaya de son gros bras le décor d'une façon pathétiquement théâtrale tout en se remuant sur ses pieds lourds telle une marionnette mal dirigée.

- Cet empire du bas monde aux pieds des D.I.E.U, TOUT ÇA !

Avec son bras épais, le Sapies effectua un nouveau demi-cercle assez grossier qui partit de la cuisse vers l'arrière de l'épaule comme s'il eût fumé quelques substances troublantes.

- ÇA, ça ne tient plus qu'à un fil !

- Ah.

Un *ah* mal placé qui déclencha une réaction immédiate.

- Ne comprends-tu pas ? Toi à mes côtés, voilà ce qu'il faut pour que ÇA rayonne de nouveau. Ne vois-tu pas que la colonie a été blessée ? Le fil qui relie l'Organe à nos esprits a été rompu. Oh, Iris n'y est pour rien ! Il n'a fait qu'assommer l'Organum avec ses Gardiens… Tout ÇA est sur le point de s'effondrer !

Fedelyne se demanda pourquoi Titus ne vint pas la haranguer en personne. L'occasion était trop belle. Ils étaient seuls et elle se trouvait sans défense. Elle était toute à lui.

Celui-ci réagit comme s'il avait lu dans ses pensées.

- Je ne pourrai pas déjouer longtemps l'attention d'Iris si je m'approche de toi. Vois-tu ce que les sentiments peuvent faire ?

Elle ne se donna pas la peine de le voir. Il y avait urgence, il lui fallait à tout prix entrer dans la chambre panoramique. Néanmoins Titus avait soulevé un point inquiétant en signifiant que les défenses ne reposaient plus que sur les Gardiens et les Auto-suggestifs à la solde d'Iris. Un signe de faiblesse qui n'allait pas tarder à attirer l'attention de l'ennemi.

Sans trop y croire elle se raidit, vacillante sur ses jambes et essuya avec son poignet le sang sur son nez et sa bouche.

Après quoi elle posa une main sur la hanche qu'elle cambra douloureusement. La situation était grotesque.

- Écoute, dit-elle.

Elle passa une main moite et ensanglantée dans ses cheveux emmêlés et pleins de bouts de verre. Ses doigts se prirent dans une série de nœuds, elle abandonna la manœuvre.

- Moi à tes côtés, c'est ce que tu veux, n'est-ce pas ? Alors pourquoi ne viendrais-tu pas en personne avec moi là-haut, que l'on fasse ce que nous avons à faire ? Qu'Iris se fâche, je le recevrai comme il se doit.

En ce dernier point, elle eut l'air sincère et elle en rajouta en étirant ses lèvres boursouflées dans un semblant de sourire. Pourtant en considérant la tête haute perchée du monstre qui était perpétuellement dénué de toute expression, elle ne put que douter de son pouvoir de séduction.

- Cherches-tu à me blesser ? questionna celui-ci en serrant ses poings massifs.

Elle évalua brièvement son état physique au point qu'elle s'étonna de la question, mais elle n'osa pas trop le faire paraître. Ensuite elle fit une inspiration fébrile tout en jetant des coups d'œil alarmés aux alentours. Ce fut la deuxième erreur.

Le géant vibra de la tête aux pieds, la tension de ses muscles émit de sinistres craquements comme si d'épaisses lianes se tordirent en roulant les unes sur les autres.

Il mesurait deux fois la taille de la mutante, mais elle fut stupéfaite de n'avoir jamais remarqué jusqu'alors les plaques arrondies en cartilage de Sixbras qui lui protégeaient le pectoral ainsi que l'épaule gauche. Plus étonnant encore elle étudia aussi pour la première fois sur sa face de longs couvre-joues qui se terminaient en pointe dirigée vers l'avant ainsi qu'une crête courbée vers l'arrière sur un épais casque blanchâtre et cartilagineux.

Ni plus ni moins, se dressa devant Fedelyne une colossale et inquiétante statue pareille à celles qui trônaient au sommet des ruines du Spectrum.

Son air de gentille insouciance se changea peu à peu en une expression de peur panique et son faux sourire s'inversa.

Elle connaissait assez Titus pour savoir que s'il n'obtenait pas ce qu'il chérissait, il le détruisait. Or à l'évidence il attendait quelque chose d'elle qui ne venait pas.

Elle était obnubilée par la chambre panoramique, tandis qu'il lui ouvrait son cœur à grands coups de poing sur la figure.

Finalement pour une raison qui défia son instinct de survie, elle donna tout le contraire. Ses yeux s'empourprèrent, son esprit se brouilla, une chaleur intenable lui monta à la tête.

Dernière erreur, elle contracta les muscles de ses mâchoires et le point de non-retour fut enclenché.

- **Est-ce que tu cherches à me blesser** ?

Le Gardien envoya un énorme direct à Fedelyne qui évita le coup en se baissant. Une plaque de verre noir en arrière d'elle vola en éclats.

Titus possédait quelques talents télépathiques indéniables ; toutefois comme il fut emporté par la colère et les sentiments, le monstre sous son commandement se déplaça à la manière d'un somnambule, un défaut dont se saisit la mutante. Pendant que le poing de son attaquant restât pris dans la plaque de verre, elle se rua pleine d'espoir vers l'ascenseur où s'était trouvé le disque.

Elle plongea bras tendus sur un morceau du disque encore lié à une des trois veines alpha qui montaient dans le tube. Brutalement son bras se tendit et elle fut tirée vers le haut.

Tandis qu'elle se balançait au bout de ce petit morceau en équilibre précaire sur la veine, son esprit s'empêtra dans la douleur et les poussées d'adrénaline.

Son cœur qui voulait jaillir de sa poitrine l'empêchait de réfléchir.

Elle parvint au niveau inférieur à la chambre panoramique et elle sauta sur la passerelle. Enfin elle s'élança en trébuchant vers le disque de l'autre côté avec une seule idée en tête :

l'accès au réseau alpha-neuronique qui se trouvait juste au-dessus de sa tête.

Elle devait faire vite. Puisqu'elle avait refusé les avances de Titus, celui-ci allait s'appliquer à pulvériser l'objet de sa convoitise. Plus rien ne pouvait l'arrêter.

Il y eut un vacarme étourdissant qui amplifia derrière elle. Le Gardien avait surgi d'en bas telle une marionnette hissée par quelques ficelles invisibles.

S'ensuivit un coup qui envoya Fedelyne s'écraser contre la paroi de verre pur du fond d'où sortait à son sommet un fin filet d'eau.

À bout de force elle ne parvint pas à se relever. La chambre panoramique lui glissait entre les doigts une fois pour toutes. C'en était fini de la mission LaPerle. Son rêve de surface s'était volatilisé. L'impitoyable réalité lui sauta à la figure telle une paire de gifles. Elle n'eut pas besoin de cela.

Pour compléter le désastreux tableau, la voix de Titus entra dans sa tête comme s'il se fut agi d'un coup de marteau.

« EST-CE QUE TU CHERCHES À ME BLESSER ? »

Autant d'entêtement pour obtenir une réponse méritait bien un peu d'admiration, pourtant elle n'en eut pas le goût. Parce qu'elle avait la tête ailleurs, quelque part entre l'évanouissement et la consternation.

Arrivé sur elle à la manière d'un éboulement de muscles, le géant se courba pour lui empoigner l'épaule gauche et il recula son poing droit, prêt à porter le coup fatal.

« Je préfère voir une bonne morte plutôt qu'une sale garce à mes côtés. Sois heureuse, je me souviendrai de ta beauté. »

Elle crispa les paupières et les mâchoires, mais rien ne vint.

Lorsqu'elle se risqua à desserrer les paupières, elle crut voir une série de crépitements électriques au niveau du visage du géant qui sembla hypnotisé. L'instant d'après ce dernier fut frappé d'un éclair venu de nulle part directement dans les yeux.

Les Gardiens de l'Alliance ne ressentaient pas la douleur, pourtant celui-ci poussa un cri d'effroi.

La mutante qui ne comprenait plus rien sentit que le filet d'eau qui tombait du haut de la paroi sur sa tête se chargea d'une sorte d'énergie qui provoqua en elle une fulgurante poussée d'adrénaline comme elle n'en avait jamais connu jusqu'alors.

Elle se mit sur pied d'un bond, deux mains fermes invisibles l'avaient soulevée par les aisselles. Puis sans rien contrôler de ses émotions ni de ses mouvements, elle prit son élan et sauta si loin par-dessus la passerelle qu'elle traversa le sommet du dôme. Prise d'effarement, elle écarquilla les yeux quand elle vit s'approcher à toute allure la paroi du toit.

Elle eut juste le temps de se protéger le visage de ses mains.

Plutôt que de rebondir contre la paroi sous l'impact, la pointe de ses pieds adhéra au verre. Frappée de stupeur elle fixa du regard le revers de ses mains quand le haut de son corps pencha en arrière sous l'effet de la forte inclinaison de la surface. Mais elle ne tomba pas, le bout de ses doigts écartés collaient également.

N'en croyant pas ses yeux elle tourna la tête en direction du géant qui aveuglé, hurlait à tue-tête sur la passerelle en plaquant la paume de ses mains contre ses orbites en sang.

Tandis qu'elle retourna son attention sur le bout de ses pieds puis de ses doigts qui lui évitaient une chute vertigineuse d'une centaine de pas de hauteur, elle croisa sur la surface de la paroi le reflet imprécis d'un visage qui n'était pas le sien et elle crut rêver.

- Saphy !

Fedelyne glissa un coup d'œil sur ses mains humides et remarqua que de petits éclairs électriques à peine visibles se tordaient sur sa peau.

- Est-ce que tu me suis ?

En guise de réponse, sa main droite bougea contre sa volonté et elle l'observa faire sans y croire. Son index se tendit de lui-même puis il traça une courbe dans l'eau condensée sur le verre.

Un message apparut comme ceux émis par les triangles alpha et la mutante reconnut une suite de mots mal assemblés. Néanmoins elle en déduisit une phrase étonnante. Saphy avait écrit :

« Je ne pourrai maîtriser l'Organe encore longtemps. Si je tombe, c'en est fini de nous tous, tu es notre dernière chance. »

Dans la circonstance elle oublia aussitôt l'information improbable que Saphy pût contrôler l'Organe, cependant sa tête se tourna vers la chambre panoramique non loin du Gardien…

Chapitre 34

L'ultimatum.

- Que se passe-t-il ? demanda Iris.
- Une question qui intéresse tout le monde et qui venant de toi me laisse dans l'incertitude, répondit Isalguld.
- La situation est critique, le gaspillage de mots risque de nous causer une perte de temps désastreuse.
Le Grand-Œil cessa de presser le pas derrière le vieil Hormoneur. Le fait que ce dernier l'eût interrompu au cours de son échange musclé avec la mutante l'avait déjà impatienté.
Isalguld se retourna au bout de quelques pas. Il venait de sortir de l'eau et dans la précipitation il n'avait pas enlevé sur sa peau le gel qui avait eu le temps de jaunir le long de ses membres.
En séchant, cette substance qui protégeait de l'hypothermie en milieu aquatique tendait à se craqueler. L'Hormoneur parut avoir pris dix âges de plus. Son lourd goitre flétri et verruqueux vibra de nervosité et lui donna l'air de crouler sous le poids d'une vieillesse excessive.
Ce dernier ne fit rien pour empêcher de se faire fouiller l'esprit par Iris qui ébranlé, s'appuya d'une épaule contre la paroi du tunnel au milieu duquel ils s'étaient arrêtés.
- Une Métisse sur notre territoire ? Comment est-ce possible ? souffla-t-il en serrant les mâchoires et en tirant sur le col de sa combinaison.
- Laissons cette question pour après. Libère l'Organum ; face à pareille menace, nous n'aurons aucune chance si nous nous privons de notre onde magnétique. J'ai dû en informer Chacal. Personne d'autre ne connaît la nouvelle, mais je ne doute pas qu'il suffirait qu'elle se propage pour créer dans nos rangs un chaos dévastateur.

Iris se décolla du mur et son regard s'emplit d'étincelles bleues électriques. La seule idée de la défaite éveillait en lui les instincts du combattant.

Il parut grandir et acquérir la stature d'antan à l'origine de sa réputation.

L'Hormoneur crut voir le tunnel se contracter autour d'eux. Ses genoux plièrent un peu de façon mécanique et son goitre se flétrit davantage, pourtant il insista.

- Si le mal vient à prendre racine dans nos frontières, nous perdrons tout, le contrôle et tout le reste. L'Organum est notre bouclier naturel ainsi que notre fer de lance.

Iris lorgna du coin de l'œil son poing crispé puis il lâcha,

- Les Métisses sont une légende. Personne ne s'opposera à une légende à moins qu'elle ne devienne une réalité à mes yeux. Où as-tu trouvé le Proton ?

- Non loin de l'incident.

- J'avais remis quatre de mes Protons aux Adaptés. Les trois prototypes : le Goliath, l'Ailectron et le Xylon sont partis intercepter trois d'entre eux vers les courants de Coriolis. Puisque le Proton que tu as trouvé au sud de l'Organum présente des marques de combat, c'est signe que mes prototypes ont échoué.

- Tu as dit que tu avais remis quatre Protons. Où est le quatrième dans ce cas ? À l'intérieur de celui que j'ai trouvé, il y avait un cylindre alpha-physique de cryptage qui brouille nos défenses. Si le quatrième en possède un aussi il peut se trouver n'importe où en ce moment. Il est fort probable que nous fassions face à une attaque coordonnée par des spécialistes qui ont tout prévu ; ce qui n'est pas ton cas. Voilà qui est embarrassant, nous avons une bonne longueur de retard… Dans l'immédiat ce qui s'est passé avec mon collègue Sentoris lorsqu'il a vu la Métisse est très alarmant. Il ne reste rien de lui…

Le menton baissé, le Grand-Œil fit un pas en avant en dévisageant son interlocuteur avec des éclairs bleus dans les yeux.

- Ce n'est pas le principal problème. Quelqu'un a pris la situation à son avantage. J'ai toujours une longueur de retard et je suis constamment maintenu sur la défensive. Chacune des attaques que j'encaisse est destinée à m'affaiblir jusqu'au coup fatal. Lâcheté et fourberie, c'est l'œuvre d'un parasite. Je ne croyais pas qu'aucun d'entre eux ne pût avoir autant d'esprit… Je n'ai rien vu venir. J'étais trop aveuglé par…

Il se pinça les lèvres. Isalguld quant à lui s'interrogea.

- Par quoi ? Ou peut-être par qui ?

Soudainement Chacal, un Shaklyr aussi loyal qu'Isalguld surgit au bout du tunnel dans un dérapage qui attira sur lui toute l'attention.

- Un Crevdur noir s'est introduit dans nos défenses ! s'écria-t-il.

C'était un batailleur solide et épais qui affectionnait les bons combats.

Le Grand-Œil n'eut pas besoin de le laisser s'expliquer. Il lut dans son esprit comme dans un livre ouvert et capta l'excitation qui déjà lui chauffait les sangs. Il lui apparut que le guerrier, comme à son habitude, était aussi intrépide qu'inconscient. Parce que pour Iris mieux valait une Métisse dont il doutait sérieusement de l'existence qu'un de ces frères noirs dont la seule évocation du nom annonçait le pire.

- Où est-il ? demanda vivement celui-ci.

- Il teste nos défenses alpha-physique plus au sud. Ce n'est pas bon signe ; les Crevdurs noirs sont la garde personnelle des D.I.E.U…

Manifestement c'était alarmant, pourtant ces mots dans la bouche de Chacal trahirent son impatience de se mesurer à pareil adversaire.

Iris prit un pas décidé et passa devant le nouveau venu en l'entrainant lui et Isalguld sur ses talons. Il demanda,

- Est-ce que ce Crevdur noir est venu à bord du Proton qu'Isalguld a trouvé ?

- Il a pu se servir du cylindre de cryptage à bord, c'est la seule explication logique, répondit le Shaklyr. Il a dû passer au travers de nos barrières sans être repéré.

- Est-ce qu'il est seul ?

- Des éclaireurs nous ont rapporté avoir repéré aussi trois Sangdors. Ils devaient s'être entassés dans le même submersible.

- Avez-vous repéré un autre de ces Crevdurs ? Ou un autre Proton ?

- Négatif.

Tout en allant de son pas vif, Iris se montra insistant. Il serrait les poings.

- Êtes-vous absolument certain qu'il n'y a aucun autre Crevdur noir ? Ce sont quatre frères et ils n'attaquent jamais seuls.

- Oublions le Crevdur noir... Nous ne disposons d'aucune défense contre la Métisse, riposta Isalguld.

Le Grand-Œil n'ajouta rien, mais son visage demeura tendu.

Les trois s'extirpèrent du tunnel sombre et oppressant puis trouvèrent un trou d'eau dans le sol. Ils plongèrent alors qu'Iris s'immergea en profondeur dans ses pensées.

Depuis les débuts il devait composer avec un temps de retard. Lui qui était capable d'interpréter l'avenir en lisant dans les esprits était constamment dépassé par un ennemi qui anticipait la moindre de ses actions. Ces plans s'entremêlaient et ce n'était pas prévu.

Plus il essayait d'inverser la tendance, plus il se dirigeait là où on l'entraînait.

Pourtant bien qu'il se savait obnubilé par la mutante il commençait d'une certaine manière à entrevoir une issue à cette histoire. Et la lumière devait jaillir du désespoir absolu.

Dans l'imaginaire collectif, l'apparition d'un Crevdur noir annonçait l'imminence de la colère divine, pourtant Iris voyait les choses autrement.

Les frères noirs n'avaient qu'un seul et unique maître, leur aîné du nom d'Entenebris. Argos n'y était probablement pour rien dans cet événement.

- Levons la garde, et laissons-le progresser dans nos défenses, lui ainsi que ses trois parasites, déclara-t-il.

Isalguld et Chacal s'immobilisèrent, les yeux écarquillés d'étonnement tout en étant sur le bord de vomir. Pour les Bivalents il n'existait rien de plus haïssable ni de plus puant qu'un parasite, qui plus est un parasite dans leur propre demeure.

Cependant face au calme de leur chef, toute envie de contester s'évapora. D'une manière ou d'une autre une attaque frontale et sans discernement était à proscrire. Il ne fallait pas éveiller l'attention des Organiens au risque de provoquer une guerre intestine.

Ainsi les trois Bivalents reprirent-ils leur nage.

Pour le moment la situation demeurait sous contrôle, le Grand-Œil ayant déjà libéré dans les environs de l'Organum un brouillard de fines particules alpha qui réagissaient à tout déplacement de corps étranger à la colonie, mais qui dans pareilles circonstances, n'envoyait un signal qu'aux systèmes de détections inclus aux bracelets.

Iris emprunta celui d'Isalguld qu'il mit à son poignet et l'activa. Une demi-sphère de poussières bleues brillantes s'éleva puis apparut le trajet rectiligne du Crevdur noir et de ses trois sbires vers un point précis des soubassements du dôme…

***

Fedelyne sauta du haut de la paroi interne du dôme pour atterrir sur un genou sur la dernière passerelle au bout de laquelle se trouvait la chambre panoramique.

Elle se redressa, sa confiance ravivée, mais l'eau sur son corps qui était chargée de la force transmise par Saphy s'évapora trop rapidement.

Cette énergie l'abandonna. Elle flageola avant de s'effondrer face la première. Le verre de la passerelle s'abreuva de son sang comme si plus rien n'empêcha qu'il jaillît de ses estafilades. En même temps que ses forces, son corps était en train de la quitter.

En dessous se déchainaient les rugissements étourdissants du Gardien qui cherchait rageusement quelque chose à frapper.

Dérod avait disparu, Saphy l'avait lâchée et son corps ne suivait plus.

Avec cela Iris l'avait trahie et quelque part dans son état léthargique, elle réalisa qu'elle ne pouvait compter plus que sur elle-même.

Étrangement cette prise de conscience eut sur elle un effet inespéré.

Elle, la petite mutante, avait été protégée durant toute son enfance, maintenue à l'écart, choyée et écartée des regards indiscrets tel un bijou entre les doigts des rois de l'Alliance. On l'avait gardée tel un vieux secret, si vieux semblait-il que plus personne ne se rappelait la raison pour laquelle le feu de sa crinière avait valu tant d'attention.

Elle-même avait vécu ce mystère sans se poser de questions. Pourtant en cet instant où le goût de la défaite prenait celui de son propre sang, sa perception changea du tout au tout.

Son père, Attalas l'illuminé, n'était plus là pour la couvrir de la chaleur de son regard ni pour lui glisser des mots doux. Et elle ne gardait de sa véritable mère, Tresha, plus aucun souvenir réconfortant.

Perdue et isolée dans un cauchemar semi-éveillé, elle rechercha un peu de soutien au travers des images qu'elle conservait de ses grands rois. Sicardus, qui avait tout fait pour préserver son secret au point de défier en personne la sœur d'Argos ; Magnetron qui avait usé d'une multitude de pouvoirs sur sa mère biologique pour la tenir en vie ; Dronor qui avait savamment planifié sa fuite lors de la guerre des Trois tandis que des centaines d'autres se firent massacrer en tentant de sauver le Spectrum. Tant de sacrifices, tant d'efforts mis en œuvre pour elle et sa famille, tant d'attention centrée sur elle ; elle dont le simple fait de vivre avait suffi à déclencher la guerre la plus meurtrière que le bas monde n'eût connue.

Pour conclure cet enchaînement insensé d'événements, il y avait ce petit moment de misère où sa face en sang était plaquée au sol et où elle était incapable de se relever alors qu'elle se trouvait si près du but ultime.

La vérité dans sa forme la plus simple était encore plus dure à avaler. Génétiquement elle n'était pas adaptée aux rudesses de ce bas monde et toute seule elle n'eût jamais survécu jusque-là.

Tel était le summum de l'inutilité quand en plus de ne pas la mériter, tout le monde autour d'elle s'était battu pour sa vie.

Voilà que les cris râpeux et emplis de démence du géant rampèrent jusqu'à elle comme d'un flot de serpents affamés.

Soudain il cessa de hurler et de gesticuler. Plus posément il renifla bruyamment.

Sous l'effet de la décharge électrique reçue en pleine face, ses yeux avaient éclaté, pourtant l'odeur du sang de sa cible lui permit de la repérer.

Il tourna sa tête massive vers le corps inerte et allongé de Fedelyne. Un saut les séparait, miraculeux pour la mutante, mais tout petit pour le géant. Le temps s'arrêta.

Puis vint le déclic.

Fedelyne se mit sur ses pieds, le désespoir la dressa contre vents et marées. Pour la première fois de son existence, elle n'eut besoin de personne pour se tenir debout.

Ainsi elle se rua en boitant vers la porte de la chambre panoramique.

***

Blacklandis était l'un des quatre Crevdurs noirs. Il ne répondait de personne d'autre qu'Entenebris, l'aîné et le plus redoutable des noirs.

Opposé à Blacklandis et à ses trois Sangdors, il y avait le vieil Hormoneur Isalguld, le robuste Shaklyr Chacal ainsi qu'Iris qui suivait en continu la progression des points bleus à l'intérieur de la demi-sphère alpha que produisait son bracelet.

Pour celui-ci il était inconcevable que le sous-marin des adaptés eût pu sortir entier de la confrontation avec le Xylon, le Goliath et l'Ailectron. Ces trois submersibles surpassaient en puissance, en vitesse ainsi qu'en maniabilité n'importe lequel des Protons qu'il avait offerts à l'ennemi dans le but de forger la nouvelle Alliance.

Mais comme ses dons de prévoyance renaissaient, il pressentit que le pire était à venir. En même temps il sut que c'était la voie à emprunter. Ainsi il choisit de ne pas gêner le déplacement des intrus dont il ignorait encore tout de l'identité.

Un Gardien de l'Alliance vint se poster à ses côtés.

- Où vont-ils ? s'enquit Chacal.

- Là où l'attention de l'Organum ne peut se poser sur eux en aucune manière… vers le cimetière.

- Que recherchent-ils ? ajouta le Shaklyr, persuadé que son chef connaissait d'avance la réponse.

- Nous l'apprendrons bientôt. Ces étrangers ne sortiront pas vivants de l'Organum. Ils savent que nous les attendons.

Ainsi les trois Bivalents accompagnés du Gardien se préparèrent à prendre de front leurs ennemis à l'intérieur même du cimetière. Ils circulèrent dans l'ombre de petites cheminées de terre hautes d'à peine trois brasses et qui furent nées d'une pression excessive de l'air dans le sol. Dans la majorité des cas ces cheminées ne produisaient plus de bulles depuis longtemps.

Le cimetière avait vu le jour en même temps que le Spectrum. Dans les Abymes qui à cette époque furent considérés comme le royaume des morts avait été aménagée cette grotte vertigineuse au-dessus de laquelle le dôme fut érigé.

Avec le temps, les morts avaient pris trop de place. Ainsi de gigantesques stalactites et stalagmites aussi grandes que les statues des rois de l'Alliance furent construites afin d'empiler les cadavres à l'intérieur. Aucun Bivalent n'osait se hasarder trop longtemps dans le cimetière de crainte de découvrir ce que ces milliers de pics renfermaient ; une pensée qui n'eut de cesse d'occuper Iris.

Les quatre atteignirent un court passage au bout duquel ils débouchèrent dans une salle immergée si démesurée qu'elle sembla se dilater sous leurs yeux et qui était remplie à perte de vue d'une forte concentration de ces grands pics à la surface grossière et friable.

Une myriade de petites flammes pâles et de couleur bleutée rampaient de toute part et apportaient au grand espace une lueur vacillante.

Bien que sous l'eau, Iris pensait pouvoir battre les étrangers sur son terrain. Néanmoins la réputation du Crevdur noir le précédait déjà. Celui-ci avait fait ses preuves en parvenant à échapper aux trois meilleurs submersibles de sa flotte.

Alors que le Grand-Œil prévoyait trouver la lumière dans cette grotte démesurée, il s'attendait aussi à tomber sur quelque chose de pire que tout ce qu'il avait connu jusqu'alors.

Les adversaires n'avaient pas été localisés, pourtant il ordonna le déploiement. Si les Crevdurs noirs étaient imprévisibles, les Sangdors eux, avaient une haleine de plomb qui se propageait des brasses à la ronde.

Isalguld s'accrocha à une stalagmite. Là il contracta son goitre tout en arrondissant ses lèvres. Il lâcha un long et retentissant rot qui fit vibrer le bout d'une dizaine de colonnes aux environs.

Dans le bas monde, l'issue d'une bataille au corps à corps dépendait en grande partie de la maîtrise des odeurs, domaine dans lequel Isalguld était un maître sans égal. Sa spécialité était les brouillards odorants. Hautement concentré ce type de camouflage brouillait les pistes, perturbait les communications adverses et provoquait des illusions olfactives.

Chacal quant à lui, était solide comme le roc. Dressé à encaisser les coups, sa peau était aussi résistante que l'armure des Crevdurs. Face aux bouches garnies de petites dents des Sangdors, il représentait une proie des plus coriaces.

Iris ne se trouvait pas dans son élément. Éloigné de toute source d'eau alpha-physique il ne disposait pas de tous ses moyens. Ainsi pour assurer sa protection il devait compter sur l'une de ses bêtes sans nom, un de ses Gardiens qui le suivait comme son ombre.

Avec son grand casque et ses lourdes protections crayeuses au niveau de son pectoral et de son épaule gauche, ce géant tapait contre les longs muscles noueux de sa cuisse droite son arme fameuse du nom de *Beclon*.

Il s'agissait de la partie pointue du bec d'un Sixbras mâle adulte et mort sous ses coups. L'extrémité en forme de V, recourbée et aux bords coupants dissimulait le poing tandis que la partie principale plus large couvrait l'avant-bras et faisait office de bouclier en étant tenue au bras par une paire de lanières.

Enfin s'acheva le rot d'Isalguld. Le signal fut donc donné et les Bivalents biens armés se séparèrent ; l'immense Gardien demeurant aux côtés du Grand-Œil.

Tous passèrent d'un pic à l'autre avec vélocité et discrétion. L'ennemi se trouvait quelque part à l'autre bout du cimetière.

Les Sangdors se montrèrent incapables de freiner leur excitation.

Plus ils se fatiguaient, plus leur sauvagerie grandissait. Le sang des Bivalents était une denrée si rare et si savoureuse que la seule pensée d'en absorber une goutte les rendait incontrôlables. Leur rage endiablée fut décuplée par l'illusion odorante lâchée par le vieil Hormoneur. Plus une cible était la proie de ses propres sentiments, plus elle était facilement repérable.

Sous l'effet des phéromones d'Isalguld, les vermines crachèrent de la bile et leurs petits yeux porcins leur sortirent de la tête. Une faim dévorante gronda dans leur ventre. Leur estomac se dilata à l'extrême.

Sans cohésion ils se déplacèrent maladroitement avec leur gros abdomen déformé qui se balançait entre leurs genoux protubérants.

Pourchassant en tous sens le parfum du sang qui leur tordait les tripes, ils plantèrent les griffes dans le corps des stalactites et des stalagmites comme si à leurs yeux exorbités, il s'agissait d'une chair tendre et juteuse qui n'avait que la vie à donner.

L'un d'entre eux cédant à la tentation enfonça ses dents dans la terre friable pour ne trouver rien d'autre que les exhalaisons des cadavres.

Chacal ne tarda pas à localiser un Sangdor qui était en train de se débattre avec son propre délire.

En silence il alla se positionner au-dessus de cette cible facile tout en s'appliquant à prendre le meilleur angle d'attaque possible. Le combat devait être bref et ne laisser aucune trace.

Une frappe non maîtrisée devait être évitée à tout prix afin de ne pas amener l'Organum à se rebeller contre les auto-suggestifs.

Tandis que la bête aussi laide que ses pieds se bavait dessus, le Shaklyr râblé brandit lentement son Zad des deux mains puis en sortit les lames.

Ensuite il attendit tout en ne lâchant pas de ses yeux la grosse tête immonde.

La distance qui les séparait était d'environ six brasses. Il prit une longue inspiration puis se lança.

Si l'appel du sang avait pour effet de dilater le ventre des Sangdors, il provoquait chez les Shaklyrs l'abaissement d'une seconde paupière protectrice blanche qui les aveuglait momentanément. Du même coup leurs autres sens se trouvaient décuplés.

Le toucher, l'ouïe ainsi que l'odorat de Chacal s'affinèrent tant, que le monde autour de lui se changea en une déferlante d'énergie où chaque courant aussi petit fut-il, fit monter en lui un flot continu d'adrénaline. Dextérité et réflexe s'amplifièrent pour qu'eût lieu la frappe libératrice.

Il ne manqua pas son coup. Son arme trouva exactement son objectif, un point à peine plus grand qu'un ongle situé entre les omoplates, dans l'alignement du cou.

Transpercer le cœur d'un parasite n'était bon qu'à l'agacer. Son corps tout entier servait à faire circuler le sang. De plus il possédait deux centres nerveux indépendants l'un de l'autre. Celui qui se trouvait dans la tête était secondaire et le corps arrivait à s'en passer pour quelques instants. Le centre principal minuscule était situé un peu à droite du cœur. Ce point représentait la seule façon de tuer sur le coup ce genre de créature.

Quand la lame se planta violemment dans son dos et sortit hors de sa poitrine, le Sangdor se tétanisa. Les yeux ensanglantés et écarquillés, il s'arqua en arrière. Toutes ses griffes se plantèrent en profondeur dans la stalactite.

Retrouver la maîtrise de soi fut pour Chacal une épreuve douloureuse. Ses instincts bestiaux étant tous éveillés il dut se battre contre lui-même pour réprimer son envie ardente de se défouler sur ce corps frêle qui tremblotait pour ne pas quitter ce monde.

L'élimination des cibles devait se faire dans la plus grande discrétion. Suspendu d'une main à la stalactite tandis que de l'autre il appuyait sur le manche de son Zad, il fit remonter ses doubles paupières au prix d'un effort immense puis il balaya les environs du regard afin de s'assurer qu'il n'avait pas été repéré.

Il se trouvait seul, Isalguld ainsi qu'Iris et son Gardien chassaient quelque part ailleurs. La situation était sous contrôle. C'était un bon début.

Alors il se produisit l'inattendu. Le Sangdor qui se ranima tira ses bras vers l'arrière au point de se déboiter les deux épaules et ses mains griffues agrippèrent la face de Chacal que la stupéfaction avait saisi.

Sa tête fit un tour à 180 degrés et ses vertèbres cervicales craquèrent sinistrement.

Dans une quinte de toux pleine de son sang, le parasite susurra en ricanant,

- Viens que la mort t'embrasse.

Il pencha la tête de côté avec un épais mélange de bile et de sang glaireux qui lui déborda de la gueule.

Même en y déployant toute sa force, Chacal ne parvint pas à se dégager de l'étreinte sauvage. Plus il résistait plus les griffes lui lacérèrent les joues. Ce dernier enfonça encore le Zad dans le corps du Sangdor et la lame se ficha dans la stalactite. Tous les deux finirent ainsi suspendus, retenus par la seule lame dans la terre.

Chacal se cramponna au manche en essayant de pousser encore dessus comme s'il crut être en mesure de mettre de la distance entre lui et la ventouse d'où sortait de la glaire sanguinolente et nauséabonde en quantité et qui tremblait frénétiquement en se tendant vers lui.

La stalactite se fissura autour de la lame. À force de s'agiter, ils descendirent tous deux d'un cran.

Le parasite grogna de rage et ses griffes déchirèrent les muscles des mâchoires puis trouvèrent les os. Disposant maintenant d'une bonne prise, il s'escrima à tirer la tête vers lui.

Son corps glissa sur le manche du Zad qui progressivement se couvrit de son sang sur toute la longueur.

Le Shaklyr qui en avait oublié le supplice, inspecta le dos de cette monstruosité qui s'était désarticulé les épaules et déchiré les muscles du cou dans le seul but de lui arracher le visage.

Ainsi le monstre qui ne put s'empêcher de se laisser guider par la précipitation, frappa au hasard. Il s'étira le cou au maximum et la lèvre turgescente de sa ventouse se plaqua sur le côté gauche de la poitrine du Shaklyr qui s'époumona.

Ce dernier lâcha son arme. Il tomba sur le flanc d'une stalagmite sur laquelle, lui et son parasite glissèrent tout le long en se débattant.

Ce faisant la stalagmite s'ouvrit. Un abominable nuage d'odeur de mort se répandit.

Isalguld surgit de nulle part et fit glisser la lame de son Zad sous la tête du Sangdor dont le corps se sépara.

Chacal qui s'écroula au sol avait encore les dents de la ventouse plantées dans sa poitrine, son propre sang giclant de la gorge sectionnée.

Il poussa de toutes ses forces sur la grosse lèvre en forme de bouée pour se séparer de cette tête cauchemardesque dont les muscles de succion fonctionnaient encore.

Il y parvint, mais ce faisant il s'arracha un large morceau de chair, malgré l'épaisseur remarquable de sa peau recouverte de denticules.

Ainsi il se redressa avec peine, boitant et grondant de colère tout en remuant son épaule gauche en sang. Autour de lui la scène était sur le point de verser dans le chaos.

Attirés par l'odeur du sang, les deux autres Sangdors se pointèrent comme des flèches. L'instant d'après, Isalguld rota une bouffée de phéromones de son invention qui provoqua chez ces derniers une série de violents vomissements.

À lui seul le vieil Hormoneur donna lieu à une confusion magistrale dans le camp adverse.

L'immense Gardien arriva comme une torpille sur la stalactite dans laquelle était encore enfoncée le Zad qu'il empoigna. La colonne tombante qui vibrait encore sous le choc de l'arrivée du Sapies émit une pluie de fragments de boue séchée à l'eau alpha.

Ce fut au tour du Crevdur noir de surgir. Le dénommé Blacklandis fondit telle une ombre redoutable.

Isalgul eut à peine le temps de le voir quand émergea Iris dans l'angle de son champ de vision. C'est alors qu'il comprit que Blacklandis était venu ici pour tout faire exploser. Il ouvrit la bouche, mais… Il était déjà trop tard…

***

Dans le dôme, Fedelyne progressait vers son objectif.

Malgré ses yeux éclatés, le Gardien discerna la progression rapide des vibrations sur la dernière passerelle au-dessus de lui dès que la mutante prit son élan.

Titus qui profitait d'une absence de l'esprit d'Iris était furieux au point que lorsque le Gardien qu'il contrôlait bondit dans cette direction, celui-ci passa à grand fracas au travers du pont.

Tout se passa au ralenti. Un geyser de morceaux de verre s'éleva autour du géant qui étendit les bras comme s'il s'envola porté par un coup de tonnerre.

Fedelyne se jeta de justesse dans la chambre panoramique et ferma la porte coulissante derrière elle. L'énorme Sapies s'abattit de tout son corps contre sa seule issue.

Étendue de tout son long, la mutante posa un regard effaré sur la porte vitrée de la chambre qui trembla et se fissura sous les coups étourdissants.

Ensuite le sentiment d'urgence reparut. Elle se redressa suante de peur puis sauta sur la sphère alpha au centre de la chambre. Celle-ci était aussi grosse que sa tête et reposait sur un tas de racines de verre pur entrelacées dont les bases se fondaient dans le plancher.

Elle y posa ses mains tremblantes. Au contact de la peau de ses doigts, la fine couche d'eau bleue qui recouvrait la sphère crépita. Serrant les dents pour contenir la douleur que le contact généra, elle s'obligea à plonger dans le fond de ses pensées en faisant tant bien que mal abstraction des chocs répétés qui lui emplirent le crâne et qui à chaque coup lui soulevèrent le cœur.

Elle éprouva beaucoup de difficulté à saisir toute la programmation de cette eau alpha et elle perdit un temps précieux à se concentrer parce que la porte de la chambre qui était entièrement fissurée fut sur le point de voler en éclat...

Fedelyne céda à la panique...

Chapitre 35

La bataille du couloir étroit. Guerre et dénouement.

Maxius un Shaklyr d'expérience dirigeait le gros de l'unité d'élite du Grand-Œil qui avait été activée récemment et dont la principale fonction était la défense du couloir étroit.

À trop bien se tapir dans l'ombre, Maxius, commandant en chef de l'armée des ruines s'était fondu dans les rochers qui constituaient sa seule compagnie. Avec sa peau cendrée, il avait pris l'apparence d'une gargouille. Sur sa face un sourire s'était étiré et figé. Même ses larges dents triangulaires avaient pris la couleur de la terre.

Il demeurait sur ses gardes. Avec une infinie patience, il attendait pour s'abattre sur le premier venu.

De sa position il avait l'étendue des ruines du Spectrum à ses pieds. Il voyait tout, mais lui était invisible puisqu'il portait une cape en peau de Sixbras fraichement arrachée à son propriétaire et qui conservait encore la capacité d'imiter la couleur ainsi que la texture de toute chose.

Positionné en hauteur, au bord du plateau, il scrutait l'horizon opaque au-delà duquel disparaissait ce qui restait d'un vieux rêve que l'on avait presque oublié. Seules les statues des rois que le temps n'avait pas réussi à entamer permettaient encore à cette cité désolée de pierre et de sable d'alimenter l'idéologie d'une autre Alliance.

Ainsi au bord des profondeurs, un désert se trouvait occupé par un groupe d'auto-suggestifs lourdement armé.

Des Artilleurs avaient investi les lieux. Il s'agissait de Teteplates dont les doigts plus forts que d'ordinaire leur permettaient de ramper avec aisance sur les fonds tout en trainant des charges lourdes et encombrantes. Leur arme principale consistait en une volumineuse vessie de Sixbras remplie d'air, attachée à leur dos et qui était connectée à un canon alpha fixé à leur avant-bras.

Ils étaient secondés par des Raidones aux commandes d'alpha-glisseurs et armés de harpons à charge alpha explosive que l'on appelait les Intercepteurs.

Enfin il y avait les Ombres Frappeuses, un groupe de Shaklyrs comme Maxius avec leur cape en peau de Sixbras, capables de se déplacer et de frapper comme l'éclair sans être vus.

La mission consistait à protéger le couloir étroit sans attirer l'attention des Adaptés de façon à assurer une phase de transition sans heurts.

Une phéromone artificielle émise par Isalguld, le plus ancien des Hormoneurs, sortit du décrypteur de Maxius.

Le court message d'alerte lui fit retrousser les lèvres, pourtant il jugea le signal de second ordre et il reprit ses observations.

De tout le territoire de l'Organum, le couloir étroit représentait le secteur le plus sensible. Bien que le passage fût naturellement protégé par des courants puissants et imprévisibles, il était une porte grande ouverte donnant directement accès au cœur de l'Organum.

Soudain le commandant en chef fut projeté par une déflagration provenant des Abymes qui secoua le Spectrum tel un tremblement de terre de courte durée.

Ainsi Maxius se rua vers le bord de la falaise. Le halo bleuâtre de l'Organum illuminait le fond.

Sa longue cape ondoyait tranquillement.

En bas rien ne sembla s'être passé. Le calme apparent et malsain qui occupait la colonie depuis peu continuait à alourdir l'atmosphère. Le fait que l'ambiance fût inchangée ramena le Shaklyr vers le chemin de la sérénité.

La femelle Raidone Electrale commandait les Intercepteurs. Elle mena son glisseur droit sur lui. Elle était de la sous-espèce des *tachetées* ce qui la classait parmi les moins attractives. Pourtant avec ses membranes d'une largeur impressionnante, elle se changeait en un ange de la mort envoûtant juste avant de porter son attaque. Ce qui lui conférait un charme aussi énigmatique que mortel.

Elle s'arrêta à une brasse de Maxius en faisant virer brutalement son glisseur. Elle s'en sépara pour planer jusqu'à lui.

Le Shaklyr parla calmement,

- Je sais ce que tu penses. Néanmoins nous maintenons notre position, le couloir étroit doit être protégé. Tels sont les ordres du Grand-Œil.

Electrale, rebelle, oublia de retenir ses paroles.

- Voilà une priorité qui perd son sens quand l'Organum est attaqué. D'autant plus que certaines rumeurs se sont déjà propagées dans nos rangs. On raconte de-ci de-là qu'Iris aurait vendu l'existence du passage à nos ennemis pour une sorte de nouvelle Alliance. Pourquoi alors rester ici ?

- Ton manque de foi est désolant, rétorqua Maxius tout en ne quittant pas le dôme du regard. Tu es une auto-suggestive, si tu ne crois plus ni en l'Organum ni en Iris, tu te perdras dans les limbes. L'hésitation est la pire ennemie… Nous maintenons notre position.

La Raidone qui se mordait les joues pour ne pas aller voir par elle-même l'origine de l'explosion, lorgna du coin de l'œil les pieds des statues des rois situés à une centaine de brasses de leur position. Un cylindre alpha aussi grand qu'elle, représentant le dernier rempart du couloir, avait été caché dans cette zone peu de temps auparavant.

Elle réagit avec impulsivité.

- Laisse-moi y aller avec un détachement d'Intercepteurs. L'entrée du couloir étroit est voilée par un mirage, même pour ceux qui connaissent son emplacement. Si un intrus devait s'aventurer par là pour la trouver, il ne réussirait pas de sitôt.

C'était une vérité. Cette artère vitale avait été savamment dissimulée par les Spectriens, ces experts dans le travail de la pierre de telle sorte que les violents courants qui s'y engouffraient en permanence étaient indétectables à proximité de son entrée.

La bouche du passage se trouvait au milieu de fragments de roches tirés des entrailles de la Mère Lactée. Ces fragments avaient la propriété d'absorber les vibrations produites par les courants ainsi que les sources de lumière. Il s'agissait de pierres de naissance, aussi rare que les Ténèbres étaient vastes. Enfin le mirage qui brouillait l'entrée du couloir avait la faculté de s'adapter.

Le commandant en chef se montra insistant.

- De cette voie d'accès, dépend le système de défense de la colonie. N'oublie pas que cela permet de pénétrer dans l'Organum tout en échappant à n'importe lequel de nos systèmes de détection. Une fois l'ennemi passé de l'autre côté, il est trop tard pour réagir. Bien sûr rares sont ceux qui sont capables de déjouer les courants, mais les Adaptés ont toujours réussi à nous surprendre.

Electrale s'impatienta et son regard se tourna vers son glisseur. C'est alors qu'une senteur remonta des profondeurs. Maxius en perdit sa tranquillité et se figea.

- Qu'est-ce que c'est ? questionna la Raidone dont les traits du visage s'affaissèrent.

Mais elle connaissait cette odeur, celle qui parfois émanait du cimetière. Sa véritable question fut plutôt de savoir comment cela fut possible.

Son interlocuteur ne trouva aucune explication.

L'odeur de mort gagna tant en intensité qu'elle court-circuita les pensées d'Electrale. Celle-ci se changea en une statue de pierre.

Les phéromones de son commandant en chef la rappelèrent à l'ordre. Au début cela ressembla à un vague écho qui cherchait à atteindre son esprit englué.

Elle réalisa qu'une main lui broyait l'avant-bras. Elle posa les yeux sur les énormes dents de son coéquipier qui hurlait quelque chose après elle,

- **Branle-bas de combat** !

Bien que limpide, le message fut de prime abord des plus troublants. L'odeur infecte de la mort se mêlant aux phéromones de Maxius, la Raidone perdit un temps précieux à en décoder le sens même si elle en saisit tous les mots.

Elle n'avait pas bougé quand soudain un cri strident résonnant au milieu des ruines lui glaça le sang. Elle se réveilla d'un bond.

Le Shaklyr quant à lui, fut submergé par un sentiment réputé incompatible à son espèce : la peur à l'état brut.

Un glisseur jaillit du Spectrum. L'engin était conduit par Ulyx, un Intercepteur d'expérience dont le visage avait l'aspect d'un cuir grené. On le connaissait pour sa trempe d'acier.

Or il se comprimait le crâne entre ses poings et sa gorge béante inonda à n'en plus finir le secteur du même vagissement surnaturel.

- Par les rois, fais le taire ! se récria Maxius alors que ses yeux se braquèrent sur Ulyx qui tournoyait comme un désaxé.

Si cela devait se prolonger, l'ennemi allait être alerté. Et parce qu'en situation de conflit, l'Organum était susceptible de se libérer de ses liens, l'Intercepteur ouvrait grand la porte sur le chaos.

Le Shaklyr écarta un pan de sa cape et amena sa main sur le manche de son lance-disque placé au niveau de ses reins. Electrale l'arrêta.

- Pauvre fou ! L'instinct de survie de chacun est celui de tous ! L'Organe s'interposera ; tu ne feras qu'empirer les choses !

Le guerrier se tourna vers sa coéquipière.

- Si je ne peux atteindre l'un des nôtres dans un état de conscience, l'autre peut le faire en n'ayant plus la raison !

Elle retourna la tête en direction d'Ulyx tout en retenant son souffle, puis instinctivement elle tendit les doigts vers lui.

Il était trop tard.

L'Intercepteur dont l'esprit semblait dévoré par quelques démons invisibles tira au hasard un harpon alpha explosif qui trouva le centre des ruines. La déflagration jeta à terre les deux cents auto-suggestifs qui constituaient le bataillon.

L'instant d'après se déroula comme dans le pire des cauchemars.

D'autres glisseurs montèrent sous la poussée d'un flot de hurlements horribles.

Certains des pilotes emportés par une terreur sans nom se déchirèrent la face en criant. D'autres s'arrachèrent les yeux ou s'éventrèrent pour aller se chercher les entrailles qu'ils disséminèrent à tout va. Des harpons fusèrent de tous côtés et provoquèrent une multitude d'explosions bleutées. Une myriade de cristaux de glace brûlants furent projetés sous le souffle des explosions et laissèrent aux auto-suggestifs d'effrayantes blessures.

Maxius fut entraîné dans une colère si grande qu'il en pleura des larmes de sang. Il poussa un rugissement qui fut repris par les murs de pierre et ceux-ci s'effondrèrent autour de lui.

Sa main lança mécaniquement une volée de disques vers les glisseurs qui virevoltaient. Mais à chaque fois l'Organe en mode défensif lui fit dévier ses tirs au dernier moment. Ses disques trouvèrent le vide ou bien des parties des ruines qui volèrent en éclats.

Finalement les Artilleurs s'activèrent. Ils sortirent furibonds de leur cache en ratissant la zone de long en large et ils mitraillèrent les parages de bulles elliptiques à haute pression.

Chacune des bulles d'air compressées par leur canon alpha provoqua un différentiel de pression équivalent à l'explosion d'une dizaine de disques simultanément.

Une bulle frappa un tas de pierres non loin de Maxius. Il fut projeté contre un rocher dix brasses plus loin sous une pluie de cailloux. Le choc eut l'effet de souffler sa colère.

Il secoua la tête pour se reprendre puis il chercha activement Electrale. C'est à cet instant qu'il la vit bondir sur son glisseur pour filer vers le dôme en contre-bas. Il se pencha vers le vide et cria après elle.

Après avoir parcouru une centaine de brasses, la Raidone s'arrêta pour lui faire face d'un air égaré. Leur regard se croisa tandis qu'elle parut chercher quelque chose comme si elle fut troublée par une invisible présence.

Brusquement elle activa le système d'autodestruction de son appareil.

Une boule de feu d'un bleu fulgurant enfla dans le noir des yeux écarquillés de Maxius et l'explosion le coucha à terre.

En état de choc, il comprit qu'il venait d'assister au premier suicide d'un Bivalent qui se trouvait en possession de ses moyens et cela s'était produit dans l'indifférence la plus totale de l'Organe.

Les limbes ne furent plus loin et il crut être sur le bord de perdre pied. La boule de feu bleu s'effondra sur elle-même en une pluie de cristaux de glace et de fragments de verre.

Se pencher au-dessus du vide pousse parfois à faire le saut aussi bien physiquement que mentalement, une sensation étourdissante qui submergea le Shaklyr. Tout à coup le chaos déferla sur son esprit.

Incapable de respirer normalement, il se redressa et posa sur les environs un regard vidé de toute expression.

Les Intercepteurs achevaient de se mutiler à mort. Les murs des ruines volaient en éclat les uns après les autres.

Son esprit ne fut plus capable d'analyser la moindre information. Lui le guerrier par excellence se vit complètement dépassé par les événements sans avoir eu l'occasion de porter un seul coup encore moins de comprendre la plus petite donnée sur ce qui était en train de lui arriver.

Les auto-suggestifs perdaient le contrôle du couloir étroit.

Un peu partout des nuages de sang s'élevèrent telle la finale d'un superbe feu d'artifice. Ce fut la débâcle la plus honteuse à laquelle il eût assisté.

Au final Maxius plutôt que de passer aveuglément à l'attaque comme le voulaient les gênes propres à son espèce, enfouit sa tête dans sa capuche puis il se précipita vers la base des statues des rois de l'Alliance.

Pensant être le dernier survivant de son groupe, il sauta sur un grand tube cylindrique d'eau bleue dissimulé aux pieds des rois de pierre.

Et il pressa le bouton sur le dessus.

Un immense jet de feu d'un blanc laiteux jaillit puissamment du cylindre. À une hauteur d'une centaine de brasses, le panache s'évasa en une structure de glace qui en craquelant donna graduellement forme à un grand bouclier.

Le système de protection se rabattit sur les statues des rois et emprisonna dans la glace l'ancienne cité en entier pour se terminer sur les bords de la falaise.

Ce fut ensuite naturellement que le dôme glacé se vida de toute l'eau qui s'y était piégée en s'écoulant par le couloir étroit. L'eau fut remplacée par l'air.

Une atmosphère artificielle avait l'avantage de limiter et de maîtriser la progression d'Adaptés à l'intérieur du bouclier ainsi que d'isoler momentanément la zone à protéger de tout contact avec l'extérieur. Néanmoins ce système avait le gros inconvénient d'indiquer clairement à l'ennemi qu'il se produisait quelque chose d'important à cet endroit précis donc d'y mettre une cible.

L'effet prodigieux d'aspiration engendré par l'engouffrement de l'eau dans le couloir avait obligé Maxius à se plaquer au sol et à se cramponner de toutes ses forces à ce qu'il put trouver pour ne pas disparaître dans le trou.

Finalement le maelström s'en alla.

Pesamment il se releva en trébuchant sur les pans de sa cape. Ensuite il regarda la scène avec consternation.

Le sang ainsi que les corps mutilés avaient disparu. Il se retrouvait tout seul dans un monde inconnu qu'on ne pouvait imaginer sans l'avoir vu.

Lui, l'Ombre Frappeuse par excellence était devenue le dernier obstacle à un envahisseur dont il ne connaissait rien, ni le souffle, ni la silhouette, ni le nombre. La totalité de son bataillon avait été rayée de la carte et il pressentait qu'il avait emprisonné avec lui le mal qui en était à l'origine.

Quant aux ruines il ne restait que des tas de pierres éboulées. Dans l'atmosphère froide du dôme de glace à l'opposé des courants habituels qui fouettaient le Spectrum, il y avait des relents de peur omniprésents.

La peur corrosive comme l'acide, le pénétra par tous les pores de la peau, lui glaça les os jusqu'à la moelle. Les battements de son cœur s'accélérèrent et tout son corps fut sur le point de céder.

Maxius se vit totalement impuissant. Quant à sa colère, cette tempête qui sommeillait en permanence derrière ses paupières, elle avait été anéantie par l'inconnu.

Dans l'air, sa cape qui pendait minablement sur ses épaules n'avait plus aucun pouvoir mimétique.

La glace du système de défense était assez solide pour laisser le temps aux renforts d'arriver. Néanmoins Maxius était convaincu que personne n'allait venir à la rescousse. En vérité personne ne devait venir.

Si la peur était bien ancrée en lui, il n'en demeurait pas moins un Shaklyr de chair et de sang.

L'intrus devait être statufié quelque part, sans doute encore surpris par le déclenchement du système de défense ultime. Il le ressentait grâce à ses instincts, tout comme il savait que la colonie était sur le coup d'une infection éclaire et dévastatrice.

***

À l'intérieur du cimetière, l'immense Gardien de l'Alliance qui faisait office de garde du corps d'Iris brandit de sa main gauche le Zad qu'il avait retiré de la stalactite. Il voulait décapiter Blacklandis, le terrible Crevdur noir qui venait de surgir.

Plus bas Chacal grimaçait en appuyant sa main sur son épaule gauche, mais cela n'empêchait pas des filets de sang de rejaillir entre ses doigts.

Pour le moment ce dernier était hors-jeu.

Deux autres Sangdors en train de cracher leur fiel avaient fait leur apparition aux côtés de Blacklandis.

Derrière le Gardien se tenait Iris dans un calme inquiétant.

Isalguld, le vieil Hormoneur, surveillait la scène dans l'ombre qui couvrait la partie supérieure de l'immense salle.

Tous les personnages se faisaient face dans l'expectative. L'action sur le point de se déchainer laissait les cœurs hauts levés.

Mais voilà qu'Isalguld vit quelque chose d'épeurant qui rompit la fragilité de cet équilibre tendu.

Il ouvrit la bouche,

- FUYEZ !

Son regard affolé se braqua sur le poing levé du Gardien, pourtant il éprouva la conviction que même en lançant le Zad, cela n'allait plus rien changer. Parce que Blacklandis serrait dans sa main un cylindre de verre rempli d'un liquide bleu, mais dont l'éclat ne s'apparentait pas à celui de l'eau alpha-physique classique.

La substance que le cylindre contenait était foncée et peu lumineuse et avait l'aspect d'une pâte. Ce produit n'était pas inconnu d'Isalguld qui l'avait vu introduit dans les réservoirs des réacteurs du Xylon.

Le gâteau bleu, comme on le surnommait, était particulièrement difficile à obtenir et à la connaissance de l'Hormoneur, il n'avait encore jamais été testé. Une quantité négligeable devait permettre à un appareil d'atteindre des vitesses jamais vues ; une qualité aussi grande que son défaut parce que son haut niveau d'énergie le rendait très instable.

Découvrir la manière dont Blacklandis était parvenu à se procurer cette substance explosive se révéla d'une importance très secondaire.

Car que la tête du Crevdur noir fût tranchée ou non, il était trop tard. L'intérieur du cylindre était déjà en ébullition.

Il se produisit une première explosion suivie d'une seconde d'une intensité qui dépassa l'entendement.

Une boule de feu emporta la majorité des colonnes du cimetière et les cadavres qu'ils contenaient furent pulvérisés.

Une première brèche dans le cimetière apparut, la puanteur de la mort s'en échappa.

Isalguld rouvrit les yeux.

Incapable de bouger le bas de son corps, il s'appuya avec peine sur les coudes.

À moitié sonné, il rechercha quelques points de repère pour essayer de recoller les morceaux.

Il ne sut combien de temps il était demeuré ainsi piégé, néanmoins derrière un bourdonnement dans sa tête, il perçut le son d'un éboulement. Il en conclut qu'il n'était pas resté longtemps assommé.

Ensuite l'image d'Iris refit surface en lui et son sang se réchauffa d'un coup. Il cria son nom même s'il sut que cela ne servait à rien. L'odeur de la mort était si concentrée dans l'eau qu'elle écrasait toutes les phéromones.

La luminosité était mourante.

Malhabilement il s'extirpa des décombres pour se mettre sur pied, constatant que par miracle il n'était pas blessé. Ensuite il gonfla son goitre en vue de le contracter vigoureusement et son rot ne trouva évidemment aucune réponse.

De nouveau il poussa son rot en déambulant sur les décombres et les morceaux de cadavres, dont certains, flottaient dans une obscurité qui tombait.

Bientôt il n'allait plus être en mesure de trouver la sortie…

***

Malgré les volées de coups de poing étourdissantes du Gardien qui était contrôlé par Titus, la porte en verre pur de la chambre panoramique fut d'une solidité inespérée. Chaque boum laissait des fissures en étoiles qui s'entassaient les unes sur les autres, pourtant les morceaux restaient en place.

Au milieu de la salle, Fedelyne chancela tout en raidissant ses mains sur la grosse sphère neuronique.

Ce point central de la chambre permettait d'accéder à un réseau alpha dont les connexions s'étendaient à l'ensemble des infrastructures de la colonie. Cependant la sphère qui ne réagissait que sous l'effet de la pensée avait été conçue par Iris et pour lui uniquement.

La petite pièce en haut du dôme de l'Organum représentait donc le moyen ultime de transmettre instantanément un message à toute la colonie. Un moyen dont le Grand-Œil ne s'était jamais servi autrement que pour abreuver quelques fois de ses vœux la foule en liesse lors des compétitions de J.E.U.

Tout au bout d'une dernière tentative désespérée, Fedelyne découvrit le moyen de contrôler la sphère qui vibra sous le bout de ses doigts brûlés.

À cet instant précis un dernier coup de poing du Gardien aux yeux calcinés fit voler en éclat la porte vitrée.

En une fraction de seconde toutes les pensées de la mutante se concentrèrent autour d'une seule et unique chose : la surface. Des impulsions électriques parfaitement ordonnées et répondant au défilement accéléré de ses idées firent frémir ses mains. Elle se fit violence pour ne pas les enlever de la boule de verre.

L'explosion de la porte ébranla les murs de la chambre. Mais voilà que le Gardien s'effondra raide et après une glissade de tout son long, le sommet de son crâne s'arrêta aux pieds d'une Fedelyne stupéfiée.

Ses yeux ronds se plantèrent sur la nuque de l'énorme Gardien. Elle ne put s'empêcher d'y voir un répit de courte durée, persuadée en son for intérieur que le monstre allait d'un instant à l'autre se remettre sur pieds pour la battre à mort.

Elle attendit en se refusant d'entendre les battements assourdissants de son propre cœur, pourtant rien ne se produisit.

Elle était à bout de souffle et au bout de ses forces. Ses jambes tremblaient.

Instinctivement elle porta la main à sa vieille capsulette à son cou qu'elle avait presque oubliée. La rugosité du verre ancien la réconforta dans l'idée qu'elle n'était certainement pas toute seule à s'être jetée corps et âme dans cette folle bataille et elle ferma les yeux en caressant l'objet tandis qu'elle recouvrit peu à peu son souffle ainsi que ses esprits.

Enfin le cœur gonflé d'un incroyable espoir, elle leva un regard fatigué sur l'extérieur de la salle comme si un nouvel horizon se dessina par-delà les Abymes. Alors le poids sur ses épaules disparut parce qu'elle eut la certitude que son message avait été transmis à tous.

Le répit ne fut que de courte durée. La mort enveloppa la zone de sa puanteur jusqu'à lécher du bout des fourches de sa langue le cœur alpha-physique malade du dôme qui se trouvait juste au-dessus de la chambre panoramique.

La mutante réprima un haut-le-cœur.

Ensuite elle comprit. Une explosion avait eu lieu au moment où le Gardien était passé au travers de la porte.

Ce géant inerte à ses pieds bien que dirigé par Titus lui fit deviner qu'Iris, sans qui aucune de ses marionnettes ne pouvait respirer, était tombé et avec lui son contrôle sur les Organiens.

Même si le message avait été transmis, le voile de mort qui saturait l'atmosphère rendait maintenant toute communication impossible.

Bien que le lien naturel avec l'Organe subsistât Fedelyne ressentit du fond du cœur que l'onde magnétique plutôt que de se relever après la pression qu'Iris avec exercé sur elle, était en train de mourir.

S'il fallait croire ce que Saphy lui avait dit, il ne devait plus être en mesure de la maîtriser. Pire que la guerre civile qu'appréhendait le Grand-Œil, l'ombre d'un chaos dévastateur s'avançait au-dessus de la tête des Bivalents.

Le cœur de la mutante se serra, mais tout n'était peut-être pas encore perdu. La colonie allait peut-être s'unir au dernier moment pour se tourner vers la recolonisation de la surface.

Tandis qu'elle se força à y croire, elle entr'aperçut à l'extérieur deux petites ombres aux allures d'Iris et d'Isalguld qui sortirent d'une fissure dans le ventre de l'Organum.

Tout n'était peut-être pas encore perdu... Elle tourna les talons pour se précipiter vers l'extérieur...

***

Maxius était isolé à l'intérieur du bouclier de glace qui protégeait les ruines du Spectrum.

Il avait été dépassé à tous les niveaux. Incapable de prendre l'initiative une seule fois, il avait assisté impuissant à l'anéantissement de son unité avant même d'avoir eu le temps de donner un seul ordre.

La bouche du couloir étroit se trouvait à sa droite. Il fit un rapide constat de la situation.

Bien que d'une durée de vie plus grande que la glace naturelle le bouclier allait d'ici peu mincir pour ensuite se fissurer. Ce n'était qu'une question de temps.

D'où le problème dans lequel Maxius était empêtré.

Il devait s'assurer par n'importe quel moyen que le système de protection, le temps de son existence, n'attirât pas l'attention des Adaptés sur l'état de détresse des Bivalents. Tout cela en débusquant puis en anéantissant à lui seul la menace responsable de l'hécatombe avant même que celle-ci ne se réactivât ou pire, avant qu'elle ne s'engouffrât dans le couloir. Sans compter qu'il ne connaissait pas la nature de la menace.

Pour ajouter à la délicatesse de la situation, il lui était impossible de communiquer avec l'extérieur dans les conditions environnantes.

Finalement le temps parut au guerrier à la fois beaucoup trop long et beaucoup trop court.

Il se mit vigilamment en action ne se fiant qu'à son flair pour chasser, sa cape ne lui servait plus à rien.

Ainsi il se mut tel un serpent d'eau sur la terre ferme à la recherche d'un étranger dont il ne savait rien.

L'attaque qu'il avait subie ne l'avait pas laissé indemne. Il était harassé de fatigue, la respiration était dure et tandis qu'il progressait, il commit quelques faux pas qui devaient trahir sa présence.

À cela vint s'ajouter l'atmosphère statique qui lui embrouillait les idées. Habitués à se faire malmener par les courants des grandes profondeurs, les Bivalents avaient appris à détester les milieux inertes desquels les Ténèbres tendaient à se nourrir pour prospérer.

Au fur et à mesure que le temps s'écoula, se concentrer sur le moment présent lui sembla de plus en plus insurmontable. Il sentit que les battements de son cœur se dissocièrent de la réalité et pour lui cette dernière cessa peu à peu d'exister.

Sous l'effet de la torpeur, ses réflexes furent très amoindris. De plus en plus il eut de la difficulté à localiser le couloir étroit. À ses yeux la pierre de naissance dont la spécificité était de se dissimuler d'elle-même s'était mise à changer de couleur et d'aspect de manière hachée telle une succession de flashs.

Maxius ne sut si cela fut le fruit de son imagination ou bien si les interactions de cette pierre avec l'atmosphère la montraient sous une autre facette.

Il cligna des yeux. Il suait et suffoquait. Bien qu'il se forçât à respirer régulièrement, il n'arrivait pas à remplir son poumon primaire.

En fin de compte ses jambes s'alourdirent puis son intérêt pour son mystérieux ennemi mourut là comme si quelque chose d'invisible l'avait mis au pas et il en vint à se demander si son propre esprit l'habitait encore. Néanmoins au travers de toute cette noirceur, il avait conscience qu'on l'étudiait sous les moindres coutures et que chacune de ses défenses psychiques et physiques était passée au crible.

Les Shaklyrs étaient génétiquement programmés pour chasser et pour tuer. Mais sans aucune clairvoyance un prédateur se changeait en une proie à la portée de la première bouche venue ; une vision qui par quelque miracle vint le chercher au plus profond de ses tripes et qui lui parut plus insupportable encore que cette sombre atmosphère.

Ce petit jeu de cache-cache où l'on ne savait plus qui chassait l'autre l'exaspéra.

Il se dressa sous la poussée d'une rage subite puis se mit bien en évidence au milieu des décombres.

Si la chose lui échappait, l'Organum au complet risquait de sombrer dans la même folie qui avait eu raison de ses coéquipiers.

Le dernier rempart, c'était lui, non pas ce bouclier artificiel.

Maxius leva son Zad. Les lames sortirent des deux côtés du lourd manche en verre noir et il hurla,

- ALLEZ ! MONTRE-TOI !

Son rugissement ne trouva que son propre écho qui fut absorbé par la glace du bouclier.

Comme tout Shaklyr qui se respectait, l'ouverture d'un duel sanglant passait par une démonstration de force. Il roula des muscles et retroussa les lèvres, étalant ses dents triangulaires si largement qu'elles éclipsèrent ses mâchoires. Puis il contracta ses énormes biceps tout en exhibant la longue épine dans le prolongement de ses coudes.

Mentalement il se prépara à tomber sur un ennemi digne de ce nom et à voir le sang couler à volonté. Cependant rien ne l'avait préparé à ce qui l'attendait.

- MONTRE-TOI !

**

Du cimetière il ne restait qu'une poignée de stalactites et de stalagmites en état. La bombe de Blacklandis avait laissé des débris à perte de vue ainsi que d'innombrables morceaux de cadavres flottants.

Isalguld n'avait pas compris à temps la stratégie du Crevdur noir.

Afin d'éviter toute effusion de sang du fait d'une montée en flèche de l'agressivité de l'Organe, les auto-suggestifs avaient pris le contrôle des points vitaux de la colonie à savoir les Sentinelles, la chambre des nymphes, le centre de production de l'eau bleue, le dôme principal, mais aussi les principales frontières. Dès lors l'influence de l'Organe sur les Bivalents se trouvait être gérée par le Gand-Œil.

Sans une présence forte de l'onde magnétique dans leur cœur et leur tête, le seul moyen pour les Bivalents de s'organiser adéquatement résidait dans les phéromones.

Cette dernière situation n'avait peut-être pas été prévue par l'ennemi, mais l'explosion avait eu pour but premier d'annihiler tout moyen de communication sur la base des odeurs en se servant de la puanteur de la mort comme arme principale.

Iris s'il était encore en vie, pouvait sans onde ni phéromones coordonner de lui-même ses propres Gardiens de l'Alliance et contre attaquer grâce à ses dons télépathiques.

Parallèlement l'Organe en se libérant de l'emprise des auto-suggestifs avait les moyens de réagir vigoureusement en mobilisant une armée en un rien de temps.

Deux éventualités qui amenèrent Isalguld à une seule conclusion : l'explosion devait préparer la deuxième étape du plan des Adaptés avant la réactivation ou d'Iris ou de l'Organe.

Ainsi le pire était sans doute à venir avec l'intervention fort probable d'Entenebris qui était le seul capable de commander ses frères.

Le vieil Hormoneur refoula péniblement son amertume.

Le Grand-Œil qui avait le don de prédiction avait échoué sur toute la ligne alors qu'en face ses adversaires s'étaient lancés dans une série de frappes prévisibles.

Cependant il y avait plus urgent que de s'en inquiéter puisqu'Iris représentait encore la meilleure chance de survie de la colonie.

Une course contre le temps était amorcée.

Débordé par une noirceur quasi totale ainsi que par d'insoutenables relents de mort, l'Hormoneur chercha de plus en plus fébrilement quelque chose de vivant parmi les débris et les restes des cadavres flottants ou à moitié ensevelis dans une boue épaisse.

Il pataugeait là dans la déconvenue, s'usant jusqu'à l'épuisement au milieu de la fange.

Une autre pensée le harcelait. Est-ce que Blacklandis et ses suceurs de sang avaient survécu ?

C'est alors qu'une main énorme et lourde s'arracha de l'obscurité pour se crisper sur l'arrière de son épaule.

Isalguld sursauta en se retournant, cependant le soulagement fut là en la personne du Gardien de l'Alliance. Le Grand-Œil était donc vivant.

La suite s'enchaîna dans une série d'images brumeuses et saccadées.

Il fut projeté vers la sortie du cimetière sans comprendre de quelle manière.

Ensuite il se retrouva en train de s'emmêler les pieds sous le poids d'Iris qui était à moitié éveillé et qui avait le bras passé autour de son cou afin de ne pas s'effondrer.

Derrière eux une trainée de sang les suivait.

Après avoir traversé tout d'un coup le champ de cadavres et de boue, l'Hormoneur étudia les parages afin de commencer à retrouver ses repères.

Il se trouvait au beau milieu d'un passage qui menait vers l'extérieur. À priori il était à l'abri, mais le sang que lui ou Iris – il ne savait pas – laissait sur leurs pas risquait d'attirer les Adaptés, plus particulièrement les Sangdors.

Au bout de quelques brasses ils tombèrent sur la sortie qu'ils s'empressèrent de prendre afin d'échapper une fois pour toutes au corps éventré et pestilentiel de l'Organum qui les repoussait, mais qui agissait en même temps sur eux tel un puissant aimant.

Le Gardien de l'Alliance vint les retrouver d'une nage très hasardeuse. Le lien entre Iris et son géant était décousu.

Plus en arrière, Chacal se montra avec un Zad dans chaque main et en battant gauchement des pieds dans leurs directions.

Blacklandis et les trois Sangdors n'étaient pas à leurs trousses. Outre cette donnée qu'il fallait garder à l'esprit, l'onde magnétique plutôt que de réagir était en train de s'effondrer. Et pour ne rien arranger, Isalguld sentit au fond de lui qu'un détachement d'Organiens agressifs en provenance des Sentinelles s'en allait vers eux.

Deux questions vinrent à l'esprit de l'Hormoneur : où se cachait Entenebris ? Et surtout qui, par les rois, était en train de perdre tout ce sang ?

Depuis toujours l'onde magnétique maternelle avait lié les auto-suggestifs et les Organiens entre eux essentiellement grâce à l'instinct de survie universel telle une main invisible et permanente au-dessus de leur tête. Les individus constituaient dans leur ensemble un organisme à part entière qui réagissait chaque fois qu'il sentait qu'une partie de son être physique ou psychique était touchée.

Briser ce lien maternel entre les deux groupes de Bivalents dans le but de retrouver la liberté de pensée omniprésente sous le règne des rois de l'Alliance représentait le plus grand des fantasmes des auto-suggestifs. Pourtant à cet instant précis où le phénomène tant désiré se matérialisa, une terrible sensation leva les cœurs comme de la chute d'une falaise.

Ce fut le récit d'une nouvelle légende qui commença avec quatre Raidones surgissant à l'horizon. Sans hésitation Chacal s'interposa pour couvrir ses partenaires qui fuirent.

Ce fut la débandade.

Chacal activa ses bracelets alpha et plaqua dessus la partie centrale de ses Zads qu'il fit tourner à toute vitesse. Voilà qu'il entrevit une silhouette se presser dans sa direction en se tortillant curieusement dans l'eau comme si elle ne fut pas dans son élément.

Suspendue dans son élan, Fedelyne qui était descendue en vitesse de la chambre panoramique pour les rejoindre avait tendu la main gauche et étiré les doigts. Sa bouche s'était ouverte et elle chercha désespérément à stopper le geste de Chacal.

En face, les quatre Raidones avaient leurs ailes ainsi que leur corps tendu, signe d'une décharge électrique imminente.

À l'autre bout, il y avait Iris dont la face tuméfiée laissait peu de place à un quelconque regard.

À ses côtés Isalguld avait l'air confondu. Son goitre n'était pas gonflé, il n'avait rien à dire.

Quant au Gardien, il passa complètement inaperçu dans la scène de ce tableau.

L'intervalle de temps parut se tordre au ralenti avant de reprendre brutalement son cours. Les deux bras de Chacal se décontractèrent vers l'avant comme s'ils furent montés sur ressort et les Zads qui tournoyaient à toute allure furent projetés dans la direction des Raidones. S'ensuivirent des jets de sang illuminés d'éclairs électriques.

Un cri silencieux resta suspendu aux lèvres de Fedelyne. Le Shaklyr qui avait tourné la tête vers elle ne la voyait pas parce que ses yeux étaient recouverts de ses paupières blanches.

L'instant éphémère de cet échange aida Chacal à se réveiller et à prendre conscience des conséquences de ce qu'il venait de faire bien malgré lui. Une réelle volonté d'abattre les Organiens l'avait animé, mais son corps, lui, avait su que ses bras allaient dévier les tirs au dernier moment.

Chaque pulsation du cœur rappelait à quel point l'Organe faisait partie de la chair, des muscles et des tripes de tous les Bivalents. Cette fois cependant, il n'avait absolument rien ressenti.

Dans les yeux des autres auto-suggestifs non loin de la mutante, le caractère impensable de l'événement fit place à l'incrédulité.

Les cœurs cessèrent de battre. Et tandis que cette dernière se tourna vers Iris, elle tomba dans la désolation, oubliant tout de sa mission sacrée. Elle oublia la surface, le cadavre de sa mère adoptive, elle oublia toutes les raisons qui l'avaient aidée à se relever là-haut au sommet du dôme.

Tout ce qu'elle vit et qui occupa son esprit fut le Grand-Œil en piteux état, blessé dans l'âme et dans le cœur.

Il y avait aussi l'affreux nuage de sang et surtout cette tension quasi inexistante que l'Organe leur avait insufflée depuis peu.

Ainsi le chaos n'apporta à Fedelyne que la vision d'un petit Sapies dans sa combinaison en peau de Sixbras dont les nombreuses déchirures laissaient paraitre sa peau pénible à regarder.

De tout temps Iris avait été un symbole vivant de l'Alliance entre les espèces Bivalentes.

Sous le regard triste de la mutante, il n'était plus qu'un être petit et pitoyable qui s'était abandonné à toutes les bassesses dans le seul but d'anéantir tout espoir de surface.

Éprouver de la pitié dans pareille circonstance pouvait paraître inconcevable. Pour un être normalement constitué et doué de raison, profiter de la rupture des barrières mentales imposées par l'Organe devait sans doute représenter la meilleure chose à faire. Un être normalement constitué eût certainement profité de l'occasion pour achever le monstre.

Pourtant elle trouva dans quelques recoins insoupçonnés de son cœur le moyen de s'attendrir.

Alors qu'elle était statufiée dans sa contemplation au milieu de cette scène, de lointains grognements provenant des Sentinelles la secouèrent. Elle cligna des yeux, reprenant d'un coup ses esprits.

Fedelyne accéléra le mouvement et se précipita avec douleur vers Iris et Isalguld, passant devant Chacal qui était encore tétanisé et elle hurla, emportée par une arrivée massive d'adrénaline.

- AU COULOIR ÉTROIT !

Sans l'avoir calculé, tous s'étaient retrouvés du côté ouest des Abymes à une centaine de brasses seulement du couloir qui serpentait à l'intérieur de la falaise.

Iris et Isalguld n'eurent pas l'air de comprendre les mots qui sortirent de la bouche de la mutante.

Parvenue jusqu'à ce dernier, elle lui empoigna les épaules et le secoua. Son goitre ballotta.

- La colonie est hors de contrôle maintenant ! Les Organiens vont se venger, ensuite ce sera chacun pour soi !

De toute évidence l'onde maternelle ne répondait plus et les auto-suggestifs se sentirent sur le coup complètement perdus. Fedelyne contrairement aux autres avait encore toute sa tête. Elle sut quelle direction prendre. Du moins elle crut le savoir. Pour des raisons qu'elle préféra ne pas voir en face, plutôt que de s'adresser à Iris elle resta concentrée sur l'Hormoneur.

- Le couloir étroit est la seule façon de les tromper. Je le connais bien. Il existe à l'intérieur un passage plus direct et plus court qui permet de le remonter sans submersible.

Après avoir longuement considéré la mutante, Isalguld dit,

- Que comptes-tu faire une fois au sommet ? Ils iront plus vite que nous en nageant vers les ruines sans passer par le couloir. Là-haut ils attendront que nous sortions la tête de notre trou avant de nous la couper. Nous ne pouvons pas nous battre contre les nôtres !

- Ils vont nous suivre ! Des Sangdors assoiffés de sang qui pourchassent une poignée de proies en piteux état ne se préoccupent pas de prendre le chemin le plus facile pour les attraper. Non, ils partent à leur trousse avec pour seule obsession de manger. Nous sommes dans la même situation.

Tout en pensant à l'armée des ruines, la mutante regarda Iris qui hocha la tête et elle poursuivit,

- Dans le Spectrum une armée a été déployée. Là-haut nous serons à l'abri le temps de trouver une solution.

Isalguld qui n'était pas encore sorti du choc d'avoir assisté au meurtre des siens semblait avoir perdu tout esprit de combattivité et il regarda à la dérobée le Grand-Œil qui s'était placé en retrait dans l'ombre de son dos.

- Iris a été grièvement blessé. Titus va reprendre le contrôle de la situation. Il est le Second. C'est son rôle.

L'Hormoneur avait donc réglé le problème et Fedelyne hésita sur la façon la plus directe de lui déclarer que Titus était un traitre et qu'il avait cherché à la tuer.

Mais voilà, le temps se raccourcit dangereusement.

Un rugissement tonnant s'échappa des Sentinelles, suivi d'une forte émission de phéromones d'agglomération.

Fedelyne s'orienta dans la direction du grondement en frémissant. Chacal tendit le cou vers l'avant en crachant et en montrant les dents. Son effroyable blessure circulaire à l'épaule gauche ne paraissait l'affecter en aucune manière.

Au loin, vers les Sentinelles, aucun mouvement n'était encore perceptible.

Isalguld qui se noyait dans l'incrédulité se mit à bafouiller,

- C'est impossible ! L'organe est une partie de notre âme. Elle est un… tout !

Iris rétorqua en se concentrant sur les vapeurs odorantes qui se rapprochèrent et qui s'épaissirent au fur et à mesure de leur extension,

- Nous ne voyons pas émerger l'Organe. L'onde s'est effondrée, elle nous a abandonnés ; nous l'avons abandonnée. Ce que nous voyons là est l'éveil de nos instincts les plus bestiaux. La fin est proche. Ce n'est pas tout ; les D.I.E.U n'accepteront jamais que nous rejoignions la surface. Notre Bivalence est une malédiction parce que nos ancêtres se sont rebellés contre leur mère Altes. Utiliser cette malédiction à notre avantage est un sacrilège que les D.I.E.U ne pourront tolérer. La destruction totale sera le fruit de leur colère divine.

La mutante jeta un coup d'œil sur ce visage tuméfié et méconnaissable qui se tenait à moitié dans l'ombre. Une pointe de rancœur entremêlée de tristesse lui fit monter les larmes aux yeux, mais il lui fallait bien le confronter.

- Les courants dans le couloir sont traitres et puissants, ajouta Iris comme s'il recouvra momentanément ses esprits. La moindre erreur et nous nous retrouverons empalés sur une pointe rocheuse. Penses-tu vraiment y arriver ?

Étrange comme le fait d'aimer une personne au point de mourir à ses côtés peut effacer les supplices même les plus innommables. Elle ouvrit la bouche sans aucune arrière-pensée.

- J'ai grandi dans ce passage. Fais-moi confiance. Nous allons retrouver ton armée bien avant les autres et nous rétablirons l'équilibre.

Le Grand-Œil eut l'intime conviction que tout moyen de communication avec son commandant en chef dans les ruines avait été rompu. En fermant les yeux, il ne ressentit plus aucun signe de vie là-haut. Ce fut précisément la raison pour laquelle il sourit. Il sut que le pire était à venir et qu'ensuite la lumière allait reparaître.

Fedelyne se détourna vivement de ce rictus moqueur.

Là-bas à l'intérieur de la falaise se trouvait leur seul salut, mais aussi, et surtout l'inconnu.

L'inconnu est toujours plus inquiétant que de faire face à son pire ennemi puisque la seule théorie à laquelle on peut se fier est celle du hasard.

Malgré tout elle s'élança aveuglément vers la gueule du loup. Chacal, Isalguld puis Iris suivirent tandis qu'au loin un grouillement terrifiant ne cessa de progresser vers eux.

***

À l'approche du couloir étroit, le niveau d'angoisse grimpa en flèche parce que plus aucun courant n'en sortait, signe que l'ultime moyen de défense de l'armée des ruines avait été activé.

Puis ils tombèrent sur des cadavres de Bivalents réduits en charpie et dont des morceaux s'étaient coincés entre des rochers.

La brutalité de la vision sonna Fedelyne.

Elle ferma les yeux, mais l'urgence de la situation la contraignit à balayer ses émotions du revers de la main, car non loin de leur position, une centaine de Bivalents des trois espèces étaient en train de fondre sur eux à grands coups de reins. Même si l'Organe avait sombré, ils tenaient à se venger d'avoir été mâtés par les pantins d'Iris. Cependant ce n'était rien comparé à ce qui attendait la colonie sans plus aucune onde magnétique pour la diriger.

D'instinct elle savait où cette situation allait les mener tous. Son père lui avait raconté nombre d'histoires de l'époque où les Bivalents errèrent sans but et où prévalait la loi du dernier vivant.

D'après ce qu'elle savait, elle se doutait qu'après s'être débarrassés d'eux, ces enragés allaient tous s'entretuer. Bientôt même la notion de territoire allait voler en éclat.

Les attaquants ne se trouvaient plus qu'à un demi-millier de brasses.

La mutante eut comme réflexe de rechercher la présence du Gardien de l'Alliance qui a ses yeux restait le seul être capable d'assurer leurs arrières, même si sa dernière rencontre avec l'un d'eux avait manqué de la tuer.

Ne le trouvant pas, elle se tourna l'air paniquée vers Iris qui la suivait.

- Ton aide serait la bienvenue ! lui reprocha-t-elle.

Celui-ci se protégeait le côté droit de ses côtes avec sa main gauche tandis que son autre main agrippait l'épaule d'Isalguld.

Malgré la douleur qui fermait ses paupières à moitié, il trouva le moyen de diriger son esprit ailleurs que dans sa défilade et le Gardien émergea de nulle part pour se placer entre eux et la nuée d'Organiens.

Tout au plus, la puissance du monstrueux Sapies allait offrir aux auto-suggestifs une petite longueur d'avance.

Les premiers disques fusèrent de tous côtés vers le petit groupe sans trop l'inquiéter.

Le Gardien était armé de son Beclon et d'un Zad qu'il fixa à son bracelet pour le faire tourner dans un ronflement régulier et tranquille comme si l'affrontement titanesque auquel il se préparait n'était rien d'autre qu'une question qu'il fallait simplement trancher.

Peu après une série d'explosions aveuglantes rebondirent sur le Zad du Gardien. Fedelyne qui se trouvait à une centaine de brasses de ce dernier se pressa tant bien que mal vers le passage dans le couloir étroit qui s'était vidé de son eau. Il s'agissait d'une petite faille parallèle très dangereuse que les courants avaient élargie avec le temps et qu'il était possible d'escalader seulement si on la connaissait parfaitement.

Tout en y allant, la mutante rentrait brièvement la tête dans les épaules chaque fois que claquait un éclair alpha.

Le petit groupe suivi. Tous étaient blessés et à bout de force. Quant au sang qu'Iris, Chacal ou peut-être que chacun perdait sans le savoir, il causait naturellement la surexcitation dans le camp adverse. La faiblesse des uns était la force des autres.

Ainsi les attaquants se changèrent en ravageurs.

- IL FAUT QUE L'ON PRENNE DE L'AVANCE, LANCE-MOI ! cria la mutante à Iris.

Le temps que la majorité des ravageurs se repositionnèrent de façon à encercler plus efficacement le Gardien, celui-ci fut sur la mutante en deux coups de rein et après lui avoir attrapé le bras, il la projeta en hauteur dans la faille.

Elle jaillit hors de l'eau comme expulsée par un geyser puis du bout des doigts elle s'agrippa au bord d'un affleurement pour ne pas tomber.

S'ensuivit Isalguld qui sortit de l'eau de la même manière. En vol il se pendit à un rocher qui s'effrita. Perdant son équilibre, il glissa douloureusement sur le flanc sur une dizaine de pas avant de parvenir à tomber sur une autre prise.

Sa glissade occasionna un court éboulement. Chacal qui avait été lancé tout en portant Iris sur son dos l'évita de justesse.

Le Gardien quant à lui était resté en arrière, sous l'eau.

Fedelyne connaissait le passage dans toute sa longueur, néanmoins elle ne l'avait jamais traversé dans de pareilles conditions. Ce fut seulement après une série de maladresses sur les rochers friables et traitres qu'elle réussit à se réapproprier ses repères.

Son ascension gagna donc en rythme et les suiveurs purent imiter ses moindres faits et gestes.

Chaque pas vers le sommet les anémiait à petit feu. Une braise ardente restait prise dans leur poumon primaire qui produisait à chaque respiration des ferraillements inquiétants.

Seuls les rugissements des ravageurs qui s'étaient engouffrés dans la brèche, forçaient les suiveurs à grimper sans répit et à se relancer les uns les autres dès qu'ils glissaient ou qu'une roche se désagrégeait sous leurs doigts ou leurs pieds.

De leur côté de nombreux ravageurs furent piégés par leur acharnement et dans leur précipitation ils s'écrasèrent des dizaines de pas plus bas.

La progression de Chacal qui portait Iris sur son dos fut particulièrement laborieuse. Ce dernier qui souffrait d'une mauvaise entaille au niveau des côtes avait un filet de sang qui s'étirait en continu le long de ses jambes et son esprit lui jouait des tours. Il commençait à délirer.

Quand à Chacal lui-même, l'engourdissement le gagnait de plus en plus. La salive venimeuse du Sangdor qui l'avait bestialement mordu à l'épaule gauche rongeait sa volonté.

Fedelyne diminua la cadence pour ne pas distancer ses suiveurs.

Les ravageurs dont le nombre diminuait sans cesse en dessous d'eux étaient infiniment plus nerveux et plus inhabiles. Néanmoins ils réduisaient l'écart.

Isalguld descendit pour se mettre en travers de leur chemin et il leur lâcha une volée de rots courts et résonnants.

Ses phéromones de dispersion déclenchèrent un désordre extraordinaire dans le camp adverse comme si une pluie de rochers s'abattit sur eux. Quelques-uns, emportés par leur pulsion du moment tirèrent profit du mouvement pour s'entre-tuer.

C'était le genre Bivalent dans son état le plus primitif, sans structure, sans onde maternelle, ni D.I.E.U. Ils s'entre-déchiraient, n'avaient plus d'autre but que d'étancher la soif d'une vengeance qui dans ce trou au fond du bas monde perdait tout son sens.

S'interposant à la décadence de son peuple, Isalguld se tenait d'une main au-dessus du vide. Hypnotisé par le spectacle, il ne vit pas un Raidone qui s'approchait dangereusement de lui. Lorsqu'il secoua la tête en clignant des yeux, il tomba sur la face de son assaillant qui se tenait à seulement une dizaine de pas en dessous de lui.

L'Hormoneur eut à peine le temps de noter ses ailes en lambeaux largement déployées ainsi que sa gueule béante signe qu'il s'apprêtait à frapper.

Chacal cria.

Isalguld contracta d'un coup son goitre, libérant une forte dose de phéromones d'excitation en plein dans la bouche du ravageur qui se raidit en même temps que se dilatèrent ses pupilles.

En overdose ce dernier lâcha prise et alla s'écraser en bas ce qui donna au vieux le coup de fouet nécessaire pour reprendre l'éprouvante ascension.

Iris qui délirait sur le dos de Chacal ne cessait de se répéter les mêmes paroles ;
« Les D.I.E.U n'accepteront jamais que nous rejoignions la surface. Notre Bivalence est une malédiction. Utiliser cette malédiction à notre avantage est un sacrilège. La destruction totale sera le fruit de la colère divine. »
Mais ce fut précisément, lui, le grand-Œil qui avait engendré la destruction totale. La dernière chose qui lui permettait encore de ne pas s'effondrer à cette idée et de rester accroché au dos de Chacal était Fedelyne au-dessus de lui que quelques espoirs fous poussaient vers le sommet.

La mutante n'était pas faite pour endurer pareille épreuve d'autant plus que dernièrement elle avait encaissé beaucoup trop de coups. Des crampes atroces lui rigidifiaient les membres chaque fois qu'elle levait la main ou le pied. Elle croyait ne pas avancer et son martyre n'en était que plus invivable.
Pourtant la lumière qui occupait le sommet grossissait tandis que derrière, les ravageurs tombaient par dizaine.

Au bout du compte Fedelyne et ses suiveurs se virent tout proche de la sortie. De l'autre côté se trouvait l'armée des ruines qui allait les sauver.
Mais le sang de la mutante se glaça tout à coup quand Isalguld lança un cri d'alarme. Baissant la tête entre ses bras tendus, elle entrevit deux Raidones toutes ailes dépliées qui se ruaient sur lui.
L'air incrédule elle regarda les deux ravageurs puis l'ouverture là-haut qui se trouvait à portée de main. Ils étaient pourtant si proches…

Deux décharges électriques circulant le long des parois humides l'atteignirent de plein fouet. Le choc la secoua comme si elle reçut dans les mains et les bras une myriade de coups de poignard.

Complètement paralysée, elle bascula en arrière puis chuta pour s'aplatir le ventre en premier contre l'arête verticale d'un roc.

Pliée en deux, la tête en sang et au bord de la perte de connaissance, elle s'efforça d'avaler de l'air.

Chacal qui avait lui aussi encaissé les décharges électriques ne se retenait plus à la paroi que par deux doigts. À moitié sonné, il parvenait encore à tenir de son autre main le bras d'Iris qui inconscient se balançait dans le vide.

Isalguld quant à lui se retrouva la tête en bas avec une cheville coincée dans une crevasse.

Il papillotait mollement des yeux en voyant le fond interminable du couloir qui tanguait. Il ne comprit pas exactement ce qui s'était passé, mais sa tête bourdonnait et les muscles de sa poitrine qui ne se décontractaient pas l'empêchaient de respirer.

Un des deux Raidones qui avait la gueule béante avança à plat ventre contre la paroi comme s'il était irrésistiblement attiré par son visage. L'Hormoneur ne disposait plus de phéromones en réserve et son goitre vide lui dégoulinait sur le menton.

Il souleva la tête autant que les muscles de son cou le lui permirent puis il croisa le regard vague d'Iris au-dessus de lui et il se demanda qui en vérité était ce personnage chétif à qui l'on avait prêté le pouvoir d'un D.I.E.U.

Sa vision s'obscurcit quand une bouche aux longues dents blanches lui offrit la fin de son existence.

Iris se réveilla et se secoua lorsqu'il prit conscience qu'un Raidone était en train de danser frénétiquement sur la tête d'Isaguld pour essayer de la lui arracher. Ce dernier avait accepté la mort, mais passa une douloureuse éternité à agoniser, car par malchance sa cheville prise dans une fissure l'empêchait de tomber.

L'instant d'après un tremblement remonta du fin fond du couloir. Le Gardien de l'Alliance surgit de nulle part en faisant vrombir son Zad sur son bracelet illuminé de bleu. Sur son passage il laissa une nuée de giclures de sang lorsqu'il taillada les Organiens dans le vif et qu'il pulvérisa avec son Beclon tous ceux qui lui barrèrent la voie.

Tout à la fin de son bond spectaculaire, il étira le bras et sa lame trancha nette les têtes du Raidone et de l'Hormoneur. Ensuite le géant retomba en provoquant une avalanche de rochers ainsi qu'un épais nuage de poussière.

Chacal sortit de la torpeur dans laquelle l'avaient laissé les décharges électriques. Là il sentit passer une douleur atroce lui vrillant tous les muscles et les tendons des bras.

Quant à Fedelyne, à peine eut-elle retrouvé un peu son souffle qu'elle cracha la poussière hors de ses poumons dans une quinte de toux sanglante.

***

Depuis la disparition du Très-Haut, l'influence de Lalèpre n'avait cessé de croître.

La pauvre créature méprisable et couverte de kystes répugnants allait bientôt pouvoir rayer de sa mémoire son ancienne vie remplie de souffrance et d'humiliation.

Contrairement aux D.I.E.U qui étaient dévoués à la vie, lui, aimait la mort.

Quant à cette histoire, elle ne demandait qu'à se terminer par une formidable effusion de sang. Non seulement la reine blanche le lui avait prédit, mais le temps était venu.

C'était ce qui constituait la base même du plan du parasite : engendrer le chaos dans le camp des Bivalents par le biais d'Entenebris et de ses frères noirs, puis dans un splendide chaos en récolter tout le sang pour lui, mais aussi pour ses congénères dont il voulait être le maître absolu.

Au bout du compte tout se déroulait infiniment mieux qu'il ne l'avait rêvé. Après avoir profané le cimetière des D.I.E.U, il était venu en territoire ennemi pour constater avec délice les conséquences de l'attaque des frères noirs.

Tout ce qu'il manquait maintenant pour conclure l'histoire était qu'Entenebris libère complètement la puissance de la Métisse.

Voilà qu'au loin un alpha glisseur décolla puis vint s'écraser après un court parcours chaotique au milieu des ruines du Spectrum. Par la suite il y eut une série continue de violentes explosions.

Pour finir, une boule de feu grandiose bleue et blanche donna naissance à un énorme bouclier de glace.

C'est alors que quelques Sangdors rejoignirent Lalèpre parce qu'ils furent attirés par l'odeur qui se dégagea des ruines.

Lalèpre tendait à considérer les autres membres de son espèce comme des abrutis finis. Si l'instabilité avait attiré ceux-ci comme la vermine, leurs instincts primitifs leur commandèrent de ne pas se risquer plus loin puisqu'ils gardaient dans leur petite tête le souvenir des Protons qui rôdaient dans les parages.

Le nombre de parasites qui étaient restés en arrière de Lalèpre augmenta, mais aucun Proton ne se montra.

***

Entenebris était revenu de loin.

Ses derniers souvenirs se résumaient à une goutte d'eau de vie logée dans sa main.

Cette goutte telle un gros œuf renfermait la trace qu'une Métisse avait laissée au contact du fils aîné d'Altes lors de la quête des Cieux.

Lorsqu'un D.I.E.U mourait, une fraction de son âme rejoignait les étoiles de la famille des Brandons et une portion du fil de sa vie venait grossir une nouvelle goutte d'eau de vie. Le contact avec une Métisse, dans la mesure où l'on avait la chance d'y survivre, représentait un événement inaltérable, une marque aussi unique qu'une empreinte génétique.

De sorte l'*œuf* d'Entenebris était un miroir devant lequel les Métisses croyaient voir l'être physique qu'elles n'étaient pas. Devant cette représentation, elles n'attaquaient pas.

« Vengeance et gloire. » Cette petite idée avait fait son chemin dans la tête du Crevdur noir.

Il fallait admettre que les derniers de sa race avaient trop longtemps vécu avec le fardeau du massacre de leurs ancêtres, les célèbres Sassines.

Le temps était venu de se venger des D.I.E.U, mais aussi et surtout des Bivalents, ces créatures indignes issues de la dégénérescence génétique des trois enfants d'Altes que les Sassines avaient servis jusqu'à leur mort.

Entenebris se rappela les mots de Lalèpre :

« 30 Crevdurs noirs se soulevèrent contre les enfants D.I.E.U... Les enfants dans leur colère les tuèrent tous purement et simplement. Une révélation qui renverse l'ordre établi ! Où trouve-t-on dans ce geste la Dévotion, l'Impartialité, l'Équilibre ou encore l'Unification ? Ce que je prétends est que les D.I.E.U ont fait leur temps. Des pleutres et des traitres ! Mais voici encore le fond de ma pensée, si tu n'es pas un D.I.E.U, tu es son dauphin. »

Les quatre Crevdurs noirs ne répondaient aux ordres de personne. Ils ne se battaient que pour la gloire. Ce fut par nature qu'ils avaient accepté de se joindre au Très-Haut lors de la guerre des Trois. Mais au lieu de la gloire, ils récoltèrent l'avanie d'un échec qu'ils n'avaient pas accepté davantage que le meurtre de leurs ancêtres.

« Vengeance et gloire. »

Bien que le besoin de se venger eût toujours été en eux, les frères noirs avaient perdu beaucoup de leur influence à l'issue de la dernière guerre. Même sans le Très-Haut pour leur barrer le chemin, ils n'avaient su se réapproprier leur sombre flamme.

C'est alors que Lalèpre s'était introduit dans la tête d'Entenebris en jouant avec ses idées, en les pétrissant délicatement afin d'en tirer tout le jus nécessaire.

Les parasites étaient attirés par la faiblesse ; Lalèpre, lui, savait l'exploiter mieux que quiconque. Et donner le coup de grâce était un don qui lui appartenait. Pour lui, cela ne signifiait pas la mise à mort royale d'une seule proie, mais celle de toutes.

L'aîné dut se l'avouer. Il adorait la nature profonde de ce Sangdor.

Ainsi pour commencer ce dernier l'éleva au rang de D.I.E.U…

Le Crevdur noir ne se rappelait pas ce qui s'était passé après avoir brandi la goutte d'eau de vie dans une obscurité d'encre.

Même une arme vivante comme lui se fût changée en pierre à l'idée d'entrer en contact avec une de ces abominations à mi-chemin entre les Ténèbres et les D.I.E.U.

Les Métisses étaient si rares et si effacées que leur existence même était controversée. Personne ne savait à quoi elles ressemblaient, ni de quoi elles étaient faites.

Or le plan consistait à créer un lien avec l'une d'entre elles même s'il n'avait pas été établi les limites de ce contact.

Dès la première liaison avec la Métisse, il avait perdu conscience. Lorsqu'il reprit connaissance, il vit tout d'abord sa main gauche sur laquelle se trouvait plaquée une sorte d'ombre en train de calquer la forme de ses doigts.

Cette ombre se déchira ensuite en fines mèches qui pénétrèrent son bras. Peu après il eut le sentiment qu'une présence étrangère en lui était en train de le transformer puis de prendre le contrôle de la moitié de son être.

La symbiose était censée apporter un avantage réciproque entre deux êtres vivants associés.
Ainsi le Crevdur noir mua en une chose indéfinissable plus forte qu'aucun de son espèce ne l'eut été. En échange, il céda à son symbiote la moitié gauche de sa personne.
Parce qu'elle n'avait ni corps ni âme, une Métisse cherchait naturellement à posséder une victime.
Ce fut lorsqu'il réalisa ce qu'il était devenu qu'il se vit au beau milieu d'une armée de Bivalents lourdement armés qui se tenait à l'affut derrière des murs éboulés et laminés par le temps…

**

Un des facteurs qui indiquait que le pouvoir des D.I.E.U déclinait était la notion du temps parce qu'elle représentait l'écoulement de la vie.
Avec la mort de son fils, le Très-Haut avait accédé à l'immortalité et le temps perdit son emprise sur lui.
À l'instar d'Argolia, il avait entrevu au travers de la goutte d'eau de vie de son fils qu'un Shaklyr fut la cause de sa défaite.
L'histoire se répétait.
Dès lors deux choix s'offrirent à lui.
Avec un D.I.E.U unique, l'aura de vie allait perdurer, mais elle perdait la capacité d'évoluer et de muter. Sans agir, la vie allait continuer à être, bien qu'amenée à se réduire à une peau de chagrin incapable d'exister véritablement au milieu d'un océan de Ténèbres.

À l'inverse si l'Immortel décidait de s'imposer, il n'avait d'autre possibilité que de dominer un monde où personne ne lui survivrait.

Le Très-Haut avait perdu toute notion de temps. Combien de temps avait-il passé à soupeser la question de la vie et de la mort ?

Durant son éternelle méditation sous le voile mirifique de l'Étoile du Nord, une partie de lui avait été foudroyée par une vision surgie d'un passé effacé.

Dans une autre vie, une foudre de même nature l'avait jeté dans le coma, mais Argos avait brisé le lien avec l'étoile avant d'atteindre le point de non-retour.

L'événement qui autrefois l'avait plongé dans le coma lui avait laissé des séquelles permanentes. Un état de faiblesse sommeillait sous sa peau et attendait la première défaillance de l'esprit pour se réactiver.

Ainsi tandis que son corps ruisselait encore des flammes du Nord, il rassembla autant que possible les bribes effilochées de la vision évanescente. Et pendant qu'il en retraça l'origine, il porta sur le monde extérieur un œil distrait, ne saisissant qu'à moitié ce qui était en train de s'y passer.

Il avait conduit l'essentiel de ses propres forces sur l'écoute de son corps de sorte de déceler et d'analyser les plus infimes changements dans son organisme suite au passage de l'Étoile.

C'est alors que vint la lumière. Elle ne provint pas de la vision qu'il avait captée, mais de quelque chose de beaucoup plus insoupçonné et de plus évident.

Elle provint de son propre sang… Parce qu'il détecta qu'il en manquait un peu.

Alors il ouvrit les yeux…

***

Une petite main ensanglantée et aux ongles ébréchés s'extirpa du couloir étroit puis se plaqua au sol.

La petite main tâtonna au hasard un moment, en tremblant, jusqu'à toucher une excroissance assez solide sur laquelle les doigts se crispèrent.

Ensuite il y eut une deuxième main et Fedelyne se hissa à grand-peine en toussant à s'en décoller les poumons. Elle s'aida de ses coudes ainsi que de ses hanches qu'elle balança afin de trouver quelque chose sur quoi appuyer ses pieds et ses genoux.

Après un terrible effort et beaucoup de geignements, elle parvint à extraire tout son corps du couloir.

Enfin au sol elle roula sur elle-même pour s'éloigner du trou puis elle s'arrêta là étendue sur le dos en ne cessant d'inspirer fortement.

Chacal dont l'épaule droite était démise se montra peu après. Il s'échappa de la gueule béante du couloir tout aussi laborieusement. Enfin arriva Iris qui s'affala face contre terre.

Leur visage tiré par l'épuisement et déformé par les coups et les blessures était couvert de poussière. Ils gonflèrent à répétition et à grands coups leur poitrine sans jamais parvenir à absorber assez d'air pour ne plus avoir la sensation de suffoquer.

Malgré l'exténuation, les instincts de Fedelyne se ravivèrent d'urgence parce que quelque chose qui se trouvait dans l'air ne fonctionnait pas.

Au lieu de tomber sur un Artilleur, une Ombre Frappeuse ou sur un Intercepteur, elle ne trouva que la désolation. En constatant que le couloir s'était vidé de son eau, la mutante s'était attendue à voir le bouclier de glace au-dessus des ruines, mais elle ne s'était certainement pas attendue à percevoir une odeur omniprésente de mort.

Elle se releva puis elle tourna la tête en tous sens.

- Le pire est à venir, lâcha Iris en se redressant tant bien que mal.

- Je ne vois pas comment cela pourrait être pire, riposta la mutante. Par contre j'aimerais connaître tes prédictions. Il serait temps d'avoir une longueur d'avance. Nous sommes seuls à présent.

Fedelyne examina ce petit être frêle et méconnaissable qui n'inspirait rien d'autre que de la pitié. Elle éprouva un désir grandissant de l'achever afin de se venger pour ce qu'il avait fait à Luciol et à tous les autres. Plus personne ne pouvait l'en empêcher, pas même l'onde magnétique qui avait implosé. C'eût été tellement facile, même dans son état.

Se passer de l'idée fut pour elle une épreuve de plus et elle se mordit les joues jusqu'aux sangs pour lui adresser la parole sans vibrer de tout son être,

- Sors de ton monde d'illusions ! Nous n'avons plus de Gardien pour nous sauver maintenant !

- Il est trop tard, murmura-t-il sur un ton lavé d'émotions. Il n'y a plus rien à faire, il n'y a jamais rien eu à faire. Il ne nous reste plus qu'à attendre. Alors nous verrons la lumière.

Elle se retint de le gifler.

Soudainement elle prit conscience qu'il y avait dans l'air le léger écho d'un cognement répétitif, ce qui la replongea dans le problème actuel. Elle lorgna du coin de l'œil Chacal qui était en train de se remettre avec effort sur pieds en se tenant l'épaule droite déboitée.

- Il y a des armes à terre, dit-elle. Prenons-en et allons voir de plus près ce qui génère ce bruit. Nous devons commencer par quelque chose.

Le Shaklyr n'aima pas l'idée. Il remarqua des giclures de sang tout le long de la base de la surface interne du bouclier de glace.

- Que s'est-il passé ici ? demanda-t-il au Grand-Œil. À ce que j'ai cru comprendre, la période de transition ne devait pas présenter de faille !

Sa colère grandit d'un coup parce qu'il ne supporta pas l'idée qu'Iris qui le fixait d'un regard inerte ne fît aucune tentative pour entrer dans sa tête comme si son pouvoir télépathique était tombé en même temps que l'Organum.

Fedelyne intervint,

- Nous avons peu de temps devant nous. Surtout nous ne sommes pas seuls, contrairement à ce que je pensais.

Mais ce qui la préoccupait le plus était la régularité singulière des chocs lointains.

Le guerrier qui étudiait lui aussi le rythme des coups observa le secteur avec sévérité et il fut parcouru du désagréable sentiment de se trouver à découvert en terrain inconnu.

Il connaissait les ruines du Spectrum pour les avoir patrouillées quelques fois. Cependant il n'avait jamais mis les pieds ici à proprement parler, encore moins dans ces conditions de confinement où l'on ne percevait aucun son de l'extérieur.

Les phéromones qui n'avaient pas la même consistance dans ce type de milieu retombaient plus rapidement que d'ordinaire comme si l'atmosphère qui régnait ici était creuse et lourde à la fois. Il n'était pas évident de bien se faire comprendre encore moins de respirer.

Debout au milieu des murs dont la grande majorité était écroulée, il ne trouva rien de familier autour de lui.

Au bout du compte il ramassa un Zad, puis se prononça en penchant la tête à gauche,

- Ça provient de cette direction !

- Bientôt la glace se fissurera puis elle s'effondrera, dit Iris en arrêtant son regard sur les statues des rois dont le haut du corps était pris dans le bouclier.

Finalement il emboita le pas de Fedelyne et de Chacal en oubliant tout principe de précaution.

Au bout de trois cents pas sur les vestiges dévastés de l'Ancienne Alliance, ils tombèrent sur le dos d'un individu massif d'apparence. Une cape découpée sans soins le couvrait de la tête aux pieds.

Chacal, Fedelyne ainsi que le Grand-Œil s'arrêtèrent en silence à une cinquantaine de pas du personnage qui se cognait la tête méthodiquement contre la paroi glacée avec une régularité de métronome.

Les ruines du Spectrum parurent plus oniriques que jamais.

Tandis que les coups se poursuivirent, leur stress s'éleva.

La mutante se risqua à faire quelques pas de côtés le plus discrètement possible afin de tenter d'entrevoir le profil du Bivalent.

Son cœur cessa de battre quand elle vit que chaque coup de tête laissait sur la glace une giclure de sang pareille à celles qui tapissaient toute la base du bouclier.

Du coin de l'œil, Chacal nota le teint devenu diaphane de sa consœur. Ses instincts de guerrier lui dictèrent de se mettre sur la défensive, mais au lieu de cela il parla sans se rendre compte de ce qu'il fit. Ni Fedelyne, ni Iris n'eurent l'idée de le faire taire.

- Que se passe-t-il ici ? clama-t-il. Il entr'aperçut les pieds de l'être qui baignaient dans une flaque de son propre sang.

Comme il n'obtint pas d'autres réponses que ces sempiternels coups de tête, il renchérit avec plus d'impatience.

- J'ai fait tout ce chemin pour voir la fameuse armée des ruines, non pour admirer la façon dont un bouffon éparpille sa cervelle sur les murs ! Oh, le bouffon ! COMPRENDS-TU-CE-QUE-JE-DIS ?

- Ne le provoque pas, souffla Iris qui avait le bras crispé autour de ses côtes.

Chacal se tourna vers ce dernier en montrant les dents.

- Si je le provoque, que se passera-t-il ? Évidemment tu as tout prévu, toi, n'est-ce pas ?

Les cognements prirent fin.

Doucement l'être releva la tête. Puis il se retourna apathiquement, raide comme un assemblage de pierres. Il avait le visage enfoui dans le noir de sa capuche, mais Fedelyne crut le reconnaître.

- Maxius ?

Le nom du commandant en chef de l'armée des ruines inspira à Chacal une profonde humilité. Non seulement il mesurait une tête de plus que lui, mais il avait dans le corps le double de combats.

Le respect s'effaça tout d'un coup quand Maxius se mit en marche aussi bizarrement qu'un automate, laissant derrière lui des traces de pieds sanglants.

Chacal se trouvait assez loin, pourtant il recula d'un pas.

Une flèche de lumière éclaira sous la capuche une partie du visage du commandant. Ce qui se résuma à des lambeaux de chair ainsi que des choses comme les yeux, le nez et les lèvres qui ne se trouvaient pas à la bonne place. L'œil gauche pendait sur une pommette enfoncée et de l'orbite à moitié vide jaillissaient en continu de petits filets de sang sur un rythme de plus en plus emballé.

Si elle ne s'était pas raccrochée à son auguste stature, Fedelyne se fût convaincue que cette chose était tout sauf le grand Maxius.

- Çaaa… vaaaaaaaaaa…. sortiiiiiiir !

Chacal pencha la tête de côté l'air sceptique tandis que les battements de son propre cœur s'accélérèrent.

- Maxius ? Est-ce toi ?

Question sans intérêt. Il la posa pour lui-même afin de l'aider à ne pas perdre le contact avec la réalité.

- Ça… vaaaaaa… sortiiiiiiiiiir !

Fedelyne que la panique prit à la gorge ne sut plus s'il fallait braquer son regard sur Maxius ou sur Chacal.

- Tue-le ! gémit-elle en se retenant de vomir.

Chacal serra le manche de son Zad de la main gauche tout en barrant le thorax d'Iris de son autre bras.

- ÇA VA SORTIR !

- TUE-LE !

- Je ne peux pas ! L'organe me retient la main !

La mutante dont le visage était tiraillé par l'horreur crut assister à l'explosion de son cerveau.

- QU'EST-CE QUE TU RACONTES ? TU AS TUÉ DES RAIDONES ! L'ORGANE EST DÉFAIT !

Elle reculait à petits pas en tirant désespérément vers elle de ses yeux larmoyants Iris ainsi que Chacal qui le protégeait inutilement de son bras.

L'estomac dans la gorge elle ne réussit plus à ouvrir la bouche sous peine de se vider à tout va.

Ensuite son cœur tomba quand elle fut attirée par un mouvement au-dessus de leur tête alors que s'assombrit davantage le bouclier de glace.

Tout d'abord il y eut des chocs légers et épars qui furent rapidement suivis par une succession de coups sourds et secs jusqu'à se changer en une pluie violente et assourdissante.

Les quelques raies d'étoiles qui venaient encore mourir au travers du bouclier furent éclipsées par un attroupement compact et frétillant de ventouses dont la pointe des centaines de dents qui les garnissaient crissait sur la glace.

Le voile de la mort se déposa sur le visage crispé de la mutante. Elle tomba à genoux au moment où la glace se fissura de toutes parts sous la pression d'un nombre incalculable de Sangdors qui s'étaient agglutinés dans l'espoir de s'enivrer avec le sang des Bivalents.

L'eau jaillit au travers de brèches tandis que Fedelyne se vida de son courage et de sa chaleur.

Maxius meugla quelque chose que personne ne comprit.

La seule fois qu'une chose identique s'éveilla en elle fut à un moment précis de la guerre des Trois où elle fut piégée par le Très-Haut malgré la protection de son père, de Sicardus et de Magnetron.

Argos était venu en personne pour cette petite mutante que ni les D.I.E.U, ni les Ténèbres n'avaient engendrée et qui par conséquent, représentait une menace pour l'équilibre de la vie.

Alors que tout espoir fut perdu, Fedelyne fut submergée par le souffle dévorant d'un démon né des coins les plus reculés de son âme. Par la suite elle perdit la mémoire et on ne revit jamais plus Attalas, Sicardus, ni Magnetron. Avec le Très-Haut qui sombra dans le coma, cet événement marqua le déclin de l'aura de vie.

Jusqu'alors, elle n'avait jamais eu conscience de ce qui s'était réellement passé ; une amnésie qui la hantait depuis sa plus tendre enfance non parce que le moment le plus marquant de son existence lui avait échappé, mais parce qu'elle craignait plus que tout au monde de s'en souvenir.

Toutes ces barrières mentales que son inconscient avait dressées volèrent en éclat à la vue de cette nuée de parasites en train de fourmiller sur la glace qui s'amincissait à vue d'œil.

Son démon du passé que son esprit avait enterré en profondeur se reconstitua ce qui d'une certaine manière l'aida à saisir ce qui allait se produire.

- Argh ! ÇA VA SORTIR !

Toute son attention se braqua sur Maxius qui inexorablement avançait vers eux.

Ce dernier leva lourdement la main droite et tendit ses griffes vers la gorge de Chacal qui bien que pétrifié voulait protéger le Grand-Œil de son bras.

Les deux auto-suggestifs ne virent presque pas s'approcher le dernier survivant de l'armée des ruines. Leurs yeux étaient rivés sur la spectaculaire constellation de ventouses turgescentes tandis que les jets d'eau au travers des fentes gagnèrent en nombre et en pression.

Fedelyne qui se tenait juste derrière ses confrères ne voyait de Maxius que la moitié gauche de son visage en lambeaux.

Ce fut à ce moment qu'elle se rappela ce qui avait fait tomber le Très-Haut à l'époque de la guerre des Trois.

Si le souvenir écarquilla les yeux de Fedelyne, c'est parce qu'elle vit que la calamité qui les attendait était vertigineusement plus effroyable que tous ces parasites réunis.

Maxius avait accompli l'impensable en transformant son propre corps en une prison capable de contenir ce qui avait anéanti son armée. Ainsi il avait eu assez de force d'esprit pour ne pas donner libre court à ses peurs les plus dévastatrices et chacun de ses coups de tête sur la glace lui avait permis de garder le contrôle de ses actes.

Quand Iris et Chacal baissèrent la tête pour reposer étourdiment leur attention sur Maxius qui mine de rien était presque sur eux, Fedelyne hurla,

- FERMEZ LES YEUX !

Tous trois demeurèrent tétanisés, les yeux grands ouverts comme hypnotisés.

La moitié droite du visage de Maxius sembla se tordre sous une douleur montante.

Fedelyne pressentit que le bras droit tendu de celui-ci ne chercha pas à happer la gorge de Chacal, mais qu'à l'opposé ce fut une tentative désespérée pour le pousser.

L'instant d'après fut une succession d'images saccadées aux yeux de Fedelyne.

La face de Maxius s'ouvrit en deux dans un bruit sinistre de craquement d'os et de dilacération de chair. Sous le regard éberlué de la mutante, le décor dans les environs s'estompa et parut s'abattre sur elle.

Ainsi elle crut que le sinistre bruit fut le fruit de ses sens abusés quand soudain elle entrevit des filaments sombres aux bords d'argent s'élever hors de la tête fendue en deux et qui fouettèrent l'air avec violence.

Elle perdit pied et dans un ultime effort pour s'échapper de cette vision cauchemardesque, elle trouva la force de crier à nouveau,

- FERMEZ LES YEUX !

La mort aimait la surprise puisque de la sorte elle n'était que plus savoureuse pour celui qui la donnait.

C'est ainsi que la Métisse qui à elle seule avait pulvérisé l'armée des ruines fit son entrée en scène…

Fedelyne perdit les criaillements de terreur de Chacal et tout le reste lui échappa.

À ce moment elle perçut les ruines comme un sable mouvant qui avala son âme, mais aussi, et surtout son rêve de colonisation de la surface.

Seule l'image d'Iris lui maintint la tête hors du cauchemar. Elle avait perdu de vu le Grand-Œil, mais elle sut qu'il se tenait à ses côtés.

Il ne devait pas mourir.

Personne ne savait à quoi ressemblaient les Métisses. Le seul fait d'en voir une provoquait une mort horrible.

Plus jeune la mutante avait imaginé à leur sujet de nombreuses histoires qu'elle avait partagées avec Tresha sa mère lors de discussions passionnées sur les façons de reconstruire ce qui avait été détruit.

Dans le chaos où elle était en train de baigner, elle se rappela les paroles que toutes les deux avaient échangées dans une autre vie.

« Une Métisse est le fruit cauchemardesque de la fusion entre l'aura de vie et les Ténèbres. Ce sont des créatures honteuses. Surtout, elles sont ineptes. Elles n'ont pas d'esprit. Afin de compenser ce défaut, elles parasitent l'esprit des êtres bien en chair et matérialisent leurs propres fantômes. C'est ainsi qu'est née la reine blanche… »

« Si une Métisse peut créer la reine blanche alors je veux en être une parce qu'une Métisse peut créer beaucoup plus encore ! Ça me paraît logique, c'est un bon moyen pour tout reconstruire. »

La jeune Fedelyne avait pensé avoir trouvé une idée séduisante, pourtant maintenant qu'elle se trouva devant l'une de ces abominations de la création, son avis changea du tout au tout.

Au travers d'un sombre brouillard, elle entr'aperçut la forme de la créature qui se rapprocha d'elle pour la renifler.

Incapable de fermer les yeux, elle ne sut pas si elle réagit à sa terreur ou à son fantasme de la toucher.

Soudain elle distingua sur sa nuque un souffle froid et épais.

La Métisse était là, à portée d'une caresse.

La voir directement engendrait ses propres cauchemars les plus infects. Or les venins les plus mortels avaient le don de nourrir la tentation d'y goûter.

À sa manière la créature fumeuse se fit désirer.

Fedelyne ne sut combien de temps elle résista à la tentation de regarder.

Sous la respiration repoussante qui lui couvrit la joue, sa peau en sueur blanchit, sécha et craqua laissant transparaître ses veines bleues.

Elle ne put ni bouger ni respirer.

Quelque chose d'inconsistant écarta ses cheveux pour lui dégager l'oreille gauche et le souffle s'engouffra à l'intérieur pour pénétrer profondément dans son crâne.

Alors l'idée de céder et de poser les yeux sur la créature lui apparut de plus en plus comme une solution évidente. Quant au sort d'Iris, celui-ci pouvait bien attendre.

Elle tourna la tête vers la gauche tout en ouvrant grand les yeux.

Quelque part dans son crâne il y eut un hurlement entremêlé de borborygmes. L'odeur du sang frais occupa l'atmosphère, mais elle ne se trouva pas concernée.

C'est ainsi qu'elle braqua son regard sur la pire horreur de ce bas monde.

Autour d'une gueule béante qui s'ouvrit sur un trou noir, les images se tordirent en spirale et entre les dents de fumée filandreuse une langue vaporeuse tourna rageusement.

L'épouvantable apparition força la mutante à se jeter dans sa propre inconscience et elle ferma les paupières de toutes ses forces.

Trop tard.

Comme le venin de la Métisse se répandit dans ses veines, elle tomba à la renverse dans les affres de l'angoisse tout en étant parcourue de tremblements violents et incontrôlables.

Elle tenta de se mettre sur les genoux, mais alors qu'elle retomba dans sa tête ou sur le sol – elle n'en eut pas la moindre idée – le trouble disparut.

Lorsqu'elle desserra les paupières, elle fut stupéfaite de voir Chacal qui se tenait debout face à elle avec un de ses yeux dans chacune de ses mains ensanglantées.

Quant à Iris elle le vit plus loin en train de marcher comme un aveugle vers le bouclier de glace qui craquait de toute part sous la pression infernale des Sangdors.

Elle l'appela, mais il continua à s'approcher des fissures qui s'agrandissaient à vue d'œil.

Le bruit de succion des ventouses qui semblait amplifier à l'infini étourdit la mutante. Elle se prit la tête dans les mains. Des larmes mouillèrent ses joues.

Le Grand-Œil n'eut plus qu'un pas à faire avant de mettre le doigt sur la fin.

***

Lalèpre roucoulait en crachant une bile épaisse et dorée ; ses yeux lui sortaient de la tête.

Tout s'était déroulé selon ce que la reine blanche lui avait prédit. Le gigantesque bain de sang se présentait.

Plus rien ni personne ne pouvait l'empêcher de vider les Bivalents de leurs fluides.

Les craquements de la glace ressemblaient à ceux des os de ses prochaines victimes qui allaient se débattre pour ne pas se faire mordre.

Quel délice à imaginer la scène ; son estomac se dilata tant qu'il lui recouvrit les genoux.

***

Entenebris était tapi dans l'ombre, immobile tel un corps sans son âme.

La Métisse qui était venue à lui l'avait à moitié dévoré de l'intérieur. Seule l'empreinte contenue dans la goutte d'eau de vie l'avait empêché de finir comme tous ces guerriers des ruines massacrés par leurs peurs tout droit sorties de leurs tripes.

Cependant la Métisse s'était tant mélangée à ses tissus que son absence lui manquait autant qu'une puissante drogue.

***

- IRIS ! ARRÊTE ! cria Fedelyne.

Le Grand-Œil se tenait devant un mur de glace sillonné d'innombrables fissures.

Il souleva la main puis effleura du bout des doigts la surface fondante derrière laquelle les Sangdors qui affluaient s'entretuaient pour pouvoir passer au travers, chacun avant tous les autres.

Le contact du Grand-Œil avec la Métisse avait été assez bref pour ne pas enfanter ses peurs les plus obscures, mais assez long pour le guider vers la fin la plus terrible qu'il eût pu imaginer.

Il ne voyait pas ce qu'il faisait, mais quelque part dans son subconscient il capta les mots de Fedelyne. Mécaniquement il se retourna vers elle.

Leur regard se croisa rapidement quand tout à coup explosa dans le dos du Grand-Œil une pluie de fragments de glace scintillants sous une boule de feu.

Et une montagne d'eau s'abattit sur eux.

Iris ne sut pas ce qui lui était arrivé et il n'eut aucune idée de l'endroit où il se réveilla.

Il semblait baigner dans une lumière d'un éclat pur comme il n'en avait jamais vu.

Les Bivalents aimaient la lumière plus que leur propre vie. Ils l'entretenaient avec soin parce qu'elle était à l'opposé des Ténèbres.

Mais ce flamboiement qui peu à peu virait au rouge feu ne lui procura aucun apaisement.

Une douce odeur l'attira tout à coup et sa main trouva des doigts qui s'empressèrent de la lui serrer.

L'odeur se changea en phéromones de détresse lorsque l'éclat de plus en plus chaud prit l'aspect d'un œil de sang.

La chaleur de l'eau grimpa en flèche. Au milieu des rougeoiements tout puissants Iris entr'aperçut une silhouette noire aux courbes indistinctes qui se présenta à lui les jambes jointes et les bras écartés.

Les doigts fins et crispés lui tirèrent la main par à-coups.

Du regard il chercha un point de repère, mais l'intensité du feu demeurait fixée à ses pupilles. Il essaya de se mouvoir, une force le garda immobile.

Enfin l'embrasement diminua peu à peu en force. Des flammes se détachèrent puis les yeux fumeux du Très-Haut apparurent au milieu.

Il n'y avait plus de bouclier de glace ni de marée de Sangdors, seulement Argos…

Les D.I.E.U avaient le pouvoir de métamorphoser la vie qu'ils avaient donnée au point de créer des abominations s'ils le voulaient.

Les Bivalents haïssaient les suceurs de sang plus que tout au monde. Pourtant ces deux espèces étaient des sœurs parce que les mêmes flammes divines les avaient punis jadis.

Bien que Sangdors et Bivalents n'eussent physiquement rien en commun, la même soif de vie leur brûlait le ventre comme une braise que jamais ils ne parvenaient à expulser de leur corps.

Au fond il n'y avait pas de différence entre le besoin vital de sang et celui d'air pur.

Ainsi prostré sous les yeux de feu du Très-Haut, Iris se surprit à éprouver de la sympathie pour les parasites parce que d'une certaine façon ils partageaient le même sort.

À trop combattre les D.I.E.U, les Bivalents avaient engendré un Immortel dont la puissance était sans limites.

Cette énergie d'une grandeur aussi magnificente qu'horrifiante rabaissa Iris au même niveau que la poussière d'étoiles.

À l'inverse l'esprit d'Argos prit une démesure insensée. Il se répandit partout, les vieilles pierres semblèrent respirer à nouveau et les glorieux souvenirs renaître.

Le Grand-Œil fut submergé par cette conscience céleste au point qu'il crut que son propre corps ne lui appartint plus.

Il se vit tout seul dans les limbes de feu où il ne fut plus en mesure de ressentir la pression des doigts sur sa main. Au milieu des flammes qui l'absorbèrent corps et âme, il se vit loin de Fedelyne et des ruines du Spectrum. Le conflit entre Organiens et auto-suggestifs devint inane.

Le brasier en lui rongea tous ses moyens de défense jusqu'à sa raison de vivre. Il ne fut plus rien d'autre qu'une coquille vide qu'une douleur insoutenable occupa et fit ployer.

Le supplice se changea en un éclair fulgurant et il fut catapulté dans une autre dimension…

***

En son for intérieur, Fedelyne avait longuement espéré le moment de cette seconde confrontation avec le Très-Haut parce que la mort de son père avait ouvert en elle une plaie béante qui ne se cicatrisait pas.

Le déchirement de le voir saigner en la protégeant refit surface. Ces images vivaces qui restaient de lui, lui permit de se savoir encore en vie alors que l'Immortel la toisait au milieu de ses flammes.

La mutante avait été au centre de la guerre des Trois. Pour le Très-Haut elle était une erreur de la nature qui menaçait l'équilibre divin.

Elle se revit supplier son père de reculer tandis que les flammes du D.I.E.U se déversèrent dans les eaux comme une ventrée de serpents rageurs.

Son père avait fait rempart de son corps dans l'espoir de donner le temps à Sicardus et à Magnetron de fuir avec elle.

Fedelyne avait gardé des souvenirs chaotiques de ces derniers instants de son enfance.

Alors qu'elle se trouva de nouveau face au bourreau de son père, ses émotions du passé remontèrent, mais avec une netteté étourdissante.

L'image d'Attalas défiant la mort vint la saisir au ventre sans aucune pitié et avec un détail sadique. Le goût de la vengeance lui donna la nausée.

Elle ne savait pas où elle se trouvait. Elle pensait être assise et malgré toute sa volonté, elle ne parvint pas à se relever.

Elle ne sut si ce fut l'après-choc de la trombe d'eau lorsque le bouclier vola en éclat ou une force surnaturelle qui la clouait sur ce qu'elle crut être le sol.

Ses doigts trouvèrent la main d'Iris. Dans le flot de lumière, elle ne le vit pas, mais c'était lui.

Elle voulut hurler ; aucun son ne sortit de sa bouche.

Imaginer que la colère divine tombât sur elle pour la changer en quelque chose d'aussi ignoble que les parasites, l'entraîna au bord de la folie.

Elle appela Iris. Rien ne sortit de sa bouche grande ouverte.

Quand la main de celui-ci glissa de ses doigts, elle se sentit aspirer par le néant. Elle perdit toute sensation.

Le Très-Haut voulait lui infliger son jugement et lui ôter tous ses espoirs un peu fous de colonisation de la surface.

Ce fut dans cet ultime moment de vérité qu'elle eut la naïveté ou la bêtise de croire que la pénitence allait lui permettre de sortir saine et sauve de cette épreuve. Ouvertement elle regretta ce moment de folie où elle s'était crue capable de créer son propre monde et plus que tout elle regretta ce qu'elle était, une erreur de la nature…

***

Fedelyne fut pénétrée par une voix d'une nature inconnue, plus fielleuse, plus intrusive et dominante que ne le furent jamais les paroles d'Iris dans sa tête.

Elle encaissa durement le choc.

Lorsqu'elle rouvrit les yeux, elle vit un horizon obscur où les flammes du divin avaient disparu.

Se croyant loin de ses souvenirs de la guerre, elle distingua une présence à ses côtés qui éveilla en elle une joie instinctive jusqu'à ce qu'elle saisît qu'elle avait littéralement plongé dans sa propre mémoire.

Son père Attalas qui se matérialisa devant elle lui apparut accablé et résigné. Elle le vit comme un vieux Sapies à la peau crevassée par les eaux dures et les angoisses, mais dont le regard était empreint de bienveillance et de sagesse.

À côté de lui elle vit se former sa propre image, mais en plus jeune. L'environnement était étouffant, hostile et un sentiment d'urgence les oppressait tous les deux.

Elle n'eut pas besoin d'en voir plus pour comprendre ce que cela signifiait. En vérité elle souhaita ne rien voir, pourtant une force surnaturelle l'obligea à écarquiller les yeux.

Il existait deux témoins de la fin de Magnetron, de Sicardus et d'Attalas. La première était cette petite femelle terrifiée et prostrée. Le second était le Très-Haut...

À plusieurs reprises Iris avait tenté d'entrer en profondeur dans l'esprit de la mutante, mais ses facultés télépathiques avaient ses limites.

Cette fois Argos obligea cette dernière à exhumer ses souvenirs.

Quant à elle, l'idée de devoir affronter son passé l'horrifia plus que ne l'était cette petite femelle toute menue au milieu de ses immenses mèches de cheveux de feu.

La scène s'anima, les détails se dessinèrent.

C'était un cul-de-sac au centre de très hautes roches crevassées, rugueuses et creuses d'aspect. Bien que morte la roche était encore forte et ses arêtes coupantes.

Attalas, sa fille, Magnetron ainsi que Sicardus s'étaient retrouvés piégés dans ce trou après avoir échappé à l'enfoncement d'une partie de leurs lignes de défense par les Adaptés. Dérod était attendu, mais il était engagé dans un combat juste derrière.

Fedelyne cria à la petite femelle d'aller se cacher, mais cette dernière se figea telle une poupée flottant au milieu de ses cheveux.

Argos était là, monumental et dangereux. Face à la petite, il s'arrêta puis ses yeux incandescents et fumants se braquèrent sur la crinière blonde gonflée qui paisiblement ondoyait.

Raide de peur, celle-ci fut incapable de regarder son D.I.E.U.

Sans Dronor qui dirigeait la flotte Bivalente, Magnetron et Sicardus se savaient perdus d'avance, pourtant ils se préparèrent à protéger la petite par n'importe quel moyen parce qu'elle avait en elle un pouvoir comme nul autre.

Sicardus, le seul à avoir éliminé un D.I.E.U représentait encore leur plus grand atout.

Cependant face au Très-Haut, même la reine blanche se prosternait. Il était le maître du Cracker et l'on racontait que les flammes de son poing laissaient en s'abattant un océan de cendres et de désespoir.

À l'origine D.I.E.U était amour, voilà que débutait l'enfer.

Cette erreur de la nature ne devait plus exister. Argolia, sa sœur avait vu quelque chose de miraculeux en elle. Lui voyait une insulte à l'aura de vie.

Argos était colossal et magnifique. Avec sa couronne bleu-vert de sulfure de fer aux épines démesurées et dont les pointes étaient éclairées par les étoiles, il imposait le respect.

Cependant les rois de l'Alliance cherchèrent en douce une issue pour mettre la mutante en lieu sûr. La zone ne leur permettait pas de porter une série d'attaques. Il fallait gagner du temps.

Attalas lâcha le bout des doigts de sa fille puis avança.

Le regard de la petite mutante se détacha du dos de son père parce qu'elle fut attirée par la fumée rougeoyante qui sortait des yeux d'acier du Très-Haut.

Toutes les pensées et sensations de Fedelyne lui revinrent en mémoire dans les moindres détails.

Tandis que la petite tourna la tête au ralenti pour croiser le regard du D.I.E.U, Fedelyne prit conscience des conséquences dévastatrices que ce simple geste était sur le point de provoquer.

Elle se le rappela.

Alors que son cœur lui remonta dans la gorge, elle étira les bras vers sa propre image.

Dans ce souvenir il n'était pas question d'Argos, encore moins des rois de l'Alliance. Il était question de son père.

Ce souvenir qu'on l'astreignait à regarder avait précisément pour but de lui montrer comment elle l'avait tué.

Tel fut son châtiment.

***

La P.E.U.R était un virus mystérieux dont les racines remontaient à la nuit des temps.

Les Bivalents étaient parvenus à en comprendre la nature profonde en le décortiquant. Ils avaient découvert quatre souches pathogènes principales : la Possession, l'Envie, l'Usurpation et finalement la Rage ; des mécanismes qui s'enchainaient tout naturellement. La peur de mourir entraînait le besoin de posséder de n'importe quelle façon des moyens indispensables à la survie d'où le feu de l'envie. Tôt ou tard survenait la nécessité d'usurper son prochain pour y parvenir.

Enfin lorsqu'il n'y avait plus rien de matériel à usurper pour assurer sa propre existence, il restait encore la vie de l'autre. Il s'agissait de la dernière étape du virus : la rage, la plus terrifiante de toutes.

Cette série d'émotions primaires et virales ne pouvait aboutir qu'à une seule fin : l'extermination.

Jusqu'à ce qu'il ne reste plus rien... La P.E.U.R était magique. Car même un individu isolé finissait par avoir peur de lui-même.

Cependant il se produisait parfois face à la maladie une réaction inexplicable et incontrôlable.

Qu'advient-il lorsqu'une personne morte de peur affronte l'enfer en personne ? Il lui arrive de perdre la raison.

L'Immortel bondit sur Fedelyne et lui empoigna la gorge au point de l'étrangler à moitié. Terrorisée, elle crispa les mâchoires et les paupières.

- Iris ! murmura-t-elle à bout de souffle.

Argos gronda.

Il n'eut pas besoin de parler tant fut grande l'aura dont il était investi.

Fedelyne se défendit en se pénétrant de sa propre haine envers son ennemi héréditaire.

Tandis que ses pensées virevoltèrent, le Très-Haut lui broya l'œsophage aux limites de l'évanouissement. Elle n'avait plus de jus et était à court d'idées.

Quant à Iris, il brillait par son absence. À la disparition inintelligible de ce dernier, s'ajoutèrent les réminiscences de son enfance sous la pression inexpiable de l'Immortel.

Elle fut totalement déstabilisée et ce dernier la replongea de force dans son souvenir.

L'enchaînement des images dans sa tête fut violent et saccadé telle une succession de clics.

Elle vit son père lancer une attaque désespérée contre le D.I.E.U dont elle croisa le regard. Clic.

L'ombre d'une Métisse apparut. Clic.

Sicardus vit le monstre puis il s'éventra lui-même en s'époumonant. Clic.

Magnetron lutta pour survivre à ses peurs en se déchirant la face. Le jus d'un de ses yeux gicla d'entre ses griffes. Clic.

Avec la présence de la Métisse, Attalas se fracassa hargneusement le crâne contre le coin d'un rocher. Il y avait du sang partout et des morceaux de cervelle flottaient au milieu de cris effroyables. Clic.

La respiration de Fedelyne s'emballa.

Comme elle se sortit elle-même de ces horreurs, Argos lui lâcha la gorge et elle se plia en deux dans une quinte de toux tout en se vidant les tripes.

Incapable de desserrer les paupières, elle rechercha à nouveau Iris au travers de ses vomissures. Elle ne le trouva pas.

Elle vomit de nouveau.

Le souffle saccadé et la poitrine secouée de soubresauts, elle trouva quelque part en elle la force d'entrouvrir les yeux puis de hurler.

- QUE VEUX-TU DE MOI ? Tu m'as toujours voulue morte, PRENDS-MOI !

Argos se dressa en considérant sa proie avec attention.

- PRENDS-MOIIIIIIII !

Le Très-Haut se prononça, mais sans avoir besoin de parler. Il était omniprésent, à l'extérieur comme à l'intérieur de toute chose.

Il n'ouvrit pas la bouche ni n'usa de télépathie. Le fond de ses pupilles de sang parla pour lui. Il avait tout vu.

Elle voulut en finir.

- Tu tenais à m'ouvrir les yeux ! Me voici... J'AI TUÉ MON PÈRE... QU'ATTENDS-TU POUR TE LIBÉRER DE TON FARDEAU MAINTENANT ? VAS-Y, JE SUIS À TOI !

Elle grinça des dents en tremblant. Les émotions explosèrent dans son crâne. Toutes ses sensations revinrent en elle, fraîches comme si elles furent nées de la veille. Elle bascula dans la démence et fondit en sanglots, l'implorant de l'achever.

L'Immortel se contenta de la dévisager, à l'affût de la moindre réaction ; une insulte suprême pour la mutante qui humiliée et fracassée se voyait en plus la délivrance refusée.

Voilà qu'elle sentit son esprit se mêler avec celui du D.I.E.U comme si on l'embrassa de l'intérieur.

Une énergie chaude et belle glissa dans son thorax. Elle hurla de douleur puis quelque chose lui aspira le cœur.

Elle fut transportée dans l'âme du Très-Haut qui pour la première fois de sa vie lui adressa la parole.

D'après la légende, les phéromones du D.I.E.U étaient aussi dévorantes que la salive d'un serpent de feu. Pourtant l'odeur qui s'échappa de ces grandes lèvres lui parut familière, voire réconfortante.

Tandis que l'odeur divine ouvrit un passage dans les tréfonds de sa mémoire, les mots laissèrent en elle le même malaise qui l'avait occupée à l'époque très lointaine où sa mère, Tresha cherchait à lui ouvrir les yeux à sa manière.

- La différence n'est pas ce que l'on voit. Que te dit ton instinct ?

La mutante pencha la tête de côté, l'air intrigué. Elle avait déjà eu une discussion semblable. Elle répondit en employant les mêmes mots que jadis.

- Qu'est-ce qui cloche en moi ?

- Tu sais donc où je veux en venir n'est-ce pas ?

- Je… Je n'en suis pas très sûre.

- On confère au sang toute sorte de pouvoir et de vertus à tort ou à raison. Certains en veulent toujours plus. Pour d'autres, une seule goutte représente un univers. Le sang est la nature profonde de soi… Souviens-toi.

Souviens-toi… Des mots que Fedelyne s'était évertuée à oublier depuis fort longtemps.

Lorsque des images de sa mère lui revenaient en mémoire, elle les effaçait aussitôt, ce qui équivalait à chaque fois à ensevelir douloureusement celle qui pour une obscure raison avait entretenu beaucoup de mystère et de détachement vis-à-vis d'elle.

La mutante avait cultivé elle aussi le même détachement sans doute pour ne pas se sentir impliquée dans la longue maladie que sa mère avait traînée durant des âges interminables.

Alors qu'elle lutta pour ne pas avoir à revivre cette pénible expérience de jeunesse, elle fut parcourue de sueurs froides et de tremblements.

Le Très-Haut changea d'histoire. Ses phéromones s'imprégnèrent d'un mélange d'odeur de soufre et de fumée toxique ce qui empêcha la mutante de respirer et elle baissa le menton comme si une main invisible effectua une pression sur l'arrière de sa tête.

Par la suite il leva son poignet droit à hauteur de ses incisives immaculées et y planta un croc.

- Le sang est une curieuse chose, dit-il en en récoltant une goutte bleu clair sur le bout de son index gauche. Brillant aux lueurs des étoiles, il accroche les regards comme s'il n'y a que lui qui compte. Tu n'as pas idée de l'avalanche d'événements qu'une toute petite goutte peut provoquer. Cette chose sans importance va chercher les sentiments extrêmes et plus important que tout elle dicte les règles de ce monde. C'est fascinant.

Tandis qu'il parlait, Argos étira son index vers sa gauche.

Pour la première fois, Fedelyne entrevit derrière lui la silhouette brouillée de Lalèpre habillé d'une toge en peau de Sixbras et dont le bras qui lui restait était pris dans une épaisse chaîne de flammes dégoulinantes et de sombre fumée.

Lalèpre parut soumis jusqu'à ce qu'il entraperçût la goutte sur le bout du doigt tendu.

- Certains en veulent toujours plus… Regarde bien !

L'excitation du Sangdor prit rapidement des allures disproportionnées. De son côté Fedelyne perdit toute contenance. Ces parasites l'épouvantaient même lorsqu'ils étaient enchaînés. Elle poussa frénétiquement sur ses talons, mais son dos buta invariablement contre quelque chose de dur.

Le parasite se pencha furieusement vers l'avant tandis que les liens de feu tiraient son bras vers l'arrière. Il se secoua comme un aliéné et grogna en crachant d'épais filets de bile dorée.

- On me vole une goutte dans mon sommeil, mais ça ne suffit pas, dit Argos en esquissant un sourire sadique.

Lalèpre se tordit bestialement en tous sens vers l'avant pour se libérer de ses liens. Au niveau de son épaule valide, il se produisit un craquement qui arracha une grimace de dégoût à Fedelyne. Le Sangdor râla de fureur quand son épaule gauche se déboita ce qui entraîna sa fièvre au-delà de l'imaginable.

Il se déchaîna en secouant la tête, rageant et fulminant. La jointure de son épaule céda. Pour se libérer de ses entraves, il chercha à s'arracher lui-même le bras et un nuage de son sang fut projeté dans l'eau.

- On peut aimer effrénément son D.I.E.U pour son sang ou le trahir pour la même raison. Si je ne m'étais pas aperçu assez tôt de son infamie, cette vermine aurait utilisé ce qui coule dans mes veines pour posséder les fondements de mon monde.

Fedelyne paniqua sérieusement. Elle pédala pour reculer en couinant, mais elle ne cessait de se racler le dos contre la roche. Lalèpre fut fermement entravé par d'autres liens de feu.

- Une seule goutte peut suffire à former un univers. Regarde bien ; l'eau devrait la diluer. Il y a beaucoup de courants par ici, c'est le chaos. Pourtant elle est entière… Il est aisé d'échouer dans le désordre tandis que tirer le meilleur de cette minuscule chose et infiniment plus ardu.

La mutante plissa le front. Le dialogue entre eux deux paraissait s'être installé ainsi qu'un respect aussi étonnant qu'improbable. Une seule question lui vint à l'esprit.

- Comment êtes-vous tombé dans le coma ?
- Je ne suis pas tombé, je me suis *réveillé*… La lignée des D.I.E.U touche à sa fin. Bientôt je ne pourrai plus rien pour empêcher les Ténèbres de se propager. Tout serait déjà fini s'il n'y avait eu l'erreur de Lalèpre. Cette vermine a manqué de créer son univers avec quelques gouttes de mon sang. Toi, mutante Fedelyne, tu as aussi cette faculté. L'Étoile du Nord m'a apporté une vision. Je t'ai vu libérer de ton être une Métisse qui provoqua ma chute, mais une Métisse pas comme les autres puisqu'elle est porteuse de la P.E.U.R des D.I.E.U, aussi ancienne que le sont les espèces Bivalentes. Tu as ça en toi, cette peur qui a rongé Altes ; la reine du plus grand empire de notre histoire qui ne craignait qu'une chose, qu'on découvrit ce qu'elle voulait plus que tout au monde : les Cieux. Avec le temps le contact entre la Métisse offerte

par ses enfants et Altes a engendré une erreur de la nature qui détient le pouvoir de mettre au monde la P.E.U.R des D.I.E.U. La peur de l'inconnu tant convoité est parfois la pire de toutes. J'ai fini par comprendre ce que l'Étoile du Nord m'a révélé ; tu es l'alternative aux Ténèbres que je ne pourrai contenir. Bientôt tu devras toi aussi faire un choix : embrasser le chaos ou donner naissance à un univers.

- Les Cieux ? demanda-t-elle abasourdie.

- Ton père était prêt à révéler ce que tu es, alors que le monde, lui, ne l'était pas... Quand le temps viendra... le pourras-tu ? Tous ceux qui l'ont su ont été tués, ma sœur, tes parents, les rois de l'Alliance... Tel est le destin des damnés du secret... Moi, je sais maintenant.

Les yeux de Fedelyne s'embrasèrent tandis qu'il poursuivit.

- Les Métisses n'ont pas encore révélé l'étendue de leur pouvoir, quand le temps viendra, le pourras-tu ?

Argos ferma son poing et disparut avec son Sangdor dans une boule de lumière aveuglante.

***

- Respire ! Allez, respire !

Fedelyne perçut une pression sur ses épaules. On était en train de la secouer ; sa tête balançait d'avant en arrière comme d'une boule montée sur un ressort.

Comme sa vision était brouillonne, elle prit un certain temps pour faire la mise au point.

Le visage ensanglanté d'Iris était penché au-dessus d'elle. Les traits tirés d'inquiétude, il criait quelque chose, toujours le même mot apparemment. Ce qui l'ennuya.

- RESPIRE !

Elle cligna des yeux et ses poumons se débloquèrent. Elle fit une longue inspiration, la vie gonfla sa poitrine. Iris s'écarta d'elle en expirant de soulagement.

- Dis-moi ce qui s'est passé ! Quand j'ai ouvert les yeux, je t'ai trouvé à côté de moi en pleine crise de tétanie, incapable de respirer, et le regard figé !

Commentaire qui avait du sens ; que s'était-il passé ?

- Où est Argos ? questionna-t-elle en essayant de se souvenir.

Elle regarda les alentours. Le Très-Haut avait disparu, ainsi que Lalèpre et tous ses semblables.

Des ruines il ne restait plus grand-chose d'autre qu'une portion du temple ainsi que les trois inébranlables statues.

La mutante ne sut pas par quel bout prendre ses émotions.

Tout d'abord son cœur se comprima à la vue de ce que son obsession pour la surface avait causé.

Ensuite une frayeur irraisonnée s'empara d'elle parce que l'odeur putride des parasites empoisonnait encore le secteur. Une fois que ces épouvantails partaient en chasse, rien ne les arrêtait, pas même leur tête tranchée.

Enfin elle se ressaisit et ses yeux ahuris retombèrent sur le visage interrogateur d'Iris. Elle balança entre son envie de vouloir lui arracher le cœur et le soulagement de le revoir à ses côtés.

- Il s'est volatilisé, je ne peux dire à quel moment, répondit-il.

- Où étais-tu ?

La face du Grand-Œil se ferma et il se redressa. Les nombreuses déchirures de sa combinaison protectrice laissaient paraître ses anciennes brûlures ainsi que des entailles en sang et d'importants œdèmes.

- J'étais perdu… Je crois… L'Immortel a saturé mes sens pour éviter que je n'entre dans sa tête… Il a le pouvoir de tordre à volonté la perception que l'on a de la réalité… Je me tenais juste à côté de toi... Quelque chose t'a traumatisé, une révélation sans doute…

Il lorgna du coin de l'œil la mutante qui baissa le menton en s'efforçant de se rappeler. Ensuite il continua,

- Il y a plus étrange. Ce n'est pas dans ses habitudes de violer notre territoire sans réclamer son dû… L'occasion était trop belle pour lui de se débarrasser d'une erreur de la nature ainsi que de la menace que représentent tes rêves.

- La surface ?

Sous le regard de son interlocuteur qui se durcit aussitôt, Fedelyne appréhenda sa propre réaction. Pour la surface elle avait espéré avoir accompli des merveilles, mais au lieu de cela le résultat était un carnage.

Maintenant qu'elle réalisa que le désastre était derrière eux, les blessures de son cœur se rouvrirent. Elle ne pouvait pas lui pardonner le meurtre de sa mère adoptive. Tôt ou tard il allait devoir payer et la colère la fit trembler.

Le Grand-Œil releva la tête.

- À partir de maintenant beaucoup de choses vont se passer, lâcha-t-il.

Elle se dressa d'un bond, les poings crispés et elle lui jeta à la tête toute son animosité.

- Si j'avais le pouvoir de tout recommencer, je ferais en sorte qu'il te soit impossible de commettre la moindre folie. Le monde aura oublié ton nom jusqu'à se demander si tu n'auras jamais existé…

- Imagine que ce don te soit donné. Que ferais-tu en vérité ? Changer le passé est un cadeau que personne ne devrait posséder…

Fedelyne grinça des dents.

- Paroles légères pour celui qui imagine tout savoir de l'avenir et qui est incapable de l'interpréter à sa juste mesure… TE RENDS-TU COMPTE DE CE QUE TU AS FAIT ?

- Crois-moi, je n'ai encore rien fait… Mais toi, que feras-tu ? Changeras-tu le passé ? Détruiras-tu ce que nous tous avons vécu ? Que découvriras-tu au bout du compte, la renaissance ou la désolation ? Changer le passé est un cadeau que personne ne devrait posséder. Pour cela je te plains Fedelyne.

Celle-ci le considéra bouche bée.

- Tu…

- J'avais prédit qu'après le carnage nous trouverions la lumière. J'ai vu autre chose aussi. À présent je fais moi aussi partie des damnés du secret…

- Quoi ?

- Qu'est-ce que sont les Cieux Fedelyne ?

- La surface, voilà tout ! rétorqua-t-elle froidement.

- Est-ce là-haut que tu pourras tout recommencer ?

- De quoi parles-tu ?

Iris jeta un dernier coup d'œil à la capsulette au cou de la mutante puis il l'abandonna alors qu'elle perdit toute pugnacité.

Chapitre 36

Un nouveau règne.

À l'intérieur de l'Organum, il existait une ancienne salle de commandement creusée à flanc de falaise à l'est et qui était connectée à la base du grand dôme par un long tunnel s'enfonçant profondément dans la roche.

Il y avait un grand hublot unique qui donnait sur l'extérieur et qui offrait une vue imprenable sur la plateforme centrale où les parties de J.E.U se déroulaient.

Hellmaster, un Shaklyr à la mâchoire inférieure qui tirait sur la gauche des suites d'une fracture mal soignée, jaillit à l'intérieur en grognant de rage. Puis il tourna sur lui-même en passant un regard rouge sur la grande voute en berceau de la salle.

Les murs étaient imprégnés d'odeurs qui portaient sur de longues histoires de combat destinées à lessiver les esprits et à exhorter quiconque à aimer partir au front. Parmi celles-ci il y avait des stratégies militaires majeures orchestrées par des maîtres de la guerre depuis les tous débuts de l'Organum. La chambre de commandement avait la qualité d'inspirer nombre de mercenaires comme Hellmaster.

Le Raidone Razor entra à son tour et s'immobilisa après quelques pas. Il attendit là, en observant l'agitation de son confrère d'un air tendu.

- Ce que tu me demandes est de la trahison ! lança le Shaklyr.
- Nous avons perdu beaucoup des nôtres dernièrement. Tu es le seul qui ait assez d'influence pour faire pencher ce qui reste des combattants de notre côté… Rappelle-toi le signal.

Le lourd guerrier le dévisagea en étirant son menton qui souffrait de ne pas être dans le bon axe.

- Tu parles de la surface ! Qui peut dire que cette histoire est vraie ? Le signal a été émis de la chambre panoramique juste après l'explosion dans le cimetière ! À ce moment la confusion était à son apogée ! La surface est un fantasme pour Bivalon attardé ! Regarde ce qu'Iris en a tiré ; son corps a été grillé presque en entier. Quant à toi, rien que d'y penser c'est ta tête qui a brûlé !

Une dizaine de Bivalents agressifs, tous des Raidones ou des Shaklyrs entrèrent à leur tour dans la chambre et se postèrent aux côtés de Razor qui contenait péniblement sa fébrilité. En face Hellmaster montra les dents.

- C'est quoi ça ? gronda celui-ci. Une autre petite guerre entre auto-suggestifs et Organiens ?

Le Raidone trembla de colère.

- Qu'est-ce que tu racontes ? Nous sommes tous des auto-suggestifs dans cette pièce ! La question n'est pas de savoir qui a tort ou qui a raison, mais de trouver des points d'appui !

- Tu me demandes de trahir le Grand-Œil ! Quitter les Abymes revient à quitter notre demeure, as-tu pensé à ça ? Iris a tout sacrifié pour nous sauver !

- Par les rois, réveille-toi ! Nos réserves d'oxygène baissent dangereusement ! Nos vingt derniers forages ont été autant d'échecs ! Le seul qui se soit avéré fructueux a été suffisant pour alimenter en air une escouade le temps qu'elle aille chasser un petit Sixbras ! On tourne en rond ! Nous sommes en train de chercher notre air pour pouvoir manger et nous mangeons dans le but d'avoir assez d'énergie pour respirer ! Notre temps ici-bas est révolu !

Le poing du Shaklyr partit de lui-même contre le mur. Le choc fit trembler la salle soulevant un épais drap d'anciennes phéromones toujours pleines d'adrénaline.

Ses secondes paupières laiteuses lui tombèrent sur les yeux. Il grimaça de douleur pour les faire remonter puis il articula entre ses dents serrées,

- Si tu perds tout et que tu gagnes le combat, tu es un D.I.E.U ! Si tu perds tout et que tu perds le combat, tu es un fou !

- Crois-tu sincèrement qu'Iris soit un D.I.E.U ? Crois-tu qu'il a gagné ?

Cette dernière odeur provint du fond de la salle, derrière Razor ; un mélange de phéromones dérangeantes mêlées à une pestilence qui prit au ventre.

Une silhouette se découpa dans l'ombre et les auto-suggestifs rebelles s'écartèrent en une rangée de part et d'autre afin de lui laisser plus d'espace que nécessaire. Le nouvel arrivant avait les épaules étroites et anguleuses ainsi que de longs bras ballants. Il respirait bruyamment par la bouche et sa légère haleine de viande faisandée se diffusa dans toute la salle.

Cette visite inopinée n'annonçait rien de bon.

Titus passa en balançant ses mains devant les Bivalents qui ne se firent pas prier pour reculer d'un pas, chacun détournant le nez aussi discrètement que possible.

Hellmaster se calma et rangea ses larges dents triangulaires derrière ses lèvres tendues puis il considéra le Second de l'Organum avec une aversion à peine voilée.

Converser avec Titus relevait de la torture intestinale pour qui n'était pas habitué. Celui-ci en avait conscience et il employait son pouvoir d'anti-séduction comme un outil de persuasion infaillible. Plus que tout il aimait jouer avec l'hyperémotivité qu'il laissait sur son passage.

Voilà le Bivalent le plus craint et le plus détesté de la colonie, une position de choix dont il tirait tous les avantages dans l'ombre du Grand-Œil.

Titus s'arrêta devant Hellmaster puis il agita mollement ses longues mains osseuses qui dispersèrent l'odeur miasmatique de ses ongles pourris. Comme si sa peau blanche qui luisait de l'accumulation de vieux mucus jaunâtre ne suffisait pas pour inciter à regarder ailleurs, le Sapies petit et souffreteux crut utile d'y ajouter tous les effluves dont son corps était capable.

Hellmaster fixa brièvement les longs doigts noueux du Second puis tranquillement passa sa main gauche dans son dos prêt à saisir le Zad qu'il portait en bandoulière.

Malgré les apparences le Sapies était un adversaire redoutable d'une incroyable dextérité. Celui-ci qui se tenait juste sous son nez esquissa un sourire amusé.

- Allons, ne sois pas gêné, murmura-t-il. Nous pouvons discuter. Tout ce que tu diras ne sortira pas de ces murs.

- Ces murs sont imprégnés des phéromones des bâtisseurs de notre empire ! Il suffit de respirer pour retracer les pensées de ceux qui sont morts pour la cause ! Ce qui m'amène à croire qu'il y a une raison pour laquelle nous sommes tous regroupés ici, toi, moi et… ceux-là… De quelle manière souhaites-tu que je sorte de là en vérité ?

- La vérité ?

- Donne-moi une excuse… rien qu'une.

Le Second rit à demi et porta les ongles de sa main droite à hauteur de ses lèvres. Une vision qui fut de trop, le Shaklyr n'eut d'autres choix que de tourner la tête.

- Réfléchissons avant de juger trop hâtivement… Qui ne meurt pas d'envie de régler mon compte ? Pourtant personne n'a osé…

Hellmaster empoigna son Zad qu'il plaça en évidence contre sa cuisse.

Titus reprit,

- Je vois… Cependant tu n'as pas répondu à ma première question : crois-tu sincèrement qu'Iris soit un D.I.E.U ?

- Le choc des valeurs, la grandeur contre la bassesse. À quoi joue-t-on là ?

Le Second se détourna l'air ennuyé en lorgnant du coin de l'œil Razor qui tout à coup se montra très alerte.

- Le jeu de la guerre n'est pas toujours brutal ou sanglant, mon ami. Faisons un résumé. L'Organe, notre onde magnétique a été gravement atteinte. Nous ne savons pas pour quelle raison, cependant nos soupçons se concentrent fortement sur la reine blanche qui apparemment s'y intéresse. Quant à Iris, ses appuis s'érodent et il en a conscience.

Titus s'amusa de sa propre remarque. Il se gratta le menton tout en faisant quelques pas de long en large avant de se replanter juste sous le nez d'Hellmaster. La pestilence que ses doigts propagèrent satura la salle. Le Shaklyr toussota en plissant les yeux, mais ça ne l'empêcha pas de s'enflammer.

- Iris nous a guidés vers la lumière alors que tout espoir était anéanti ! Grâce à lui le rêve de l'Alliance subsiste ! NE ME DEMANDE PAS DE FAIRE UN CHOIX OU CE SERA TOI QUI N'EN AURAS PLUS !

Sur ses mots Hellmaster recula de deux pas et fit jaillir les lames de son Zad qu'il brandit en visant directement la gorge du Sapies puant. Sa main ne trembla pas et la précision de son geste figea net tous ses spectateurs.

Le Second laissa calmement les reflets de la lame chatoyante lui lécher la pomme d'Adam, ensuite il ricana de nouveau.

- Tu donnes la réponse à ma question. Ta main solide te trahit plus que tes paroles. Tu crois plus en Iris qu'en n'importe qui d'autre… Tu devrais te réveiller avant qu'il ne soit trop tard.

- De quoi parles-tu ?

Tout d'un coup Titus s'agita.

- Je parle de l'assassinat de l'enfant du Très-Haut, Argonot ! N'es-tu point au courant ? Cela n'aurait pas dû arriver ! C'était une folie qui nous a conduits à nous élever contre les D.I.E.U ! NE VOIS-TU PAS OÙ CELA NOUS A TOUS MENÉS ? Nous sommes au bord du gouffre. L'aura de vie menace de nous abandonner, les Ténèbres sont sur le point de se répandre et notre empire comme tu le dis est prêt à imploser ! Iris prétend être capable de voir l'avenir ; MOI JE VOIS QU'IL NOUS A TOUS DUPÉS !

Le fils de Dronor frissonna de rage ; ses doigts s'écartèrent et se raidirent. L'espace d'un instant Hellmaster perdit en assurance, mais il ne tarda pas à resserrer les mâchoires.

- Iris a dû tout prévoir, grogna-t-il.

- Si le Grand-Œil a vu venir les choses, alors c'est qu'il n'a encore rien vu ! CHOISIS TON CAMP MAINTENANT ! L'armée des ruines n'est plus ; te voilà le chef des Sentinelles ! Rejoins mes rangs et toute l'armée Bivalente sera à moi ! Je mènerai les nôtres vers la surface où je règnerai sans partage. MOI je ne serai pas un D.I.E.U ! JE SERAI LE SEUL !

Le Shaklyr hésita entre l'envie brûlante de faire gicler le sang de cette gorge toute tendue et celui d'exploser de rire. Cette histoire était à ce point absurde qu'il ne put partager le sérieux du son interlocuteur.

De fait il baissa son Zad.

- Tu rêves à une foutue insanité et ceux-là… Razor et les autres sont tes fidèles écervelés.

- La vie existe en surface, rappelle-toi le message de Fedelyne !

Hellmaster crispa les muscles de sa nuque avec la montée en flèche d'une surdose d'adrénaline dans ses veines.

- FEDELYNE EST ENCORE UNE ENFANT, UNE IDÉALISTE ET UNE HALLUCINÉE ! Quant à son message incohérent, personne n'a réagi sur le coup ! Ce n'est pas la surface qui nous sauvera ! C'est l'Organe avec Iris à ses côtés !

Razor intervint.

- L'Organe n'est rien de plus qu'une onde magnétique ! Qui plus est, elle est dysfonctionnelle, D.I.E.U sait pourquoi !

- Cette onde EST L'ÂME DE NOTRE MÈRE LACTÉE !

- C'est une onde magnétique de toutes les façons ! clama le Raidone. Nous fabriquons constamment des ondes, nous les manipulons, nous faisons d'elles ce que nous voulons ! À ton avis qui se cache derrière l'Organe ? Une onde n'est-elle pas faite pour être contrôlée ? D'ailleurs des rumeurs courent que la reine blanche cherche à s'emparer de l'Organe.

Les yeux du Shaklyr lui sortirent de la tête.

- Oses-tu prétendre que l'Organe qui est l'âme de notre colonie est contrôlée par quelqu'un d'entre nous ?

Razor vint se positionner aux côtés de Titus et parla en vibrant d'exaspération.

- De la manière dont l'Organe a réagi ces derniers temps, j'ose croire qu'à la place d'une onde, il s'agit d'une illusion ! Depuis quand trouve-t-on de l'espoir au fin fond du monde où il n'existe aucune issue de secours ? Faut-il être assez naïf pour confier notre avenir à ÇA ? OUVRE LES YEUX ! Tu es un auto-suggestif ; nous avons été manipulés autant par l'Organe que par Iris, LA SURFACE EST NOTRE AVENIR !

Les yeux exorbités de Hellmaster roulèrent sur la douzaine de Raidones et de Shaklyrs qui attendaient sur leurs gardes.

- Vous avez tous oublié une notion élémentaire. L'Organe est une partie de nos âmes. L'instinct de survie de chacun est celui de tous. Cette folie a assez duré, j'y mets un terme maintenant ! Vous tous, écartez-vous !

Les muscles de Hellmaster qui se tendirent firent crisser entre eux les milliers de denticules qui formaient la surface de sa peau. Face à la menace, Titus afficha un sourire frondeur.

- Plusieurs d'entre nous ont mis ce précepte à l'épreuve dernièrement. Je commence à me demander si l'on peut encore s'entretuer, souffla-t-il.

Hellmaster n'attendit pas que Titus vérifiât cette hypothèse à sa place. Son coup de pied aussi fulgurant que brutal envoya Razor se fracasser contre la paroi à l'autre bout de la pièce et il passa au travers.

Titus évita de justesse la lame du Zad en se cambrant en arrière. La pointe tranchante lui caressa la pomme d'Adam. Les autres se lancèrent sur Hellmaster tandis que fusèrent des arcs électriques. Le Shaklyr encaissa tout sans broncher puis il disposa de ses assaillants en quelques tours de Zad et de coups de poing distribués avec une sauvagerie à l'état brut.

Les murs de la chambre se chargèrent de l'odeur du sang et ils tremblèrent sous les hurlements.

Après avoir fait le ménage, Hellmaster redirigea sa colère sur Titus qui s'était retiré des combats.

- L'INSTINCT DE SURVIE DE CHACUN EST CELUI DE TOUS ! J'AVAIS TORD ! s'écria le guerrier en chargeant vers lui tête baissée.

Le Second recula en tendant les bras vers l'avant. Jamais il n'avait vu quelqu'un capable de tenir debout après huit décharges de Raidones sur les gros nerfs.

- JE VAIS EN TERMINER AVEC TOUS LES TRAITRES DE TON ESPÈCE ! ET JE VAIS EN PROFITER TANT QUE L'ORGANE ME LE PERMET !

Tout à coup Titus cessa de reculer.

- Sur ce point, je suis du même avis que toi.

Hellmaster se figea et plissa le front.

- QUOI ?

- Moi aussi… je tiens à en profiter…

L'effronterie fut de trop pour le guerrier qui explosa. Son Zad s'abattit dans un demi-cercle d'une précision stupéfiante. Pourtant lorsque ses paupières laiteuses remontèrent, Titus avait disparu.

Il fut intrigué jusqu'à ce qu'il remarquât que quelque chose était planté sous sa mâchoire inférieure. Curieusement ses jambes se mirent à trembler et sa vision pencha de travers dans le même sens que sa mâchoire.

- Je n'ai pas l'énergie des Raidones encore moins ta résistance hallucinante. Néanmoins j'ai un don à nul autre pareil. Je suis doué pour tromper l'adversaire.

Hellmaster se retourna d'un pas pesant vers Titus qui avec une dextérité inattendue s'était glissé dans son dos.

- Quant à mes ongles, dit-il en levant l'index et le majeur sans griffe de sa main droite, ils repoussent toujours.

Le Shaklyr posa mollement ses doigts sous son menton. Sans force pour retirer les deux petites choses fichées dans sa chair, il tomba à genoux.

- Je n'ai pas non plus les talents télépathiques d'Iris. Vu de quoi j'ai l'air, tout le monde pense que je suis un dégénéré, le fils indésirable et non désiré du grand Dronor. Le manque de force et d'endurance est handicapant pour se nourrir sauf si on peut compenser avec le venin. Puisque je ne peux tuer d'un seul coup, j'attaque la raison de vivre de mes victimes. Nous avons été dressés dans l'idée que l'instinct de survie de chacun est celui de tous. Tu as goûté aux délices que cela procure quand cette règle n'existe plus. Mais les délices virent au cauchemar quand la dernière chose qui t'importe est le besoin de te débarrasser de ta propre vie sans pour autant en être capable. Tu te changeras en mort-vivant. Tu me supplieras que cela cesse et je ne pourrai rien pour toi parce qu'advenant que l'Organe se ressaisisse, je ne pourrai te faire aucun mal…

Hellmaster mâcha mécaniquement de l'air, les yeux écarquillés, sans être en mesure de prononcer le moindre mot.

Le Second regarda tous les combattants derrière lui qui étaient tombés sous la brutalité infernale du commandant en chef des Sentinelles. Seul Razor était en train de se relever avec toutes les peines du monde.

- Au J.E.U, toi tu ferais un malheur.

La créature puissante et fière qui était réduite à l'état de vulgaire serviteur à quatre pattes, bava piteusement aux pieds du Sapies frêle qui retourna la tête vers lui en le toisant d'un mauvais air.

Ensuite celui-ci alla se poster dans son dos, face au hublot qui donnait sur la partie médiane du dôme.

- Cette chambre, dit-il, a permis aux réfugiés de la guerre des Trois de se réorganiser. Les ébauches de l'Organum sont nées ici même. Là s'est levé le Grand-Œil pour la première fois et la notion d'une nouvelle Alliance a fait surface. Avant tout il fallait un moyen de rallier les survivants ; c'est là que l'Organe a joué son rôle pour la première fois. Il y a un hic à ce merveilleux concept. L'Organe a besoin de balises, mais avec les derniers événements, plus rien ne sera pareil. Nous sommes assis sur une bombe qui sera infiniment plus dévastatrice que tout ce que nous avons connu si nous perdons le contrôle.

Avec fièvre Hellmaster lorgna du coin de l'œil son Zad qui se trouvait à seulement un pouce de sa main. Les deux ongles fichés dans son cou continuaient à libérer du venin et lui ôtaient tout moyen de défense.

Son corps s'approcha de la paralysie générale. Ses bras plièrent. Désespérément il lutta pour que son menton tordu ne touchât pas le sol tandis que sa bave épaisse glissa en gros filets de ses lèvres qu'il ne parvenait pas à fermer malgré toute sa volonté.

- Il n'y a… que… mort… et… désolation… en surface, grommela-t-il.

- C'est là, la beauté de la chose. Nous pouvons être en vie et mort à la fois. Par exemple nous croyons avoir créé un empire, pourtant nous régnons sur un monde désolé. Il suffit de regarder autour de soi pour s'en convaincre.

Le Second se retourna vers Hellmaster qui fut en proie à une montée de tremblements.

- Dans peu de temps les effets du venin seront irréversibles… Tu peux encore choisir ; vis libre et rallie-toi à moi ou attends de mourir comme un mort-vivant.

Le guerrier anéanti grogna quelque chose d'incompréhensible tandis qu'il crispa les doigts au sol. Au final il hocha la tête à peine perceptiblement ce qui valut un sourire sadique de la part de son nouveau maître.

- C'est ce que je pensais, lâcha ce dernier en contournant le Shaklyr pour s'accroupir face à lui.

Puis tranquillement il retira les deux ongles plantés dans ses chairs.

- Parfois une punition est nécessaire pour comprendre les bienfaits de la domination. Les Organiens, eux, n'en ont pas besoin ; ils n'ont pas de volonté propre. Mais toi et moi sommes capables d'avoir du recul. Vois-tu maintenant poindre la lumière ? Les D.I.E.U ont depuis toujours dominé les profondeurs. Avec toi à mon service je dominerai la surface et avec Fedelyne qui m'appartiendra, les gens m'écouteront. Quand ils me verront réaliser leur destinée, ils s'agenouilleront.

Titus saisit vigoureusement le menton du vaincu de sorte à l'obliger à le fixer droit dans les yeux tout en exerçant avec ses griffes une pression graduelle sur les joues.

Celui-ci qui se battait contre le venin essaya d'évacuer la fièvre de ses yeux quand ses pupilles se voilèrent derrière un rideau montant de larmes.

Le Second jubila et sous l'effet de la jouissance son visage se tordit.

- Les larmes de joie... Elles tomberont à mes pieds et Fedelyne avec elles, car je suis loin d'en avoir fini avec toute cette histoire.

Hellmaster retroussa les lèvres, mais sous la pression des griffes et de la fièvre, il referma la bouche puis pleura en tremblant de tout son être.

Chapitre 37

La surface.

Le silence.

Après que Fedelyne, Dérod et Saphy eurent posé le pied sur la surface, un silence qui n'eut pas son pareil s'était imposé à l'intérieur de l'étroit sous-marin. Pour la mutante ce fut une façon de se rapprocher de son passé qu'elle n'avait jamais osé affronter de près ou de loin.

Durant toute sa vie, elle avait caché son véritable visage aux autres, mais surtout à elle-même.

La mission LaPerle avait débuté par un plan qui avait été exposé dans la chambre panoramique et c'est là que pour la première fois Fedelyne avait commencé à briser ses barrières mentales. Là, furent décidées les premières lignes du projet en compagnie du Grand-Œil sans qui rien n'eût été possible.

Elle se rappela qu'au tout début de cette histoire, elle avait marché dans la chambre panoramique sur la pointe des pieds jusqu'aux côtés d'Iris qui l'y attendait.

Beaucoup trop de choses s'étaient passées depuis et alors qu'elle avança d'un pas léger sur les morceaux de verre qui tapissaient le sol au moment présent, elle se posta exactement dans le même coin. Un sourire comme autrefois allégea les traits de son visage.

Évidemment le halo de l'Organum n'était pas aussi pur que dans le passé parce qu'il régnait encore une lourde atmosphère chargée de tension et d'humidité, bien que l'onde magnétique eût retrouvé du mieux.

À l'époque Iris lui avait répété l'un de ses dictons favoris.

- L'avenir se porte dans le cœur et le passé dans la tête !

Elle se souvint de l'enivrement que lui avaient procuré les exhalaisons du corps du Grand-Œil, bien que toujours difficiles à apprécier au travers de sa combinaison en vieille peau de Sixbras.

Si cette discussion devait avoir lieu à nouveau, elle n'allait assurément pas se retrouver dans le même état de flottement. Et il ne fallait pas compter sur les derniers événements pour effacer le fait que dans sa folie, il s'était rendu coupable d'un nombre incalculable de morts, dont Luciol, sa mère adoptive.

Ses souvenirs s'orientèrent plutôt sur le sens de la rencontre qui avait eu lieu à l'époque dans des circonstances moins tendues.

Après ce qu'elle avait connu, elle avait besoin de faire le point.

Elle se remémora avoir posé un regard intrigué sur lui tandis qu'elle avait commencé à prendre conscience des conséquences à venir de la mission LaPerle. Elle lui avait demandé,

- Es-tu certain de vouloir nous aider ?

- L'avenir se porte dans le cœur, n'est-ce pas ? Fais ce qu'il te dit, je le suivrai.

La mutante qui se trouvait toute seule était en train de contempler l'extérieur du dôme. Sans analyser ce qui s'y passait, elle releva le menton en songeant à tout ceci.

Une idée lui traversa l'esprit et elle se retourna. Ce faisant elle se cogna contre le thorax d'un intrus qu'elle prit pour un mur de pierre puis elle crut avoir rebondi sur la poitrine de Dérod.

Mauvais souvenir ; elle secoua la tête.

- Nous butons sur un obstacle.

- Un point que nous avons en commun. Qu'il s'écarte de mon chemin et tout ira bien, renâcla-t-elle.

Elle détestait qu'on la sorte de ses songes.

- Le Protonique…

Le Protonique était la dernière création d'Iris. Bien que non opérationnel, il avait déjà une histoire lourde à porter puisque les deux testeurs à la base de son système nerveux alpha étaient Burinos et Starlette, les deux jeunes Raidones qui à la suite d'une sortie aux commandes de l'Ailectron, avaient mystérieusement disparu.

Le Protonique était le tout premier sous-marin entièrement constitué d'eau alpha-physiqué. Ses capacités réelles étaient toujours inconnues, cependant il avait été conçu pour surpasser en vitesse et en maniabilité n'importe quel Proton et pour abattre un Sixbras adulte en une seule rafale.
Il était le bijou destiné aux vainqueurs de la prochaine coupe des J.E.U. Pourtant depuis peu on lui réservait un tout autre destin.

L'intrus qui l'avait interrompue était un Long-Bras aux yeux tombants et jaunâtres qui venait de sortir de la chambre des nymphes. Il se nommait Gavroche.
Sur le coup elle fut étonnée de le voir si grand, lui qui fut il y a peu un Bivalon maigrelet et timoré. Depuis peu la colonie avait un besoin accru de Sapies doués pour la manipulation d'eau alpha-physiqué et en ce sens la chambre des nymphes avait plus que doublé le rythme de la croissance des Long-Bras.
Quelque part ce phénomène réconfortait Fedelyne, puisque c'était signe que l'intervention d'Argos avait d'une façon ou d'une autre redonné de la stabilité à la colonie, ce qui indirectement avait permis à l'Organe de se ranimer et de commencer à se restructurer.
Il ne fallait pas se voiler la face pour autant, le bas monde n'allait plus jamais être comme avant. Le chemin allait être long et douloureux, un sentiment qui parfois amenait la mutante à se remémorer les étranges expériences que Saphy lui avait fait vivre. Dans le même temps, elle n'arrivait pas à concevoir que l'Organe et son ami Raidone pussent être d'une quelconque façon interconnectés comme ce dernier le lui avait fait croire.

Les mots de Gavroche achevèrent de l'extraire de ses pensées.

- Sous les ordres de Titus, nous avons récupéré tout ce que nous avons pu de LaPerle, mais rien qui nous renseigne précisément sur la trajectoire empruntée vers la surface. Nous pensons que ton témoignage nous permettra de fournir des indications au système nerveux alpha du Protonique. Ta présence est requise.

- Titus, hein ?

Depuis quelque temps ce monstre aussi hideux que puant tendait à prendre toujours plus d'initiatives, comme si Iris tenait de moins en moins son rang.

Si le réveil graduel de l'Organe était rassurant, la volonté nouvelle de Titus de commander l'était beaucoup moins. Et pour cause ; il avait déjà essayé de se venger sur elle par l'intermédiaire d'un Gardien de l'Alliance simplement parce qu'il n'avait pas supporté qu'elle refusât ses avances plus farouchement que d'ordinaire.

Titus était instable et sans pitié.

- Je crois que nous perdons un temps précieux avec les travaux sur le Protonique, dit-elle en cachant tant bien que mal son espoir de s'échapper de là. Pour l'heure personne ne sait de quoi il n'est capable ni comment il ne fonctionne. Concentrons plutôt nos efforts à modifier les autres sous-marins pour qu'ils puissent amener toute la colonie vers la surface. Le Protonique est peut-être une arme fatale, mais je ne pense pas que les Adaptés oseront s'opposer à la totalité de notre flotte.

En vérité elle n'en avait pas la moindre idée. De toutes les façons ses soucis étaient ailleurs.

- Ta présence est requise, insista le Long-Bras. Le Protonique ouvrira la voie vers la surface.

- La surface… laissa-t-elle tomber comme une pierre dans la marre.

Étrange… Son rêve de surface avait conduit à une guerre entre Bivalents. Maintenant c'était cette même idée qui permettait à un groupuscule de créer un semblant de cohésion au sein de la colonie, le temps que l'Organe pût le faire totalement à nouveau.

Fedelyne ne s'attarda pas à saisir le sens de tout cela. Si sa présence était requise, cela signifiait qu'elle devait affronter le regard de Titus, mais aussi celui d'Iris. Surtout elle allait devoir collaborer avec tous les deux. Un choc qu'elle n'était pas prête à vivre.

Elle contourna Gavroche puis boita hors de la chambre panoramique.

Elle se figea sur la passerelle, là où peu avant, elle s'était retrouvée la face en sang plaquée au sol. Son visage était encore affreusement tuméfié et elle gardait un bras enroulé autour de son abdomen.

- Fedelyne ?

L'odeur derrière sa tête la ramena à l'ordre. Elle arracha son regard de la passerelle pour se retourner.

- Le Protonique est une nécessité, dit-il. Il ouvrira la voie et s'assurera que tout le convoi puisse passer.

- Les échantillons…

Un mot qui s'échappa de ses lèvres pincées comme sortit d'outre-tombe.

- Quoi ?

Elle entrouvrit la bouche en fixant d'un œil vide la silhouette sèche et tout en os du Sapies. Puis la lumière en elle parut s'éteindre et sa gorge se noua,

- Oublie ce que je viens de dire… Est-ce que Titus a retrouvé la raison ? demanda-t-elle.

S'il fallait qu'elle le confronte, elle devait s'assurer qu'elle n'allait pas risquer sa vie. Toutefois elle avait autre chose en tête, de plus grand que ses propres intérêts.

Titus avait les moyens de rétablir la souveraineté de l'Organum sur les profondeurs simplement en mettant de l'avant le fait qu'il était le fils unique du roi Dronor.

Bientôt la conquête de la surface allait débuter et une fois les profondeurs abandonnées, tous allaient être vulnérables.

Quant à l'ennemi, il n'allait pas manquer de se rappeler la bataille des ruines où le fameux empire bleu tant redouté n'avait pas brillé plus longtemps qu'une étincelle tombée dans l'eau. Si l'on souhaitait éviter que cette mission ne se transformât en un bain de sang, il fallait écarter suffisamment longtemps la menace pour permettre au convoi de passer. On pouvait compter sur le Protonique, dont personne ne savait grand-chose, néanmoins la grandeur des rois dont la seule preuve encore vivante était Titus représentait sans doute une bonne arme de dissuasion qu'il fallait ranimer de toute sa flamme avant de partir.

D'autant plus que la fenêtre était étroite. L'Organe était en train de se reconstruire, mais pour combien de temps ? Qui savait si l'onde n'allait pas soudainement s'effondrer de nouveau ? La colonie ne pouvait se permettre de subir un second chaos au risque de tout perdre, y compris sa seule chance d'organiser un convoi vers la surface.

Face au mutisme de Gavroche, un gros manque affectif vint saisir Fedelyne au ventre.

- Pourquoi Dérod n'est-il pas avec toi ? demanda-t-elle en baissant les yeux.

Question stupide. Dérod avait été retrouvé au-delà des frontières de l'Organum entre la vie et la mort avec une Archaïk fichée dans la gorge.

Ce type de clone primitif de la reine blanche était destiné à asservir la volonté de leur hôte, mais également ceux qui étaient liés par le même sang.

On était parvenu à lui extraire l'Archaïk et il avait survécu, ce qui relevait de l'exploit aux vues de ses impressionnantes et innombrables blessures. Chose certaine, il n'allait jamais se réveiller.

Ce qui importait le plus était le clone en lui-même et tout ce qu'il avait pu tirer de son hôte ou même d'Ayder, son frère si l'on considérait que celui-ci était encore en vie puisque personne ne l'avait revu depuis le départ des trois fleurons de la flotte.

Des rumeurs se faisaient de plus en plus insistantes sur les intentions d'Opale de posséder l'Organe. Pour cela on soupçonnait qu'elle eût besoin de quelque chose de plus qu'un effondrement de l'onde. Il lui fallait trouver un moyen de briser absolument toutes les connexions entre cette dernière et les Bivalents, même les plus infimes afin de la décoder entièrement pour ensuite pourvoir la manipuler à sa guise.

Pour l'heure l'absence de Dérod ne faisait que renforcer le malaise de Fedelyne ainsi que son sentiment de culpabilité.

D'un autre côté elle ne croyait pas avoir la force de se retrouver tout à coup face à son ancien Ange-Gardien.

Chaque fois que le dernier souvenir de lui remontait à la surface, ses jambes flanchaient parce qu'elle l'avait lâchement abandonné dans la première Sentinelle. Si elle lui avait serré la main jusqu'au bout, il n'y eût rien eu de toute cette histoire.

Face au visage inerte et froid de Fedelyne, Gavroche se sentit le devoir de revenir à l'essentiel.

- Le Protonique n'est pas du tout prêt, dit-il.

Elle n'entendit pas. Tandis que son regard se perdit sur le verre du dôme, les images du double électromagnétique de Saphy lui revinrent en mémoire. Il lui avait sauvé la vie en brûlant les yeux du Gardien de l'Alliance dont Titus avait pris le contrôle. Surtout il avait essayé de la prévenir d'une menace imminente.

« Je ne pourrai maîtriser l'Organe encore longtemps. Si je tombe, c'en est fini de nous tous, tu es notre dernière chance. »

Quelque chose dans ces mots lui échappait.

- Fedelyne ?

« Si je tombe… Tu es notre dernière chance. »

- Fedelyne !

« Si je tombe… »

Gavroche lui empoigna l'épaule et elle se dégagea, fâchée de s'être fait déranger. Puis elle demanda, comme si cela allait de soi,

- As-tu revu Saphy ?

Il considéra son interlocutrice d'un air sévère. Celle-ci continua en prenant pour acquis qu'elle avait obtenu son attention.

- Que sais-tu de Saphy en vérité ? Combien de Raidones sont capables de projeter leur propre double électromagnétique à distance ? Je ne me souviens pas qu'un seul ait eu assez de pouvoir pour réaliser une telle prouesse... à part peut-être... Magnetron...

- Titus est nerveux en ce moment... Que doit-il savoir au sujet de Saphy ?

La mutante pencha la tête de côté en levant un sourcil.

- Je ne demande pas l'avis de Titus !

Un sentiment d'inconfort se répandit en elle.

Son regard demeura fixé sur les lèvres épaisses de Gavroche qui avaient frémi en articulant le nom de Titus.

- Quelque chose ne va pas ? demanda-t-il en crispant les muscles de ses mâchoires.

- Ce n'est rien... Les derniers événements m'ont secoué si je peux dire... Je... Je dois y aller.

Elle esquiva les yeux jaunâtres et pénétrants du Long-Bras puis s'orienta avec peine vers un disque-ascenseur tandis que le doute l'accapara. Elle n'était pas prête à se préoccuper du Protonique. Avant tout elle avait besoin de revenir sur les derniers événements. Ainsi elle prit une autre direction.

***

Iris avait bien voulu lui avouer que les trois fleurons de la flotte, l'Ailectron, le Xylon ainsi que le Goliath avaient quitté la base dans le but d'intercepter trois des quatre Protons offerts à l'ennemi en guise d'amitié pour les fondements d'une nouvelle Alliance.

Les trois prototypes ne furent jamais revus.

Outre le malaise que lui générait Titus, cette histoire de Protons offerts en cadeau ajouté au mystère des prototypes incommodait la mutante. Le Grand-Œil avait le don de lire dans les pensées et de prédire l'avenir. On racontait qu'il avait prédit l'issue de la guerre des Trois bien avant qu'elle ne débutât.

Dronor avait transmis cette aptitude hors du commun à Iris, son meilleur élève parce qu'il avait jugé que son fils unique ne s'en montrait pas digne.

Ainsi deux questions se faisaient de plus en plus présentes dans la tête de Fedelyne : comment le Grand-Œil avait-il pu faire fausse route à ce point ? Comment avait-il pu laisser échapper tant d'événements ?

Contrairement à l'Organum dans son ensemble, le lac artificiel duquel les trois prototypes étaient partis semblait inchangé comme si tout ce qui s'était passé au-dessus n'avait jamais eu lieu.

En arrivant à l'endroit, Fedelyne fut captivée dès le premier regard par la tranquillité de la surface de ce lac. Elle s'arrêta au bord pour essayer de se perdre dans la plénitude des ondoiements que laissaient sur l'eau les reflets des veines alpha qui serpentaient sur le haut toit en voute.

Comme la paix fut lointaine. Comme les regrets furent pleins de sens. Elle avait vu le ciel et la terre plus près que quiconque.

Avec lassitude, elle toucha sa capsulette. C'était la seule chose qui restait de sa mère…

La mutante n'allait pas bien. Ses pensées allaient dans tous les sens. Au travers de son propre reflet sur la surface de l'eau, elle se vit vide de toutes émotions.

Autrefois elle s'était tenue ici même, en compagnie de Dérod et de Saphy. Iris les y avait rejoints devant un petit sous-marin de forme ovale.

Une fois encore la surface se trouvait au centre de tout. Mais l'esprit, lui, n'y était plus.

Sur la voute étaient accrochées de petites stalactites desquelles tombaient parfois des gouttes d'eau laiteuses débordantes d'éclats de lumière.

Elle pencha la tête en arrière pour que les gouttes de lait s'écrasassent sur son front ce qui lui permit de se rafraîchir momentanément les idées parce qu'elle soupçonnait que l'histoire ne faisait que commencer.

« Ne pas être à la hauteur de ses rêves c'est changer sa vie en cauchemar, » se dit-elle.

***

Tout compte fait la mutante s'écarta de ce monde trop compliqué, cherchant à fuir ses mauvaises pensées et elle crut que de retourner aux sources allait lui alléger le cœur.

Ainsi elle quitta le dôme puis d'une nage molle, elle se dirigea douloureusement vers l'antre de Luciol.

Elle savait qu'elle n'allait rien trouver d'autre dans ce trou qu'un vide laissé par les Teteplates qui dernièrement avaient rapidement nettoyé le carnage.

Luciol ne fut pas la plus grande perte de cette folle aventure.

Argonot, le fils du Très-Haut était comme un fantôme qui hantait l'esprit de la mutante ainsi que de tous les Bivalents qu'ils fussent auto-suggestifs ou Organiens.

Les D.I.E.U avaient de ceci de particulier qu'ils étaient les ennemis jurés des Bivalents, tout en étant indispensables à leur survie puisqu'ils détenaient l'aura de vie.

La mutante ralentit le rythme à une cinquantaine de brasses du trou obscur dans la falaise puis elle lorgna du coin de l'œil le dôme qui brillait faiblement derrière elle.

Aucune lame de fond ne pointait à l'horizon, ce qui n'était pas plus rassurant, car les Ténèbres aimaient s'accrocher à la tranquillité.

Fedelyne se retourna vers le trou noir dans la falaise puis se décida à franchir les dernières brasses tout en commençant à appréhender que tout eût été nettoyé par les Teteplates y compris ses échantillons.

Cependant elle y repensa et réalisa que cela n'avait plus d'importance. Les échantillons n'avaient pas pesé dans la décision de mettre sur pied une expédition de masse vers la surface. Et à dire vrai son message livré depuis la chambre panoramique avait suffi à convaincre les siens.

Parfois dans les moments les plus noirs, il était permis de croire en la première flamme venue pour ranimer un espoir aussi improbable soit-il. Et s'y accrocher était encore le meilleur moyen de ne pas sombrer dans la dépression.

Une fois à l'intérieur de la grotte, elle se redressa en douceur hors de l'eau en veillant à ce que les gouttes qui tombaient des pointes de ses cheveux ne brisassent pas le silence du dernier repos de Luciol.

Les bacs alpha-physique de tailles variées et empilés les uns sur les autres dans un équilibre plus que précaire occupaient encore les pans de mur. Ils étaient toujours remplis d'eau bleue, mais celle-ci avait presque achevé de se dégrader. La luminosité dans la grotte était sur le point de disparaître et avec elle tout ce que la mère de l'eau bleue avait été pour la colonie.

De son vivant Luciol s'était contentée du minimum pour vivre. Pas de lit, très peu d'air et quelques feuilles de Sixbras séchées pour se sustenter. Elle n'avait jamais pu se concentrer autrement que dans un espace restreint et incommodant.

Sa vie se résumait à ses mémoires inscrites dans ce qui restait d'eau bleue active et qui occupaient la majorité des bacs. Elle avait aussi une collection de choses qui pour le commun des Bivalents s'avéraient inutiles comme diverses roches, des œufs, des morceaux de Sixbras ou d'autres bouts d'organismes indescriptibles, le tout baignant dans un jus alpha qui n'offrait aucun intérêt pour quiconque était disposé à perdre son temps à les observer.

Les expérimentations de la vieille Long-Bras étaient demeurées un mystère insondable et franchement assommant.

Mais au final ce trou avait été le tombeau d'une grande Bivalente bien avant qu'elle n'y mourût.

Sur une étagère Fedelyne repéra le journal de recherche de sa mère qui consistait en un petit cube alpha. Son attention glissa ensuite sur le contenant en verre nacré des échantillons qui était posé sur un établi.

Ils étaient bel et bien là !

À côté se trouvait la boîte qui renfermait les combinaisons ayant servi à fouler la terre en surface.

De l'index, elle gratta soucieusement le verre granuleux de sa capsulette opaque. Ensuite elle ferma les yeux et pencha la tête en arrière comme pour faire renaître les sensations.

Elle revit la lumière jaune sous des filets de poussière qui lui fouettèrent les jambes, elle sentit de nouveau la lourdeur presque insoutenable de l'atmosphère qui la força à traîner les pieds sur la terre à nue.

Elle se souvint du désir immense de retirer son masque afin de s'emplir les poumons de la tiédeur d'un air vif à mille lieues de l'immuabilité glaciale des Ténèbres.

Pourtant tout le long il avait fallu respecter le protocole.

Pénible et enivrant fut ce moment pour la mutante qui depuis toujours avait eu la conviction de n'être née que pour trouver la surface.

Là-haut elle eût pu céder à la tentation, elle eût pu ôter son masque et ainsi devenir la preuve vivante que la vie en surface était possible. Elle eût pu empêcher toute cette folie et cette barbarie simplement en respirant l'air libre.

Trop peureuse d'enfreindre le protocole, mais surtout de subir le même type de brûlure que le Grand-Œil, elle n'avait pas osé franchir le dernier pas. Elle s'était contentée de ramener les échantillons à la base.

Ou bien fut-ce la peur de réaliser son rêve ou celle de pouvoir tout recommencer qui l'avait amenée à ne pas accomplir l'impensable ?

Fedelyne s'approcha à petits pas de la caisse qui contenait les combinaisons. Celle-ci avait été ouverte. Ses parois en verre nacré avaient été conçues pour ne laisser passer aucune radiation provenant aussi bien de l'intérieur que de l'extérieur.

Exposer les combinaisons à l'air libre était une erreur puisque l'un des buts premiers de la mission LaPerle avait consisté à inspecter le niveau de détérioration des innombrables petites écailles iridescentes qui constituaient le principal moyen de protection des Bivalents contre les rayons radioactifs.

À présent cela n'avait plus aucune importance.

Elle se rapprocha donc tout en repensant non sans plaisir au tapis d'organismes verdâtres aussi envoutants que la danse de cheveux fins qui s'étaient illuminés dans les eaux de surface à l'approche de LaPerle.

Rêvassant à cela, elle s'agrippa au rebord du premier contenant puis passa distraitement les combinaisons en revue. Les écailles reflétaient les dernières lueurs bleutées qui achevaient de mourir dans la grotte.

Fedelyne se força à dévier son attention des plaques de verre qui avaient éclaté un peu partout. Après tout elle n'était pas venue ici pour ressasser le drame, mais bien pour se recueillir. Elle n'avait plus la force de se révolter encore moins de pleurer.

Une lointaine idée à laquelle elle n'avait pas songé depuis le départ de LaPerle refit surface dans un coin de sa tête. Son cœur, sans qu'elle sût pourquoi, se serra.

Mécaniquement ses prunelles se détachèrent du scintillement captivant des écailles des combinaisons pour se tourner vers le second contenant qui avait été posé à côté et qui avait été également ouvert.

Cette caisse-ci renfermait les échantillons. Le fait que ces derniers aussi eussent été exposés à l'air de la grotte lui importa peu parce qu'ils étaient accrochés à leur substrat d'origine et ils baignaient dans la même eau où ils avaient été prélevés. Quant au bac lui-même, sa surface interne était sillonnée de petites veines bleues palpitantes qui se dégradaient très lentement de façon à fournir une température constante et parfaitement égale à celle des eaux de surface.

Toutes les conditions avaient été réunies pour permettre aux échantillons de subsister longuement.

Pourtant sa petite idée n'eut de cesse de revenir à la charge et pour une raison qu'elle ne put expliquer, sa poitrine commença à trembler sous les battements de son cœur.

Elle se redressa tandis que sa nuque se raidit puis elle fit deux pas de côtés, les yeux rivés sur les rebords du deuxième contenant. Petit à petit elle redécouvrit la transparence ainsi que la pureté inimitable de cette eau. Peu à peu ses lèvres charnues se séparèrent.

Elle retint son souffle.

Ses pieds s'arrêtèrent comme s'ils butèrent sur un obstacle invisible, sous elle le sol s'ouvrit, son cœur tomba. Elle vacilla et posa la main sur l'établi pour ne pas s'effondrer...

Au fond de l'eau, il n'y avait rien d'autre qu'un amas de fils verts tombés, desséchés et aux racines brûlées.

Elle ferma les yeux, la chambre tourna autour d'elle. L'évidence la frappa en plein visage.

Les échantillons pouvaient survivre... À moins que...

Fedelyne se retourna en tremblant des pieds à la tête tandis que le froid l'envahit.

À moins que les trois combinaisons n'eussent été imprégnées de radiations qui se fussent propagées dans la grotte après l'ouverture de leur contenant. Et le très faible niveau d'eau ne devait certainement pas être suffisant pour protéger les organismes des rayonnements mortels.

- C'est impossible !

Elle devait faire fausse route. Dans la bataille qui avait eu lieu ici, quelque chose avait peut-être provoqué la mort des échantillons comme un choc par exemple.

Ses cheveux se dressèrent. Il devait y avoir une autre explication valable.

L'air dans la grotte s'alourdit soudainement. Elle peina à respirer.

La mutante détenait maintenant assez d'éléments pour analyser toutes les pièces du puzzle. Et il ne lui fallut pas plus de temps pour comprendre que sa première conclusion ne relevât pas de la fabulation. La vie était possible sous l'eau à une certaine profondeur, mais pas sur la surface !

Encaissant mal le choc, elle recula vers la sortie et ses talons butèrent contre des rochers. Elle tomba à la renverse.

Prise de panique, elle se releva maladroitement ; ses mains glissèrent et elle s'affala lamentablement au fond de l'eau. Enfin elle réussit à s'échapper à quatre pattes hors de cette grotte maudite.

Une fois qu'elle fut suffisamment éloignée, elle inspira à fond l'eau des Abymes.

Elle essaya de rassembler les morceaux. Les morts, les souffrances inutiles, la détresse de Dérod, la disparition de Saphy et celle des six meilleurs pilotes de la colonie, sans compter la perte d'un D.I.E.U porteur de l'aura de vie.

Les émotions que ce monumental gâchis généra lui montèrent à la tête. Elle se prit le crâne dans les mains.

Si elle avait eu les idées à la bonne place, elle se fût aperçue qu'on était en train de l'observer. Mais au bord de la crise de nerfs, elle chercha une porte de sortie pour fuir ses tourments.

- C'est impossible !

Elle se rappela que son but ultime fut de devenir la preuve vivante qu'il était possible de recoloniser la surface.

À moins qu'inconsciemment elle avait cherché à exaucer ses propres prières. Peut-être que son but inavoué et égoïste avait été de briser à n'importe quel prix les chaînes qui la liaient elle aux profondeurs. Peut-être qu'elle s'était mentie à elle-même en refusant de voir la réalité en face.

Elle secoua la tête.

- Je savais ce que je faisais !

Fedelyne fondit en sanglots tandis qu'elle tomba dans le gouffre sans lumière de la solitude.

La mission du Protonique était d'ores et déjà vouée à l'échec.

Une légère pression sur son épaule la ramena dans le monde réel.

Elle décolla sa tête de ses mains puis se tordit le cou vers l'arrière.

Longeant du regard la main puis le bras grassouillet, elle vit un Bivalon aux yeux vairons avec un œil rouge et un noir d'encre. Il avait un air mal disposé qui était souligné par un nez retroussé.

L'espace d'un instant, les deux se dévisagèrent tels des étrangers indésirables. Le regard de Fedelyne s'attendrit quand elle se souvint avoir vu ces yeux insolites lors de la finale du J.E.U.

- Comment t'appelles-tu ?

- Morpi.

Discrètement elle jeta un coup d'œil aux alentours et constata avec soulagement que le jeune n'était pas accompagné.

- Oui, j'ai déjà entendu ton nom à plusieurs reprises. Où sont tes parents ?

À peine eut-elle posé sa question que les traits de Morpi s'affaissèrent, une lueur dérangeante de désespoir dansant dans ses prunelles.

Elle se dépêcha de chercher une excuse.

- Pardon… Je… Je ne…

- Ça va, laisse tomber. Tu es drôle avec ta tête pleine de bosses ; pourquoi te parlais-tu à toi-même comme une folle ?

Ne trouvant rien à redire, les lèvres de la mutante s'étirèrent en un sourire forcé. Le jeune enchaîna sans pitié.

- C'est quoi cette histoire ?

- Je…

- Est-ce vrai ce que l'on raconte au sujet de la surface ? Allons-nous tous y aller ?

Elle considéra le petit Sapies avec un mélange d'affection et de désarroi.

Les Teteplates n'étaient pas agréables à regarder. Ils avaient un physique grossier avec leur énorme tête plate et leurs membres épais et noueux.

Cependant l'aplatissement du crâne ne se produisait pas avant l'adolescence. Morpi qui physiquement tendait à pencher vers cette sous-espèce n'en était pas encore à ce stade. Si bien que Fedelyne fut attendrie par cette face boudeuse. Son instinct maternel la poussa également à le prendre sous son aile.

- As-tu peur ? demanda-t-elle avec gentillesse.

- Peur ? Mes parents sont morts dans l'explosion du cimetière. Ils y travaillaient. Je n'ai plus de raison d'avoir peur !

- Moi j'ai peur ! dit-elle en s'obligeant à ricaner.

- As-tu peur parce que tes parents sont encore vivants ?

Elle s'étouffa avec sa propre salive.

- Je suis désolée.

- Désolée ? Pourquoi ?

- L'explosion… Le… cimetière.

Morpi souleva les épaules puis se fourra un index dans le nez.

- Bon et alors ; la surface ?
- La surface ?
- Ben ouais la surface ! Quand va-t-on y aller ?
- Hum…

Bien qu'elle eût urgemment le besoin d'éviter le sujet, cette discussion lui réchauffa le cœur. Elle n'avait aucune envie de laisser le jeune s'en aller.

- La surface n'est pas la question. Ma mère… ma véritable mère… m'a appris qu'il ne sert à rien de parcourir des milliers de brasses avec pour résultat de s'éloigner de ses rêves. Est-ce de la surface dont tu rêves ?
- Tu as PLUSIEURS mères !
- Euh… en effet… Mais… que penses-tu de ma dernière question ?
- Moi j'aurai plusieurs mères j'aurai des tonnes de punitions. Tu n'as pas de chance.
- Qui pourrait ne pas être en accord avec ton argument ? Dis-moi Morpi, savais-tu qu'il n'y a rien dont tu as besoin en surface ? En vérité il n'y a rien du tout là-haut !

Le jeune qui paraissait trop préoccupé par le fait qu'il était possible d'avoir plus d'une mère mit un certain temps avant que le commentaire ne fît son bout de chemin dans sa tête. Il plissa le front.

- C'est très bien qu'il n'y ait rien là-haut, répondit-il avec candeur.
- Pourquoi ?
- C'est plus facile de recommencer toute sa vie quand il n'y a rien !

Décontenancée, la mutante ne sut trop comment interpréter la réplique.

- Tout recommencer, dis-tu ?

Morpi hocha vigoureusement la tête.

- Puisque tu crois qu'il existe un monde où il est permis de tout recommencer, penses-tu trouver pareil endroit en surface ? demanda-t-elle.

Morpi y réfléchit avec intensité puis il claironna,

- Ma mère à moi me racontait qu'il faut chercher en soi pour découvrir cet endroit… Je n'ai jamais compris ce que ça signifie.

- Imaginons un instant que tu le découvres et qu'il te soit offert le pouvoir de tout recommencer. Que ferais-tu ?

- Pourquoi cette question ?

- Je crois que ma mère… ma première mère, a toujours attendu de moi une réponse à ce problème. Peux-tu m'aider ?

Le jeune se gratta la tête en fixant son interlocutrice de son œil rouge.

- Tout recommencer signifie TOUT recommencer, n'est-ce pas ?

- J'imagine ; oui.

- C'est se donner la mort pour revivre. C'est tout oublier. Est-ce possible ?

La mutante pencha le front en avant en se perdant dans ses pensées.

- Personne ne peut prétendre d'avoir la force de tout oublier…

Existait-il seulement un moyen d'oublier le passé, de faire comme s'il n'avait jamais existé pour que rayonnât un avenir comme nul autre ?

Aux vues des circonstances actuelles, le temps était peut-être venu de croire à autre chose que la surface.

- Les Cieux, pourquoi pas, murmura-t-elle l'air ailleurs.

- Quoi ?

Réalisant qu'elle se parlait à elle-même, Fedelyne redressa le menton et observa le Bivalon avec intensité avant d'approcher la bouche près de son nez.

- Veux-tu m'accompagner ?

- Vas-tu te brosser les dents ?

- Pas exactement… Suis-moi…

***

Les Longs-Bras étaient principalement chargés de la conception des sous-marins. Il fallait beaucoup de sensibilité et de doigté pour les différentes étapes d'assemblage d'autant plus que le système nerveux alpha des appareils réagissait de plus en plus *instinctivement*.

Donner la vie à un submersible consistait à activer son réseau nerveux. Il s'agissait d'une étape critique qui n'avait de cesse d'alimenter l'imaginaire surtout chez les jeunes qui avaient très rarement l'occasion d'assister au premier réveil d'un de ces bijoux de la technologie Bivalente.

Toutes les étapes de fabrication jusqu'à l'activation avaient lieu dans une petite annexe de l'Organum creusée dans le sol et qui se trouvait au milieu des Sentinelles Arborescentes.

En surface la zone était parcourue d'un enchevêtrement d'épaisses racines bleues qui s'enfonçaient dans la terre.

La consommation d'eau alpha y était excessive et les parages étaient occupés par un balai de Cargos qui acheminaient des plaques de verre pur sur mesure et de la plus haute qualité.

Seule une poignée de Bivalents avait accès à la zone. Depuis peu Fedelyne pouvait y entrer en toute liberté.

Jusqu'à présent le Protonique et ses qualités si exceptionnelles qu'elles intriguaient de nombreuses personnes, l'avaient laissée parfaitement indifférente.

Son amitié naissante avec Morpi avait éveillé en elle un intérêt tout neuf pour cet appareil et elle avait eu l'envie de le lui montrer.

Tous les deux arrivèrent dans le centre d'assemblage qui pour l'occasion avait été rempli d'eau. D'ordinaire les submersibles étaient assemblés à sec et la mise à l'eau ne s'effectuait que lors de leur activation.

Le Protonique quant à lui, était dès le départ si adapté à son environnement que s'il était maintenu dans l'air trop longtemps, ses fonctions s'altéraient jusqu'à sa mise hors service définitive. C'est du moins une des histoires que l'on racontait à son sujet parce que personne n'avait osé le vérifier.

L'action dans le centre était à son comble. Les Long-bras y grouillaient et pour tout dire Fedelyne n'avait pas encore compris ce qu'ils y faisaient.

Morpi avait passé la majeure partie de sa courte vie dans le cimetière en compagnie de ses parents à enterrer des cadavres et à entretenir des tombes. Les milieux glauques le rassuraient. Il aimait la chambre vaste, silencieuse et peu mouvementée dans laquelle il avait essentiellement grandi.

Lorsqu'il écarquilla les yeux sur la pluie de lumière qui arrivait de toute part, des murs et du plafond, il se fit tout petit et il se plaqua contre le dos de la mutante.

Seul le flot de phéromones chargées d'excitation qui lui parvenait sans arrêt lui apporta du réconfort parce qu'il se crut à la finale du J.E.U.

Quant à l'idée de voir de très près la légende des sous-marins, elle l'amena à continuer à avancer tout en se blottissant derrière Fedelyne non sans raison parce qu'il était peut-être le premier Bivalon à entrer dans ce lieu culte.

- Il y a beaucoup de mystères autour du Protonique. L'un d'entre eux me fascine plus que tout autre chose, suis-moi, il faut que tu voies ça, dit-elle.

Morpi lui attrapa le bras des deux mains en fourrant sa tête entre ses omoplates.

Quand il sentit que la mutante s'arrêta après un moment, il se risqua à pencher la tête de côté et ce qu'il vit l'hypnotisa immédiatement.

Le Protonique se trouvait devant lui, si proche et si grand qu'il ne put en apprécier la forme.

Fedelyne nota son étonnement en l'observant du coin de l'œil.

- À ce qu'on raconte, le Protonique est capable de changer de forme et de taille à volonté. Nous ne savons pas exactement qu'elle peut être sa grandeur maximale. Tel que nous le voyons il est aussi imposant que le Goliath. Pourtant même ainsi, on croit qu'il serait en mesure d'atteindre la vitesse de pointe du Xylon. Quant à sa manœuvrabilité, on dit qu'elle n'a pas d'équivalent. Je ne sais pas si c'est une bonne nouvelle. Peut-être qu'il est tout bonnement incapable de prendre le moindre virage. Quoi qu'il en soit, tout cela est encore très imprécis et ce n'est pas ce que je voulais te montrer. Regarde plutôt la structure de la coque, regarde attentivement.

Naturellement Morpi s'exécuta bien qu'il ne sût quoi admirer d'autre que le mur de reflets iridescents et en constante mouvance qui englobait complètement son champ de vision.

Fedelyne se rapprocha doucement comme si la lumière chatoyante du sous-marin l'attira de plus en plus et les reflets aux milles bleus inondèrent ses pupilles dilatées.

Morpi ressentit le besoin de la retenir, pourtant il fut incapable de lever le petit doigt.

C'est ainsi que le cœur empli d'un espoir renaissant, la mutante aux cheveux d'or tendit la main. Ensuite tout en retenant sa respiration, elle effleura de la paume le flanc du Protonique.

Une onde partant de ses doigts se répandit comme d'un battement d'ailes sur toute la surface du submersible qui alors prit une pâleur nacrée tout en vibrant délicatement.

- Regarde ! Il me reconnait, dit-elle avec émerveillement.

Elle se retourna et vit sur le visage ébahi du jeune Sapies les reflets du halo nouveau qui lui fit présager un autre voyage vers d'autres Cieux que la surface…

***

Du haut d'une passerelle de verre, Iris contempla la mutante en train de caresser le flanc du Protonique. Gavroche avait eu pour ordre de la ramener. Contre ses attentes, elle avait accepté. Elle était là et plus rayonnante que jamais.

C'est la raison pour laquelle il tenait à demeurer à l'écart. Il ne voulait pas par sa présence lui gâcher son plaisir.

Il y a des moments où une belle image parfaitement déconnectée de la vraie vie suffisait à emplir de légèreté le plus dur des cœurs. La vision de cette jeune femelle en train de retrouver les plaisirs insouciants de son enfance en compagnie d'un Bivalon qui venait de tout perdre se révéla irrésistible.

Il lui fallut toute la lourdeur du plus puant des êtres vivants pour le détourner de sa contemplation.

Ce dernier ne parut pas partager le même émerveillement. La seule vue de la mutante fit sur lui un effet tel qu'il perdit ses moyens, mais pas pour les mêmes raisons. Tout à coup sa respiration fut bruyante et ses yeux lui sortirent de la tête à proprement parler.

Iris saisit que Titus ne se retenait de sauter sauvagement sur Fedelyne que sous la pression d'une petite voix dans sa tête qui l'avertissait de ne pas tout gâcher…

- Maintenant que tu es si près du but, n'est-ce pas ? souffla le Grand-Œil en souriant à moitié.

Le fils de Dronor fixa son chef d'un air incrédule.

- De quoi parles-tu ?

- Tu ne veux pas tout gâcher maintenant que tu es si près du but… Si tu veux de nouveau te laisser aller à tes pulsions, il te faudra beaucoup plus qu'un de mes gardiens de l'Alliance pour inculquer à cette femelle tes bonnes manières.

- Ah ! Pourquoi cela ?

- Parfois lorsque l'on creuse trop profondément dans le sol pour voir ce qui s'y cache, on réveille un tremblement de terre. Ce que toi et moi avons fait à cette Bivalente a déclenché chez elle une série de réactions en chaîne dont la conclusion dépassera l'entendement. Ça se fera dans la douleur, du même ordre de celle que nous lui avons fait subir… Au final le secret sera révélé et nous serons tous damnés…

- Le secret ?
- Comment se porte Hellmaster ?
- Hellmaster, hein ? Les pouvoirs du Grand-Œil ont retrouvé du mieux à ce que je comprends… Ainsi j'aimerais entendre de la bouche de celui qui sait tout ce qui sera fait pour assurer la survie de la colonie dans les temps à venir.
- La vie a besoin d'espoir ainsi que d'un cœur… La surface est l'espoir… Quant au cœur…

Iris ouvrit sa main droite et montra à son interlocuteur un fragment de cristal rouge. Ensuite il se retourna et nagea vers un couloir.

- Qu'est-ce que ça peut bien être ? demanda Titus avec insolence tout en le poursuivant.

Iris parla en continuant vers le fond du couloir plus sombre que le reste de la salle.

- L'objet qu'Argonot devait me remettre lors de notre rendez-vous programmé dans la grotte de Luciol en échange de mes Protons. C'est tout ce que nous avons pu retrouver dans les débris de son sous-marin.
- Du cristal rouge ? s'étonna son interlocuteur tandis qu'une silhouette beaucoup plus massive que lui se faufila dans son dos.
- Le cristal des D.I.E.U, un morceau du cœur de notre Mère Lactée. Il constitue les murs d'enceinte des Îles-du-Nid.

Iris déboucha dans une petite grotte parcourue de quelques veines bleues et au bout de laquelle se trouvait une sorte de trône en verre pur, entièrement recouvert d'eau alpha. Il alla s'y assoir tandis que Titus fut rejoint par Hellmaster qui sortit de l'ombre avec à la main, un gros Zad, toutes lames sorties.

- Crois-tu vraiment être en mesure de fortifier les défenses de l'Organum avec ce caillou ? Seul un D.I.E.U en serait capable. Pour qui te prends-tu ? gronda Titus.

Iris esquissa un rictus tout en manipulant du bout des doigts son fragment de cristal.

- Je travaille à fusionner cet objet avec l'eau alpha-physique. J'ai déjà obtenu des résultats intéressants.

- Le grand chef de l'Orgnanum se croit encore à la hauteur pour des pirouettes. Pourtant il y a bien longtemps qu'il ne sait plus comment faire parce qu'il est vieux et trop usé. Regarde-toi sur ton trône trop grand pour ta silhouette. Dans cette grotte misérable, tu es le chef de rien du tout maintenant… Mais bon, je serai curieux de voir le résultat de ton expérimentation.

- Oh tu vas le voir, avant tout je dois te faire part du secret.

Titus lorgna Hellmaster du coin de l'œil, puis il redressa le menton tout en se décidant à se détendre.

- Cela ne te sauvera pas pour autant. Tu sais pourquoi Hellmaster m'a rejoint, n'est-ce pas ? Mais je veux bien écouter tes balivernes.

- Ma dernière rencontre avec Argos m'a permis de recouvrer une grande partie de mes facultés télépathiques.

- Tu parles d'un secret…

- Ce que je voulais t'apprendre est que Fedelyne est la P.E.U.R des D.I.E.U, elle est la descendante directe d'Altes dont l'âme a été parasitée par une Métisse. La P.E.U.R d'Altes est le moyen d'accéder aux Cieux. C'est ce qui en même temps l'attirait et tout ceci est concentré dans la mutante. Par la révélation de ce secret, je viens de te condamner. Maintenant tu es un damné tout comme moi. Ta fin sera tragique.

- C'est donc en cela que tu crois ? Des sornettes ? Et tu oses prétendre pouvoir nous conduire quelque part ?

Un clin d'œil de Titus en direction d'Hellmaster suffit à ce dernier à lancer son attaque. Il se rua vers Iris assis dans son trône tout bleu.

En réponse le trône s'illumina et jaillit du cristal une bulle rouge et bleue qui engloba l'attaquant dont les mouvements furent brutalement ralentis.

- À présent le temps pour lui ne se trouve plus dans la même dimension que le commun des mortels. Tant qu'il sera pris dans cette bulle, il restera emprisonné dans son propre monde.

Un éclair émis par le fragment de cristal frappa Titus qui ne s'était pas remis de son moment de stupéfaction. Lui aussi fut piégé dans une bulle mi-cristalline, mi-liquide et très lentement sous la volonté d'Iris ses ongles se retournèrent contre lui.

- Les rois les plus usés sont aussi les plus redoutables parce qu'on les croit finis… Bientôt le secret sera dévoilé à tous et la colonie entière sera damnée. En attendant, je veux que tu prennes le temps de réfléchir à ceci : obéis-moi ou change-toi en mort-vivant !

Les yeux éberlués de Titus se fixèrent sur ses propres griffes qui fatalement s'approchèrent de sa poitrine. Tandis qu'elles se plantèrent extrêmement lentement dans ses chairs, le Grand-Œil se leva.

Il passa entre Hellmaster qui continuait sa charge au ralenti comme si de rien n'était et le fils de Dronor qui était incapable d'exprimer sa douleur.

- J'attendrai que tu reviennes vers moi une fois que tu auras pris tout ton temps pour gouter à ton propre venin. Pour le moment, rappelle-toi de ceci : la surface est l'espoir ; tu l'entretiendras parce que c'est tout ce qui permet à notre colonie de fonctionner. Ensuite je me débarrasserai de toi.

Et il sortit laissant ses deux confrères en proie à un temps qui n'en finissait pas…

***

Depuis l'attaque des Medpars qui eut lieu après son retour de la mission LaPerle, Saphy du nom véritable de Magnetron s'était vu incapable de s'enlever de l'aiguille pierreuse effilée qui lui traversait le côté gauche du thorax.

Un mal pour un bien, car cela lui avait évité de se vider de son sang.

C'est ainsi qu'il reposait dans un trou d'eau que tous les Bivalents normalement constitués évitaient inconsciemment du fait du brouillage électromagnétique que le Raidone y avait instauré. Dans ce trou il avait un accès direct à l'Organe.

En proie à son besoin de se venger ainsi qu'à ses délires que sa terrible blessure nourrissait, il s'était petit à petit écroulé sous le poids de l'Organe jusqu'au monumental chaos laissé par la déflagration dans le cimetière où il avait fini par se déconnecter en grande partie de l'onde magnétique.

L'intervention d'Argos lui avait apporté un second souffle. Par la suite il avait entrepris de concentrer le peu de force vitale qui lui restait sur la reconstitution de son énergie électrique pour le maintien de l'ordre, mais aussi, et surtout pour Fedelyne.

Maintenant qu'Argos avait brisé les barrières mentales de cette dernière, les symptômes de la Métisse qui coulait dans ses veines allaient se faire de plus en plus marqués. Tresha la mère biologique de la mutante qui lui avait transmis cette *maladie* n'avait pas pu résister longtemps aux effets secondaires malgré tous les efforts que Magnetron avait déployés.

Il n'était pas question qu'il perde la mutante de la même façon. Dès lors il ne s'était donné qu'une seule mission : mourir après elle.

Une pensée qui lui redonnait petit à petit de la force et pour la première fois depuis son attaque, il réussit à entrouvrir les yeux…

Chapitre 38

L'Alliance des démons.

Quelque part dans les confins des Ténèbres un immense sous-marin de combat progressait dans le néant, porté par d'épaisses fumées noires.

Le sous-marin qui avait l'apparence d'un Cargo progressait en silence. À son bord se trouvaient six Bivalents, deux Shaklyrs et quatre Raidones qui étaient immobilisés par une sorte d'enchantement.

Ayder le frère de Dérod était aux commandes du Goliath. Dans ses yeux il n'y avait plus de vie. L'esprit, lui, était pourtant en pleine ébullition, bien que ce ne fût pas le sien.

L'être qui avait pris le contrôle de son corps et qui lui dictait la direction à prendre se tenait à des milliers de brasses de la mer perdue dans laquelle l'équipage avait échoué.

Opale, la reine blanche même si elle était au service des Ténèbres, ne pouvait pas elle-même entrer dans ce sanctuaire sans perdre toutes ses forces vitales et être infectée par un virus plus ancien que le monde ne l'était.

Le virus était si âgé et si isolé que personne dans ce bas monde n'y avait été confronté. Contre cela il n'existait aucun moyen de défense.

C'était l'outil inespéré d'anéantir toute volonté de se défendre de l'Organum.

La défaite de l'armée des ruines n'avait pas avantagé Opale dans sa recherche pour découvrir la source de l'onde magnétique.

Toutefois la colonie accusait le contrecoup et l'introduction d'un nouveau virus allait sans nul doute séparer totalement et définitivement les Bivalents de leur onde.

Tout ce qu'il fallait était d'attendre le retour du Goliath avec le virus à son bord et que l'Organum lui ouvrît grand ses portes…

***

Les flammes d'Argos au-dessus du Spectrum avaient chassé Entenebris qui s'était réfugié dans des eaux inertes avec sa Métisse. Celle-ci s'était de nouveau mélangée à lui. Elle lui rongeait les chairs et l'esprit.
« Vengeance et gloire », ces mots avaient perdu de leur substance tout comme sa propre personnalité. Il ne se souvenait presque plus de sa propre histoire ; le visage de ses frères avait été oblitéré de sa mémoire. Lui le Crevdur noir, descendant direct des célèbres Sassines ; le guerrier absolu fier et indépendant était depuis lors, emprisonné dans un corps affreusement déformé qui ne lui appartenait plus entièrement.

Seul avec sa Métisse sous sa peau, il rongeait sa colère d'avoir failli à la mission qu'il s'était donnée sous les conseils sournois de Lalèpre.
« Vengeance et gloire » dans le but de faire disparaître toute trace des D.I.E.U en commençant par leur création, les Bivalents.
Argos s'était réveillé, il avait été le plus fort.

Néanmoins il arrivera un temps où un nouveau D.I.E.U verra le jour ; alors personne n'osera le défier.
Ce D.I.E.U d'un autre genre aura la vie à ses pieds et la mort sur ses pas.
Ce n'était qu'une question de temps…

***

Lalèpre avait été emprisonné dans une cage de cristaux tout comme l'avaient fait autrefois les D.I.E.U Evolius et Evame à l'endroit des *Bâtards* qui dans leur prison rougeoyante avaient subi le jugement divin.

C'est ainsi que furent nés les premiers Sangdors.

Le supplice de Lalèpre était total. Il avait l'impression que la faim à force de le poignarder l'avait éventré.

La cage était si exigüe qu'il lui était impossible de se retourner. La seule chose qui lui était donnée de faire était de se tordre les muscles sous l'effet de l'interminable calvaire de la faim.

Les plaies à la place de ses bras ne saignaient plus. Toutefois son moignon gauche le démangeait affreusement.

Lui, le serviteur du Très-Haut qui durant toute sa vie avait ruminé les humiliations et sa pauvre condition au travers d'une multitude de plans plus inventifs les uns que les autres, n'avait plus rien d'autre à penser qu'aux souffrances et aux démangeaisons. Aucun Sangdor n'était tombé aussi bas.

Pourtant au fond de lui, une petite étincelle était en train de briller et de lui réchauffer les sangs. Puisque quelque part dans sa démence, il commençait à comprendre que les démangeaisons n'étaient pas seulement dues à la cicatrisation de son moignon ; quelque chose était en train de sortir de ses chairs meurtries, des bouts de cristaux en vérité, de la même nature que la cage qui le retenait.

Là-bas dans la grotte des D.I.E.U, il n'avait pas perdu une partie de lui, il avait gagné infiniment plus…

En effet il avait poussé l'idée de sa soif à l'extrême en cherchant à s'approprier tout le sang y compris celui de la Mère Lactée et il commençait à comprendre que ce rêve allait bientôt devenir réalité…

À SUIVRE…

SOMMAIRE